JN007466

帝　国

花村萬月

講談社

帝国

01

いまから三億年ほど前の話だ。

まずは帝国の地勢からはじめよう。ミスボラの版図はパンゲアと称される超越的に巨大な大陸の北極圏から南極までを貫きとおすかたちで存する。

パンゲアの北端から南端までと書きあらわすと超大陸にある超越的巨大帝国と受けとられかねないが、実際は微妙なところである。確かに国土はそれなりに巨大ではある。ところが感覚がその大きさを認めたがらないのである。このあたりに関してはおいおい解き明かすことにして、北端から南端にまで至るということでパンゲア大陸そのものについて述べておこう。なお南極の先にさらに現在のオーストラリアその他が接合されていることや地磁気の反転等々については煩瑣になるので割愛し、現在の感覚に沿うように記してあることをお断りしておく。

パンゲアは、ユーラメリア大陸、ゴンドワナ大陸、シベリア大陸等々がプレートテクトニクスによりじわじわと激突して合体したものだ。くだけた物言いをすれば地球上のすべての地面が衝突してひとつにまとまり、成立したものであるから、その巨大さはあえて強調するまでもない。巷間よく知られているヒマラヤ山脈から出土するアンモナイトの化石等々は、このころの烈しい地球の変化で海底が盛りあがった名残である。

ミスボラ帝国があったころのパンゲアは大地中海であるテチス海によって隔てられておらず、超大陸全体は太平洋大西洋といった区分けと無縁のひたすらな海、超海洋パンタラッサに囲まれていた。地質に詳しい方ならば古生代石炭紀からペルム紀、さらに中生代三畳紀にかけて存在した超大陸と記憶されていることだろう。気候は三億五千五百万年前にパンゲアが成立した時点で熱を地球全体に循環させていた赤道海流が遮断されてしまい、冷涼であった。

一方で超巨大大陸により海から隔てられた内陸部は気温が高くなり少しずつ乾燥していったが、ミスボラの時代は産卵や受精に水辺が必須な両棲類が生存の危機に直面するほどではなく、ネクトリド類やセイムリア形類などの両棲類の全盛期だった。その一方で単弓類と称される盤竜目エダフォサウルスなどの哺乳類型爬虫類が水分を通さない皮膚を獲得して脱水症状から逃れ、殻をもった卵を発明し、その中身を乾燥から保護して水辺から遠い場所でも産卵と自身の生存を可能としてその地位を高めていったころである。

被子植物の出現はまだ先で、樹高三、四十メーターを超える木生シダ類が途方もない大森林を形成し、クチクラ層が強化されて湿地以外の場所にも生育できるようになったグロッソプテリスやイチョウなどの裸子植物も背丈を伸ばしはじめ、これら大量の植物の繁茂育成による光合成により酸素の濃度が三十パーセントほどもあった。ちなみに現在、我々は二十一パーセント程度の酸素を含んだ空気を呼吸している。

この時代のあれこれを並べあげていけばいくほど、そもそも三億年前のこの時代に人類など存在するはずもない——と吐き棄てられてしまいそうであるが、それは認識不足というものである。もちろんそのころにも人はいた。この時代の『人』が我々と同類であるかは保証の限りではないが、超大陸パンゲアには無数の帝国が蔓延り、いや林立して覇を競いあっていた。

ミスボラ帝国はやたらと細長い。帝国の地勢といいながら、延々パンゲア大陸のことを記したのは、前述のとおり北極圏から南極までを貫きとおすかたちで存するからである。ただし南北二万キロに近い長さをもつが、東西はほぼ五キロ幅しかない。南北に極端に長くて、東西にやたらと短いのだ。縮尺にもよるが一本の線として地図に描きあらわされてしまいかねぬほどに、戯画的なまでに細長い。地球全体図では地名が書き込めぬほどに細長い。とにもかくにも細長い。

長さ二万キロにして、幅五キロ——。

少なくとも国土の形状において超越的巨大帝国とするには背は高くとも畸形的に痩せすぎているのである。

しかも、その幅五キロの西と東には、いつ建立されたものか判然としない黒く艶のある石材にてつくられた高さ十八メートルほどの国境線をあらわす壁が延々二万キロにわたって続いている。途轍もない規模の建造物ではあるが、それゆえに右を見て左を向けば即座に一直線に仕切られた牢獄じみた黒い壁の存在から国境を悟らされてしまう。同時に国土の異様な細さを視覚的にわからされてしまうのである。

守護の壁と呼ばれる常軌を逸したこの建造物についてはあらためて記すことにするが、右と左あわせて四万キロにならんとする壁はまさに万里——三万九千二百七十三キロ超の規模を誇る。壁は山も丘も谷も川も、また深く巨大な湖さえもぴたり十八メートルの高さを保って、大地に沿い、南端の洋上から北端の洋上まで一直線に続く。それぞれの端は領海のぎりぎりで直角に折れ、五キロ幅で接続されて閉じて海からの外敵侵入も防ぐようになっている。大気圏外から見おろせば、ミスボラの国土は超大陸の北から南まで延びた異様に細長い暗黒色の直方体といった態であろう。どのような土木技術でつくられたのか判然としないのだが、まさに驚嘆すべき真の万里の長城なのである。

けれど壮大と評するにはもやもやしたものが残るのは、幅五キロで国土を挟みこむようにして延々続いて、ひょろ長い領土の形態をあからさまにしてしまうからだ。

実際、パンゲアの内陸中心部に細長く居すわっているミスボラ帝国の壁によって強引に国境線を設定され、領地を分断されているかたちの周辺諸帝国は、その痩せ細った姿に対して苛立ちまじりに子午線の帝国と揶揄嘲笑するほどだ。もちろん、それは護られているにせよ、壁に閉じ込められているといってよいミスボラ帝国の臣民にとっても、ときに不定愁訴に似た重苦しいものを突きつけてくる存在だ。

地球の周の長さをはじめて計測したのは古代ギリシアの数学的地理学の創始者として知られるエラトステネスといわれる。二千二百年以上前のことであるが、じつは二億九千万九千九百九十年ほど前——キノリウス帝統治時代にも、そしてそれ以前にもミスボラは自国の長さを二万キロと把握していた。

エラトステネスは北極星などの天文観測により地球が球体であることを悟り、その大きさを推定したが、この時代は現在と同様、大陸が分裂して海洋で隔てられていることもあり、歩幅による計測でそれを確認することができなかった。エラトステネスの計測は現代にも通用する意外な精度をもっていたし、彼自身、計測の正確さに自信をもっていたが、それを証明し、万民に納得させるある種泥臭い方法を、エラトステネスの時代には用いることができなかったのである。

ミスボラ帝国は北の果てから南の果てまで地続きなので、徒歩というプリミティブにして確実な方法で地球の半周に匹敵する国土の長さを計測することができた。皇帝にとってはじつに忌々しいものであるのだが、国土のど真ん中に長さを測るのにじつに御誂え向きの道が設えてあったからである。それを利して歩行職とでもいうべき国土計測専門の歩く女に命じて人海戦術にて自領の長さを測ってきた。この計測はいつしか代替わりした直後に皇帝が執り行う祭祀的行事として固定していたが、その深層には自領の細さに対する心許なさや不安が隠されていた。

長さは威張れるが、幅に関しては速歩で歩けば西の壁から東の壁までせいぜい一時間ほど、当然ながら五キロの範囲内に隆起のない見通しのよい地形においては左右の国境の壁が見渡せてしまうので、計測云々を口にするのも気恥ずかしい。もちろん代々の皇帝は基本的に国土の話題に触れたがらなかった。それでも会話が否応なしにその方向に向かえば落ち着かぬ眼差しで長大さの自慢をしても、幅に関しては口を噤み、劣等感を圧し隠してとぼけるのが常であった。

とはいえミスボラ帝国の領土には南極と北極近辺だけではあるが海があり、さらに山あり谷あり平原あり高原あり河川あり密林あり疎林あり荒野あり岩地あり湿地あり沙漠あり湖あり、なんでもありありだ。気候に関しても総体的には冷涼がまさってはいたが、赤道直下の熱暑から北南両極の極寒まで、その細長い地勢のおかげで、やはりなんでもありありであった。

もちろん沃野もあるのだが、いかんせん国土の幅が短いので、そこで行われている農業や食用両棲類などの牧畜は、実際その延べ面積からすれば大規模と称してもよいはずなのだが、その地に立てば大規模云々は左右の国境線を否応なしにわからされてしまう例の壁によって唐突に断ち切られてしまうがゆえに、つまり縦横の落差から広大なのに狭小といった落ち着かない気分に陥ってしまうこともあり、なんとも人間の感覚にそぐわないものがあった。

しかも、その違和感をさらに強めているのが、国土のど真ん中を両極に至るまで壁と平行して一直線に貫いている道路の存在であった。誰しも国土の長さを計測するために設えられたのではと深読みしてしまいかねないこの道路は、ただでさえ幅の狭い国土の中心をあえて区分けするかのように山や谷、湖沼や川、ジャングル、農地その他ありとあらゆる地形用地を一切頓着なしに断ち割って延びていく。その総延長は二万キロ弱という超直線道路である。

それは壁とおなじく捉え方によっては壮大なものであるが、上下はあっても屈曲のない幅十八メートルの石畳の道路が東西に狭苦しい国土の中央を延々突き抜けている姿は異様であり、実際にその場に立てば、当初は前とうしろに視線を投げてその漠として行方知れずの、宇宙規模の定規で引かれたかの真直線の道の彼方の景色に感歎しもするが、そのときは否応なしに左右の万里の長城も目に入るわけで、なにゆえ国土をこのような病的な平行直線できっちり区切らねばならなかったのか、その偏執狂的な意思はいったい何から、どこから発生したのか。思い巡らすうちに得体の知れない滑稽が込みあげてきて苦笑いにちかいものが泛ぶのは、移動手段として馬ならぬディアデクテスなどの体長三メートルほどもあるぬるぬるぬめぬめの陸棲両棲類、あるいは交配によって獰猛さを減じ、陸棲に特化したエリオプスに乗り合いバスよろしく人々がまたがって、さらにはディアデクテスの三分の一程度のディッソロフス科プラティヒストリクス属が強靭にして温和しく従順なのをいいことに大量の荷を背負わされ、急かす女たちの鞭を浴びつつよたよただらだら北に南に行き交う光景のせいだけではない。

いつ、誰が、なんのためにこのような一直線の舗装道路を山越え谷越え川や湖沼に橋を渡して南北二万キロ弱も通したのか。壁に関しては一切の伝承もないのがふしぎだが、道路に関してはミスボラの伝説によれば、創始神の杖の一振りにて瞬時につくりあげられたとのことだ。

実際には珊瑚の成れの果ての石灰岩や多孔質の火山岩という具合に道路の水捌けや摩擦係数の高さ、加工のしやすさまで考慮されたその土地その土地で産する多種多様の角を落とした石材をいかにも力仕事にして手仕事といった丹念さで組み合わせてつくられたもので、創始神の杖の一振りというには、じつに地味な人間臭い仕事ぶりだ。

創始神の杖の一振りとやらで道づくりに従事させられた無数の女たちの辛苦に思いを馳せれ

ば、俯き加減になってしまう——というのは感傷まじりの大嘘であるが、いまでも折々に投げ遣りな眼差しの女たちが修復のために無数に駆りだされているこの道路を眺めやると、よくいえば愚直、率直にいえば馬鹿正直とか阿房律儀といった言葉が脳裏を掠め、結果、苦笑いにまで至らぬ微妙な笑いを泛べるしかないということになるのである。

02

「壁の不調、看過できませぬ」

ミスボラ帝国千七十二代皇帝キノリウス・キイチは片膝をついて報告する女官の言葉に耳をかさず、明後日の方を見やりながら手の甲で貧相な無精鬚をざりざりいわせつつ胸中で吐き棄てる。ちゃんと両膝をつけ。跪け。頭(こうべ)を垂れろ。余の貌を直視するな——。それらを威厳をもって実際に口にできればよいのだが、いつだってキイチの強権は胸中だけであった。女官は上目遣いでキイチを見つめたまま、続けた。

「壁は、帝国の要。いちど帝御自身、視察なさるべきです」

自分の目で見ろと慇懃無礼に迫っているわけだが、その心の裡には、皇帝ならば帝国の最重要事項を女まかせにするなという苛立ちが絶対に隠されている。キイチは最近の女官の態度その他からそう深読みしているのだった。この女官はなにくれとなく世話を焼いてくれるが、それは幼児に接するときに似た鷹揚さと、どこか見下した気配があった。子供に対して優しく振る舞う者から漂う、自身の優位が絶対に揺るがぬことからくる自信と余裕が鬱陶しい。それでも鬚を弄んだまま問いかける。

「喫緊か」

女官が頷く。そのくせ夜半がいいと付け加えた。先ほど食用爬虫類エステメノスクスの焼き物を主体とした昼食を食べたばかりだ。歯応えのない両棲類ではなく冠鰐だから馳走ではあった。キイチは歯のあいだにはさまった繊維を拇指と人差し指で抓んで引きぬき、一瞥して肉の薄桃色が血の抜けた白けた色に変わっていることを確かめ、ふたたびねちょねちょ咀嚼し、ちかごろは歯の隙間がどんどん拡がっていくと嘆息気味に首を左右に振った。

永遠の昼下がりに、なぜ夜にすべきことを吹きこむのか。昏くなってから迫ればよいだろうに——とキイチは雑に、かつ大仰に中空を仰ぎ、満腹からくる眠気を演じて大欠伸をし、女官に歯周病からくる口臭をたっぷり吐きかけてやった。もちろん、だらけた態度とは裏腹に、内心はいささか落ち着きをなくしていた。

キイチが横柄に振る舞うときは、必ず動揺しているということを熟知している女官がさりげなく底意地の悪い眼差しを投げた。視線は見事に頬に刺さったが、当人だけが鋭敏であると信じ込んでいる典型的な鈍感な男であるキイチは気付かず、それでも右頬を幾度かこすって、思いに耽る。

なにがあったのかは判然としないが、男という性にとって壁は絶対的禁忌だったはずではないか。否応なしに目にはいる外観を眺めやるのはともかく、壁の内部に関してはいかに求めようとも見せも触らせもしなかったくせに、それどころか話題にすることすら避けてきたくせに、急に責任をとれと強要するかのような圧迫を押しつけてくるのはどういうことか。被害妄想かもしれないが、じつに苛立たしい気分だ。

加えて、それが官司らしいと信じ込んでいるのだろうか、いつもながらに助詞を省き気味な抑揚を欠いた口調も気に障る。めずらしくキイチは立腹を隠せず、発散しそうになった。けれど荒い言葉を吐くのは皇帝としての沽券に関わる。怒りは下々の、それも女の感情だからである。熱をもった頰を両手ではさみこみ、呼吸を整えた。それでも鼓動は乱れたままだ。予感とでもいえばよいか。忌むべきことがおこるのではないかという不安に、肌が縮んだ。

気持ちを抑えようと、視線を眼下に転ずれば、宮殿のど真ん中を使役用に交配されて四肢が巨大化した無数のプラティヒストリクスが荷を満載して蛇行気味にのたくた歩いていく。本来はその背に放射状の巨大な赤紫の背鰭をいただいているのだが、物資運搬に特化した品種改良によりほぼ喪っている。ときどき背鰭をはやしたものも生まれはするが、孵った時点で切除されてしまっている。扁平につくりかえられてしまった背に、巨大木生シダの幹からつくりだされた荷台を、赤錆の浮いた鋳鉄の鎖状の輪で肉に穿った穴に直接留められている。パンゲアに育成するシダ類は茎に二次肥大成長を促す構造をもっていることにより樹木と同等の幹をもち、仰ぎ見る首に痛みを覚えるほどの大木に育つので、資材として家屋をはじめ、ありとあらゆるところに使われている。

キイチの感情は持続しない。抽象的思考に至っては持久力はほぼゼロである。つい先ほどまで肌を収縮させていた不安も霧散し、守護の壁云々から微妙に外れていき、関連はあれどもさしあたりどうでもいい方向に想念は流れていく。行幸の折に両棲類の背に乗って旅をするときなど、十数時間乗り続けて苦にしない。女官など皆、キイチよりも臀の肉が厚いくせに退屈や臀の痛みを訴えるが、ひたすら座していることの苦痛には耐えられる。加えて両棲類の操縦はお手の物であると自負してもいる。戯れに女官と運転を代わってハンドル、もとい輪状の手綱をいつまでだって引いていられる。すなわち、いくらでも乗っていられる。耐えられる。ゆえに忍耐力と集中力に関しては人並み以上である——。よく仕込まれた両棲類は直進が得意である。手綱云々と吐かすが、ぼんやり座して揺れに対処しているだけであるのに御大層なことだ。この男の能力の実態と自己評価は一事が万事、この調子なのだ。

だから洞察に類することを強いられ、あるいは求められると、とたんに思考放棄がおきる。自己完結気味の普遍と無縁な現実的な安っぽい深読みは得意だが、幾重にも派生していく物事に対処することはできない。もし受験させれば、記憶力という白痴の能力がものをいう解答がひとつしかない昇任試験的な事柄は大の得意で満点をとれるが、いかに筋道を立てて考えても答えが見つからぬような事柄から最良を選択するといったことは、この無能には不可能だ。守護の壁に問題がおきているという最重要事からずれはじめていることも自覚せず、キイチはいっぱしのことを考える。

流通は帝国の礎だ。そんなことは百も承知だ。が、なぜ宮殿のど真ん中にまであの忌々しい直線道路が突き抜けているのか。玉座の真下が道を通すために直角のアーチ状に抉られていて、わざわざ隧道が設えられているのだ。皇帝自ら道を見おろすということには当然なんらかの意図があったのだろう。だが、無窮の刻を経たいまではなんのためにそうなっているのかという伝承も喪われ、道は壁と同様一切の例外を許さずにただただ一直線に地の果てまで続いていく。

おかげで生まれ落ちたときから道を行き来するプラティヒストリクスのぶよついた粘液質の軀から漂う独特の体臭を浴びてきた。マリオプテリス山椒の葉と種子を強く叩いて潰し、そこに蛭に吸われた赤黒い血を搾ってまぶして醱酵させたかのような臭いである。さらに木生シダ独特の日陰の地面に生えた黴に似た沈殿気味の臭気が加わっているのだ。浮かれた気分になれるはずもない。

キイチはこれみよがしに溜息をつく。美を理解把握できぬわけではない。余が皇帝という重荷を背負わねばならぬ運命でなかったなら、詩人として大成したであろう。

美——。

我が帝国の外郭を決定する揺るぎなき二つの黒き壁、大動脈たる直線路。いわば平行の帝国であり、領土の形状をもって類い稀なる直線の美を具現しているのがミスボラ帝国である。帝国に直線はよく似合う。だが、皇帝の権威を示すためにも、道をつくりかえてしまいたい。宮殿を迂回させてしまえばミスボラで唯一のカーブが発生するわけだ。

「わかっている。曲線の美。それは無理というものよ」

蜂谷に指先をあてがって芝居染みた独白をすると、総てを見通しているといった面差しで女官が見つめる。無視して思いに耽る。守護の壁が泛ぶ。だが壁に問題がおきているという事柄の気配は残っているにせよ、それが中心に据えられていないあたりが、この能天気な男らしい。キイチにとって疎ましくもおぞましい、けれど帝国を帝国たらしめている必然である直線の美とやら、真っ黒な守護の壁がぐいと眼前に迫ってくる。

もちろん宮殿の造作に遮られていて黒き壁は直接見えはしないのだが、いにしえの伝承にある、青空という奈落にあいていて、光もふくめて世界そのものをことごとく吸いこむとされる穴の暗黒ぶりを想起させる、あの黒々として艶やかな壁が脳裏にくっきり泛ぶ。穴といえば円形という思い込みがある。キイチは己に問いかける。

——あの壁のごとく無限に平行して真っ直ぐにひらく穴というものは、ありえるか。

真摯にして哲学的であり、数学的要素も含んだ、けれど思い付きにすぎないチープな問いは女官の醒めた眼差しに霧散した。地上を貫く道から立ち昇る両棲類の臭いとともに現実が迫る。鼻梁に複雑な皺を刻みはしたが、言葉を放てばその尻を捉えられる。口で女に勝てるはずもない。キイチは似非笑いで遣り過ごす。

腹立たしいことにミスボラ帝国のすべての建物のなかで唯一、宮殿は左右の守護の壁にそれぞれ東西の端を接し、一体化して建てられている。遠い遠い昔に守護の壁と同時に建立された差し渡し五キロに及ぶ壮大なる宮殿というのが売り文句ではある。宮殿以外の建物が壁と接することはタブーなのだ。嘘か真か宮殿を壁から切り離せば、壁と宮殿の双方が瓦解する——つまりミスボラ帝国が崩壊するという。守護の壁と宮殿は、不離の関係にあるからだ。ゆえに道をカーブさせることは叶わない。この玉座に座り続けるつもりならば、生あるかぎり地上の熱によって立ち昇ってくる両棲類の湿った芳しき粘液の香りを嗅ぐしかない。

キイチは朧気にではあるが皇帝という立場が壁と宮殿にあることを自覚していた。自身が並以上の知性をもち、抽んでていることも慥かだが、人々が上っ面だけでもただの世襲の皇帝を崇めるのは、守護の壁に宮殿が接続しているからだ。そこに神代の昔から居住していたのがキノリウスである。皇帝の権威なるものが存するとすれば、それはひとえに壁とくっついた宮殿と共に歩んだ一族の直系の子孫であるということに尽きる。

よりによって陽射しがきつい赤道直下に宮殿はある。壁と同様の真っ黒で艶やかな石材で構築されていて、民からは暗黒宮殿と崇敬の念を込めて呼ばれている。黒は聖なる色である。黒は光を、すべてを吸収するという。けれど不思議なことに熱もこもらず、宮殿内はひんやり冷たく心地好い。建物および構造物にこの暗黒の石材を用いることが許されているのは、宮殿と壁だけである。

けれどキイチは壁が主で、宮殿が従であると推理している。たとえ宮殿が消滅しても、壁さえ残っているならばミスボラ帝国は永遠に続く。壁こそがミスボラ帝国であるとキイチは直観していた。つまりこの帝国は皇帝よりも壁が偉いということだ。

嗚呼――と大仰な声をあげ、俯き加減で目頭を揉む。芝居がかっているのではない。芝居をしているのである。最近のキイチは深刻そうに振る舞ってみせて、それをあえて快活かつ豪放な笑いで裏切ることに小さな快感を覚えている。誰も見ていないところでも嗚呼と嘆息し、しばし沈みこんで、ぐいと面をあげる。一切反応しないとはいえ女官たちがぐるり取りかこんでいるのだから、多少は演じ甲斐があるというものだ。

日々に不満がないわけではないが、それでもすべてはうまくまわっている。キイチの覚える不定愁訴の芯にあるのは倦怠である。なにしろすることがない。退屈だ。日々日常は欠伸と同義だ。

北と南にはどこまでも行ける。けれど西と東には旅立てない。曲線のない旅行がどれほど退屈で味気ないものであるかを一度経験してみればよい。ひたすら沿って歩き続けていれば、壁は間違いなく牢獄としてあるのではないかと苛だつこともある。だが他国の血腥いあれこれを耳にすれば、柔らかな諦念をまぶしつつ、いまの情況を受け容れるしかないと吐息をつく。

そもそも覇気とは無縁である。罷り間違って自分が炸裂し、自滅するような行動をとることなど絶対ないと断言できる。性格的にも現状維持を好ましく感じるし、人生における喜びは？と問われれば、躊躇いなく子育てと答えるだろう。

もっともミスボラ帝国において子育ての類いは男の仕事なので、慈愛あふれ、なおかつ厳格なモラルを仕込むことを心がける一方で奔放自在でもあるキイチの子育てについて、その主義主張についてあえて耳を貸してくれる奇特な男もいない。

折々に育児書を認めたいと念じている。さすが皇帝の子育てと絶賛されることを夢想するが、根気が続かないので育児書はいつだって導入部だけ、中途半端な序文しか完成しない。近頃は書き出しの一行さえ書かずに脳裏で賛美賛嘆を一身に受けることを妄想し、いっぱしの文筆家気取りである。

王妃や女官、すなわち女たちに至っては、キイチが育児について口にしたとたんに薄笑いを浮かべてはぐらかす始末、まともに子育てもせぬくせに過去に乳を飲ませたことを盾に、気紛れに子供をかわいがる。子供の情愛を父親から奪って恥じることもない。まったく女のあの自信は、いったいどこから、なにからもたらされているのだろうか。産むということは世界を支配することに等しいのではないか——などと若干足りない頭でもっともらしく頷くことがある。まあ、おしなべてミスボラは平和だ。長閑だ。退屈だ。

「争いのないことは、よいことである」

平和と長閑と退屈の根源である壁を念頭に呟くと、そのとおり——と女官が首を縦にふる。合わせて女官とまったく同じ貌をした女官たちが深々と頷く。凝視すれば、この人形たちは蝶番で頭と胴が固定されているのが露見するのではないか。自身の比喩に自身で受けてにやついていると、女官が見透かした眼差しで言う。

「安全保障の保障のためにも、いちど壁の不調部分の御視察を」

「重言だろう」

「いいえ。安全保障に対する保障という意味ですからまったく意味が違います」

「意味ですから、意味が違う、か」

「はい。意味が違うという意味において、意味が違います」

キイチの黒目が上にあがる。底意地の悪い女官にさらに言葉に言葉を重ねて返されたとたん、己が何を喋っていたのか判然としなくなってしまったからである。悔し紛れに女官たちの貌を見まわして、おまえたちの貌こそが重言だ——と胸中で嘲ったが、女官たちの寸分違わぬ無表情にあっさり撥ねかえされてしまった。引きずると、あとで悔しさが倍加するので思いをするりと変える。結局は、念頭に泛ぶのは壁の現情況に対する疑問ではなく、壁そのものである。

自国の国境を越えることなく壁のなかに閉じこもり、他国を支配する野心も持たずに帝国を標榜することを諸外国から揶揄されていることは知っている。ミスボラに帝国という文字はそぐわない気もする。

が、軍事力を背景に広大な領土を求め、他民族を侵略し奴隷化しようとする野蛮で獰猛な諸帝国がミスボラと戦争をすることもできず、それぱかりか莫大なる通行税を支払うしかないのも、壁のおかげである。

壁はいま現在の安楽な生活の絶対的な安全保障なのだ。他国とちがって民は住居を保障され、餓えることもなく、とりわけキイチを含めた男が安穏とした日々を送ることができるのも、男という性が少数派であるという理由もなきにしもあらずではあろうが、やはり総ては壁があるからだ。

ゆえに壁に対しては割り切ることができるのだが、道は我慢がならない。国土の幅が五キロしかないにせよ、そのなかを精一杯蛇行すればよいではないか。無駄な距離を稼いでみせればよいではないか。そもそも脇目も振らず一直線が正しいことなのか。

――余は皇帝である。道ごときを変えられぬのはあまりにも情けない。未練といわれようが、余の在位中に詩情あふれるくねくね道を拵えてみたい。遠大かつ冷徹な直線を成す壁と、それに直角に交叉して壁に行き当たるだけの小径しか知らぬ臣民は、そこに余の詩情を見いだし、最短距離の合理ではなく回り道のよろこびを味わう。後世までも千七十二代皇帝キノリウス・キイチの名は臣民たちの胸に刻み込まれるであろう。

されどミスボラ帝国の実際は、女性原理で動いている。臣民の八割が女だから致し方ない気もするが、皇帝皇帝と祀りあげられているだけで、その権威権力を吟味すれば、なんら実権らしきものはない。圧倒的多数を誇る女たちは余に頭を下げはするが、それは崇敬や敬愛からではなく、古よりの単なる慣習にすぎない。曲線ではなく直線で構成された国土それ自体が勃起した男根じみた男性原理で成りたっているからこそ、男は徹底的に排除されているのかもしれない。それは皇帝であっても例外ではない。

ミスボラ帝国では皇帝以下、男は政治は当然のこととして、本来は男がしたほうがよほど効率的な軍事や力仕事に類することもふくめて一切の生産的な作業に従事することをかたく禁じられていた。それは男の出生数が圧倒的に少ないことに遠因があるのかもしれないが、許容されているのは前述のとおり子育てだけだ。確かに子育てにおいて保育している男親が傷ついたり死んだりということはそうそうないとはいえる。逆説的に数少ない男を保護するという意味合いがあるのだろう。結果、生き甲斐に類すること、仕事、労働から基本的に遠ざけられている男が育児にすべてを捧げるのは当然のことである。

ところが、それも授乳をはじめ肝心のところは不条理なことに常に女の領分だ。子育てといえば聞こえはいいが、実際は子供と遊んでいるだけなのだ。父親とは子供の遊び相手である。もちろん父親自身はそうは考えておらず、なにやら崇高な行為に携わっているかの錯覚を抱いて疑いもしない。ちなみに専ら自身の子のみを育てることができるのは皇帝の特権であり、キイチは午睡の前に玉座にて女官から定例報告を受けるとき以外は、ほぼ三人の子を愛育している。世の男たちは自分の子ではなく、性交省出生性交管理局、通称性管からあてがわれた子供を育てる。当然ながら性管も女が局長を務めている。児童虐待が露見すれば死罪であることを持ちだすまでもなくキイチも含めて、することがない男たちの過剰なるお節介、いや子育ては案外うまくいっている。

これら諸々を表現を変えてあらわせば、男が経済に触れることは禁忌であった。男は生まれた瞬間から一切の生産に関わらず、ひたすら消費のみを、遊び暮らすことを運命づけられている。下種な物言いをすれば、ヒモであらねばならぬということだ。

臣民の二割にすぎぬこともあって男はせっせと交尾、いや媾合に励まねばならない。性交が男に残された唯一の仕事であるとするならば、これはこれで大変な手間仕事かもしれないが、世の男たちはそうは感じていないようだ。なにせ彼らには婚姻という押しつけがないからだ。

媾合は出生性交管理局の女性管理官によって厳格に統制されていて男は相手を選ぶことができないが、その代わり求めさえすれば日替わりでも可能である。男は自身の体力精力に応じて達成可能な数量を登録し、こなせる数を積みあげていく。

もちろんミスボラは恋愛を排除するほど野暮でも野蛮でもないが、そうであっても性の交わりはシステム上、好みの女だけというわけにはいかない。けれど精虫を無数に拵えるのだけが取り柄の男という性は、相手が変わることを忌避しないものだ。

美醜問わず女はそれぞれに味わいというものがあり、もし性の交わりをもてぬとしたら高嶺の花として仰ぎ見るだけの存在は神格化されもしようが、どのみち順繰りに相手をする番がまわってくるのである。しかも肌を合わせてみたい女がいれば、そこは男女のことであるから性交管理官にいささか羞恥の絡む面倒な書式ではあるが、青色申告書を提出しさえすれば按排してくれる。ただし結婚のようにその女を独占して性交に耽るということは許されない。

十五歳からこれをはじめて六十歳で終えるとしよう。現役期間は四十五年である。三日に一度、女と肌を合わせるとすると、生涯に五千五百人近くの女を知ることとなる。これだけの女を味わえば、男は美醜に対する幻想をもつこともなく、まさに相性のよい女と恋愛関係に耽ることとなる。察しておられるとおり、こうなると異性との友情とでもしたほうがよい関係となるわけだ。女に対する性慾と恋愛は別物であるというのがミスボラ帝国の男女関係の基本である。

この基本関係を演繹したと解釈していいのだろうか。同性好みの男女は異性を強要されることもなく、それぞれのコミュニティで暮らしている。なお同性愛においても一人の相手のみとの媾合は排除され、万遍なく付き合うことが鉄則である。このあたりはまさに女が主体でつくりあげた帝国ならではという気がするキイチであった。

が、この男女の基本的関係から外れた唯一の存在がある。なにを隠そう、ミスボラ帝国の皇帝こそがこの厳格なシステムから除外されているのである。キイチは居丈高に皇帝こそが例外であると反り返りかけて我に返る。ミスボラ帝国において、たった一人婚姻を許されたキイチは、六人の妻をもつ。六人の妻の相手だけをすればよい。どうやらこの仕組みを考案した者は、生涯において幾千もの女の相手をするのは苦痛であると思い込んでいたようである。皇帝にはこの苦役に就かずにすむという特権を与えたのだ。

だが、これが特権なのだろうか？　というのが最近のキイチの窃かなる疑問である。皇帝といえば聞こえはいいが、徹底的に監視されている存在だ。自由な行動は当然として、自由な恋愛も許されない。根は臆病だし、女官に傅かれて排便後の始末までしてもらえるいまの安楽を棄てる気もないし、そもそも別に新たな出逢いなど求めてもいないが、臣民共がありとあらゆる出逢いを愉しんでいるのに、余は単一の六人のみである。

単一の六人のみ――。

単一の六人は多いのか、少ないのか。

咳払いがした。キイチは苛立ちを圧し隠してわざとらしく小首を傾げる。

「で、いったいなんの用だったかな」

「壁の不調、看過できませぬ、と」

「が、壁は男子禁制ではなかったか。壁の禁忌は皇帝とて例外でない――とさんざん聞かされてきたぞ。お、ま、え、から」

「壁の禁忌、唯一例外がございます」

「知らないなあ。知らなかったなあ」

「王妃が御同行なされる場合、壁の内部、覗き見ることができます」

「知らないなあ。知らなかったなあ」

女官は薄笑いを泛べた。背後に控えている女官たちがまったく同じ貌のまったく同じ唇をまったく同じタイミングで歪ませた――薄笑いを泛べた。女官がキイチの頰に接吻しそうになるくらい顔を近づけてきた。いままで嗅いだことのないよい匂いがしてキイチは喉仏をぎくりと動かす。

女官はそれを悟ってキイチを一瞥した。不可解かつ複雑な眼差しだった。単純なキイチは、余に気があるのではないか――と瞬間、胸を昂ぶらせた。けれど、キイチが真に敏感であれば、愛玩犬に対する慰撫に似た気配を捉えただろうし、情愛というよりは揶揄に近い、けれど奇妙なまでに真摯なものを感じとっただろう。女官の囁きに込められた息がキイチの耳朶を擽る。

「覗き見。したくありませぬか、覗き見」

「いや、まあ、覗き見。したくもないが、どうしてもというなら、その」

「覗き見。したくありませぬか、覗き見」

「いや、まあ、覗き見。したくもないが、どうしてもというなら、その、したいけど」

女官はキイチの耳朶に唇を触れさせ、声にならぬ声を耳の奥に吹きこんだ。――では、今宵。唐突に顔を離し、付け加える。

「王妃、御同行にて」

03

わざわざ男子禁制の壁の内側を見せるということは、余に壁の不調を見極めろということではないか。壁に対する素養の欠片もない余にそんな芸当ができるのか――という当然至極の疑問を抱きつつ、キイチは暇つぶしにいつもどおり半地下の宮殿図書館に籠もることにした。

直線の階段は段が低いので、逆に下りづらい。幼いころはちょうどだったが、いつのまにやら歩幅が合わなくなっていた。階段が終わると、ゆるやかな傾斜の直線のスロープだが、このほうがよほど歩きやすい。

はじめて図書館入り口の暗黒色をした巨大なる扉を目の当たりにした幼きときは、口を半開きにしてしげしげと見あげたあげく、首に痛みを覚えたが、いまでは直線で構成されているがゆえに掌に食いこむ取っ手以外に視線を投げることもない。軽く力んで取っ手を押し下げる。さらに重厚すぎる扉を若干前屈みになって体重をかけて押し開く。

紙の匂い、インキの匂い、装幀に使われている接着剤の匂い、表紙にコーティングされた樹脂の匂い、それらが複合した香りがキイチの鼻腔を充たす。どのような仕組みになっているのかは知る由もないが、塵も埃も澱みも一切なく、温度も湿気も本の状態を最良に保つように調整されているようで、黴臭さとは完全に無縁だ。清浄な書物の香りのみがふわりと漂っている。

キイチは深呼吸した。ここの空気は、ミスボラのどこよりも澄みわたって引っかかりがなく、じつに綺麗だ。宮殿と同様、仄かに光を反射する暗黒の石材でつくられた図書館の天井は闇に溶けて、判然としない。ごく穏やかなものなので、キイチ自身ずいぶん長いあいだ気付かなかったが、人の動きに合わせて照明が移動しているような気がする。というのも、影ができないのだ。灯りは常にキイチの真上にある。もっとも照明がどこに仕込まれているのかは、まったく見当もつかない。館内の空気と同様、じつに穏やかで目に優しく、しかも紙の純白と活字の黒が鮮やかに引きたつ不思議な光だ。

見るともなしに真正面に聳えたつ黒く艶やかな石造りの書架に視線をやる。習い性になってしまっているのだ。高い段の背表紙は朧に霞んでいる。この書架だけでどれほどの書物がおさまっているのだろうか。キイチは書架に組み込まれている黒い石造りの移動式梯子を力まかせに押す。梯子はじつに素早く、滑らかに移動していき、けれど書架の端にまでは到らず、遥か手前で曖昧に静止した。それでも押した場所から梯子に辿り着くまでに数分を要した。キイチは大仰かつ長大な梯子を登り、その中段あたりであえて目を閉じて一冊引きぬいた。それなりに重量のある大判の書物で、元来非力にして運動と無縁なキイチはバランスを崩しそうになった。

「なんじゃ、こりゃ」

髪の長い男か女かわからぬ、いや髭が生えている者もいるからあきらかに男だが、四人組がキイチを睨んでいる装幀だった。男たちの顔貌は、守護の壁を隔てた西の大帝国、アメリアの住民に似ている。梯子に腕を絡ませて背を一瞥すると〈フリー・ザ・コンプリート〉とあった。そのままの体勢で適当にひらく。ざっと目を通す。写真が大量に掲載されている。どうやら未来に実在した楽団の話らしい。麻薬とやらに入れ込んで自滅していくギター弾きについて書かれている部分が目に入った。キイチは左手に書籍を抱え、右手で梯子をつかみ、ゆっくり下に降り、そのまま書架に背をあずけて読み耽りはじめた。たかが楽団、されど楽団、この若者たちは楽団内での原初的な政治、そして競合する楽団をはじめ聴く者すべてを平伏させたいという野望を滾らせ、けれど望むものを得はじめていながら、徐々に沈んでいくのである。虚構ではなく実在の楽団に取材したものであるので、その痛々しさもひとしおだ。この傍若無人な若者たちが放つ音を聴いてみたいと顔をあげて、それは叶わぬと口をすぼめた。

キイチは幼いころから、この図書館の入り口あたりの書籍ばかりを読み耽っているのだが、腹などの贅肉が目立ちはじめた中年となったいまでさえ、このとば口だけでも、まだまだ未読の書物が無限といっていいほどにある。なにしろその広さは見当がつかない。宮殿の地下のすべてが図書館ではないかと当たりを付けているが、それだと幅五キロにわたる。延べ床面積は見当もつかない。奥に行きたい気持ちもないわけではない。だが、無数に連なる巨大書架の織りなす迷宮である。迷って餓死――という光景がありありと泛ぶ。臆病でどこが悪い――と、ふてくされ気味に居直る気持ちもある。

そもそもミスボラには書籍の流通がない。本など、誰も読まぬ。それどころか本という存在を知らぬ臣民も多いのではないか。育児が趣味でない、あるいは育児をこなせない、妄想癖ばかりが肥大したごく少数の男たちによる文藝はそれなりに盛んであるが、内輪で流通するだけの手刷りの小冊子がすべてといってよく、それでもミスボラ文藝家協会が組織されていて、文壇と称するものもある。キイチもそれに関わっていた苦い過去がある。ともあれ帝国の書物は宮殿地下のこの図書館にあるものがすべてといってよい状態であった。

「うちは、貸し出しは、しないよ」

余の独占だ――と胸中で続けて、途切れかけた集中をなだめつつ、ふたたび文字に沈んでいく。が、集中できる時間のごく短いキイチである。少女の面影が脳裏を疾った。この図書館を訪れたばかりのころだ。書架の奥から少女が青い貫頭衣を翻して小走りに駆けてきて、キイチに気付くと目をまん丸にし、しまった――といった顔つきの直後、幼い少女らしくない迎合のにじむ笑みを一瞬、泛べ、軽く一礼すると扉に取りついた。重い扉をひらく手助けをしながら訊いた。奥は、どうなっておる?

「無窮が拡がっております」

いま思い返しても、じつに小生意気な比喩である。キイチは黒い取っ手に手をかけて力む少女の下膊に秘めやかに波打っている色素の薄い産毛に気付いて、咽が締まるような感覚に襲われた。はじめて異性を意識した瞬間であった。

それをどうにか追いやって、もうひとつ知りたかったこと『時というものは過去から未来にむかって流れるものなのに、ここには、なぜ、過去の書物ではなく、未来の書物が収蔵されているのか』と尋ねようとしたが、少女はほんのわずかしか開いていない巨大扉をすり抜けて、姿を消してしまった。

以来、少女と会うことはなかった。少女に会いたいがために毎日、足繁く図書館に通ったが、あるころから読書そのものの愉しさに目覚め、孤独な日々も後押しして、よいのか悪いのかは微妙なところではあるが、キイチは膨大なる知識をおさめた脳髄を得ることとなった。

重複するが、あえて特筆しておきたいことが二点ある。

まず、少女の言うところの無窮が拡がる図書館は、不可解なことに、その収蔵のすべてがさまざまな国の言葉で書かれた『未来の書物』であった。キイチが気まぐれに持ち込んだミスボラの詩歌や伝説、歴史を記したもの等々が唯一の異物であったが、書架に収蔵された書物は厚みを完璧に計算したがごとく見事なまでにきっちり詰まっているので、それらを容れる余地はなく、入り口付近に雑に積み重ねてある。

第二に、これといった取り柄のないキイチではあったが、なぜか、知らない言語も読むことができるという不可解な能力をもっていた。そもそもありとあらゆる言語で記された未来の書物である。ミスボラの言葉で書かれているわけではない。一瞥した瞬間は、線虫がのたくっているようにしか見えないが、凝視すると意味がじわりと伝わってくる。当初は覚束なくても、頁を繰っているうちに、その言語の論理および概念が脳髄に這入り込んできて、案外すらすら読み進むことができるし、その言語の発音などもわかってくる。もっとも読めるからといって、それがなんらかの創造に寄与するわけでもなく、キイチはミスボラ帝国にはほとんど存在しない諸事に関する大量の知識を溜め込んだある種の記憶装置と化していた。

途切れる集中をだましだまししてポオル・コゾフなるギター弾きの若者の苦悩と悲劇に胸打たれつつ、楽団の話を最後まで読みとおし、図書館をあとにした。ベースの若者が脱退したあと日本なる異国のベース弾き山内哲が入団したのだが、その山内の風貌は、なんとミスボラ帝国の男共にそっくりであった。楽団の若者たちの生き様を胸に、夕食は子供たちと一緒にとった。子供たちはあきらかにキイチを舐めきっていて、じつに態度が悪いが、近ごろは目も合わせようとしない。ガキのくせに！　と当初は怒りを覚えたが、いまやなにも感じない。キイチは悲しく悟ってしまっていた。我が子と大仰に構えても、所詮は他人である。理想論は胸中に燻ってはいるが、いまやキイチにとっての育児とは、教育とは、無視するということに尽きる。子供たちも癇癪を起こされると鬱陶しいから、まともにキイチと言葉を交わそうとはしない。

どうにか子供たちを寝かしつけ、夜も更けて翌日にならんとするころ、眦決してというのは大仰だが、女官に促されて意志の弱さがそのままにじみでている色の悪い歪んだ口許を柄にもなくぎゅっと引き締め、王妃の居室がある多異様の塔にむかった。

多異様の塔は、なぜか宮殿玉座の真上に聳えたっている。女上位の帝国の象徴か――と胸中にて不服を唱えたのも、遠い昔のことである。いまとなっては、もう、どうでもよいことだ。諦念というよりも、それを思うこと自体に飽きてしまった。超巨大建造物が得意なミスボラならではの雲を突き抜かんばかりの高さの真っ黒い塔の長い長い階段である。無限の螺旋である。運動不足で足腰が弱ってなかなかにしんどいけれど、見栄張りでもある。当人は肩で息をしつつも涼しい貌をつくっているつもりだ。

斜め後ろを、あの女官が貫頭衣の裾を持ちあげて付き従っている。いままで女として意識したことなど欠片もなかったのに、妙に気になる。一歩一歩黒曜石の階段を踏みしめる歩調に合わせて揺れる髪の秘やかで不規則な囁きが鼓膜を擽るほどだ。だから塔の最上階で王妃の前に立ったときは女官を無視し、遣り過ぎなくらいに柔らかく優しい、ぎこちない視線を王妃に投げた。

「お久しぶりでございます」
「お久しぶりでございます」
「お久しぶりでございます」
「お久しぶりでございます」

「お久しぶりでございます」
「お久しぶりでございます」

王妃の声がまとめてぶつかってきた。嫋(たお)やかで抑え気味だが、ユニゾンで迫る声には不可解な威圧がにじむ。六人の妻は、皆おなじ貌をしている。声の質も完全に同一であるとキイチには感じられる。名は姉を筆頭にそれぞれ黒、赤、青、黄、緑、紫であるが、当人が名乗らなければキイチにはまったく見分けがつかない。それこそ名前の色の腕輪でもつけていてくれればいいのだが――と思いはするが、それを口にしてしまえば自身の感性の鈍さをあからさまにしてしまうような気がして、とても言いだせない。

閨においても黒、赤、青、黄、緑、紫はその仕種や声音、反応、香り、作法、軀の熱、羞恥の姿、潤い、それだけでなく性の形状までをも含めてすべて同一としか感じられず、男が介在しなければならないのは性交までということで、妊娠の直後から出産に至るまでキイチが立ち会う理由はないと王妃（たち）から遠ざけられ、うまくはぐらかされてしまったこともあって、いまだに自分の三人の子の母親が誰であるかわからない。ちなみにキイチの子供は男児が一人に双子の娘である。つまり出産したのはこの六人のうちの誰か二人、いや一人である可能性もある。

久々に目の当たりにする王妃（たち）は思わず頬がゆるむほどに麗しい。派手さはないが、整合と抑制の美が凝縮していて、やはり特別な存在である。王妃たる人格である。下々の女に手をだす必要などない。単一の六人で充分である。問題は、誰が黒で誰が赤で誰が青で誰が黄で誰が緑で誰が紫であるか判然としないことである。よくも悪くも特別扱いはおろか依怙贔屓することもできないのである。女官は真顔で赤様は気が強いとか黄様はよく笑うといったことを口にする。だがキイチには各々の性格の差は、その顔貌以上に曖昧模糊の不明瞭である。

なぜかミスボラの女は多胎妊娠が当然で、双子は少なく三つ子が当たり前といわれるほどであり、五つ子六つ子もめずらしくない。しかも多胎妊娠で産まれるのは女がほとんどである。帝国臣民における男女差が極端な理由がここにあった。多胎妊娠は遺伝的傾向が強固であることは周知のとおりであるが、多胎妊娠家系の多胎児出生頻度は一般的にそうでない家系の四から七倍の出生率とされている。だが、ミスボラの多胎児出生頻度はどう控えめにみても七倍程度ではすまない。しかもミスボラの女の出産後に排出される胎盤は常に一つであるから、一つの受精卵が複数に分割する一卵性であり、産まれた子らがまったく同じ遺伝質を有していることは言を俟たない。

このまったく同じ遺伝質をもった複数の子供が育つ特異な状態を plural situation と称するのは御存知であろう。性格と行動においてこの複数のおなじ貌をした女児はほとんどの面において類似した共通性を示す。これによりキイチの妻（たち）も情緒的結合が尋常でない。成長したいまも言葉を多用せずに意思の遣り取りをしてしまう。以心伝心の極致であり、コミュニケーションといえば拙い言語や身振りに頼らざるをえないキイチからすれば、妻にはテレパシーがあるのではないかと本気で信じたくなるような瞬間が幾度もあった。

もちろんそんなとき、じつは誰よりも小心なキイチは疎外感といった抽象的な言葉では言いあらわせぬ、胃のあたりが縮こまって嘔吐しそうになるほどの心細さを覚える。とりわけそう感じるようになったのは、彼女たちがあきらかにキイチとの性交を忌避していることに気付いたときである。

王妃との媾合は、王妃の都合による。具体的には妊娠だけが目的であり、排卵日の前後のみである。しかも男児が単独で産まれたときは世継であるから王妃も周囲も納得したが、そして女児も待望されたが、双子——たった二人だったときは王妃以下ミスボラの女たちの失望が直接肌に刺さったほどである。キイチの思いすごしかもしれないが、王妃女官を問わず女たちから、どうやら帝は双子が限度——という嘲笑のこもった眼差しを浴びて以来、王妃と閨を共にすることはなくなった。柔らかな頬笑みのバリアで遮断され、取り付く島もない。

キイチは記憶を手繰る。王妃との交わりを脳裏で反芻する。六人いるのに片手で数えることができてしまい、いや、いくらなんでももう少しはと苦笑い気味に俯く。王妃とのこと、両手で数えられる程度であると生ぬるいくせに凍えた息をつきながら凝固する。下膊で鳥肌が波立って迷走しているのを他人事のように見やる。

交わりだけではない。キイチはいつも一人で玉座に座らされているが、王妃たちは多異様の塔の居室に常にいっしょで、ベッドさえ一列に六つ並んでいる。言葉の遣り取りこそすくないが、以心伝心でにこやかに、ときにいたずらっぽい眼差しで振る舞っているが、一体なにを思い、なにを感じているのかはまったくわからない。

余は除け者か——と、幾度心の中で呻き、身悶えしたことか。けれどいくらその肉体を愛でても心に挿入が不可能なように黒、赤、青、黄、緑、紫の関係にキイチが這入りこむことは叶わぬ願いであった。

女官たちに苛立つのも、キイチと直接言葉を交わす女官とおなじ貌をした女官たちが、キイチの与り知らぬところで、阿吽の呼吸ですべてを共有し、悟っている気配が居たたまれないのだ。

いまこの瞬間、キイチは守護の壁の不調とやらで王妃と久々に会ったのに、性的慾求の昂進により我が身を持て余し、思わず背後を振りかえった。見透かしたかの眼差しで女官が笑んだ。がくりと首を折りそうになった。どうにか怺えて顔をあげてはいたが、昂進は硬直というかたちで居座って、キイチの姿勢のぎこちなさは変わらない。

04

男は変貌する体外性器を所有しているが、それを活かせる状況でないときに身勝手に肥大硬直されると、じつに邪魔であり、厄介なものだ。動作その他に不便を生じるだけでなく、自意識にとっても極めて不自由なことと相成るのだ。男というものは、それを不特定あるいは特定の多数にむけて露出誇示することで喜悦を覚えるやや特殊かつリーズナブルな性癖に婬する者以外は、おおむね自身の外陰部の変身を周囲に悟られぬよう配慮するものである。

もちろんキイチも配慮どころか隠蔽を試みた。皇帝として鷹揚に育てられはしたが、閑人にありがちな自意識の肥大もあって相当に慌てた。天幕のごとく持ちあげられた貫頭衣の腰部を布地をたわませることによって曖昧模糊の不明瞭に仕立てあげるために不自然な前傾姿勢をとった。その直後に性的な情動により拍動が増して呼吸が浅くなっていることに気づいた。皇帝は常に脳に酸素を取り入れて明晰であらねばならぬ。思い込みの強いキイチは前屈みの恰好のまま出し抜けに深呼吸をはじめた。

当然ながら深呼吸にふさわしい体勢ではない。若干、苦しい。ゆえにごくごく控えめにすーはーしたつもりなのに、止まらなくなった。すーはー、すーはー、すーはー、すーはー、すーはー、すーはー、すーはー、すーはー、すーはー、すーはー、すーはー、夢中になった。不自然な姿勢のまま、まわりの空気をすべて吸いつくす勢いで胸郭を膨らませ、肺胞をつぶす勢いで吐く。

あげく息を吸い吐きすることそれ自体に陶酔した。溺死しかけて沈み、必死にあがいてどうにか水上に浮かびあがり、いままで意識もしなかった空気のありがたみに恍惚として生の喜びを嚙みしめるといった大仰かつ安っぽいパフォーマンスじみた呼吸ショーの趣だった。キイチに常についてまわる度し難い自己愛の発露でもあった。演じているうちに役に這入り込んでしまって客観を喪ってしまう大根役者の態である。当然ながら、じつに見苦しい。

我に返った。皆の視線が集中していた。キイチ程度の脳みそであっても、自己陶酔の無様さは当然感じとることができる。莫迦は莫迦なりに思春期じみた文学性の欠片を後生大事に仕舞いこんでいるものである。無様であることがわかっているからこそ、自己陶酔する余地があるともいえる。周章狼狽右往左往にまでは至らないが、これは相当に気恥ずかしい。が、常日頃、皇帝的権威はどのようなときにも動ぜぬことに凝縮される――と己に言い聞かせてきたからこそ、下肚に力を込めて面をぐいとあげることができた。

妻（たち）、そして附き従う女官を睨めまわすがごとく見据え、先ほどまでの余の様子が深呼吸しているかのように映じたのだとしたら、それはおまえたちの幻覚にすぎぬ――とでもいわんばかりのごくごく平静な呼吸を演技した。ところが取繕いを補強するためにあえて上体を反り返らせたせいで腰部にて張り詰めた天幕を妻（たち）と女官にさらしてしまい、こうなると収拾をつけるためにも我関せずを貫くしかない。

狼狽ゆえの我関せずは、たいがい数呼吸おいて過剰な横柄さの気配に変換されて馬脚をあらわしがちだが、男というものは空威張りも含めて高圧的な態度をとると、なぜか股間のほうは充血がおさまって縮小していくものである。この場合も、なにを見ておるなにをいちいち注視しておる余にはとんと訳がわからんそもそも不調法であるぞ不快なり頭を垂れい――と読点を省いて捲したてると、天幕はしおたれるがごとくたたまれて、本来、卑下するほどではないにしろ誇るほどの代物でもないこともあってごくごく平静な景色に立ちもどったのであった。

もちろん妻（たち）も女官もキイチの天幕に気づいてはいたが、素知らぬ顔でいっせいに笑んだ。同時に頰笑んだということは、見方によっては相当に羞恥を催される事柄に属するのだが、このあたりは鋭いと自認しているだけの愚昧なキイチである。女たちの作り笑いを笑顔として素直に受け容れて肩から力を抜き、包容力を包含した科白など吐いて諸々をうやむやにしてしまうべく思案したが、国語辞典の記述を丸暗記するといったことには長けていても、キイチにとって複数の言葉を組み合わせて新たなニュアンスを醸し出すのは微妙にして絶望的な難事だ。大体において王と政治家は抽象的な単語でお茶を濁す程度の頭しかないから務まるわけで、結局はごく当たり前かつ穏当なところに落ち着いて、息災か――と声がけするにとどまった。

「はい」

「はい」

「はい」

「はい」

「はい」

「はい」

と、文章に書きあらわせば六つの改行を必要とするにもかかわらず、六つの声が重なって複雑な倍音を含んだ霊妙なる単音に聞こえる不思議を浴びせられ、キイチは口を半開きにしてこの時代には存在しない餌をねだるハムスターに似た黄ばんだ前歯をだらしなくさらして恍惚を隠しもしない。眼前の六つの果実は陳腐な比喩を用いれば青い果実である。腰よりも肩幅のほうが目立つ少年じみた軀つきでもある。黒眼を上にもちあげて数少ない媾合に思いを致せば、離してなるかと両手でがっしり押さえたその臀は、張り詰めてはいたが肉付きは淡く、そのときはやや物足りなく感じたのに、いまとなっては清浄であることの象徴としてキイチの妄想、いや憧憬を弥増すのであった。

そこに女官の小癪な咳払いが割り込んできた。キイチの頰が引き攣れた。痙攣をおこして止まらない。慌てて頰を押さえると、掌に小刻みな顫えが伝わって、まるで手で頰を揺すっているかの錯覚がおき、この瞬間、余は女官を心底から疎んじている、その証拠に反復的不随意収縮が余の頰に発生しているではないか——と、普段はまわらない頭が痙攣の振動ゆえに活性化して聞きかじりの能書きを並べあげ、それに自己満足したとたんにチックは他人事のように収束していった。横目で女官を見やる。なんだ？　と目で問う。

「そろそろ壁へ」

「ん。行かねばならぬか」

女官は返事もしない。相変わらず言葉に対する吝嗇の度合いが尋常ではない。いやはや度し難い。キイチは加減せずに舌打ちだ。すると妻（たち）が揃ってちいさく肩をすくめて目を丸くしてみせたではないか。いかん、いかん——と己を戒めると、それを見透かしたように女官が顎をしゃくった。啞然としたが、キイチはもはや怒りに類する感情をぶちまける気力も萎え、無意識のうちに唇をこすり、この口唇に触れた無意味な指先の動きはどのような深層心理のあらわれであろうかと呻吟めいた、いささか誇張された憐憫を自身に浴びせかけるのだった。

王妃たちの居室は雲上である。逢いたさ一心でのぼってきたけれど、よくよく考えれば壁に行くのだから下界で逢えばよいものを、なぜわざわざここまで出向かされたのか。なにしろ居室に辿り着くまでに、輪状につながれた十数匹のプラティヒストリクスの歩みを動力源として複雑な歯車を組み合わせた増速装置を用いているという昇降機でずいぶん高度を稼いだとはいえ、そこから先は延々二時間強、のぼらされたのである。妻（たち）を壁までエスコートするのは悪いことではないが、こんどはあの階段を無限にくだるのかと思うとあらためて太腿の懈さと脹脛の痼りが意識されてげんなりした。同時に、この上下に隔てられた非現実的な距離は妻（たち）と自分を隔てるために周到に企まれたものであるとキイチはいまさらながらに結論し、落胆したのであった。

「ダイナモをお見せ致しますか」

女官は妻（たち）に問いかけたのだが、そしてこれこそが延々二時間強の階段のぼりの理由なのだが、キイチは早とちりして、もうたくさんだうんざりだと顔の前で手を左右に振った。とたんに女官がキイチを一瞥し、ちくりと刺してきた。

「もちろん帝の御理解の範囲を超えておられるでしょうから、ダイナモに関しては御高覧に供せずとも」

この女は単語の頭に御をつけておきさえすればなにを口にしてもよいと考えているのだとキ

イチは歯噛みする。妻のひとりがにこやかに女官にかえす。

「いえ、事実と申しましょうか、現実のありのままを御覧に入れることこそが肝要です。御目にかければ、さぞかしその壮大さに驚かれることでしょうし」

若干のいたずらっぽさをにじませた眼差しは、対外的な物事を司る黒であろうと当たりをつけつつ、夫である余に対するのが対外である黒であるとは、いや、なによりも真っ先に妻（たち）を前にして対外という言葉を泛べてしまう余が不憫——と、まわりくどくも意味不明瞭な嘆息と共に蟀谷に人差指と中指をあてがって俯くという得意のポーズをとり、めげてなるものかと首を反らした。

「黒よ。ダイナモとやら、見せてもらおう。さぞや壮大な仕掛けであろう。ぜひとも見たい」

「承知致しました」

妻は優雅に一礼した。

「なお、私は紫でございます」

キイチは反射的に女官を見た。女官は表情を一切動かさず、腐爛や膨張のはじまっていない水死体じみた端正さを崩さない。

「いや、その、おまえたちはよく似ているからな、なに、その、ほんの冗談である、受っけ狙い〜」

口ばしっている中途から片足立って躓いてしまったかのようにちいさく蹈鞴など踏んで精一杯の愛嬌を振りまき、おどけまくってギャグですまそうと悪あがき、されど受け狙いの受けがいったいどこのなににかかっているのか判然とせぬこともあり、期せずしてシュールな気配が立ちあがって女官が苦笑じみた笑みで薄い唇を歪ませた。

妻（たち）の寸分違わぬ愛想笑いはキイチを素通りしたが、今さらながらに女官の底意地の悪い拗れに気づいたキイチは一瞬、蒼白になり、直後、動悸を烈しくした。その胸の高鳴りはほとんど恋愛に堕ちたときのもののようであり、不能感に偽装された負の感情に覆い尽くされて途方に暮れた。

さ、と促された。女官の手がさりげなくキイチの骨盤と腰椎の接合するあたりに添えられていた。薄い貫頭衣をとおして女官の冷たい掌と指が複雑に動く。愛撫か蔑如か微妙なところだが、軀の芯まで痺れさせる冷涼に抗えるはずもなく、キイチは女官に押されるがままに王妃居室の北の壁面にむかった。あとに続く妻（たち）にその姿を見咎められないかと不安になりもしたけれど、女官の手を振り払うことなどできるはずもなく、艶めいた黒い壁に対峙した。

顔が映るほどに磨きこまれた黒壁に吐息がかかって、薄く白く頼りなげで仄かな不定形な膜が拡がり、収縮し、拡がりを繰り返している。これ以上押されると壁と接吻してしまうと冗談めかして訴えようとしたとき、女官が加減せずに掌に力を込めた。

キイチは王妃居室の外にあった。屋外だった。壁を突き抜けた？　あまりのことに狼狽さえおきず、壁にはくるりと反転する仕掛けが施されていたのであろうとあくまでも理性的に解釈した。けれど壁はあくまでも壁であり、仕掛けなどないことを直感していた。押されたら、黒曜石の壁を通り抜けていたのであるとしか言いようがない。

なぜか、たった一人である。女官の冷えきった掌は離れ、かわりに夜更けの高所ならではの藍色の冷気が貫頭衣をあおり容赦なくキイチの肌を撫でまわす。足裏に外気とおなじ温度となった氷じみた石材の気配が伝わる。暗黒の氷という言葉が泛びはしたが、詩情に陶酔するには雑念が多すぎる。余一人で世界を俯瞰する、それも悪くはない。皇帝ならではの贅沢である。必死で虚勢を張り、キイチは吐きだす白い息を追いつつ世界に眼差しを投げる。

眼下に淡い雲の群れが月明かりを浴びて幽かに揺れている。足許の雲は穏やかだが、遠い彼方では大気が軋み、明滅している。天涯に反射して夜が婀娜っぽく色づき、大地にむけて一気に罅割れ青褪めた白銀が疾り、突き刺さる。すばらしいスペクタクルであるが、光輝は地上の木生シダ類の密林はおろか、闇に溶け込んでいた守護の壁の存在までも明らかにしてしまう。放電した刹那、視野の右端から左端まで暗黒が流れていくかのようだ。世界は明確に守護の壁で区切られているのである。稲光に泛ぶ守護の壁は、どこかガラス細工じみている。いや、実際に雷光を反射しているではないか。たとえれば、長大なる暗黒の鏡である。

まあ、遥か眼下のことであるから、余の関知するところではない——と、納得させるように自身に言い聞かせる。それよりも遠雷そのものである。俯瞰というには大仰な気もしたが、見おろしているのだから、やはり落雷を俯瞰しているのであろう。キイチは両腕を交差させ、思わず自身をきつく抱きしめた。そのとたんに高所に対する不安がちりちりした波動となってキイチの下膊に鳥肌を浮かびあがらせた。

股間がざわめくのである。非常階段の張り出しといったところか。ただし柵もなにも設えられていないので、強風突風にあおられれば命の心配をせねばならぬ。それにしても高所における緊張と不安は、なぜ男の股間に対して身悶えじみたちりちりしたものをもたらすのであろうか。高所は女の性の器官にも余と同様の絶妙なる違和感を覚えさせるのであろうか——などと現実から逃れるために性感前段階の昂ぶりにそっくりな股間の様子についてのとりとめのない考察に耽りつつ、なんとも不用心なところに送り込まれたものだと首を竦め、軀を縮めて身震いしていると、キイチの周囲を取り囲むように妻（たち）が立ち、その背後から女官が小首を傾げるようにしてキイチを窺っていた。

妻（たち）の視線はキイチにむけられてはいるが、キイチを捉えていない。キイチがいることに気づいていないがごとくである。睕とキイチを認めているのは女官だけである。だからこそキイチはぎこちなく女官から視線をそらした。ついに疑念に耐えられなくなった。

妻（たち）も女官も、いつ、ここにあらわれたのか。そもそも、どこに扉があったか。余はいったい、どこをどう抜けてここに在るのか。

夜の湿り気がキイチを弄う。冷たいくせにとろりと溶けて流れる粘液質の夜。厭だけれど抗えずに吸わねばならぬ血まじりの唾液のような匂いのする夜。

なぜ余は雲上の崖の端に立たされているのか。誰かにすがりたい。

だが、妻（たち）が余に気づくのは怖い。気づかれたくない。怖い。

妻（たち）が余に気づく?

怖い——?

余は妻を怖れているのか？

キイチの頭のなかで？が無限増殖して収拾がつかなくなった。取り囲む妻（たち）の体温まで感じとっているくせに、幽霊に気づかれぬようにキイチは息を潜める。あげくなにを怖がっているのかわからなくなり、そらしたばかりの女官に視線をもどす。

女官が進みでて、目顔でキイチの肩幅ほどしかない階段を示した。どうやら多異様の塔の最上部に至るらしいが、自身を指して独りで？　と顔を顰めると、私たちはあとから従います——と応えてきた。けれど女官の唇は一切動いていない。もちろん妻（たち）も沈黙したまだ。あたりは風の啜り泣きと遠い雷鳴の囁きしかしない。

私『たち』とは、女官と妻（たち）を含めた私たちか。それとも妻（たち）のことなのか。だいたい誰も喋っていないのに、なぜ声が聞こえたのか？　妻（たち）に問いかけたかったが女官に訊いた。

「幻聴？」

「いえ」

相も変わらず最小限の受け答えですべてを終えてしまう女官であった。もちろん納得には程遠い。けれど追及は、聞こえるはずのない声が聞こえてしまうこと——自身の頭の具合に問題が生じている可能性をあからさまにしてしまいかねないので、諦めまじりで不安を抑えこみ、下を見ぬよう気配りして覚束ない足取りで石段をのぼりはじめる。

足裏にガラスじみた感触が伝わる。強く踏みしめれば全体にひと息に罅が拡がってしまいそうだ。階段が尖った破片となって崩れ去ることなど想像したくもない。宮殿も多異様の塔もたぶん黒曜石でつくられているのだとうろ覚えの記憶を振り絞ると、天然の火山ガラスでできた岩石——という百科事典の一文が脳裏に泛んだ。volcanic glass と表記されていたはずだ。

百科事典はもちろん逃避である。こんな高所で足を滑らせれば上昇気流のいたずらで一瞬宙を舞い、浮遊しはするだろうが、それは生に対する儚い執着がみせる幻覚の類いで、あとはひたすら奈落に落下するのみだ。落ちていくときは、きっと風圧で涙が引き千切れるだろう。頰が波打つだろう。貫頭衣が捲れあがるだろう。あげく、この高度ならば人体破壊の極致を披露できるだろう。

それでも地面に叩きつけられる瞬間、それがごく微少な量子力学的な時間であったとしても、まちがいなく苦痛を覚えるはずだ。キイチは自身が細片化される一瞬の痛みに対する想像から逃げ去るために脳裏に泛んだ端正な明朝体に全意識をむけた。——黒色ないし灰黒色で新鮮な割れ目は光沢があり——ガラスのようにつやの多い黒色の火成岩。割れ目はビール瓶の破片に似る——云々。外界と自身を遮断するのに文字という抽象の羅列はそれなりに効果的だが、ビール瓶の破片に似るというのはなかなかに秀逸であるともっともらしく頷き、しばし脳裏の事典の記述に沈んだが、ふと異様な気配に気づいた。

キイチに附き従ってくる妻（たち）と女官である。はしゃいでいるのである。どうやら石段の端に片足立ってバレリーナを気取ったり、お互いを加減なしに突っつきあってバランスを崩しかけ、黄様が摑んでくれなかったら落ちてましたよ、もう——などとさんざめく笑い声まじりで窘めているのである。あげく、このなかでは痩せているくせに骨太な世界がいちばん重いから、落ちたら真っ先に地面に到達するのは世界です——などと囁き交わし、世界と呼ばれた人物はキイチからは見えないが、あきらかに目配せと共に、帝に叱責されますよ——とキイチに聞こえるように囁きかえし、すると妻（たち）はいっせいに身を竦め、直後、お互いにぶつかりあって衣擦れの音にかぶさるような秘やかな笑い声をあげるのであった。

世界——。

女官の、名？

付けも付けたり。世界ときたか。

妻には名があっても見分けがつかぬ。名前と目の前の女が一致しない。それに苛立ったのは遠い昔だ。だんだん名に頓着しなくなった。名詞に興味を喪った。だから女官の名など気にしたこともなかった。相手の名が不要な立場であるからこそ、皇帝という地位が成立するという逆説もしかり。それにしても妻（たち）のごく単純な名にくらべると、なんとも大仰な。世界か。世界——。

いや黒、赤、青、黄、緑、紫は孕む抽象が無数にしてくっきり色分けされているではないか。色彩の印象は放射状に自在に散って、けれど好き勝手なところに着地しつつも色それ自体の軸を指し示す。拡散と習合、いや集合が表裏一体、キイチには黒、赤、青、黄、緑、紫という名詞のみで、各々の見分けがつかないが、確たる個に収斂するあたり、それぞれのイメージは世界とは別の意味で複雑至極、難物だ。まばらな無精髭をさぐりつつ一歩一歩階段を踏みしめ、めずらしく頭が抽象思考に適応しているキイチは妻（たち）と女官に対する思いに耽りつつ、背後のじゃれあいを羨望する。

キイチの意識が自分たちに向いていることも気づかずに、妻（たち）、そして女官はたわむれあっている。ならばとキイチはいきなり立ちどまり、振りかえった。

誰もいなかった。

多異様の塔の先端外周に沿って刻まれた石段の上に、キイチ独りだった。

踏破した暗黒の螺旋が闇の彼方に溶けている。風が襲う。心なしか雷光が近づいてきている。夜が青褪めた静電気で充たされ、頭髪が逆だつ。しかも髪に宿った静電気の香りは異様に腥い。迫りあがる恐怖に、多異様の塔の側に必死で軀をあずけて下界から少しでも身を遠ざける算段をしたが、せまい石段のうえで多少なりとも軀を斜めにかしがせるのはじつに危険なことであることに思い至り、体勢を立てなおし、直立して塔の側に精一杯密着した。

「あなた、早くいらしてくださいな」

風のせいか微妙に遅延して感じられる頭上からの声に無様に咽を鳴らして見あげると、頂点最先端と思われる張り出しから六人の妻が身を乗り出して手招きしている。その背後から無表情かつ冷徹な眼差しで世界が見おろしている。

「いつ、余を追い越した――」

独白気味の問いかけは、風に消されて届かず、この場に放置されていると死が間近すぎるとの焦燥にかられ、狼狽しつつ石段をのぼると塔の最先端ゆえに曲率がきつく、くるくるぐるしているうちにキイチは徐々に目がまわってきてしまい、これは危険だ危なすぎるふらついたらお仕舞いだ——と、ますます狼狽えて、泣きかけた。鼻水がたれる。鼻が詰まって息苦しい。口で呼吸しながら啜り泣いた。

気がつくと、キイチは膝枕されていた。汗が冷えきって凍えていた。もともと冷や汗だったのだから当然である気がした。だがキイチの頭を支える膝はより冷たく、耐えがたかった。逃げ出したい。このままでいたい。相反する気持ちに困惑した。人の膝枕がこんなに冷たくてよいものかという違和感が耐えがたさの理由だった。一方でこの膝が凍土であっても、離れがたい。幽かではあるが香るのだ。キイチを慰撫する匂いがある。その冷たい太腿よりもさらに冷たい指先がキイチの髪のなかに没して地肌をさぐるように動く。それが撫でるのによく似た行為であり、愛撫の趣もあるということを悟るまでに、しばらく時間がかかった。

「世界」

「介抱せよと」

王妃——という主語と、命じられたというサ変動詞を省いたのであろうと察しつつ、昼間、壁の不調云々で遣り取りした折に、ごく間近に顔を寄せた世界から幽かに立ち昇っていたあの香りを遠慮なく鼻腔に充たした。安堵した。植物と鉱物の微細粉を香油で練りあげたかの世界の匂いは、キイチが心のどこかで妄想込みで規定している女の生臭さと遠く隔たって肉体感というべきものがじつに希薄なのだが、それなのにいままで望んでも得られなかったもの、安らぎ、あるいは最上の包容力を感じさせるものであった。とりわけ硬質な石と石をぶつけ合わせて火花を散らしたあとに、このような香りが残る。焦臭いけれど腥臭の無粋とは無縁だ。

はて妻（たち）からはどのような香りがしただろうか——。徒労に終わることを予感しつつも記憶を手繰ったが、印象の欠片も立ちあらわれぬところをみると、無臭だったのだと虚ろに結論した。妻（たち）の香りの記憶が欠落していることに索漠たるものを覚えると、先ほどの階段上の恐怖の涙を上書きするかのようにひとりぼっちであるという憐憫の涙がにじんだ。

世界の貫頭衣に涙を擦りつけるように顔を動かすと、冷たく緊密で柔軟の気配の一切感じられない太腿の奥に、思いもしなかった和らぎと嫋やかさが潜んでいた。あろうことか肉——というやや突飛な感慨と絡みあいながらなぜか罪悪感が迫りあがり、ごく小声で謝罪した。

「すまぬ」

「いえ」

——世界よ。おまえの軀の内側も、このように冷たいのか。凍えきっているのか。

胸中にて問いかけると、頭上から声が降ってきた。

「内面は表面より体温が高いのが理の当然でございます」

「身も蓋もない」

と、かえして目を剝いた。余は慥かに問いかけた。が、声には出していない。断言できるのは軀の内側、すなわち交接器としての膣さえも冷えきって凍えているのか——との疑問を抱いたからであり、それを直接声に出して尋ねるほどの磊落さも豪放さも図々しさも大胆さも持ち合わせていないことをキイチ自身が確信しているからで、いまこの瞬間キイチは、世界が心のすべてを見透かしていることと、つまり読心されていることを悟って、放心した。
妻（たち）の視線を感じた。あきらかに見おろしていた。キイチは世界の膝上で硬直した。世界は異様に冷たい肉体をもっているにせよ、余の心を読み、そして語りかけることをいま隠さずにあからさまにしている。されど妻（たち）は――。キイチは心のなかで、世界に問いかけた。

――妻（たち）もおまえとおなじ力をもっているのであろう？

――いいえ。

――するとこれは世界のみの能力か？

――いいえ。

――ちがうのか。わけがわからん。

――王妃は、私など比較にならぬ能力をおもちでございます。

――比較にならぬ能力。

――はい。

――王妃という主語は、六人の王妃を指しているのだな。

――はい。

――ならば、いまこの瞬間の遣り取りも王妃たちに筒抜けか？

――はい。

――口を噤んでも遅いか。

――喋ってはおりませぬがゆえ。

――噤む口がないか。

――会話とちがって心が筒抜けの場合、対処できませぬ。素知らぬふりこそ、正しい態度かと。

――ま、喋ってないのだから、噤む口もないということを言いたかったのだが、余もくどいよな。

――いかに胸中とはいえ、も少し気のきいたことを。

――不安なのだ！

――お気になさらず。このような遣り取り、王妃にとって瑣事以下でございます。

――余の思いは瑣事以下か。

――帝が自尊の心さえ打ち遣れば、どのみち程度はしれたもの。王妃にとって帝があれこれ思い巡らすことは微風以下。

――きついな、おまえ。

――申し訳ございません。

――謝罪からして棒読みだ。

――ほんとうに、すまなく思っているのですよ。

――あれ、少し血がかよったような。

――血。忌々しい。

——ちっ、忌々しいと聞こえた。

——私事ですが、月の障りが大嫌いでございます。

——月の障り。月経か。忌々しいのは、その血か。

——はい。

——なぜ嫌う？

——お好きですか、経血。

——いや、まあ、よくわからん。好き嫌いを云々するほど目の当たりにしたこともないしな。いや、いちども見たことがないんだ。単なる智識だ。女にはそういう生理現象があるという。

——いま、おまえにも月経があるのか、と思われましたね。

——余とおまえ、つーかーだな。

——それはいくらなんでも、それはいくらなんでも、御容赦ください。

——なんで、ここだけ、感情をあらわにするか？

——こんなところに転がっておられると、お風邪を召します。

——召してもかまわぬ。

冷たくとも女体である。キイチにとって初めての妻（たち）以外の女体である。図に乗って腰を抱き、下腹に頬ずりしてあの香りを胸いっぱいに充たそうとしたそのとき、世界が妻（たち）に一瞥を投げた。とたんに甘えも吹きとび、キイチは世界の膝から離れ、焦って直立した。いったい誰だろう。キイチには判別のつかぬ妻のひとりが大気を均すかの優雅な手つきで誘（いざな）った。

「さ、ダイナモを御覧にいれましょう」

「そもそ、そも、そそ」

「はい？」

「そもそもダイナモとはなにか」

「発電機――ですか？」

「それは、わかっておる。ダイナモ、すなわち電磁作用によって機械的エネルギーを電気エネルギーに変換して電力を得る機械のことだ」

「さすがお詳しい。でも、それとは相当に隔たりがあるような」

「――だから訊いておるのではないか。ダイナモとは、なにか、と」

「さあ。私たちは母から単にダイナモと教わっただけなのです。平たくいえば、手水鉢でございます」

「ちょーずぅばちぃ？」

妻が世界に目配せする。世界がキイチの腰に手をあてがった。そっと中心部にむけて押して促す。それに抗したのは、あくまでも妻（たち）は余に触れたくないのだ！　ということを悟ってしまったことと、多異様の塔の頂上は理屈に合わぬことに気づいたからだ。慌ててキイチはぐるりを見まわした。広さは実際に目の当たりにしたことはないのだがミスボラ以外の帝国には必ずあるとされる幾万もの観衆を呑みこむという円形闘技場ほどもあろうか。ただし多異様の塔の頂上は噂にきいた闘技場のように擂鉢状ではなく真っ平らで、守護の壁や直線路と裏腹に正円だ。とにもかくにも完璧かつ異様な丸さだ。円形闘技場なる言葉が泛んだ所以である。

キイチはその真円の端にいるわけだが、さきほど啜り泣きながらのぼってきたあの狭小な石段の曲率からすると、多異様の塔の頂上はあまりに広大である。高所恐怖ゆえにあえて下界を覗きこむ気になれなかったので確かめることはできないが、あの石段は、この頂点にはつながっていないのではないか。キイチが目にしているすべては完璧な円である。石段が接続しているならば、正円が乱される部分があるはずだ。

——そうです。王妃以外に、ここにやってこられる者はおりませぬ。

——では、なぜ、余はここにおる？

——帝も私も、王妃に連れてきていただいたということでございます。

——あの恐ろしい石段はダミーか？　現実なのか。存在するのか？

——お答え致しかねますが、御判断は御自由に。

——突き放すなよ。泣くぞ！

——地上から一気にここに連れてきていただくことも可能ではあります。が、多少は足を使わねばとの仰せで。

——足を使わねば、とは？

——健康のため。

――世界は意外に冗談が巧みだな。

――冗談を言ったつもりは。

――だろうな。だろうな。だろうとも。

――あまり深くお考えなさらぬよう。

――あいにく考えこむたちでな。思い悩むたちでな。思惟と無縁でいられたら、どんなにか楽に生きられたことか。

――さようでございますか。御苦労様なことでございます。

――また、そういう口をきく。

――さ、ここで遣り合っていても埒があきませぬ。あれが、ダイナモでございます。

　あえて指し示してもらわずとも、手水鉢なら目を凝らせば巨大な円のその中心にごく控えめに安置してあるのが薄闇のなか、かろうじて見える。さぞかしその壮大さに驚かれることでしょうと紫がいたずらっぽく言ったダイナモである。あまりにも壮大すぎて眉根を寄せて焦点を合わせる努力をしないと闇に溶けて消滅してしまいそうだ。キイチは拗ねて腰にあてがわれた世界の手を振り払い、踵を踏みならして真円の中心、コンパスを使ったならば針の小穴があいているであろう部分にむかった。

　ダイナモの前に膝をついた。期せずして跪く恰好となったが、べつに拝む気もない。どのような機械なのか吟味したかっただけだ。覗きこむ。遠い稲光にダイナモが浮かびあがる。凝視する。

それは磨きぬかれた黒曜石でつくられた直径がせいぜいキイチの下膊程度の長さしかないまさに手水鉢、形状だけをとりだせば石でつくられた洗面器といったところである。この帝国はどこまでいっても黒い石で成り立っていて、たぶん女たちの心も腹黒い――と怨み言を呟きつつ、機構らしきものが匿されているならば絶対に見抜いてやると集中する。固定されているわけでもなさそうで、なんらかのメカニスムが内蔵されている厚みも気配もない。

「後生大事に塔の天辺、中心に安置しておくようなものか」

拍子抜けして洗面器に手を伸ばすと、狼狽気味に世界がキイチの腕を摑んだ。

「指がなくなってもよろしいのですか！」

痛みを覚えるほどにきつく手首を摑まれて一喝され、キイチは胴のなかにめり込むくらい首を竦めた。

「無謀な。思慮の欠片もない！」

さらに荒い言葉を投げつけながら、世界が上体を捩った。キイチの腕に全体重がかかった。

「ぐいっ」

世界の奇妙なかけ声と共に、キイチの手がダイナモのなかに没した。キイチは悲鳴をあげた。

「冗談でございます」

ダイナモと称されるなんら特異なところのないただの石の皿のなかのキイチの手は、冷たい世界に摑まれているせいで凍え気味ではあるけれど、指の一本も欠損しておらず、世界は薄笑いを泛べつつキイチの手を離した。キイチの掌は艶やかなダイナモの嫋やかなまろみに密着していた。幽かな熱を感じているような気もするが、石肌に掌の熱が奪われていくのを錯覚し、放射熱らしきものを感じている気になっているのかもしれない。

偶然か意図されたものか世界にひねられてダイナモの底に手をつかされ、ダイナモの前に跪いて叩頭するかたちになっているキイチを六人の妻が取り囲んでいた。いつのまにか世界は妻（たち）の背後にあり、妻（たち）の脇から小首を傾げるようにして笑んでいるのが見える。キイチは決まりがわるくて、不服そうに唇を尖らせた。意固地になってダイナモの底にきつく掌を押しつけたまま、胸中にて妻（たち）に問う。

――これは、いったいなにか？　ミスボラにとって重要なものらしいが、なんの役目を果たしている？

「御覧のとおり、石の器でございます」

妻のひとりが声にだして答えた。当然、誰だかわからないが、もはやそれを誰何する気もない。さらに心中から、問いかける。

――では、なぜダイナモと称する？

「わかりません。この器によって私たちの想いが凝縮され、ひとつとなって力に変換されることから、ダイナモと呼ばれているのではと世界が言っていましたけれど」

――熱を感じるような気もするが。

「それは錯覚でございます」

――すげないな。せっかくその気になっておるというのに。

「超自然現象とやらに婬しておられる方ならば、絶対に熱を感じたと言い触らすにきまっておりますが、帝はそんな安っぽい御方ではございませぬ」

――まあ、そうではあるが。なにか、温かいのだ。実際に。

「石が掌の熱で温まっただけでございます」

――面白みのない。

「事実というものは面白かったためしがございませぬ」

――それだ。話がそれるが、余は虚構に生きたいと念じておる。

「詩作はいかがでございます？　なにやら育児の御本をお書きになっているともききましたが」

――莫迦ならば一直線に書きあげるところだが、才がありすぎると、停滞する。

「なるほど。迸る才は、無才と同義と言われております」

――誰の言葉だ？

「私の言葉でございます」

――余には才がないと。

「曲解は醜いことでございますよ」

――そうだな。それよりも、余はダイナモが作動するところが見たい。

「作動とは、なんらかの仕掛けが、機械が動くことでしょう。だとすると、なにも見えませぬ。そもそも見えるものは虚構より脆いと言われております」

――おまえの言葉か。

「こんな野暮な科白が私のものであると?」

――いや、すまん!

「ダイナモは目には見えませぬが常に作動しております。おおむね私たちのなかの幾人かが、事あらば私たち全員が、ダイナモに想いを集中させております。いまも、こうして喋っている私はともかく赤と緑の二人が想いを致しております。守護の壁といえども動力なしでは作動致しませぬがゆえ」

――つまり、この器はおまえたちの思念を集めて、それをエネルギーに変換しているということだな。

「ほんとうのところは、よくわかりませぬ。が、私たちは二十四時間三交代で働かされる女工さんのようなものです。基本的に二人ずつ組んで想いを集中させております。はっきり申しましょうか」

――言え。言ってくれ。

「もう、飽きあきでございます」

キイチはダイナモの底から手をはずした。ゆるゆる立ちあがり、腕組みした。鈍感なキイチであっても、直感できた。想いを集中させるのをやめてしまえば、即座に守護の壁はただの壁に成りさがるのではないか。高さ十八メートルだったか。いかにつるつるのすべすべでも諸帝国の軍団の手にかかれば簡単に攻略されてしまうだろう。キイチは自身を命知らずの兵に擬えて守護の壁にかけられた梯子をよじ登り、蛮刀を構えてミスボラ領内に飛び降りる姿を想像した。

「飽きたからといって、やめてしまったら」

「はい。おそらく代々王妃も私たちと同様の倦怠と悩みを抱いたことと思われます。私たちとて課せられたこの仕事を放擲する気などございませぬ。投げ出せませせぬ」

「だよなぁ。で、余になにかできることは」

「壁の不調をいっしょに御覧になって、御意見をきかせていただきたいのです」

「だが、おまえたちは余のことなどまったく当てにしておらぬではないか」

「帝たるもの、そのようなささいなことで拗ねるのはじつに見苦しいことでございます」

「余におまえたちのような能力はない。だから致し方ないのかもしれぬが、蔑ろにされていることくらい充分に感じとれるわい」

意外な剣幕で吐き棄ててしまった。キイチは上目遣いで睨めまわした。妻（たち）と世界は穏やかに唇を結んだままで、立ちあらわれた沈黙は、無言の肯定であった。さんざん侮り軽んじてきたくせに、いまさらいったいどんな意見を聞かせろというのか。怒りも湧かず、ただ醒めた。

「キイチ様」

名で呼ばれたのは、生まれて初めてだ。しかも呼んだのは世界である。瞬きをせぬよう意識して、さらに睨み据えた。

「私が唯一知っているダイナモのふしぎがございます」

キイチは世界が妻（たち）の手先として、キイチの与り知らぬところで言葉さえ交わさずに遣り取りし、執り成そうとしていると邪推した。だから返事をしなかった。けれどキイチはふしぎという言葉に若干弱かった。世界は睨みつけるキイチの眼光などまったく気にせずに囁いた。

「想いを込めれば、ダイナモに白銀のオーラでも立ち昇るといったことが起きれば、すなわち目に見える徴があれば、それは想いの込めようもございましょう。されど青様の仰有ったとおり、この巨大な円の中心に漠然と置かれたごくごくちいさなダイナモ、一切の反応らしきものを示しませせぬ」

「ならば、ふしぎもへったくれもないではないか」

「はい。まさになんの変哲もない、石でつくられた黒い器にすぎませせぬ。が、唯一ふしぎなのは、かように手水鉢の形状ながら、いかなる荒天であっても、なぜか雨水が一切たまらないのです」

肩透かしだった。もう少し華々しいものを心窃かに期待していた。キイチの反応が芳しくないことを見てとった世界が、妻（たち）に申し訳なさそうに頭をさげた。

「なあ、世界よ」

「はい」

「喋れるじゃないか」

「相当に口が達者とされているがゆえに、キイチ様を苛だたせぬため、あえて最小限の言葉のみで接しようと意識してまいりました。が、それでも喋りすぎたという反省がございます。それとも、これからはこのように延々と喋ったほうがよろしゅうございますか」

小首を傾げてにっこり笑いかけてくるではないか。キイチは蜂谷に指先をあてがい、俯き加減で思案する。ダイナモを前にしての世界の一連の行為と言葉は、そぐわない。世界らしくない。おそらくは妻（たち）に操られているのであろう。そう判断した瞬間であった。

「夜明け！」

「急いで壁を修復しないと！」

「悠長に構えているとヤポンヤーバーン帝国に攻められます！」

「忌まわしき首狩族！」

「首をひとつとると階級がひとつ上がるから生首のことを首級（しるし）というそうです！」

「悍しきヤポンヤーバーン帝国に蹂躙される前に！」

貫頭衣を揺らせて身振り手振りも大仰に、しかも感嘆符をばしばし打ちつけて、あきらかにキイチに解説している妻（たち）であった。代表の一人ではなく六人が連続してキイチの眼前で個別に言葉を放つのは、初めてのことであった。

感慨に耽る間もなく、キイチはいきなり妻に手を引かれた。当然のことながら手を摑んだのが黒、赤、青、黄、緑、紫の誰かはわからない。巨大な真円上にいるせいで方向感覚が喪われていたが、手を引く妻は躊躇いがない。世界とちがって手指が温かい。血が通っている。小走り気味に手を引かれていなければ、指先にまで伝わっているであろう鼓動が感じとれるのではないか。握る手にぎゅっと力を込めると、妻がキイチを一瞥した。その唇に笑みが泛んでいたのを見てとったキイチは小躍りし、妻を引っ張る勢いで駆けると、そっちではありませんと軌道修正された。照れ隠しに声を張りあげた。

「ダイナモとは、ダイナモ作用のことではないか」

「それは?」

「なんでもこの大地の底の底の中心はどろどろに熔けた鉄で充たされているそうな。それがぐるぐる回っているそうな。このぐるぐるによって磁場とやらが発生するそうな。熔けた鉄がぐるぐる回って発電機として作用して磁気を生じるそうな。それをダイナモ作用というそうな」

そうなそうなと連呼して、凝縮したおまえたちの想いが、あの手水鉢をとおして地球の中心の核に作用し、それによって磁気力が発生、あるいは独自の流れをつくり、壁に作用して外敵を防ぐのではないか——と知識さえあればたいがいの者が発想するであろうことを脳裏に泛べていると、妻は足の運びをゆるやかにした。

「帝が仰有りたいことを要約すると、地球の磁場は、地球の核の回転によって生じる電流によって発生する双極子磁場であり、ダイナモは私たちの想いを地球のコアに届け、それによって生じる電磁気力が帝国の防御になんらかの作用を果たしている、ということでございますね」

ダイナモ作用程度のことはとうに熟知していた気配であり、キイチの知らぬ言葉まで遣って巧みにまとめてみせた妻であったが、それに思いが至る前に、いつもの反射で鷹揚に頷いた。

その瞬間、キイチは見た。地球と同様に自転している陽子と中性子、その核の周囲を回る電子の姿を。これらが地球と同様に自転軸の方向に磁極をもっていることを。極大と極微が見事に一致して同様のメカニズムで作動していることを――。

なにを目の当たりにしたのかまったく理解できぬまま感嘆の吐息を洩らすと、妻は目を細めて呟くように言った。

「さすが、帝。心底感服致しました」

ここまで褒められると、あしらわれている感がなきにしもあらずだが、妻の言葉を額面通りに受け容れてキイチは得意げに彼方に視線を投げる。夜の藍色を押しのけて血の色が天と地の境に拡がっていく。ふたたび妻が小走りになった。

「時間の制約があるのか」

「正午にヤポンヤーバーンの一行が高架橋を渡ることになっています」

意味が摑めぬまま、さらに訊く。

「高架橋とやらを渡らせぬわけにはいかぬのか」

「ヤポンヤーバーンとの条約など破棄してしまうのがいちばんの安全策です。けれど、ヤポンヤーバーン以外の帝国からの信頼を喪うのは得策ではございませぬ」

「どうせ我が帝国は壁の内側に細長く閉じこもってるんだから、すべてちゃらにして誰も通さぬことにしてしまえば?」

「——他国の惨状を御存知ですか」

「御存知ないなあ」

「他国のことは追い追い。ともあれ高架橋を渡らせることによって生じる通行税その他により、ミスボラ帝国は莫大なる収入および資源を得ております」

「ふーん」

「それらはミスボラ帝国の経済の根幹を支えているのです」

目指しているであろう正円の縁は、まだまだ先だ。だいぶ夜が明けてきた。大気の湿り気も夜の藍色の冷たさから朝の涼やかな輪郭のくっきりした気配に変わりつつある。喋りながら駆けているせいもあるが、息があがってきた。いくらなんでもこの広さはないだろうと呆れる。高度や距離、面積に対する感覚が完全におかしくなってしまっている。この正円上の圧倒的な広さ、そして眼下に雲を望む高さは異様にして異常だ。多異様の塔と名付けられた所以をいまさらながらに感じとって蟀谷を揺らす脈動を弾みに、キイチはとりとめのない想念を巡らす。宮殿から見あげる多異様の塔は、慥かに聳えたっている。けれど雲を突き抜けるほどではない。いかにも人が精一杯頑張って建てた高さであると納得できるあたりにおさまっている。下界から見あげたときの実感からすると、この高度は納得がいかない。人は、己をより高く見せたがるものだ。実際の背丈だけでなく知性や徳、能力心情までをも気高く偽るものだ。されど多異様の塔は、より高くより大きく見せたがる人間の意識を裏切っている。それとも、いま駆け抜け踏みしめているこの艶やかで滑らかな漆黒は、現実をより高く大きく広く仮装した虚構なのだろうか。その一方で常軌を逸した壁の長大さは、なにをあらわすのだろう。守護の壁は多異様の塔と逆に、ごく短く存在し、それを大陸の続くかぎり無限に引き延ばして見せているのではないか。そもそも女が動かしているのだから、余を皇帝になど据えずに女帝が支配すればよいではないか。いや、ほんとうにこの帝国は女ばかりなのか。男女比を信じてよいのか。ミスボラ帝国は捏造と虚偽で成り立つ、いわば逆張りの帝国なのではないか。

陳腐な妄想

安いインテリの戯言

「え」

「どうか致しましたか」

「なにか、言ったか」

「はい?」

「いや、なんでもない」

キイチはやや上体を引き気味にして妻を窺う。ちらと見返した妻の瞳に泛ぶ怪訝な色は赤緑という現実にはあり得ぬ色彩だった。光の赤と緑を混ぜれば黄色、絵具のように光を選択吸収する物質の赤と緑を混ぜれば濁った彩度の低い茶色になる。けれど妻の瞳の色は赤緑としか言いあらわしようのないもので、具体的にどのような色かと問われれば答えようがなく、まさに赤緑としか言いようのない色で――と無限ループに塡まりこんでしまいかねぬ色を目の当たりにしたキイチはなにやら得体の知れぬ想念の奴隷になって錯綜していると己を断じた。安いインテリ。この美しくいとおしい女の率直かつ辛辣な侮蔑の思いが洩れ伝わったとは思いたくないのだ。切ない男心である。

「自信がないが、あえて断言する」

「はい」

「おまえは黄だろう」

「名など便宜的な代物。名詞にこだわるのは眼前に在るものを在ると確信できぬ教養人の悪癖、じつに無様でございます」

「だが物には名前がある。なにもないところにさえ『無』と名付けるのが人だ。名詞から逃られる者があるのか」

黄壱

いきなり自身の名が泛んだ。文字自体に記憶はあるが、いまだかつて目の当たりにしたことのない組合せであった。さらに壱はもっとも優れたものをあらわす一の大字であり、黄は中央と東西南北をあらわす五方において中心、すなわち四方に林立する異民族の帝国に対して中央に位置するミスボラ帝国を示し、木火土金水の五つの元素の循環をあらわす万物生成原理の五行において黄は土の色にあたり、地上の支配者、皇帝の色にして高貴な色であるという出自不明の知識までひと息に脳内に充塡されて、キイチは詮索を封じられ、それどころか感慨深げに確信するのであった。

赤と緑は黄をかたちづくるものであり、偉大なる余の名がこの女の瞳に赤緑を映じさせたのだ――。

やがて完全に息があがって御大層な思いに耽る余裕もなくなった。引かれるままによたよただらだらようやく真円の縁に至った。距離は相当なものであったが、駆け足自体は妻にしてみれば軽いスキップ程度で多少搏動が速まってはいたが涼しい貌である。けれどキイチは乱れる息と動悸をもてあまして膝に手をついて前傾した。汗が滴り落ちて、漆黒をさらになまめかしく輝かせる。

「さ、ゴンドラに乗れば休めますから」

そっと臀のあたりを押されて顔をあげる。驚愕した。おそらくはコルダイテスの葉を乾燥させて編み込んだものだろう、二人が並んで腰をおろせる吊り椅子のようなものが眼前で控えめに揺れている。いつ、こんなものがあらわれたのか。これは？　と問うと、沼地に居丈高に生えているでしょう、葉っぱが私の背丈ほどもあるあれです――と妻が要領を得ない答えをかえす。

余が尋ねているのは、裸子植物コルダイテスについてではない。こんなときにも裸子云々と能書きを付け加えずにはいられない己がいとおしくもあり鬱陶しくもあるが、不可思議を容易く受け容れてしまうようになりつつあるのだから、せめて無意味な補足をしなければ正気を保てない――と習い性になっている自己正当化をしてから、まだ鼓動の烈しい心臓のうえに掌をあてがって不整脈がおきていないか慥かめつつ、先ほどまでは存在しなかった漆黒の円柱を見やる。

宮殿の中心部を抜けていく直線路上部の梁を支えている柱と同程度の大きさで、味も素っ気も色味もない形状である。真円と円柱は完全に一体化しているから、機械仕掛けで真円の中から迫りあがってきたものではない。超巨大な黒曜石の塊から真円の大地と円柱を刳りぬいたがごとくである。だが、もはやいちいち疑問を抱くことはやめにした。漠然と眺めるのみだ。

その円柱の頂点から遥か眼下の守護の壁まで妻の手首ほどの太さの、錆を帯びたかのくすんだ濃緑の綱が架けられている。いや、綺麗に撓んだ綱の先は雲海に遮られて行方知れずだ。おそらくは壁までつながっているだろうとキイチが勝手に想像したことである。綱と円柱の接続部分が見えないことが不安ではあるが、促されるままにゴンドラの吊り座席の左側に座って気付いた。傍らに世界が立っていた。ゴンドラを取り囲むかたちで六人の妻が揃っていた。もちろんキイチのように息も乱さず、汗もかいていない。

キイチはブランコに座った恰好で物理法則を無視した女たちを眺めまわした。宮殿の詩人が詠んだ詩の一節に『せめてあなたの吐息の片隅にワープしたい』という律動に欠けたものがあって、吐息だの片隅だのと無駄な単語を置いただけの抜け殻は清新さの欠片もない陳套だと苦笑し、腐したことがある。実際、キイチならずとも、あなたの吐息の片隅にワープは噴飯物ではあるが、詩人もキイチには言われたくないと憤慨したことだろう。批評だけは、一人前以上のキイチなのである。他人の作品に関して辛辣になるのは、自分の作品の程度がわからないことと表裏なのだ。自意識や自尊心ほど始末に負えぬものはないということをキイチだって薄々は感じてはいる。問題は薄々にすぎぬということで、だから永遠にキイチは自身の創作とやらを抽んでたものに、いや感受性自体を磨くことができない。感受性や知性をはじめ諸々が薄々なキイチはいろいろな薄々に憑依された者ならではの半透明な膜を眼球の表面に貼り付けてしまっている。結果、人々の薄々ぶりを嘲笑するくせに、その薄々にもっとも犯されてしまって薄々になっているのが己自身であることに気付いていない。だから世界を自在にワープする女たちを目の当たりにして、人としての実体とはなにかという疑問に仮託した揶揄――批評を抑えることができない。自在に行き来できる者に対して自在に行き来できぬ者が論評を加えるのは笑止であるという批評に欠かせぬ視点が見事に欠けているからこそ、キイチは批評するのである。おまえたちのイデアはどこにある？　精神か、肉体か。まさか心と軀を超克してしまっているなどと吐かすのではあるまいな。余が教えてやろう。おまえたちはその自在さゆえに立脚する立場を喪っているのだ。ありきたりの言葉であらわせば、おまえたちは薄いのだ――。ズレの目立つ悪臭たっぷりの抽象の粘液を胸に、妻（たち）を観察する。

完全な無言なので断言は難しいが、妻（たち）は、ごく控えめながら揉めているようだった。右から三番目に立つ妻が、いちばん左端の妻のほうに目を動かした気がした。とたんに左端の妻の頰に幽かだが引き攣れが疾った。けれど残りの妻（たち）は同時に無表情に首を左右に振った。諦念という言葉が大仰ではない気配で左端の妻が首を折り、しばし俯いていたが、唇をきつく結んで顔をあげ、貫頭衣の裾を過剰に気にしつつキイチの隣に座った。すべては心中で終えてしまえばよいことなのに、あえてキイチにもわかるように見せつけた気がした。厭ならいっしょに来なくてもいいんだぞと拗ねかけて、独りでこんなゴンドラで宙吊りになったら失禁しかねないと思い直した。いっていらっしゃいませ、と世界が慇懃に頭をさげた。

中空にあった。朝焼けに朱色に染まった眼下の雲がじわじわ近づいてくる。絵に描いたような光景と裏腹に、上昇気流にあおられて揺れる、揺れる、前後左右上下、まさに三次元に生きていることを実感させられる揺れである。それなのにちょんと臀をあずけているだけだ。右に傾けば、過剰に妻が逃げる。だから右側は尋常でない空虚さだ。二人掛けなのに、なぜ、この距離なのか。なぜ、いま、永遠を味わわなくてはならぬのか。怖い。左の綱を必死で摑んではいるが、ときに臀が浮き加減になる。横と縦の重力の閲ぎあいのあげくの無重力だ。制動がかかる仕組みになっているらしく降下の速度はたいしたことがないが、大気の乱流がいよいよ加虐的だ。おまえたちにはワープという必殺技があったはずではないか。なぜ、このようなローテクノロジーに余を曝すのか。怖い。左は摑む綱があるが、右手は自身の膝頭をきつく押さえるしかない。もはや限界だ。体面など気にしている余裕はない。キイチは哀願した。

「手を、手を握ってよいか」

妻は上目遣いでキイチを見つめ、その左手を右腋窩に挿しいれて隠し、先ほどの諦念の表情よりもさらにシビアな溜息をついた。溜息にはなんで私がという嘆きと怒りと苛立ちがにじんでいた。それを受けたキイチは、悲しみの溜息をついて眼差しを下界に投げた。妻とキイチは、溜息をつきあった。どちらも溜息がとまらなかった。

徐々に近づいてくる雲海は朱から薄紅に姿を変え、その嫋やかな風情と裏腹に、いよいよ烈しく乱気流をゴンドラにぶつけてくる。妻の顔をキイチから隠すために吹きあげてくる。その乱れ髪の合間から瞳が光る。色は、キイチとおなじ黒だ。握ってもらおうと差しだしかけた手は所在なく宙にある。保持せずとも風圧で浮いているのだ。その手の揺れを一瞥して、妻が呟く。

「ゴンドラのあるところまで引率されるときに、甘やかされたようですね」

「引率――余は幼児か」

「あの子は、どうも帝に甘い」

「そうは思えなかったが」

それでもあの赤緑の目をした妻が幾年も前に死別した連れ合いのように思えてきた。多少皮肉っぽいところがあった最愛の妻。余生という言葉さえ泛んだ。じっと妻が見つめていた。視線には奇妙な力があって、キイチは頰に窃かな痛みを覚えるほどだ。妻の眼差しは宙を泳ぐ右手から、きつく綱を摑んでいる左手に据えられた。

「力の限り摑んだその手が見苦しゅうございます」

「この力のこもった左手は、余の無力の象徴だ」

「ときどき巧みなことを言う。じつに小賢しい」

世界よりもきついなあ、と妻を見やる。嘲笑と侮蔑を予期していたのに、真摯なものしか受けとれなかった。意を決したかの口調で妻が言う。

「その左手、離すことができますか」

「離したら、落ちるだろ」

「離すことができますか」

キイチは逡巡を振り棄てた。虚勢を張って左手を離した。やけくそであった。死ぬということに実感がないので、死んでもいいと開き直っていた。妻がキイチの首に手をかけてきた。柔らかく引き寄せて、胸に抱きこんでくれた。

「乳を吸いますか」

「え――」

「これでも娘たちを産んだときは乳で満たされて張り詰めていて、凄かったのですよ。とはいえ現状では空威張りと笑われてしまうかもしれませんね」

貫頭衣の脇をずらして小ぶりな乳房をあらわにした。キイチは乳首を含んだ。吸うには突起が控えめすぎる。それでもやや芯に堅いものが匿されている乳房をつぶし、強引に頰ずりしていると、すっと乳首が尖った。唇を捲きこめば前歯の裏側にかろうじて吸いこむことができるくらいに育った。天にも昇る心地という慣用句が泛んだ。実際は落下していることに思い至り、笑みがこらえきれなくなった。乳房に顔を押しあてているので笑いは小刻みな揺れとなった。妻の胸の上下がわずかに乱れた。溜息とはちがう吐息がキイチの首筋を擽った。しっとり秘めやかにふたりは濡れた。雲の中だった。

05

動きを止めたゴンドラが幽かに軋み、足裏に固く冷たい石の気配を感じた。とたんに名残惜しさと処置なしの昂ぶりに苛立つのとでキイチは妻の胸で烈しく身悶えした。念押しするかのように、ゴンドラが守護の壁に到着したことを妻が囁き声で告げてきた。荒々しく顔をあげる。傍らにしたり顔の世界が立っていた。怒りにまかせてキイチが罵倒の言葉を吐こうとしたとき、世界が片手をあげて制した。

「私は世界ではありませぬ」

「ふん、おんなじ貌をしたのが幾人もいるからな」

妻（たち）や世界があちこちに出没するトリックを見破ったような気分になったが、妻（たち）や世界の瞬間移動に手品のタネは存在しないことも直感できた。先ほどまで乳首を吸われ、乳房を揉まれて甘い吐息をついていた妻は素知らぬ顔で着衣の胸のあたりを整えている。『せめてあなたの吐息の片隅にワープしたい』というのは、やはり陳腐でぱっとしないけれども、乳房と頬が触れあった直後の気分としては案外的を射ていると思いをあらためて妻を見守っていると、女官が寄り添って甲斐甲斐しい手つきで妻の貫頭衣の襟首を首肩のカーブに合わせて整えはじめた。それを横目で見て、キイチは気がきかない自分を心窃かに責めた。そっと手を添えて裾を揃えてやるくらいの心遣いを発揮すれば、妻の対応だって変わってくるに違いない。帝がそれをすることに意義があるのだ。

だが、もう手遅れなので、ふてくされて周囲を見まわす。見まわすまでもなく、高さ四十メートルほどもある鱗木（レピドデンドロン）の密林が眼下である。鱗木は幹まで緑色なので見おろすと広大な湿原に漂う朝靄までもが濃緑に染まって見える。大気の乾燥をはじめとする気候の変化で絶滅しかけているので、このような鱗木の群生はもう少ない。それはともかく守護の壁の公称高さ十八メートルは大嘘で、ミスボラ帝国の住人は壁を実際の高さよりもずいぶん低く見せられている。おそらくはこの壁の外の世界の住人たちも実際の四分の一ほどしか高さのない壁を見せられているのだろう。

――なぜ、あえて低く見せるのか。本来の高さを見せつけたほうが侵略する気を削ぐというものではないか。

――いえいえ、侮っていた存在に竹篦返しを喰ったときのほうが、よほど身に沁みるものでございます。

充分な長さの梯子をかけてのぼっても、壁の上にあがれずに途方に暮れる侵略者の姿が泛んだ。けれど真実を見せぬのには、もっと別の理由と意図があるはずだ。そんなキイチの考えはただの思い込みにすぎないのだが、当人は全てを知っているかのように得意げにかえす。

——侮っていた存在に竹篦返しか。それだけではないだろうが、まあよい。

この女官も凍えるほどに軀が冷たいのだろうかと探る眼差しで見つめつつ、胸中でのやりとりを終える。あたりは朝を迎え、囂しいくらいに黄金色の日射しが壁に照り映えている。ただしまだ鳥類の発生をみないので、鳥の鳴き声はしない。シダの葉擦れの秘やかな囁きだけで、無音といっていい。放心しているかの妻を横目で見やる。腕組みなどして鷹揚を演じつつ呟く。

「正午にヤポンヤーバーンとのこと、かように悠長に構えてはいられないであろうが」

次の瞬間、壁の裡にあった。

外光は届かないが、ほんのり明るい。照明は見当たらないが、ダイナモ作用で電力が送られてくるのだと勝手に決めつける。ごんごんごん——となんらかの機関が作動する鈍く重い音が響いている。幽かに油臭い。両棲類の脂か。ほぼ腐敗臭だ。壁面から突出したキイチの背丈ほどもある木製のプーリーに革のベルトが掛かっていて、ゆるゆると回転しているが、褐色の革ベルトがどこにつながっているかは、先が闇に溶けてしまって判然としない。目が慣れるに従って壁面に整列した無数の木製プーリーに革ベルトが掛かっていることがわかってきた。プーリーはプサロニウスの根元あたりを輪切りにして成形したものだろう。油臭いのは潤滑のせいだ。機械の仕組みが嫌いではないキイチはこれらが無段変速機ではないかと推察した。

「それにしても、木製に革ベルトとは」

「これらがつくられた時代には、まだ鉄をつくりあげることができなかったようです」

「ふむ。鉄鉱石から鉄をとりだすための融点であるセルシウス一五四〇度は遠い昔には難しかったか」

眉間に縦皺など寄せて腕組みし、過剰に頷きながら、いちいち知識を開陳せずにはいられぬキイチである。だが製鉄の現場を目の当たりにしたことなどない。無段変速機がなんのために存在するのか、その作動原理も含めてよくわかってはいない。すべては宮殿の図書館の蔵書からの受け売りである。皇帝はとにかく暇な仕事なので、読書量は凄まじい。能天気にして、ほぼ記憶力に特化した脳しかないキイチは気付いていないのだが、大量の蔵書に書かれているあれこれには、現実のミスボラ帝国には存在しない事柄がけっこうある。はて、セルシウスとはなんであったか？　と上目遣いで記憶を手繰るキイチを一瞥して、妻が言う。

「木製に革ベルトであっても、この滑車じみた仕掛けは、太古の昔より壊れたことがございません」

女官という第三者がいるせいか、妻はゴンドラ上とは多少口調がちがう。それが少々不服なキイチである。妻の眼前に人差し指を立てて迫る。

「だが、いま、不調なのではないか」

「それは機械の仕掛けの問題ではなく、思念の伝達の滞りのせいです」

「おまえたちの想いが、どこかで滞留してしまっていると」

「はい。ですから、思念増幅装置のある部屋にて性交致し、思念の流れが滞っている部分を探りだします」

性交という言葉とほぼ無縁なキイチは、妻がなにを言ったのかしばらく理解できなかった。性交のために、わざわざ壁の内側にまで連れてこられたことを悟ったとたんに、息が乱れた。膿腔が痼った。

「おまえは娘たちを産んだと言った」

「はい。性的経験がもっとも豊富なので、選ばれました。とはいえ帝との数えるほどの媾合のみですから、威張るほどの経験もございませんが」

小声で付け加える。

「処女にまかせるよりは、たぶん――」

なるほど、と声にならぬ声で返し、咽を鳴らしてしまったのを気取られていないか気に病むキイチであった。背後から女官の慇懃な声がした。

「タイムリミットは正午でございます。そろそろ」

「だな、そうだな。だな、だな。悠長に構えておられぬよな」

はしゃいだ声をあげてしまって、またもや気に病むキイチであったが、女官が深く頷く気配がしたので気を取りなおし、気を逸らせて妻の腰に手をやる。軽く押してから、どこに行くべきかわからないことに気付いていてじつに気詰まりな気分になり、それでもあえて気丈に、それこそ気高さを意識して振る舞うことにする。

「余には行き先がとんとわからぬが、行くべきところに行き、為すべきことを為そう」

妻が笑んだ。許容の笑みである。おおげさでも何でもなく、生きていてよかった、ヤポンヤーバーン帝国が類い希なる戦闘集団でよかった、壁が不調でよかった、と胸中で連呼し、妻の動きに遅れないように腰に添えた手と共に悠揚迫らざる歩みを意識した。

通路は黒曜石を刳りぬいた隘路であるが、狭ければ狭いほど好ましい。暗黒鏡面の隧道を妻と密着して数分ほど歩いた。その小部屋にも手水鉢が、いやダイナモがあった。周囲の漆黒に溶け込んでいて、目が慣れるまでは騙し絵じみた沈みかたをしていた。キイチと妻と女官、ダイナモの前に直立した。いまごろになってキイチにもこれが聖なる器であることを感じとることができたのだ。女官が厳かに告げる。

「黒と白、で、ございます」

「白と、黒」

張り詰めた声でキイチが受ける。黒白をほとんど無意識のうちにも引っ繰り返さずにはいられないのだ。妻が補足する。

「黒は、見てのとおりでございます。白は、帝からお示しいただきます」

なにを言わんとしているのかまったくわからないが、キイチは深く頷いた。女官がダイナモの前の床を示した。ことさらに表情を消してほぼ半眼で言う。

「さ、この場にてありとあらゆる痴態を」

この場合、遅怠でも、遅滞でも、地帯でもなく、あくまでも痴態である、と判じて、キイチは女官を見やった。痴態はいい。とてもいい。だが、おまえが立ち去る気配がない。痴態は他人に見せるものではあるまい。世の中にはそういう趣味の者もいることは存じておるが、余は照れくさい。

――無粋ではございますが、細々としたお手伝いが必要でございますがゆえ。

――そうか。だが見られることに対する羞恥は尋常でないぞ。

――路傍の石と判じていただければよろしいかと。

――そうはいくか。ならば、いっそのこと、どうだ、いっしょに。

――お巫山戯にならぬよう。僭越ながら婥合のかたちの助言進言御忠告ときに苦言まで致さねばならぬ役目。さらには王妃がきつく気を遣られたとき、御介抱申しあげねばなりませぬ。

――見られるのは恥ずかしいって言っただけだよ。

――見るほうとて、恥ずかしいものでございます。

――だよな、だよな、だよな。すなわち見るものじゃなくて、するものだってか。

ぴし、とキイチの頬が爆ぜた。それは舌打ちに類するもので、けれど無音で、しかもキイチの皮膚の内奥に鋭い痛みを残した。女官がしたのか、妻がしたのか。判断がつかぬままキイチが頬を押さえて立ち尽くすと、女官が妻の貫頭衣に手をかけた。

あらわになった思いのほか濃い漆黒の絹糸に視線が吸い寄せられる。こんなんだったたっけ――と貪慾かつ執拗なる観察である。最後に交わったのは遠い昔、いくら記憶を反芻しても具体的な絵は見えず、キイチは妻の裸体に夢中である。あからさまなものに神秘は宿らぬ。翳りが深いのは好ましい。なぜか母を思い泛べる。が、実際には生みの母の記憶はない。妻はキイチの露骨な視線を受けて昂然と顔をあげている。

女官がキイチの背後に立って雑な手つきでキイチを全裸にした。妻のように凜々しくは対処できずに首を竦めて股間を隠す。女官は妻とキイチの貫頭衣をさっとたたんで下膊にかけ、ダイナモの部屋から出ていった。

これ幸いと妻のほうに一歩踏み出したとたんに女官がもどった。女官は全裸であった。目を瞠ると、しきたりです——とだけ釈明した。どうやらこの部屋で行為が繰り広げられるときは、傍観している者であっても着衣は禁じられているようだった。

女官が目顔で頷くと、妻は頭をダイナモにむけて仰向けに横たわり、薄く目を閉じた。ダイナモと妻の位置関係は、アルファベットの小文字のｉであった。立っているときは物足りなく感じられた少年じみた腰つきも、横たわることで臀が押され潰れて程よい拡充ぶりである。脚が長い。太腿などは思いのほか肉付きがよく、ぴたりと合わさっている。横になることで立ちあらわれた女の色香にキイチは気後れしてしまった。ここまで抽んでて麗しい女を娶り、独占できることこそが皇帝の特権であると気合を入れる。独占どころか撥ねつけられて単なる種付け用の雄牛扱いであったことに思い至る。気抜けした。

女官が妻の足許を指し示す。膝をつくと、痛そうだな——とキイチは黒曜石の床を一瞥する。思いを遂げられるならば、膝頭の骨が露出してもかまわないといきなり反転して勢い込む。できるときにしてしまおうという卑しい心持ちである。見透かしたように女官が命じる。

「さ、両の足首をお摑みになって」

「拡げるのか」

「さようでございます」

キイチは横たわる妻の顔色を窺う。眠っているかのごとくではあるが、肌の様子は目覚めているときの張りだ。それどころか胸の上下が幽かではあるが速まったようだ。

「意地が悪いな。秘め事のアドバイスではないか。たとえ筒抜けであっても、声にださずに教えてほしい」

「いまは底意地悪く感じられるでしょうが、帝が御集中なさっているさなかに心の中に声が響けば、それはそれで厄介で鬱陶しいものでございます」

「なるほど。余はおまえの操人形になってもよい。よろしく頼む」

「はい。ただし技巧的なアドバイスは致しますが、ポテンシャルそのもの自体は他人がどうこうできるものではございませぬ、ということを御承知おきくださいませ」

「――差があるのか」

「ございます。極論いたせば真のポテンシャルを秘めた殿方に技巧は不要。小物ほど悧巧ぶった技術に頼るものでございますし、核心を摑めぬ者は、往々にして他人には意味不明な抽象にはしるか、安直かつリーズナブルな写実に逃げます」

己が揶揄されているような気がしないでもないがキイチは不明瞭に頷き、妻の足許に膝をついた。正確には女官の裸体にも強い興味があったので気付かれぬよう横目でじっくり観察し、比較検討のためであると胸中で強弁し、瘦せぎすに不釣り合いな乳房の豊かさと腰の骨の張り詰め具合、そして腰を低くしたことによって、つまり視点の低さによりあらわになった朱の亀裂のはじまりが仄見える淡い景色を脳裏に深く刻んでから、眼前の目にも柔らかな複雑な曲線からなる左右対称の丘陵を見つめた。女官の朱色の印象が強く、透けて見えぬ濃密な妻の谷あいに戸惑いに似た距離を覚えた。

「雑念は、お消しになって」

「雑念。なんのことだ」

「私の軀のことは脳裏からお消しになって、眼前にある王妃のありのままを御覧になってくださいませ」

この女たちには絶対に胡麻胴乱が通用しないのだという思いを新たに、キイチは狼狽気味に妻の足首に手をかけ、そっと力を込め、拡げた。一呼吸遅れて靄っていたかに感じられた妻の奥底がじわりと拡がった。鮮やかな傷口に集中した。漆黒の絹糸の縁取りに飾られた艶やかに濡れた深緋(こきあけ)は不定形といってよく、自在に姿をかえる優雅さがあった。凝視すればするほどかたちが不明瞭になっていく得も言われぬ奥床しさがあった。控えめな覆いを押しのけて紅玉が輝いている。

キイチは膝で躙り寄った。知識として陰核のあしらいは漠然と知ってはいたが、思いかえせば妊娠のためだけの媾合は、システマチックにしてせわしなく余裕のないものであった。眼前の、想像を超えた命の凝固して濡れた景色に臆して女官を見やると、ごくごく控えめかつ叮嚀に、割れかけた卵を扱うがごとくの慎重さをもって手指その他にて——と以下をここに記すのは憚られる直截な言詞にて作法を囁いてくれた。女官の指示は指先舌先の動きの細部まで具体的で、キイチはこれまでになく敬虔にその教えに従って妻の腰を抱き、奉仕を続けた。

微動だにせぬものと頭から決めてかかっていたのだが、妻はたいしてたたぬうちに微振動しはじめた。たまらずその表情を窺うと、半眼から黒眼が失せていた。美貌ゆえにこの変貌は意外であり、深く刺さった。怖くなった。だから逆に顔を深く埋めた。

「頃合いをみて、前歯で軽く咬んで差し上げて」

――咬む。

「はい」

――いいのか、咬んで。

「もちろん加減は必要です」

――だよな。だよな。前歯で挟むというニュアンスでよいか。

「はい。飛び去ってしまわれたので、お戻しするのです」

――加減。加減、加減は好い加減。おどけている場合ではない。加減がわからぬ。

「気後れせずに。支配の心、統治の心、司宰の心、すなわち帝の心でございます。王妃と構えずに、民草に接するときの寛容さを思い泛べるがよろしいかと」

キイチの自尊を巧みに擽って、一呼吸おいて続ける。

「痛みを与えるのが目的ではございませぬ。お戻りになれば、またふたたび飛び去られることと相成りましょう」

キイチは黙禱を念頭に禱りを込めて紅玉に前歯をたてた。とたんに妻の痙攣が弥増し、鈍感なキイチにも妻がより彼方に飛び去ってしまったことが悟られた。

――よいのか！　これでよいのか！

「根深きもの、女の性。意想外でございました。ならば舌と歯を駆使すべきでございましょう。いまこそ帝の御技を発揮なさってくださいませ」

――けどな、けどな、自信がない。

「躊躇いがちに行えば、どのような事柄もうまくはいきませぬ」

――だよな。だよな。これで、これでよいかな。うまくできているかな。

「意外な、と申しては、まことに失礼ではございますが、意外な才でございます。これはまだ行いの序章に過ぎませぬが、帝の御技が王妃の心と軀の隅々にまで行きわたりますれば、以後、黒様、赤様、青様、黄様、緑様、紫様との御関係はまったく別のものとなられるでしょう」

――全員の名を並べたら、この者が誰であるか、わからないではないか。

「それが、狙いでございます」

――教えてくれ。頼む！

「名より実質。王妃の心と軀の隅々にまで行きわたりますれば、以後の御関係はまったく別ものになると申したはず」

――そうか。そうかな。されば余は誠心誠意をもって行いを全うするぞ。

「それがようございます。ただし力みは不要でございます。いまは雄々しく振る舞われるときではございませぬ。後々、とことん精悍雄邁に立ち回らねばならぬときがまいりますがゆえ、いましばらくは滅私の心持ちが肝要でございます」

——女体なるもの、かように烈しく応じるものなのか。

「それは殿方のポテンシャルと同様でございます。婦女子におけるポテンシャルの差異というものも歴然でございます」

——芳しい。麗しい。

「その霑いをもたらされたのは、誰あろう、帝でございます」

——余は集中する。集中しようと思う。

「粗相がございましたら王妃に悟られぬよう御指摘いたします。ですから自在に御振る舞いになってくださいませ」

それは枯渇がなせる技であり、集中であった。どのような技巧よりも切実なのは、いままで皇帝という立場上ひたすら抑え、おくびにも出さなかったものが弾けたからである。キイチ自身気付いていていなかったが、極限の抑制を強いられていたのである。王妃の犬となったキイチの背を見つめ、キイチに思いが届かぬよう遮断して女官が呟く。——哀れなり帝王。哀れなり、支配者。支配しているから自在に振る舞えるかといえば、この為体。身分に縛られることからくる、身分による掣肘の絵解きであるかの姿。ミスボラの帝政は、下々が自由闊達であるための帝政——皮相な思いと自覚しつつも、女官は根源的な性における民と皇帝の逆転をそう規定した。そこに黒からの声が届いた。

——世界よ、どのような様子ですか。

——紫様よりの思念、届いておりませぬか。

——まばらで、切れぎれで、なにがなにやらといったところ。白銀が爆ぜるイメージばかりが届くので推察さえできぬ有様。

——なるほど。

——介入すべきではないことは自覚していますが、ついには私たちのやりとりまで滞留しはじめてしまったのかと不安になってしまったのです。

——紫様の思念が滞られたのは、果てなき忘我にありますがゆえです。

——忘我！

——エクスタシーでございます。紫様の魂は脱離なされて、もはやこの世にはございませぬ。

——意外な。

——どのような人にも取り柄というものがあるということ、思い知らされました。

——世界も、きつい。

——帝には一女官であると。

——それがよい。世界であると知れば、よけいなことをしかねませんから。

——そろそろ。

——そうですね。思念の爆ぜ具合からして、なにやら際限のない様子ですから。

世界は頰を両手ではさみこみ、犬の背を見おろし、頃合をはかり、その後頭部にむけて掌をかざした。首がねじ切れんばかりの勢いでキイチが振りかえった。

「いいのか、いいのか、いいのか！」

「よろしゅうございます」

「いいのだな！」

「思いの丈を遂げてくださいませ」

キイチは加減せずに妻のおなかのなかに潜り込もうとして焦れた。というのも導入部があまりにも狭小であったからだ。その試行錯誤が逆に紫の忘我を強めているようである。世界が苦笑気味に肩をすくめ、助言しようとしたそのときだった。恋い焦がれていた妻にようやく絡めとられることのできたキイチの触角がみしりと軋んだ。あまりの喜悦に脊柱が反り返った。

ああああああああああ、いいいいい、ううっ、ええ、おおおおおおお——。

キイチの雄哮（おたけび）だった。いきなりだった。母音が中心であった。唐突だったのと、獣が吼えたのにそっくりであるにもかかわらず人の発声器官のみが放つことのできる声であることの落差が奇妙におかしく、世界は失笑しかけた。吹きだしている場合ではないと即座に笑いをおさめてキイチの様子を窺う。まさかと前屈みになって凝視する。あわせて紫が目を見ひらく。恍惚のさなかにあったはずが、いきなり局面が変わったかのごとく、落ち着き払った冷徹な眼差しだった。けれどキイチはまだ痙攣の余韻にあり、紫の視線に気付かずに脱力し、加減せずに軀の重みを紫にあずけた。ごく間近に発汗で濡れたキイチの頭が落ちてきて、紫は大きく顔をそむけた。キイチの顔を覗きこんで世界が小首を傾げる。あわせて紫が溜息をつく。

——眠っています。

——眠っていらっしゃいますね。呆れた長閑さのいびきでございます。

——世界よ。

——はい。

——終わられたのか、帝は。

——そのようで、ございます。

——男というもの、放って眠りに墜ちこむということ、よくあるものなのですか。

——充たされつくせば、男も女も深い、夢さえ見ぬ眠りに墜ちこむことは、ままあることでございます。

——私には眠気の欠片も訪れません。

——さようでございましょうとも。とにかく短い。短すぎる。早すぎる。

——いきなりでしたから、私も帝になにが起きたか判断できませんでした。まさか、これほどの早さで結末を迎えられるとは。

紫のぼやき声に、世界が苦笑気味に唇を歪めた。世界は起きると面倒だといわんばかりの眼差しを投げ、キイチの後頭部にむけて掌をかざす。とたんにキイチのいびきがより深くなる。おぞましげに身をよじり、紫はキイチの重みから逃れた。

充たされつくせば夢さえ見ぬ眠りに墜ちこむと世界は言っていたが、キイチは眠りの深みの奥底で奇妙な夢を見ていた。無数の乳児が鈍い光のもとに整列して寝かされている。全員が男児である。どこか見覚えのある女が乳児にむけて掌をかざして集中している。ひとり、選ぶらしい。端のほうで泣いていた男児を抱きあげた。夢には色彩もなければ背景もなく、ただ灰色で、けれど遠近が異様に強調されていて、女と大量の乳児しかあらわれず、熱量とでもいうべき気配に欠けたいささか無機的なものだった。

紫は上体をおこして眉をひそめ、キイチが触れた唇をこする。こすった手の甲を眼前に挑げて凝視する。いくらこすっても汚れは落ちぬ。なぜなら紫にとってキイチの汚れは目に見えぬ厄介な代物だからである。不規則ないびきをかいているキイチを見おろして、世界が声にだして訊いた。

「御懐孕の儀の折りも斯様に素早くなされたのでございますか」

「心臓の鼓動にして三十程度でしたか」

「ならば、今回ほどでないにせよ、相当な敏捷ぶりでございます」

「敏捷。物は言いようですね。世界は幾人も体験しておるのであろう?」

「人数を数えたことはございませぬがゆえ、たくさん——としかお答えしようがありません」

「印象に残っている御方は?」

「半日ほど私を嘖んだ方がございます」

「嘖む! 半日!」

「継ぎ足しのようにあしらうのではなく、ほぼ半日のあいだ私の内側にあり、その方も私も激烈な快と途轍もない充実に翻弄され、お互いを必死で求めあいました」

そこまで語って世界は追憶から離れた。物問いたげな紫には申し訳ないが、早く処置しなければならない。あえて無表情をつくり、紫を促す。

紫は不服げに唇を尖らせかけたがダイナモにむけられた世界の視線を追って我に返り、毛穴を収縮させるイメージにて全身を緊張させ、漏洩を防ぐ気配りをした。世界は紫が起きあがるのを助け、ダイナモの上にしゃがませた。紫は大きく足をひらいた。漆黒の便器に排泄する恰好にちかいが、さらに適切な喩えは出産の体勢だ。

よいか？　と世界を窺う。

世界が頷く。

ちいさく、息む。じわりと圧をかける。

けれど滴り落ちなかった。

世界は苛立ちを隠さず、紫の頬に狼狽が流れる。一礼して世界が傍らに寄り添う。左手でそっと紫の下腹を圧迫し、右手を挿しいれる。露骨な表現をすれば、掻きだす。

一滴、落ちた。

艶やかな漆黒のうえに、濁った白が拡がったと書きあらわしたいところだが、世界が呆れ気味に嘆息した。

「たった、これだけ――」

「すまぬ」

「いえ、紫様に問題はございませぬ。問題は帝です」

「早いうえに、少ない」

「まったく役に立たぬ男です」

暗黒のダイナモ上でキイチの白濁は即座に強度を喪い、だらしのない透明度をあらわにしていく。量よりも質ではある。けれどダイナモは膣内に陰茎が挿入されてからの王妃の恍惚の度合いを冷徹にカウントしているはずである。残念ながら恍惚係数に前戯は含まれていないのだ。それを勘案すると、せめて濃度の高いものを大量に与えねばならぬ。だが見るからに質的にも最低だ。ダイナモは機械であるがゆえに案外男女同権で作動する。たとえ女が充たされておらずとも、男が激烈な快とその結果の大量をもたらせば、そしてそれがある閾値を超えさえすれば、まさに機械的に作動するのである。だが、ここまで惨めな代物ではいかんともしがたい。徒労という言葉と共に、悪寒に似た苛立ちが背筋を這い昇る。世界は蟀谷に指先をあてがい、嘆息した。情けなさそうに紫が揶揄する。

「それは帝お得意のポーズです」

指先をはずし、いまいましい――と吐き棄てる。横目で見たキイチは、なんとも幸せそうな笑みでいびきをかいている。

このときキイチは先ほどの灰色の乳児の夢から解き放たれて極彩色の夢を見ていた。その陳腐な夢をあえて解説すれば、萼片の集まった萼、深紅の花瓣(はなびら)の集まった花冠、雄蘂と雌蘂、これらがついている花托――薔薇の花束を得意げに王妃に捧げているところであった。王妃の頬が赤いのは薔薇の花瓣の照り返しのせいだけではない。すばらしい贈り物をしたものだとキイチは自画自賛だが、さて贈り物の名がわからぬ。それどころか見たこともない代物だ。余はいったいなにを贈ったのであろうか――。

なにしろこの時代は若干の例外はあるにせよ苔と種子植物の中間に位置するシダ植物しか存在しない。動物は水のない乾燥したところでも生命を誕生させることができるように卵の殻という大発明をなしとげていたが、濃い酸素濃度からも推しはかれるように植物は生存に対するそこまでの切実に突き動かされておらず、苔と同様に胞子で繁殖していた。雄性生殖器官である雄蘂と雌性生殖器官である雌蘂といった種子生殖のための器官をもつ花の発生は白亜紀以後であり、キイチはまだこの世に発生していない植物を夢のなかで王妃に捧げたことになる。

さて、ダイナモにもどろう。精の受け皿としては充分な大きさの暗黒である。けれどキイチは己の矮小さをダイナモにて証明してしまったようである。精液の多寡で男の能力人格を決定されてはたまらないという意見ももっともだが、この黒と白はあきらかに象徴として機能していて、皇帝の唯一の仕事はといえば、じつは危難の折に鎮まっているダイナモをその限界まで作動させる起爆剤として精を注ぎ込むことにあった。そのための蛋白質の確保として一般の男があまり口にすることのできぬエステメノスクスといった食用爬虫類を供され、程よい運動としての子育てをあてがわれていたわけである。皇帝は、じつは一般の男のように真剣に子供を育てることを強いられておらず、疲労心労をともなう育児の肝心の部分は女官たちが受けもっていた。キイチが企図していたぬるくゆるい育児書云々は、下の世話をはじめとする苦労を排除した現実と無縁な頭の中でつくりあげただけの抽象的育児からくる余裕ゆえといってよい。

とにもかくにも皇帝の本義とは健常に遊び暮らして常に精をその軀に充たしていることこそがすべてであった。世界は苛立ちを言葉にした。

「少ない上に、あきらかに薄い。帝の精には覇気というものが欠片もないようです。なんら変化を見せませぬ」

ダイナモは静まりかえっている。無数の精虫がダイナモの奥底の卵にむけていっせいに群がったあげく、たったひとつの精が卵に到達して、はじめて壁を司るダイナモの新たな自立した作動である速やかな選択された思念の伝達を促す。ちなみにミスボラにてその作動原理に携わる者たちの言によれば、パンゲアにおける全人類の発生は、じつはダイナモの仕組みから発想され、何物かが企図したものとのことである。生物の発生よりも機械が先というのは奇妙なものではある。では、いちばん最初に人類の男の放つものの受け皿としてはいささか大きすぎるダイナモをつくりあげ、ダイナモに大量の精を注いだのは何者か。そのあたりはミスボラ創世神話に詳しいので、興味のある方は是非とも神話原典を繙いていただきたい。

「帝の御子様が男児一人に双子の御嬢様ということも、王妃の多胎家系からすればじつにしょんぼりした結果。その理由がいま判然と致しました」

世界の指摘に紫は唇を内側に捲きこむようにして俯いた。唯一支配できる幼子たちを相手に能天気かつ雑な子育てに勤しむか、図書館にて未来の蔵書を読みあさって、さしあたり不要な知識で頭を充たして一廉の人物であると自認し、それでかろうじて自尊心を保ってはいるけれど、男としての能力は、その知性のありようも含めて、じつに惨めかつ見苦しい。俯いたまま紫が愚痴をこぼした。

「母上が見誤ったのです。私たちと結婚させるためにこのような役立たずを、いいえ、ただの役立たずではなく、じつに鬱陶しい役立たずを選びだしたのは母上です」

いかにも幸せそうな笑みを泛べて眠るキイチを見やり、世界は呟く。

「これでも宮殿に迎えられた乳児のころは可愛らしかったそうです。健やかにして悧発だったそうです」

「ならば劣化したのですか」

「いいえ。生まれつき、この程度だったのでしょう。小悧巧だったのです」

「ならば、やはり母上が」

「亡くなられた御方を糾弾なされても」

神代の昔から宮殿に居住していたキノリウス一族とは大いなる幻想であり、キイチが一族の直系の子孫にしてミスボラ帝国千七十二代皇帝ということは宮殿に詰めている者たちならば薄々悟っている虚構である。知らぬはキイチばかりなのだ。この帝国は常に女が男を選別して永続してきた。生物の男としての根源的な能力を第一に、さらに総合的な能力を加味して男を選んできたのだ。それがこの代に至って崩壊しかけているのである。

まだ諦めきれぬ世界と紫は万が一の僥倖を希(ねが)って、同時にダイナモに顔をむけた。キイチから採取した精は完全に吸収されて跡形もないが、壁の不調が一切好転していないことは直覚できた。最低限の必要量というものがございますから——と世界が胸中で嘆くと、紫はキイチの頭部に血管の浮いた手をかざした。世界の放つものとは段違いの波動がキイチを襲い、その軀が烈しくよじれ、頰に戸惑いと不安の歪みがあらわれた。どうやら深紅の鮮やかな薔薇の夢が爆ぜ、悪夢に墜とされたようである。世界は豊かな胸をつぶして腕組みし、首を左右にふった。

「時間が差し迫ってはおりますが、もういちど搾りとりましょうか」

「無意味でしょう」

「はい。初回より濃いはずもございません。ヤポンヤーバーン帝国の者どもが橋上より逸脱せぬことを祈るしかありません。なお高架橋周辺には兵を派遣致して万が一に備えております」

「万全を期したかったのですが――」

「もはや帝はなんの役にも立ちません。かといっていますぐに代わりを立てるわけにもいきませぬ。それにしても」

「それにしても?」

「前段階において、あのように烈しく果てなき忘我を得ておられたこと、合点がゆきませぬ」

紫は素知らぬ顔をつくったが、瞬きが連続してしまった。世界はちらと上目遣いで紫を見つめ、あえて未練がましくダイナモを一瞥し、柔らかく頰笑んだ。

「どなたを想われていたかを詮索する気はございません」

「私がいけなかったのかもしれません。皆からこの役目を押しつけられてしまい、されど帝に触れられることは耐えがたく、自身に暗示をかけたのです。ゴンドラに乗る前からずっと自分をだましていたのです。いま、これから私の軀を綺うてくださるのは詩人であると――」

「あっさり白状なされた。詩人というのは意外なような、さもありなんというような」

「あくまでも便宜的なものです。帝よりはましといった程度。あとは訳がわかりません。抽象に愛撫されたかのような」

ゴンドラに乗車する前後でキイチが詩人のことを思い泛べたのは偶然ではなかったのである。なんのことはない。紫は、いわばキイチという道具を使った自慰に耽っていたというわけだ。

「ねえ、世界」

「はい」

「皆が騒いでいます。とりわけ黒がうるさいので遮断します。きついこと厭なことはすべて私に押しつけておいて咎めだてしてくるのだからたまりません。とはいえ、いまさらのこのこもどるわけにもゆきません。もうミスボラなんかどうなってもしりません。ここで時間をつぶします」

世界は肩をすくめ、紫の手をとり、キイチの額に近づけるよう促した。さらに念を送れというのである。脳内で完結することゆえ、遣り過ぎれば人格が破壊される。

「よいのですか」

「薄く少なく危機感の一切ない帝に、ヤポンヤーバーン帝国とはなにか、徹底的に見せて教えてさしあげねばなりませぬ」

いまキイチはエンドレスで同じ内容が繰り返される短編映画じみた、ありがちなありふれた悪夢を見せられている。毒にも薬にもならない暇つぶしに似た悪夢からヤポンヤーバーン帝国の蛮行を徹底的に見せつけろというのだから、世界はよほど腹に据えかねているらしい。紫をはじめ妻（たち）よりも、よほど長い時間キイチと接している世界である。ほとほと嫌気がさしているようだ。

キイチの不幸は、キイチを嫌う女たちにもその理由が判然としないことだ。美男ではないが、醜男でもない。そういったごく表層的な事柄からはじまって、これこれこうだから厭なのですと理由を明示することができず、生理的に厭という理不尽かつ感覚的感情的なあたりに収束してしまうから、キイチの努力や頑張りではいかんともしがたいところがある。あえて挙げれば、したり顔で書誌等から得た知識を開陳し、なんら独創性のない意見その他を得意げに口にする。こういった事柄がもっとも象徴的だが、寸足らずな小悧巧は能力をもった女たちがもっとも嫌う存在である。実力の伴わぬ空疎な知識の容れ物は、おしなべて沈黙の美徳とも無縁であるから始末に負えぬ。けっきょくキイチは、妻からこう吐き棄てられるのだ。

「早い。薄い。少ない。鬱陶しい」

世界は抑制して紫に同調するのを避け、思念増幅装置――ダイナモを凝視し、その艶やかな暗黒になんら変化のないことを再三再四、慥かめる。単なる器であれば、いかに少量といえどもキイチの精は水分を蒸発させて成分が残り、蛞蝓の這い痕じみた気配をさらすだろう。だが完全に吸収されている。一切の痕跡が消滅している。けれど、なにも起きない。すなわち紫が吐き棄てたように、少なすぎた。薄すぎた。さらには紫が自身のおなかの奥底に潜り込んできた相手を詩人であると心中にて偽っていたことから、ダイナモは採取した精の遺伝子のその微妙なずれを悟ってしまって、沈黙してしまった。ダイナモは潔癖な機械で、常に内部のデータベースと合致することを要求してくるのだ。人間的な物言いをすれば、たとえ心の中であっても浮気を許さないのである。そのことは噂として世界も耳にしてはいたが、事実だった。今回は少量で薄いというハンデに加えて帝と王妃が交接するという前提を与えてしまったために、王妃の心中の景色が本来のものと差異があると判断し、過剰に弱々しいキイチの精子を撥ねてしまったのかもしれない。こんなことならば特例として詩人を拉致してつがわせればよかった。そうすればダイナモは皇帝王妃云々の形式を超えて、紫という女の性的恍惚と詩人のおそらくは人並みな量と濃さを受け容れて、緊急作動したことであろう。この世でもっとも女に愛されぬ安い知識の肥溜めに、世界は膜のかかった両棲類じみた眼差しを投げる。その視線を紫が追う。

「ねえ、世界」

「はい」

「私は生涯、この中身のない薄汚い生き物とだけ交わらねばならないのですか。他の男と交わることは叶わないのですか」

「相手を変えずにすむということ、王家の特権でございます」

「聞きたくない！　あまりにも不条理。なぜ私だけが一人の男と結婚しなければならないのか」

　世界は組んでいた腕をとき、両の手指を絡みあわせて紫を見つめた。黒、赤、青、黄、緑は処女のままであり、紫のみが交媾し、出産した。王妃たちのあいだでどのような取り決めがあったのかは知る由もないが、こんな男と肌を合わせるくらいならば一生処女でいたほうがよほどましだ。慥かに不条理かつ理不尽だ。

　キイチは悪夢に身悶えしているが、静かなものだ。囂しい呻き声を耳にしたくないので世界が封じてしまったのだ。紫はミスボラがどうなろうとここで時間をつぶすと開き直ったのだから、律儀に立っている必要もない。壁を背にして座るように促し、世界は紫の右隣に足をくずして座った。裸体のふたりは所在なげな姉妹のようにも見える。

「半日ほども世界を嘖んだ方がいたと言いましたね」

「――はい」

「あえて訊く。その方は単なる奉仕に邁進しただけではないのであろう？」

「はい」

「その殿方は世界を嘖んだあげく、尋常でない悦楽を得たのだな。ただ単に我慢し、怺えたわけではないのだな」

「――その御方は、すぐに兆してしまいました。けれどそれを強靭なる意志で抑えてくださいまして、ところがその御方だけなのでしょうか、私にはよくわからないのですが、一度己に無感覚を強いると終局は遥か彼方といったことに相成りますそうで、まこと性というもの、心のありようが如実にあらわれるものでございます」

「さすがに半日はつらかったであろう?」

「それは、もう。つらいと言っていいのかどうかは微妙ではありますが、快も過ぎれば苦痛の親戚と相成ります」

「あ〜あ。いちどでいいから、そんな科白を口にしてみたいものです」

「――もっとお話ししますか」

「当然です。こんな真っ黒な部屋で時間つぶしをしなければならないのだから」

「その御方はどうしても私の内面に精を注ぎたかったのですが、念じれば念じるほど遠離るものでございます」

「それはなんとなくわかる。畢竟、交わりとは無我に至る道であろう」

「はい。交わりにおいて抑制は自我の極致といってよいかと」

自尊心と自我の塊のくせして、いざとなると我を忘れ、あっさり果てて悪夢に墜とされて全身を汗まみれにし、黒曜石の床を濡らして無言で苦悶する皇帝を、紫と世界は投げ遣りな眼差しで一瞥した。

「無限に極め尽くした私が、ついに意識を喪うときがまいりまして、私は死を実感したのですが、その瞬間に――」

「放たれた!」

「はい。その御方の長く強く烈しい呻きに、この世に引きもどされました」

「ほんとうに死にそうに？」

「もちろん比喩でございます。ただ牽強付会とお叱りを受けるかもしれませぬが、女は極めの究極にて死を、歓喜に充ちた死を実感するものでございます」

めずらしく世界が、得意げに白い歯をみせた。

「半日、巌の硬さと彊さを保つことができたのは私の手柄と褒めてくださいました」

紫は世界の耳朶が赤らんでいるのを見てとった。世界は切なげな掠れ声で続けた。

「懸想致しました。けれど王家の者以外は相手を変えねばなりませぬ」

紫はキイチに視線を投げる。この男の魅力のなさは、たぶん己に魅力というものが一切ないということを自覚していないことも関係しているのだろう。世界は紫の鬱屈を充分に理解したうえで、あえて言う。

「相手を変えずにすむということ、王家の特権でございます。相手を変えねばならぬミスボラの仕組みを心窃かに怨みました」

「お互い、ないものねだりですね。でも、羨ましい。王家の特権とやらを変更し、濫用してとことん嘖まれてみたい。帝以外のあまたの男たちに」

「はい」

「ん、なにかまだ言いたいことが？」

「じつは忘れがたく、再会を目論み、性交省出生性交管理局の記録をいじり、禁を犯し、思いを達しました。そのときは小一時間ですべてを終えられましたが、それはそれで大層心地よく

――」

「ええい。もう聞きたくない！」

にっこり笑んで世界はかまわず続ける。

「帝ほどの素早さは私も初めてですが、鼓動にして百程度の方もけっこういらっしゃいました」

紫は世界の瞳の奥を覗きこむ。

「和やかな眼差しです」

「はい。たとえ短くてもふたりの心が揃っていて、つながっていれば」

「そうか」

「はい」

紫は両膝をたて、膝頭に顎をのせて物思いに耽る。幽愁に沈む姿はたいそう美しい。誘い込まれるように尖った鼻先に触れてしまいそうになった世界は、唐突に一線を越えてしまいそうな不安を覚え、自身の内面の奥底で窃かに滾る同性愛傾向を抑えこみ、痩せているくせにたるんでいる肌をてらてらぬるぬるな汗で濡らして身悶えして苦しむ全裸のミスボラの皇帝に、あえて視線を据えた。蚯蚓にそっくりだったが、蚯蚓に擬えては蚯蚓に失礼だ。見守る価値もないと見切りをつけ、乳母のような気持ちで紫に接しようと決めて、そっと紫の首のうしろに手をのばし、引き寄せて膝枕してやった。紫はすがるように世界に密着し、軀を縮こめた。守護の壁の修復という大任を押しつけられてさぞや心細かったであろう。紫様は充分にその御仕事を頑張られ、その身を犠牲になされました。世界がその髪を丹念に撫でてやると、周囲の空間を充たし構成していた分子が電離しはじめた。無音のまま髪が逆立って四方八方に青紫のプラズマを放ちはじめ、壁に当たってさらに紫の光輝を増す。静やかな香りが世界の肌をちりちり彩っていく。撫でる世界の指先から下膊にかけて、触手のごとくプラズマが跳ねまわって化粧する。分離した陽イオンと電子が烈しく舞踏し、暗黒の部屋に透明な青紫が照り映え明滅する。やがて夜を模したかの密室に充満したプラズマは中空にて集合し、紫の帯となり、周囲に稲妻めいた極小の無数の手指をのばしつつも嫋やかな放物線を描いてダイナモの中心部に吸いこまれていった。途方もないエネルギーの集束であることが直覚できた。世界は微振動するダイナモに静かに耳を澄ます。守護の壁の遠い彼方まで駆動力が充塡された。正午間近であった。直後、世界は高架橋が渡されていく気配を感じとった。同時にいままでにないクリアさで黒、赤、青、黄、緑と意識がつながった。五人で全意識を集中させて守護の壁、高架橋を完璧に作動させることができたと弾んだ声が届いた。思念の滞りは完全に解消されていた。これでヤポンヤーバーン帝国の逸脱は不可能だ。世界自身の思いよりも黒、赤、青、黄、緑の思念のほうが遥かに強く脳内に到達することもあって、世界は自己存在に不安を覚えるほどであった。逆立っていた紫の頭髪はプラズマの減少とともに引力に負けて鎮まりつつあり、世界の太腿を綺麗に覆いはじめた。プラズマが世界の全身を這いまわる。世界は中性となった荷電粒子に全細胞を慰撫されて秘やかな恍惚の吐息をつく。思いもしなかった御褒美をいただいた。うっとりと首を前後左右に柔らかく揺らしながら、紫が放つプラズマの最後の切れ端を嬉々として吸収していくダイナモの姿を凝視する。古よりダイナモは女と男が溶けあった結果生じる男の体液のみにて思念伝達エネルギーを生じるとされてきた。けれどプラズマによる作動が再現可能であるならば、もはやミスボラ帝国に男は不要なのだ。これは、革命的な出来事である。世界の思いのなかに緑の声が流れ込んできた。ねえ、世界。プラズマなら私のほうが強力ですよ！　そうかもしれません。でも、何事もいちばん最初に行った方が歴史に残るのです。黒様、赤様、青様、黄様、緑様、紫様、皆様の頭を撫でてさしあげると静電気が宿るかわりにプラズマが放たれることは、私も承知しておりました。されど、まさかプラズマでダイナモが歓喜に顫えるとは。ダイナモが忘我をあらわすとは。世界が撫でるだけでいいなら、もう男なんてミスボラには不要ですね。それを私もしみじみ思ったところでございます。男は鬱陶しいから、壁の外に追放してしまいましょうか。極論はいけません、緑様。極論かしら。緑様もいずれ殿方のよさを味わうときがくるかもしれませぬよ。殿方のよさ！　はい。よさです。帝を見ているとなにがよいのやらとんと。ふふふ。なにやら意味深な笑いです。さ、しばらく沈黙を。なぜ？　紫様は遮断していらっしゃるようですが、いわば着衣の上から紫様の腋窩を皆様が擽っているような状態です。擽っている！　疲れ果てておられます。寝かせてあげてくださ い。わかったわ。紫のお手柄だものね。はい。紫様はミスボラの永続にとって画期的なことを成しとげられました。ところが当の紫は、自身が成したことを自覚せずに皆の思念に揺すられてうつらうつらしている。その半眼が世界を捉えた。瞳孔がゆらゆら波打って不規則に揺れる。

——紫様は凄い御方です。

——なんのこと?

——いえ。お休みください。

——変な世界。なにが言いたいの。

——紫様はとても安らいでおられます。

——世界は冷たくて気持ちいいから。

——帝は、どうなさいます?

——とことん。

——わかりました。先ほど紫様が投げ出されましたから、私が引き継いでおります。

——世界。

——はい。

——眠い。

——帝も徹夜したのでございますよ。

——そうだったわ。でも、男ですもの。一晩くらい、頑張ってほしかった。情けない。

——私も眠うございます。

——そうよね。徹夜だもの。いっしょに眠ろう、世界。横になって私を腕枕して。

世界は紫を腕枕してやった。プラズマの勢いはずいぶん衰えているのだが、ダイナモの揺らぎはあきらかに歓喜の気配で持続している。世界は幾度も安堵の息をついた。一方、この部屋にあってはならない役立たずの異物は、現実におきたはずのヤポンヤーバーン帝国兵士によるミスボラの女たちの虐殺の実際を多彩な視点から見せつけられ、いよいよ苦悶の痙攣を強めている。紫の熟睡を見計らって、どれ、と世界はそっとキイチの夢に這入り込む。

中途からだったので、世界は夢を巻きもどした。夢がふたたび冒頭からはじまったことを悟ったキイチの軀が硬直する。見たくないものを延々と見させられることこそが悪夢の本質である。だが、この夢はとりわけ見たくない。見たくない見たくないと身悶えしているうちに、自身が本を読んでいるところが並行して泛んだ。読書。見ている絵は静的なものではあるがキイチのもうひとつの冴えない控えめな、けれど慥かな地獄——。

読んでいた本がなにかの拍子にぱたんと閉じてしまうことがある。だいたいこのあたりまで読んだな、と、目星をつけたところを開き、続きから読めばどうということもないのだが、読書の完全性が損なわれたかの強迫した思いに襲われ、なぜか篇首から読みかえさねばいられなくなってしまうということがキイチには往々にしておきた。そうなると普段の読書とは比較にならぬ執着がおきて、あえて一字一句、徹底的に追わなくてはならなくなる。誰にも明かしていないが頁の右下、左下に記された数字までをも目に入れなければ気がすまなくなる。無意味なのは百も承知だが、あくまでも完全性の犠牲になるのである。そもそも読書の完全性とはなにかと問われれば答えられないし、それは読むというよりひたすら機械的になぞる徒労で、もはや内容とは無関係な苦行であり、キイチは烈しい苛立ちを覚え、八つ当たりの衝動を抑えるのに苦労する。書物を引き裂きたいところだが、それは読書の完全性をもっとも損なう最悪の遣り口とかろうじて自制してしまう。痙攣気味な貧乏揺すりと怒りが昂進する。ときに手近な陶器などが犠牲になる。キイチは、中毒者なのだ。恥ずべき書物中毒の最たるものだ。根底には智に対する抜きがたいコンプレックスがある。読むだけで、自身がなにもつくりだせないことを心の底で無意識のうちにも悟ってしまっているのだ。字が読めて理解でき、批評するだけの莫迦という自覚は表層に昇ってこないにせよ、常について まわるというわけだ。

もっとも文字ならばその機能的な抽象度の高さにより、読みはすれども意識を遮断して内容を不明瞭なものに落としこむといったことが可能であるが、夢という表象は始末に負えない。他愛なくも根深い読書地獄の絵はすぐに消えたが、見たくない部分に限って念押しをするかのごとくクローズアップされてスローモーション、あげく音声色彩強調ばかりか嗅覚味覚までをも刺激されて血腥い臭気ばかりか鮮血の味までもが襲いきたり——と望みもせぬ手管満載で迫りくるあの守護の壁の遺漏から生じた惨劇が、御丁寧にもふたたび冒頭からはじまったのである。現実ならば目を閉じることもできるが、夢である。はじめから目を閉じている。

ミスボラのどのあたりだろう。正確にはミスボラの守護の壁の外側だが、内陸の乾燥しきった荒涼とした景色で書き割り、あるいはマットペインティングといったまさに絵に描いたような世界が拡がる。赤茶けた砂漠の彼方からヤポンヤーバーンの軍団の魁が近づいてくる。兵士は具足と称される鎧を身にまとって腰に大小二振の刀を手挟んでいる。槍を手にしている者もあれば、弓矢を背負っている者もある。足許は細いシダを編んだ鼻緒のある草鞋という履き物だ。指揮官は徒歩ではなく巨大なモスコプスに手綱をつけたものにまたがり、兵士たちと同様の鎧を装着しているが色彩は朱や青を配した華美なもので、兜には鍍金された鍬形という派手な角じみた装飾が施されている。モスコプスの額は太り肉の女の臀のごとく膨らんでいて、けれど中身は脂ではなく分厚い頭骨だ。これで激突されれば命の心配をしなければならない。

夢であるがゆえに都合よく総勢十八万と軍団の数が泛び、その大軍は北からの風に砂塵を巻きあげつつ東の守護の壁の真下に至る。壁の上からミスボラの女が腹の底から大声をあげる。ちょうちょう！　するとヤポンヤーバーンの伝令らしき兵が上方を仰ぎ、口の脇に手を添えて、はっし！　と応える。意味は不明だが、どうやら符牒のようである。聢と承ったと女が下界にむけて声を放つ。何卒よしなにと伝令がかえす。壁の上を見やるために指揮官らしき男が兜をはずした。額が青々と剃りあげられていて、頭のうしろにちょこんと髷がのっている。ヤポンヤーバーン帝国は額の禿げあがった老齢の高位の者にあわせて末端の兵士まで、男という男は月代と称する額の剃りあげを行っているという都合のよい情報が夢ならではの抜群のタイミングでキイチの心に忍びこむが、なにせつい先ほどもおなじ場面を見ているので新味はないし、重複は避けてもらいたいものだと吐き棄てる一方で、とことん無駄な事柄を並べあげて夢がここから先に進まねばよいと切に願うキイチであった。

高架橋とは文字通り五キロ幅の壁と壁の上に架けて反対側に渡すための橋である。パンゲア超大陸は守護の壁で東西を真っ二つに遮断されている。人や物資の移動、あるいは侵略でも、ミスボラの西と東に位置して壁に遮られた諸帝国は事を起こすにあたって否応なしにミスボラに断りを入れ、莫大なる通行税その他の相応の代償を払って壁を乗り越えさせてもらわねば何事もはじまらない。

　もちろん諸帝国にとってミスボラは目の上の瘤、長いパンゲアの歴史において無数無限といってよいほどに打開策を求め、なかでも武威に優れたヤポンヤーバーン帝国は、翼をもって飛翔することのできる始虚骨龍とも称される双弓類コエルロサウラブスを真似て兵士の腕から足にかけて翼状の布をとりつけ、高架橋の上からミスボラの領地にむけて滑空させたこと再三再四、けれど飛翔兵たちは高架橋から舞ったとたんに稲妻に打たれ、細片化し、消滅してしまう。それは完全なる消滅で、兵士の肉や骨ばかりか武具や着衣など一切ミスボラの地上にまで達することはなく、またそれをするたびに渡橋契約条項に則ってミスボラから高架橋を渡ることを百年スパンで拒絶されてしまい、すると侵略は否応なしに壁の東側に限定されてしまうことになる。ゆえにいまとなっては無駄な挑戦と諦めていたのだが、過日、偶然、一人の兵が足を滑らせて落下した。なぜか雷に打たれることもなく、地面に叩きつけられた。細片化したのは地上に打ちつけられてからであり、しかもパーツを寄せ集めれば、屍体としての体裁がほぼ整うようであったから、それを目撃したヤポンヤーバーンの兵たちに泛んだ笑みに似た表情は、じつに鋭く凄いものであった。

　思念が滞れば起こりうるとされていた壁の不調が、実際に立ちあらわれてしまったのである。このときは、ヤポンヤーバーン帝国の軍隊は粛々と高架橋を渡り、パンゲアの西側に侵略の軍を進め、一年弱で西から東に、自らの領土にもどるために高架橋を渡るときは数十万の奴隷を伴っていた。

兵の落下は事故であり、しかも守護の壁の不調はヤポンヤーバーン帝国とは無関係である。その責はミスボラにあるから契約上、今日の正午のヤポンヤーバーンの渡橋を拒絶するわけにもいかぬ。臣民の八割が女のミスボラ帝国は軍事には不向きなばかりか、守護の壁の存在そのものが侵略によってミスボラの外に活路を求めるという方策を阻害する。ミスボラの都合によって渡橋拒否を発動してしまえば、他帝国と築きあげてきた微妙な信頼関係が一気に破綻崩壊する。すなわち莫大なる通行税収および生活必需品に類する大量の物資の収納が危うくなる可能性がある。壁の内側にこもらざるをえないミスボラの経済が立ちゆかなくなる。臣民が飢える。ゆえにヤポンヤーバーン帝国の軍隊を渡橋させねばならぬ。

だが、数日前に王妃の一人、未来を見透す力をもつ青が予知夢を見てしまった。今日の正午、普通の兵に仮装した飛翔兵が一気に高架橋から跳躍する。執念深いヤポンヤーバーン帝国はいまだに飛翔兵の訓練をしていたのである。飛翔兵だが千人飛んで、うち五百八人が消滅する。けれど残りのほぼ半数はミスボラの領地に着地することに成功してしまうのである。飛翔兵たちの行うであろう残虐非道は再度キイチが目の当たりにさせられるわけだが、ヤポンヤーバーン帝国はミスボラ侵略の手段として投石器を改良し、石のかわりに飛翔兵をミスボラの領地内に打ち込む計画を立案している。守護の壁が侵入者に対して神鳴と呼ばれる雷を放ち、その者の肉体を原子レベルにまで分解しなければ、武威に劣る女の帝国であるミスボラは簡単に滅ぼされてしまうであろう。

過去にはミスボラ帝国に莫大なる通行税を納めるのを惜しんで海洋進出を試みた帝国もあっ

た。南極北極両極の洋上から迂回すれば税を回避できるわけである。両極に接している帝国は実際に海難の危険を冒して洋上から西と東に行き来している。されど赤道間近は当然のこととして内陸の帝国は兵員を両極に移動させるコスト、そして両極を領土としてもつ帝国に対して支払う諸々や渡海に用いる船舶の準備等々を勘案すると、守護の壁のどこにでも架けることができる高架橋を渡ったほうが多少なりとも費用が抑制できるし、なによりも節約できる時間が渡海にくらべて莫大なものとなる。

すべての経済行為は、そして戦争は早さこそが命であるから両極にむかうよりも壁を渡るほうが遥かに効率がよい。結果、パンゲアにおける諸帝国の経営は侵略に継ぐ侵略で成り立たせる以外にないにもかかわらず、ミスボラ帝国は守護の壁によって侵略されることなく全国民の衣食住をまかなえるほどの税収を他帝国から得ることができるのだ。

行きつ戻りつ煩わしい説明を重ねてきた。キイチの見させられている夢、実現されなかった？　正夢に踏み込もう。

高架橋は暗黒の虹だ。ちょうちょう！　はっし！　と遣り合って万端整えば、壁の東西の大地から黒光りする長大なる楕円が瞬時に伸びていく。蒼穹に暗黒の虹が架かるわけである。虹は守護の壁には接していない。二万キロにならんとする壁のどこであっても架けることができる。その仕組みは判然としないが、当然ながら思念のもたらすなにものかの超次元的エネルギーが関与しているものと思われる。

いやはや、まったく思念とやらは都合のいい夢オチのようなものであると読者諸兄も苦笑されるであろうが、どのように偉大な思いであれ考えであれ、あるいはこのような陳腐な虚構であれ、思うこと考えることは常に虚構を孕み、あげく夢オチと化するものである。

今回のヤポンヤーバーン帝国の兵士は一万と少なかった。あえて高架橋を渡る軍事行動の際には、十万単位の軍を派遣するのが通例である。千の飛翔兵が跳んだ瞬間に神鳴に消滅させられ、同時に橋上にある兵が瞬時に消える可能性もあることから、人身御供のような一万の兵であった。逆説的にこれだけの数の兵を無謀な賭博にあてることができるヤポンヤーバーン帝国の軍事大国ぶりは際立っている。ヤポンヤーバーン帝国の兵たちは危難の度合いが増すほどに、神鳴ならぬ神風が吹くと本気で信じ込んでいて、だから死を怖れず、己の命を平然と賭けて悔いることがないのであった。

整然と高架橋を渡るであろうヤポンヤーバーン帝国の兵士たちが万が一攻めてくるとしたら、その戦士としての戦闘美学に則って、高架橋の中心にまで至ってから行動を起こすと下界で待ちうけるミスボラの女兵士たちは心のどこかで決めつけていた。ヤポンヤーバーン人、略してヤポン人の飛翔兵たちは『すぐ』に飛ぶ――という青の言葉が伝わっていたにもかかわらず、戦闘におけるヤポン人の武士道の様式美と徹底した残虐ぶりをさんざん聞かされ、それに慣らされていた女兵士たちには『すぐ』という言葉が『すぐ』本来の『すぐ』という意味では届いていなかった。『すぐ』の『すぐ』は、どの程度の『すぐ』なのか。文字通りの『すぐ』なのか。それとも全ての兵士が橋上に至ってからの『すぐ』なのか。この場合の『すぐ』は、じつは全飛翔兵が橋の上からミスボラの領地に飛べる位置に至った瞬間の『すぐ』であったが、危難と不安、恐怖を少しでも先送りしたい気持ちをどこかに隠しもっていた女兵士たちは『すぐ』を、一万のヤポン兵すべてが橋上に勢揃いした瞬間に躊躇わずに飛ぶといった『すぐ』に自己都合で変更解釈してしまい、だから先頭に配された一般の兵士に偽装された飛翔兵千名が、九千の兵を高架橋の地上と守護の壁をつなぐスロープに残して『すぐ』に飛んだとき、しばし天を仰いで見守るばかりで『すぐ』に対処するのに一呼吸遅れた。具体的には弓矢を構えるのに手間取った。ちなみにスロープ上の九千の兵士は飛翔兵が飛翔したその瞬間、その場で神鳴に撃たれ『すぐ』に消え去った。スロープとはいえ高架橋に直接触れていることもあって、物理的に神鳴が『すぐ』に肉体に伝わったのであろう。

ムササビという比喩を用いようと思ったのだが、この時代にムササビは存在しない。哺乳類は体長十五センチほどの鼠に似た卵生のアデロバシレウスの出現にも至っていない。ムササビは遣えないと諦めかけた。が、このような虚構において原理主義的厳密性を発揮するのは間が抜けていると思いなおした。

日射しは真上にある。快晴である。空は黝いほどに青く、底抜けに高い。いきなり飛翔したヤポン兵の、その腕から足にかけて取りつけられた翔破布が拡がる姿はムササビに似て、照りつける日射しが逆光となるのでシルエットと化し、蒼穹に無数の不定型な小穴があいたがごとくであった。

あくまでもムササビである。いきなり飛翔したヤポン兵のその腕から足にかけて取りつけられた布が拡がる姿はコエルロサウラブスに似て――と記したならば、おそらくは大多数の諸氏の脳裏にはなんら具体的な絵が泛ばなかったであろう。もちろん諸氏を煙に巻くならばコエルロサウラブスもまたよしではある。だが、あきらかに莫迦の遣り口である。一方でムササビという比喩のわかりやすいお粗末さ加減は相当に気恥ずかしい。それは扨措き――。

中空にて半数は消滅した。陽光の加減か一瞬、無数の、正確には五百八のちいさな虹が見えた。なぜか守護の壁が放つ神鳴による肉体の原子分解は、脂肪分が一呼吸遅れるらしい。仰ぎ見るミスボラの女兵士らが目の当たりにした虹は、脂肪が分解される瞬間の油分の反射であった。澱んだ水に浮かぶ水死体の周囲に拡がる体脂の縞模様が日射しを反射すると、鮮やかで艶やかな虹の七色に輝くのとおなじである。

神鳴というが、実際に稲妻が疾るわけではない。無音である。神鳴に撃たれずにすんだ四百九十二人の飛翔兵もまた無音で女兵士の頭上を滑空している。厄災の前触れは、いつだって無音だ。見あげる女兵士たちは現実をまだ把握できず『すぐ』に弓を構えることができなかったと記したが、女兵士のすべてが無能なわけではない。即座に矢を放った女兵士もいた。けれど飛翔兵からすれば織り込み済み、巧みに空中にて進路を変え、厭らしい楕円を描き、あるいは翔破布を閉じて一気に急降下し、いきなり四肢を拡げてやんわり減速して浮かび、女兵士たちを嘲笑するかのようにギリギリで矢を避けたりもした。

飛翔兵の大部分はヤポンヤーバーン兵のなかでもとりわけ身分の低い忍びと称される者たちではあるが、幼きころよりの特殊訓練によりその身体能力および戦闘能力は尋常でない。全員が黒衣に黒頭巾で顔を隠している。あえて名をもたぬ者たちで、だから貌も不要なのだ。一般のヤポンヤーバーン兵はヤポン刀という反りのついた美しい刀を所持しているが、飛翔兵たちは忍びならではの反りのない直刀を背にしている。その直刀をいっせいに抜いた。刀身が煤で黒く塗られているので光がまとわりつかない。細く長く禍々しい暗黒直線であり、守護の壁のミニチュアじみてもいた。刀を抜いて保持したのと、あえて両脚を閉じたのとで翔破布は中空にてほぼたたみこまれていた。空気抵抗が少なくなったので、多少のばらつきはあれど全飛翔兵が暗黒直刀を上段に構えたまま、重力まかせで唐突に勢いを増して落下していく。女兵士の頭上である。

やめてくれ、もう見たくない、やめろ、見たくない――と夢のなかでキイチが連呼したが、そこで都合よく目覚めることはできなかった。もちろん途中までは否応なしに見せられているので筋書きは知っている。けれど今回は別アングルからおなじ場面を別音響でじっくり見せつけられるという趣向だ。拒絶の連呼がやや大仰なのには理由があった。いやよいやよも、いいのうち――で、若干の嘘が含まれていたのだ。キイチは再度同じ場面を見せつけられること、それが別視点であることを悟って以降、顔を背けながらも眼球は真横にじわりと移動して、核心を凝視しているという心情にあった。また見れる（ら抜き表現）と期待しながら拒絶しているのだ。

さくっという軽い音がした。しゃきっとも聞こえた。どのみち包丁を叩きつけてキャベツを真っ二つにしたときの音である。飛翔兵たちの掌には刀身が顱骨にぶつかった衝撃が控えめに伝わっている。なにしろ高所から落下してきて引力も手助けしてくれているので直刀の斬れ味も倍加して、あくまでも衝撃は控えめである。すべての飛翔兵は地上の女兵士たちを脳天幹竹割りにしなければ己の生存が危うい。つまり女兵士の頭頂部から股間までを一気に斬り裂くことによって、その抵抗がショックアブソーバーとなるのだ。地上に直接降り立つときに受ける衝撃を、女兵士の肉と脂と骨と内臓、そして体液がやわらげてくれるわけだ。さくっ。さくっ。さくっ。しゃきっ。さくっ。しゃきっ。しゃきっ。しゃきっ。さくっ。さくっ。さくっ。しゃきっ。さくっ。さくっ。キャベツ乱切りショーの始まり始まり〜。

飛翔兵は空中でバランスを崩して頭から落下するといった愚は犯さぬにせよ、女兵士を真っ二つにせずに直接大地に着地してしまうと踵から脛骨腓骨大腿骨等々を破壊してしまう虞がある。脳天幹竹割りには自身の生存がかかっているのだ。ゆえに類い稀なる集中力を発揮する。必死でもある。けれど頭頂部から顔首胸腹股まで綺麗に分断されてすうっと右左が分かれていく光景に限っては、見守るキイチにとっては奇妙なまでに非現実的で、人体破壊に付きものの陰惨さがない。これを見るのは二度目のキイチも、真っ二つにされたことを自覚していない腸（はらわた）などが取り澄ましたように半身におさまっている姿に、人の軀の中身はこうなっているのかと詳細精緻な、とりわけ赤と白が目立つ極彩色の人体解剖図を目の当たりにしたかの感動さえ覚え、しかもどこかうっとり蕩けるような気分さえ湧いていた。血が噴出するのはほんの一呼吸おいてからだが、その一呼吸が見守るキイチにとっては無限永遠、天壌無窮の具現であった。

しかもキイチはこれから、よりによって妊娠していた女兵士の胎児、妊娠八ヵ月までもが母胎と共に真っ二つになるのを目の当たりにすることを知っている。どうか、他の女兵士を捉えないでくれ――とキイチは念じていた。祈っていた。夢をカメラに例えるのも微妙だが、まったく別な対象に焦点が合ってしまったりしたら、それはそれで愉しめもするだろうが、失望のほうが大きいだろう。

多胎が当たり前のミスボラの女にしては、めずらしく胎児はひとりだった。多胎に比べて、ひとりしか収納していないので腹の膨らみも産み月が近いわりにはちいさい。だから弓矢刀を執っていたのであろう。あるいは長年の平和に慣れてしまい、危機感も消滅していたせいで兵士の不足が深刻で狩りだされたのかもしれない。ともあれ、キイチの願望は裏切られなかった。

孕み子のおさまった子宮という器は若干くすんだ濡れた肉色をした嫋(しな)やかなる楕円で、けれど暗黒の宿った直刀は、本来は強靭にして変化自在の筋性臓器を重力の助力も得て、頭の大きい胎児ごとすっぱり断ち切ってしまう。臍の緒までもが綺麗にふたつに分かれたのは狙いの確かさというよりも、偶然のたまもの、奇跡の類いであろう。キイチは胎児のちいさな脳の断面が灰白色の珊瑚に似せてつくられているという錯覚を覚えたものだが、後ろ暗い窃かな昂ぶりと共に、またあれを見ることができると期待に凝固している。こんどは胎児が男か女かきっちり見届けてやる。できうれば女の胎児が好ましい。別アングルから見れる(ら抜き表現)ならば、きっと鑑別できるであろう。

――以下略。

つまり善良にして、二進も三進もいかなくなれば平然と堕胎を勧める貴男様の眉を顰めさせ神経を逆撫でするであろう胎児子宮妊婦切断といった事柄に関するこれ以上の細密な描写はあえて控えさせていただくということで御座います。誰に言っているのかとの疑義を抱かれていらっしゃる貴男様には、肉好きを自認しグルメであることを誇りもするが、されど肉は食うけど牛は殺さんもちろん犬猫（パンダも可）は可愛がる——という良識ある方々の処世を賛美する言葉、すなわち一昨日来い（死語）を献辞とさせていただいて、放擲させていただきます。

人殺しの要諦は清潔にあり。絶対に成しえぬからこそヤポン兵、とりわけ忍びたちは理想として清潔を掲げていた。ところで筆者は父親から得意げに『清潔』は明治以降につくられた訳語と教えられた。まだ幼きころである。今回の執筆で調べてみたら、なんのことはない。室町後期の〈蒙求抄〉にあった。お父さん。得意がって子供にでたらめを教えないでください。

おっと、清潔だ。人や犬を殺したことがある人ならば悟られておるだろうが、死の対義語に清潔を据えてやりたいくらいに死というものは不潔である。不浄である。こんなことはいちいち書き記す必要もないことではあるが、虚構における死は場合によっては遊戯的であり、とりわけミステリーと呼ばれるジャンルの死は死を死として全うさせてもらえぬ清潔なものである場合がある。ミステリーの作家は、あえて描写せぬだけであると仰るかもしれないが、死ぬと人はいろいろなものを洩らす。ちなみに——死体にみられる精液の漏出は生前の性的興奮を意味するものではない——とキイチの愛読書でもある世界大百科事典にあった。それはともかく外傷のない死であっても瞳孔をはじめ精液の漏出における外尿道括約筋など軀のあちこちにある括約筋がゆるめば体内に存する液状のあれこれが洩れだすのは理の当然だが、いちいち列挙するのは控える。問題は肉体の破壊をともなった場合だ。血が流れるだけではないのだ。たとえば腸などは切断されれば内容物の臭いがする。大腸であれば糞便臭が漂う。寒い朝など盛んにあがる灰白色の湯気によって命が遠ざかっていくのが絵として見える。それは案外美しい景色だが、残念ながら臭いが裏切る。臭気というものは常に本質をあからさまにしてしまうものである。たとえば屍体の臭いを香水の類いでごまかしたとしても、それは屍体が悪臭の坩堝であるということを逆説的に証明しているわけだ。香水の必要な貴女様には、隠さねばならぬ肉体の悪臭がある、ということと同様なのであります。体臭をより魅力的にしてくれる、などというのは詭弁強弁大便、おっと弁の字ちがいで御座います。申し訳御座いません。

真っ二つにされたミスボラの女兵士の姿はキイチが昂ぶり、夢中になったことからもわかるとおり、シュールな美しさに充ちて、それはヤポン人の飛翔兵も認めるところであった。けれど、屍体から湯気があがるような寒い場所と季節ではないから、真っ先にあたりに糞便臭が充ちた。ミスボラの女兵士には美しい女もたくさんいた。なにせ兵役は女の義務であり、そもそも男の選択眼とは無縁であるから美醜とは関係なく徴用される。飛翔兵たちはまず自身にすり込まれている美意識が糞便臭その他の悪臭にて破壊されたことに強い憤りを覚えたが、さらにその怒りの感情の奥には女という異性がうんこの臭いをあたり一面に放ちながら死んだということに対する後ろ暗い性的な昂ぶりが隠されていた。この性慾昂進は、幼児期ならではの肛門執着にいっぱしの大人の男の性的機能を羽織ったような二人羽織的代物であり、じつにちぐはぐであるが、その滑稽をこの場で露出させることは叶わない。仲間の飛翔兵の目がなく、戦いのさなかでなければ、屍体の切断面の好みの場所に陰茎挿入、自在に思いを遂げることもできたであろうが、諸々勘案すれば、五百、いや真っ二つだから千近く転がった麗しくも芳しき女をあれこれどうこうするわけにもいかぬがゆえ、制禦不能の狂おしき性慾を殺戮に昇華して戦争の名のもとに存分に箍を外して発散させることと相成った。

内緒だが飛翔兵たちはほぼ遍く勃起させ、カウパー腺から女性のバルトリン腺液にあたる無色透明粘稠性のある液体をにじませて黒い戦闘服を濡らして白くゴワゴワに乾燥するまではさほど目立たぬであろう染みをつくっていた。勃起の強ばりは物理的には戦闘の邪魔になるが、強ばりが解けぬあいだは最強の武威を示すという悖反を孕んでいる。ヤポンヤーバーン帝国の兵士が最強と称される所以には、じつはこんな根源的な背馳が隠されていたのである。

ところでヤポンヤーバーン帝国は元来小国であった。いまでこそ他国の血が混ざってずいぶん変化したが、遠い昔は標準的な国民の背丈も他国にくらべてずいぶん低く、矮小の矮をあてられ矮国と称されていた。それゆえ建国説話には、やたらと八咫という言葉が登場する。背の低い者の抱く劣等感のようなものであり、それを撥条として国土拡張のためのひたすらなる侵略戦争を是として伸張してきた。ヤポンヤーバーン人を略してヤポン人と他国の者が呼ぶときは、どこかにシークレットブーツを履いていることを気付かれていないと信じきって居丈高に振る舞う姿を揶揄する気配が込められていて、それがまたヤポン人の心根をひどく傷つける。

結果、強大な軍事力を背景に自国国境を越え、多数かつ広大な領土および他民族を支配する、まさに帝国という言葉がふさわしい巨大国家となって長大なる年月がたった。

妻（たち）がキイチにビックリマーク付きの解説口調で「忌まわしき首狩族！」「首をひとつとると階級がひとつ上がるから生首のことを首級というそうです！」と教えたように、ヤポンヤーバーン帝国の戦闘の実態を明らかにしてしまえば所謂、首狩族ということになる。

その首狩族も、いざ狩るとなると真っ二つにしてしまった相手は扱いようがない。半身の首を狩るのは二度手間だ。飛翔兵の興味も行動も、もはやメガネウラと称される巨大肉食トンボや三メートルほどもあるアースロプレウラ属の肉食ムカデにたかられ、食われつつある真っ二つの女の屍体から離れ、まだ生きている女兵士にむかった。けれどキイチの慾動は巨大な節足動物に食い散らされる半身の女体から離れがたい。翼開長が七十センチほどもあるトンボが滑空してきて、握り拳ほどもある複眼を金緑に輝かせ、鋭い顎を交差させて女肉をきつく咬み、そのまま飛翔して食い千切る。ホバリングは下手くそだが、うまい具合に上昇気流にのって空中で蕎麦を手繰るように細長く引き千切った肉を啜る。なかには変異種であろうか、翼開長が一メートル半ほどもある巨大なトンボもいて、女の腸を咥えて悠々と飛翔し、中空に七夕の飾りの青紫の短冊のごとく腸をひらひらゆらゆらさせつつ呑みこんでいく。だがキイチが凝視しているのはムカデだ。なにせ三メートルほどもある。それが凄まじい速さで半身の女体に潜り込む。百対を超える歩肢を流麗な漣のごとく蠢かして崩れかけた豆腐のような脳のあたりに潜り込み、没して女肉を啖いつつ、いきなり股間から顔をだす。密なる肉中を抜けてきたせいで背後に真っ直ぐ撫でつけたかの触角であったが、それをこれ見よがしにじわりと蜷局を巻かせて、これは俺の獲物だと鎌首をもたげて血豆のような黒いちいさな厭らしい目で左右を見まわす。もともとテラテラしているムカデの茶褐色の体軀は女の血と脂と体液でヌラヌラヌメヌメ照り輝いて、真昼の光を撥ねかえす。もちろんキイチは女性器から顔をだしたムカデに男性器を、自身の性的な願望を重ねているのである。ムカデの体長に、さもありなんと図々しくも己の男根を見ているのだ。ぞわわわわ——とムカデが女肉の裡を移動するその動きに、先ほどの瞬間芸といっていい王妃との性交の途轍もない快楽の記憶が呼び覚まされ、夢の中でありながら自身の陰茎をきつく肥大硬直させていることを自覚している。

それに気付いた世界は、溜息まじりに夢の場面を移動させる。この先の肝心の部分は、まだ御覧になっておられませぬがゆえ、帝にはもっともっと性的なあれこれを見せてさしあげます——と念を送る。キイチの軀が期待と昂奮に硬直した。紫から引き継いだはいいが、キイチはあきらかにこの正夢を嫌悪すると同時に愉しんでしまっている。これから先の情景は、あまりにもキイチの期待に添いすぎているのではないか。

誰にでも後ろ暗い想いと願望が隠されている。さすがに王妃たちの心はバリアが強力で読みとれぬが、読心に長けている世界はその他諸々の心は読み尽くしてきた。道徳や倫理を振りかざす人物ほど醜いものはない。彼ら彼女らの意識にのぼらない識閾下においては当然のこととして、道徳などを強く口にする者にかぎって意識上にも悍しく疎ましく薄汚い変態性慾的想念が渦巻いている。嫉妬心なども尋常でない。隙あらば徳のある人といった看板はそのままに、いかに他人のものを奪取するか策謀を巡らせている。道徳などを他者に強制しようとする者は、まちがいなく自身の歪んだ性癖を隠蔽するために過剰に人格者ぶるのである。教師。聖職者。政治家。変態性慾者の隠れ蓑である。幼きころからこうした事柄があきらかに、あからさまに見えてしまった世界は、社会がこうした偽善で作動していることに対して、さすがに冷えびえとした気持ちになった。善は隠蔽された悪によって駆動されているにすぎない。善とは隠された悪を燃料にして細々と燃焼する極小の御灯明であるということに気付いてしまったのである。もちろんそのようなトロ火で温まる気は欠片もない。その結果の低体温ではないかと世界は考えている。

ミスボラには性犯罪に類するものがほとんど存在しない。単純な異性愛に関しては以前に詳述したように男は生涯に五千五百人近くの女を知ることもあり、男による強姦等はほとんど発生しない。逆に圧倒的多数である女による無理強いがときどき問題になる程度である。内密ではあるが同性愛だけでなく、諸々の性的逸脱をもつ者に対しても性交省がきっちり対処している。性交省が唯一絶対として禁じていることは小児性愛である。判断力のない者。同意なき性交渉。これらは例外の余地がないタブーなのである。幼児性愛者はミスボラでは生きてゆくことができない。その存在を抹消されてしまうのである。それ以外は、たとえば加虐被虐の趣味がある者は、それに対応する相手を次々にあてがって慾求不満状態を解消させてしまう。性的逸脱者の最重要問題である相手がいないことによる妄想の肥大がおきるまえに、それを消し去ってしまうわけである。夢想空想妄想の悦びを奪われてしまった逸脱者が果たして幸福なのかという問題はさておき、人は逸脱にあろうとも慾求不満状態になければ案外、温和しい生き物である。スイスという国ではKodaという国家施設において中毒者にヘロインを与える。麻薬配給施設は国内に二十二ヵ所、内二ヵ所は刑務所内にある。このシステムを導入して二十年強、麻薬中毒者は千五百人程度で安定推移し、医師監視のもとにヘロインを静注するのでＨＩＶ感染も激減し、利益を絶たれた犯罪組織はスイスから撤退し、麻薬絡みの犯罪も消滅した。夢想空想妄想を取り上げてしまうことこそがミスボラの長い年月の平和をつくりあげてきたともいえる。労働に従事させられている女たちからの不平不満はあるにせよ、建国以来、内乱の類いが一切おきていない理由でもある。

その正反対といっていい国家システムを採用しているのが、ヤポンヤーバーン帝国である。表面的には禁忌であり、厳しい罰則も科せられはするが、体制の本質を揺るがすものでなければ国民個々人の諍いから暴力的な性的達成、さらには内乱までもが捌け口として許容されている。男に限るが同性愛は国家規模で奨励されているし、平等の概念はある種の病として忌避され、人々は身分制度を当然のこととして受け容れる。そのくせ隷属的身分であっても、すべてに対し自己責任がついてまわる。生きるということの本質は緊張、抜きがたいテンションにあり、その緊迫に耐えきれずに脱落する者は、死すればよい。死は弱者の不浄という観念が心の底に仕込まれているのである。人殺しの要諦は清潔にありという飛翔兵たちのテーゼは、弱者の不浄が顚倒したものでもあった。ヤポンヤーバーンの皇帝のなかには夢想空想妄想の類いまでをも厳密に規制しようとした者もあるが、どのみち無知蒙昧愚鈍なる国民大衆は他愛なく強者に靡くものであり、それらは力の行使という権利に仮装された暴力と同様に野放しのほうが体制維持には得策であるとの考え方が主流で今日に至る。

五百弱の飛翔兵に数万の女兵士である。いかに武威に優れていようとも多勢に無勢であることは飛翔兵も悟っている。どのみち死ぬならば、いかに大量に女兵士を殺すか。どのみち死ぬのだから、いかに好みの女兵士を犯しまくるか。殺すかやるかの二択である。死が前提であるから、どちらを選択しても徹底するのは当然として、人殺しの要諦は清潔にありの理念にのっとって自身の美学にいかに殉じることができるかが肝要だ。現実にはあり得ぬ清潔なる死を求めるという虚構は、虚構であるがゆえに飛翔兵たちを強烈に鼓舞する。黒塗りの直刀を八双に構えていっせいに駆ける。女兵士に迫る。

——以下略。

06

キイチは目覚めた。夢から覚めた。幽かな頭痛が残っていた。まだ朦朧としていて、横たわったまま気配のするほうに視線を投げると、世界が妻を膝の上にのせて休ませているのが見えた。世界も妻も全裸である。キイチは自分も全裸であることを失念していたが、世界の視線に促されるかのように自身の股間を一瞥し、強ばったまま天空を指し示すバベルの塔に気付き、いまだかつて感じたことのない羞恥を覚えて、あわてて両手で隠そうとしたが、キイチ程度であっても勃起時のバベルは手に余る。世界が柔らかく笑んだので、皇帝の権威がここに集約硬直しているのである――と象徴主義? に逃げこんで、訳のわからぬ開き直りとともに隠すのをやめる。

「ミスボラは侵略されたのか」

「免れました。飛んだヤポン人の兵たちはすべて跡形もなく消滅し、スロープを上りかけていた兵も全員、消え去ったとのことでございます。紫様のおかげで、後顧の憂いもございません」

「紫。その者は紫なのか!」

「はい」

「なぜ、明かした」

「紫様の心が帝にないからでございます」

「言ってはいけない真実を口にするのか」

「また、そのような」

「そうだ! そのようなことを吐かすおまえは、まるで世界ではないか」

「世界でございます」

「なに！」

「王妃と同様、女官も皆同じ貌をしておりますから」

「余を誑かしおって！　ええい、許せん！」

「ずいぶん、お怒りですね」

「うるさい」

「紫様に御執着なさらぬよう」

仮借なき命令口調であった。同時に鈍感なキイチにも悟ることができるよう、強烈な思念が流れ込んできた。それをキイチはいちいち言葉にあらわして復唱させられた。

「――心がないということ、紫の、あのあられもない姿、痴態は、つまり余の愛撫を、そして余の軀を受け容れはしても、その心は余ではない誰かとつながっていたということ」

「然様でございます」

キイチが見窄らしくしぼんでいくのを世界は笑んだまま見やり、釘を刺した。

「ついでといってはなんですが、あえて明かしてしまえば、王妃の誰もが、帝を慕う気持ちなど欠片もございませぬ」

「よくもまあ薄笑いを泛べたまま、そのようなことを口にできるな」

「――お変わりになりましたね」

「なりもする。余は見てしまったのだ」

「御覧になって、いかがでした？」

「たいそう美しい女兵士が犯されて、ところが四肢を絡ませ、舌を絡ませ、ありとあらゆるところを絡ませていた」

「どのようにお感じになりました?」

「言葉にすると世界、おまえの笑いと同様に薄くなってしまうので不本意ではあるが、生に対する本能とでもいうべき姿であった」

「敵も味方もない、と」

「うん。混じりけのない男と女に過ぎなかった。刹那的という注釈はいるかもしれない。だが、すくなくとも余と紫の関係のような悲しいすれ違いはなかった。ま、悲しいのは余だけ、ということらしいが」

「はい」

まだ鈍い頭痛が残っている。キイチは後頭部を叩きながら上体を起こした。

「男は精を放つことを、女は精を受けることに必死であった。あのようなとき」

「はい」

「女もじつに烈しい腰使いを致すものであるな」

「烈しゅうございましたか」

「ん。男の動きに見事にシンクロナイズしておったわ」

キイチは照れ笑いに似た、けれどもう少し真摯な笑みを泛べた。

「あちこちで、な」

「はい」

「そういう愛の交歓がなされていたわけだ」

「はい」

「男はな」

「はい」

「女に精を放ってしばし余韻に揺蕩ってからな」

「はい」

「黒い真っ直ぐな刀を女の首筋にあてがい、首を狩った」

「ヤポンヤーバーンを全う致したということですね」

「せっかく精を注いだのに首を落としてしまっては、徒労ではないか。不毛ではないか。しかも数で優る余の女兵士たちが、背中を見せているヤポンヤーバーンの兵を切り刻んでおったわ。切り刻まれるヤポンヤーバーンの兵の下では血まみれの女が腰を揺らせて喜悦の声をあげている。なにやら理不尽。すべてがこの世のこととは思われぬ非現実であり、不条理であった」

「されど御否定できぬ一点がございますね」

「うん。男と女の性の頂点。凄まじいものだった。すばらしいものだった」

「男も女も、間近に迫った死を見据えておりましたからこそ、途轍もない境地にあったのでは」

「ん。余もそう思う。が、切ない」

「はい。生きることは切なく、死することはなお切ないことでございます」

「死ななくともよいではないか」

「はい。死ななくともよいとは思います」

「仲良くふたり、生きればよいではないか」

「話が逸れますが」

「ん」

「心中という死に方がございますね」

「余も、それを思った」

「最高にして最善の死でございますね」

「あの者たちは心中したのか」

「どうでしょうか。かような小賢しいことを思う間もなく――」

「なるほど。羨ましいものだ」

「はい。羨ましいものです」

世界の膝の紫がうっすら目を開いていた。どうやらやりとりに耳を澄ましていたようである。キイチはそれに気付き、和らいだ声をかけた。

「おまえたちの心が余にないということを平然と告げおった。世界はひどい奴だ」

紫は世界の膝に頰を密着させたまま呟くように言った。

「ずいぶんお変わりになりました」

「知ってしまったからな」

「知ってしまった」

「うん。知ってしまった。図書館にな」

「はい」

「善悪を知る木の逸話を記した〈ヨハネのアポクリュフォン〉なる御大層な書物があってな。読むだけ読んだが、よく意味がわからなかった」

「いまでは」

「うん。わかる。よくわかる。否応なしにわからされた。余も、知ってしまったから」


しかし彼らによって「善悪を知る木」と呼ばれたもの、これはすなわち光のエピノイアのことである。彼らは彼の面前に留まっていた。それは彼が彼のプレーローマを見上げて、自分の醜悪な形の裸を知ることがないようにするためであった。しかし、私は彼らを立て直し、食べるようにさせたのである。

そこで、私は救い主に言った、「主よ、アダムに教えて食べさせたのは、蛇ではなかったのですか」。

救い主は微笑みながら言った、「蛇は彼らに、滅びへの欲望の生殖行為の邪悪さから取って食べるように教えたのである。というのも、それが彼（＝蛇＝ヤルダバオート）にとって役立つものとなるためにそうしたのである。

諳誦し終えて、キイチはわずかに首を竦めた。聞いていたのかいないのか、紫は静かに世界の太腿に頰を密着させている。なにを思っているかはわからぬが、さしあたり沈黙を守るであろう。なにせキイチを慕う気持ちの欠片もないそうである。ゆえに紫にあるのは関わりを持たずにおこうという気持ち、徹底した無関心だろう。けれど世界はキイチと関わらねばならぬ。結果、言葉に棘が宿る。つまりキイチは世界が口にするであろう皮肉に備えたのである。

けれど世界はキイチのほうを見もせずに紫の頭を優しく撫でるばかりであった。キイチは竦めた首をそっともとにもどし、俯いた。いかに〈ヨハネのアポクリュフォン〉を精確に覚えることができようとも、それが創造に結びつかないならば書物以下であると唐突に悟ってしまい、羞恥を覚えたのだ。まだキイチは、こういったどうでもよいことを延々と悩む性癖を棄てきれていない。知識の豊かな者の最悪の弱点は、自己愛である。だから俯き加減でひたすら自己批判する。

単なる知識の容れ物ならば書物のほうがよほど理にかなっている。余は、こうして諳誦してみせることができる。ただしただの棒読みで、詩人のような芸の片鱗もみせることができない。そもそも精確さの点では書物に勝てるはずもなく、しかも毎日あれこれ食い散らさねばならないのだから経済性においては書物と比することさえできぬ。

羞恥と同時にキイチは皮膚の全面に鋭く尖った針を刺されたかの傷みを覚えた。大仰な物言いをするならば自身の存在理由に対する不安がキイチのたるんだ肌を刺し貫いたのである。キイチはその傷みをある感謝の念とともに受容した。傷みさえ覚えぬとしたら、いま、この場で息をしているかどうかさえ心許なく、不安に頭を掻き毟るといった芝居染みた姿をさらさねばならなかっただろう。

しかも、以前とちがって、自身の存在理由なる抽象を思い泛べざるをえぬ己の安易さ幼稚さに、吐き気を覚え、脹脛が痼りはじめていた。下膊には鳥肌が立っていた。それを見てとった世界が抑えた声で言う。

「滅びへの欲望の生殖行為の邪悪さ——ですか。そのような捉え方、薄暗くて無様でございますね」

「だが、まさに、そのとおりであろう」

「私にはわかりませぬ」

「おまえや紫は、滅びへの欲望の生殖行為の邪悪さとは無縁だ。が、余は——」

「過大評価でございますよ」

「己を買い被りすぎか」

「はい」

「——たかが夢だ。夢にすぎぬ。だが、余は目覚めさせられてしまったのだ」

「暴君となられぬことを祈っております」

「また、そういう皮肉を」

「本音でございます」

「余がうなだれてしまうのは、な」

「はい」

「暴君になれるならともかく、おそらくはあれこれ規範や法規を盾に、己の正当化を図るだけであろうということが透けて見えてしまっていることだ」

なにを言っているのか？　といった面持ちで世界が小首を傾げる。

「だからな、たとえば紫が心のなかにおいて余ではないなにものかとつがっておったとしても、余は怒りにまかせて紫を離縁しようとは思わぬということだ。怒りは覚えておるぞ。当然だ。いまだって尋常でない怒りと嫉妬に脳髄が煮えたぎっておるわ。けれど、その怒りを暴力のかたちでは発散できぬ。理由は、保身だ。こんな目に遭っても、余はおまえたちを離したくはないのだ。離縁だけはしたくない。率直に本音を口にしてしまえば、余は皇帝という立場を守りたい。どうやら余は雇われ者に毛の生えたような存在。なんの役にも立たぬ無芸大食の単なるヒモにすぎない。こんな余が宮殿から放逐されたら、生きていけると思うか？　ゆえに余は声高に道理を唱える。己の権利を主張する。おまえたちの誰が産んだかしらぬが、おまえたちの誰かは余の子供たちの母である。ゆえに、余は子供たちのためにも母親を全うさせたい。さすれば余はなにをすべきか。放逐が怖いから殴る蹴るは避ける。胸中に渦巻くどす黒い嫉妬を暴力のかたちで放つことを避ける。が、顔を合わせれば理は余にありと、規範や道徳は余の味方であると、道理は余にあるのだぞ、と、ねちねち絡んで鬱憤を晴らし、なんとか余の思い通りにしたいとあれこれ策謀を巡らす。子供たちを盾にとって、とことん屁理屈を捏ねてやる。子供は余の保身の最後の砦である。なにせ余は浮気したことがない！　よくも悪くも、皇帝は王妃のみに誠実を尽くすというミスボラの律法、決め事から逸脱したことがない。裁判を起こせば、まちがいなく余の正当性が認められる」

――正当性。正当性。正当性。正当性。正当性。正当性。正当性。正当性。正当性。正当性。正当性。正当性。正当性。正当性。正当性。正当性。正当性。正当性。正当性。正当性――

胸中で連呼しているうちに、意味不明に陥った。

　せいとうせいってなんですか、かるくあぶっておしょうゆをかけてたべるものですか、こうばしいのですか、あまりおいしそうにもかんじられませんけれど、せいとうせい――まったく正当性が通用するならば、この世にあふれる情の洪水はとっくにおさまっておるわな。情の治水。正当性のダム。だめだだめだだめだ、情に優る知なし。なぜなら、能書き三昧の余にだって、ちんちんがついているではないか！

「ま、紫よ、おまえにネチネチ厭らしく絡む己の姿が見えてしまっているというわけだ。余は無様至極の言葉の輩である」

　キイチは付け足す。

「いまは、紫一人だからこういう厭味も言える。されど六人揃ったときは誰が誰やら。肉を余に与えはしても心では不実をなした紫を見分けることができぬ。結果、余は遠回りに道徳やら倫理、もっと情けない遣り口として律法など持ちだして陳腐な言葉を並べあげて鬱憤晴らしをするしかない。見苦しくみじめな自己正当化をなすしかない」

世界が眉間に深い縦皺を刻んだ。

「それは無様でございますね。まだ暴君のほうがようございます」

世界の膝で、ちいさく軀を縮こめた紫が揺れている。声を立てずに笑っているのだ。あわせて世界も唇だけで笑い、キイチは一瞬、目を上にあげて苦笑した。

「あんな好いものを見せてもらったのだぞ」

「好いもの。男と女はともかく、戦いの実相は、好いものでございますか」

「実相は好いものではないのか」

「さあ。私には判じかねます」

「余もな」

「はい」

「首を狩りたかった。首を落としたかった。首を切りたかった。紫よ、おまえの首をごりごり切り落としてやりたい」

紫がゆっくり上体をおこした。あるかないかの喉仏の尖りのあたりを指先でなぞり、白い歯をみせ、頷いた。

「願望はあっても、余にはできぬよ」

「では、願望がおありであるということ、掟と心に留めおきましょう」

「うん。どうか余にそれをさせぬよう心がけてくれ」

紫は右と左の人差し指を立て、キイチの眼前で×をつくった。

「わかっておる。わかっておるよ。余にはおまえの首を切り落とすことなどできるはずもない。だからこそ、憂鬱なのではないか」

下をむいて口で息をしていると、ずるりと涎が垂れた。あわてて甲で拭い、目頭を抓みあげるようにして揉む。

「御自身で仰有ったように、道理など持ちだして私を失望させることのないよう」

「わかっておるのだな？　わかっておるのであろう。余が怺えきれなくなったとき、絶対に道理を、倫理を、道徳を、律法を、理屈を持ちだす無様な男であるということを」

「それがわかっていらっしゃるならば、きっちり怺えればよいだけのことです」

「おまえたちと離縁したくない。離縁するとしても、これから先、生きていくに困らぬだけのものを得たい。なぜ、怒り心頭にして暴力に訴えないか。いよいよお仕舞いがやってきたときに、正当な権利としての財産を得たいからだ」

キイチは上目遣いで深い溜息をついた。紫は無表情で、傍らの世界はめずらしく思案顔であった。やがて紫がちいさなくしゃみをした。とたんに世界は満面の笑みで紫を抱きこむようにし、着衣を取ってまいりますと立ちあがった。キイチはそっと紫を窺った。キイチの視線に気付いた紫は屈託のない笑みをかえした。キイチもつられて笑んだ。笑いの応酬は、その場しのぎとか体裁を繕うといった言葉がふさわしく、キイチは苦く笑いながら深く俯いた。

07

とりあえず、の日常が再開された。キイチにしてみればミスボラ帝国はじまって以来の大戦争、大量虐殺が行われたはずなのだが、女官でないほうの地域としての世界は、ヤポンヤーバーン帝国その他諸々鳴りをひそめ、薄気味悪いほどに平穏無事で、なにも変わらない。一方、女官の世界は、その肌の全面を覆っていた拒絶と侮蔑の棘を以前よりも幾分薄めて、けれど相変わらずおざなりにキイチの前にかしずく。

妻（たち）は多異様の塔の居室に引きこもってキイチの前に一切姿をあらわさない。それは黙殺というより無関心という言葉が似合っているようで、羽毛が擽る程度の気配さえも感じさせず、まして怨みとか嫌悪といった負の感情の迸りが突き刺さるといった贅沢とも無縁で、憎まれ疎まれ蔑まれているほうがまだましである——と時折キイチに寂しい笑みを泛べさせた。

生命あるかぎりという注釈がいるにせよ、無限大の暇をもてあますキイチはもともと投げ遣りだった子育てにも本質的興味を喪い、体裁を繕うかのように気まぐれに子供をかまって、あとはひたすら宮殿図書館にこもるようになっていた。別段、学究の徒と化したわけではない。

自身は集中力の塊であると未だに思い込んでいるが、そもそもひとつのことに集中できるほどの能力の持ち合わせがない。本人は知識の多様を誇ってきたわけだが、それは単なる散漫に過ぎず、だから、このころにスマートフォンがあれば、惰性でひたすら他愛ないゲーム三昧であったことだろう。図書館は、その程度の逃避であった。暇∞は、その無為の先に死が仄見えてしまうことが最大の欠点である――とキイチは書物から顔をあげて、虚空にむかって真顔で頷く。

どうしたことか図書館の壁に唐突にひらいた正方形の窓から昼下がりの陽光が射しこんで、あちこちで気まぐれに爆ぜている。その光のあざとい乱舞を見やっているうちに、窓の縁の鋭角に首筋をあてがって左右に動けば、自重にてすっぱり己の首を落とすことができるのではないかという妄想に囚われた。艶やかな暗黒色をした黒曜石の断面は、光の反射こそ違えど正夢として見させられたヤポンヤーバーン兵の煤を塗った真っ黒な直刀を想起させる。キイチは切断した自身の首から露出した脊髄が鮮血を弾き気味にまとって化粧し、鮮やかな灰と赤の対比を得意げに見せているところを夢想した。人体破壊ならばミスボラの女兵士その他でありとあらゆるところまで細大洩らさず見せつけられた。肉体損壊の妄想∞といってもよかった。しかもキイチの周囲には、見窄らしくも鬱陶しく遣る瀬ない対処不能の∞が雨期の黒黴のごとく蔓延っていた。ごく控えめな咳払いに、首の切断面は霧散した。

「御邪魔ならば、即座に消えます」

「――よい」

「宏大宏壮な宮殿図書館にて黙考する己以外と出くわすとは。確率としては、まず有り得ぬことかと」

「――慥かに、他人に会うのは、初めてだ」

「なぜ、一呼吸おいてお答えになる」

「――含むところがあるからだ」

「なるほど」

紫のことを脳裏からむりやり追い出して、キイチは以前から疑問に思っていたことを尋ねた。

「――宮殿に居着いているくせに、なぜ、吟遊詩人と称するか」

「乞われたからです。旅を休み、しばし腰を落ち着けて、詩を吟じよと」

「――妻（たち）からか」

「さようでございます」

他人のものを勝手に食べておいて、まったく悪びれたところがない。キイチは精一杯威圧をかけているつもりだが、吟遊詩人の頬のゆるみは演じられた平静さではなく、軀のどこにも力が入っていないばかりか、倦怠さえまとっている。鈍いのか。価値観がまったく違うのか。精神が強靱なのか。それともキイチなど眼中になく、莫迦にされているのか。キイチが詩人の立場だったら揉み手はともかく、泛べなくてもよい卑屈な笑みと吃音で対してしまっているかもしれない。キイチのほうが鼓動を早め、乱れさせてしまっているのだから世話がない。

吟遊詩人はキイチの蟀谷をくいくいくいくいくいと持ちあげるせわしない脈動を蚯蚓を見るような眼差しで眺め、ふと気付いたがごとく床に跪いた。キイチは不安にちかい昂ぶりを抑えこんでそれを底意地の悪い目つきで見おろした。皇帝が立てと言わなければ、臣民は永遠に跪いていなければならない。決まりを厳守するならばそういうことになる。まして詩人、宮殿内を自由気儘に周遊しているが、賤民中の賤民である。ここに死ぬまで跪かせてやる。

偽欠伸をして軽く中空を仰いで厳かを意識して視線をもどしたら、吟遊詩人はなにごともなかったかのように向かいの黒曜石のベンチに浅く座していた。あろうことか大股開きだ。咎める言葉を吐こうと唇に意識を向けた瞬間に、吟遊詩人が呟いた。

「無為にして化す」

「無為にして滓?」

帝と吟遊詩人は視線を厭らしく絡ませた。

「余を愚弄する気か」

「ことさら手段を用いなくとも、自然のままにまかせておけば人民は自然に感化される。これぞ聖人による理想的な政治のあり方。すなわち——無為にして化す」

吟遊詩人は薄ら笑いと共に続けた。

「ミスボラ帝国千七十二代皇帝キノリウス・キイチの治政について、老子なる哲学者が述べた言葉でございます」

「余を呼び棄てるか」

「キノリウス・キイチの頭に皇帝とついているではございませぬか」

「敬称を重ねるのは逆に礼に反するか」

吟遊詩人はキイチの言葉を完全に無視し、とりあえず喋っておくといった投げた調子で言った。

「これも書物の受け売りでございますが、自然という言葉は、もともとは中国なる架空の大国に由来するとのことで、しかも『無為にして化す』の老子の言葉らしいのです」

「無為にして淳、は、よさぬか」

「はあ?」

「いや、いかに無為であろうとも、淳はないだろう」

ようやくキイチが何に気分を害しているのかを判じた吟遊詩人の顔つきが、そのまま嘲笑に変わった。

「無為にして淳。なるほど帝のお心をよくあらわしているすばらしき聞き違いにございますな」

頼むから繰り返さないでくれ、と、ついつい哀願の眼差しを吟遊詩人に投げてしまったキイチである。吟遊詩人は取り合わず、委細構わずといった調子で自身が語ろうとしていたことを口にした。

「自然とは自分を意味する〈自〉と状態をあらわす接尾辞〈然〉が合わさって〈自らである状態〉を示すとのことでございます」

「――余は自然か」

「類い稀なる自然天然でございます、と言いたいところですが、それでは褒めすぎ。詩人は率直を旨として生き存えておりますがゆえに、あえて本音は控えさせていただきます」

「よい。率直に申せ」

「ならば申しましょう。すなわち〈自らである状態〉といえぬこともないにせよ、生得的に自らである状態がすばらしき小器用でございますがゆえ、惨めな詩人など身悶えせんばかりの羨望の眼差しでございます。また、まあまあ天然ではございます。が、相当に出来のよろしい天然でございますな」

「――なぜ、そのように遠回しに、苛烈に愚弄する」

「遠回し？　この程度の回り道が遠回しならば、いっそ近回りした言葉を投げかけましょうか」

「命が惜しくないのか」

「どのみち死ぬのでございますよ。図書館にこもって倦怠を潰す日々など、死んでいるのとおなじこと」

「それは余も感じていた。だが、なぜ、そのように軽侮する。なぜ、そのように悪意を秘めた物言いをする？」

「帝の息が愚劣だからでございます」

「息！」

「そうです。息がくさい。腐臭が漂っております」

「——口臭は、自覚しておる」

「比喩はときとして、こういう具合に曲解される。比喩は蔓延る莫迦には対処できぬ。むずかしいものですな」

キイチは口を押さえていた手を若干、顫わせつつはずした。胸を不規則に、大きく上下させている皇帝に、吟遊詩人は流し目のような一瞥をくれ、不可解な怒りじみた気配を隠さずに嘆息した。

「そもそも帝に対して詩人はなにを口にしたのか。『無為にして化す』——世辞でございますよ。それを小賢しくも己の内心の投影にて自ら引っ繰り返して事を複雑にし、際限のない愚弄の種子を自ら仕込む」

吟遊詩人は小指の先を鼻に突っ込んでほじり、ベンチの肘掛けの先端に丹念に鼻屎をなすりつけた。固形物になりかかっている褐色の鼻屎が肘掛けを飾り、指と肘掛けのあいだで糸を引く半透明の洟に鼻血らしき深紅の点描が散っているのを見てとってから、上目遣いで訊く。

「お嘗めになりますか」

「さすがに怒るぞ」

「ならば、きんたまの裏の汗の臭いでも嗅いで気を鎮めなされ」

不覚にもキイチは笑ってしまった。あまりといえばあまりな狼藉ぶりに、笑うしかなかったというのが本当のところだが、それを見透かしている吟遊詩人は欠伸を呑みこんで、キイチの情けない笑いを一瞥した。

「無為にして滓ならば、なにかなされればよいのに。退屈ならば集中なされればよい」

「なにを、すればいい」

「いい歳をして、それを詩人に訊きますか」

「だが余は、なにをしていいのか、わからないのだ」

「されど倦怠は創造の母でございますぞ。おっと、この垢抜けない科白は王妃のどなたかの御言葉。ま、退屈しのぎで性交などして子をなすなど、まさに倦怠は創造の母でございますな」

王妃云々という言葉が聞こえなかったと素早く自己暗示にかけ、問いかけた。

「詩人も退屈しているのか」

「退屈。どうでしょう。人生は、基本、退屈なものでございます。これも王妃のどなたかの御言葉です。詩人という生き物、剽窃が過ぎますな。ともあれ吟遊詩人が図書館にこもるのは言葉を踏みつけにするのが仕事ゆえ。皇帝は支配が仕事。も少しまともに仕事をなされたらどうか」

「支配。余の日々のどこに支配がある。余はいわゆるヒモにすぎぬ。国家の寄生虫だ。国家を家庭と言い換えてもよいが、家長は働かせてもらえずに無駄飯を喰う。あるいは働こうとしても仕事がない。誰も余を必要としていない。なんと空疎な権力よ」

キイチは不整脈をともなった疲労を覚え、いったん息を継いだ。

「それでも、つい先頃までは幻想を抱いていた。幻想を抱くことができた。妻（たち）に愛され、子供たちに慕われ、帝国という小さな家庭を精一杯護っていると。だが、妻（たち）の真実を知ってしまい、もはや幻想は消し飛んだ。残されたのは濁った自意識と手応えのない復讐心、そして倦怠だ」

　吟遊詩人は唇をすぼめて口笛を吹くような仕種をし、けれど思いなおしたようにキイチをはぐらかした。

「倦怠に覆われると、どうしても息が浅くなりますな。さすれば欠伸の連発と相成り、ますます倦怠が育ちます。酸欠は倦怠の餌でございます。ちゃんと息をするためにも、なにかなさるのがよろしい」

「なるほど。――せめてあなたの吐息の片隅にワープしたい」

「そこを突かれましたか」

「じつに、すばらしいではないか。せめてあなたの吐息の片隅にワープしたい――大傑作だ。詩神が降臨したがごとくである」

「王妃を悪く言うつもりはございませぬが、せめてあなたの吐息の片隅にワープしたいと囁いたとき、皆、うっとりされておられましたぞ。すなわち求めに応じてひねりだしただけ。詩作など、その程度のものなのでございますよ。帝は恥ずかしげもなく斯様な言葉を吐くことができまするか。吟遊詩人は飯を食い、糞をするために、平然とこのような陳腐を撒き散らして羞恥を覚えることもないのです。そもそもこの吟遊詩人が文学なる御大層と心中するように見えましょうか」

キイチの脳裏には、守護の壁にて紫が離れてしまい、いままであらわにしていた乳房を隠して素知らぬ顔をしていた瞬間が泛んでいた。あのときは案外『せめてあなたの吐息の片隅にワープしたい』という陳腐がキイチの気持ちを代弁していたのである。

「大仰に構えなさるな。詩人が帝に助言できることはただひとつ。嘘は整合性がすべてでございます。素人はそれが徹底しておらぬから『せめてあなたの吐息の片隅にワープしたい』程度の科白にリアルを附与できぬのでございます。嘘には整合性。これさえ心がければ、嘘はつき放題でございます」

「だが余に詩作の才はなし。まして整合性と申したか。よくわからぬが物語を編むほどの嘘がつけぬ」

「頭が悪いという告白でございますか」

「また、そういうことを――」

「されど嘘がつけぬというのは、莫迦の証しではございませぬか」

「嘘はよくないであろう」

「莫迦の上塗り」

「だが世界を統べる者が嘘つきでよいのか」

「所詮は、無為にして化す――でございますぞ」

「いまのかすは、淬ではなく、化す、であったな」

「頭、だいじょうぶですか」

吟遊詩人の言葉が脳髄に達するまでに数秒ほどかかったか。さすがにキイチは強烈な怒りの感情に支配された。それを唾を飛ばして莫迦正直に告げた。

「さすがに怒り心頭に慾したぞ！」

「はあ？」

「だからな、怒り心頭に慾した」

「それは、怒り心頭に発する、で、ございます」

指摘に、キイチは素早く思案した。赤面しそうだったが、皇帝は鷹揚に構えて知らんふり、だ。どうにか抑えこんだ。内向した怒りと羞恥はキイチの頰を赤らめるかわりに歪めた。当人にも意図不明の、けれど、ぎりぎりの精一杯を周囲に撒き散らす大仰なる作り笑いであった。その作り笑いにまぎらわせて、もっとも肝心なことに触れた。

「訊きたいことがある」

「なんなりと」

「詩人は女をたくさん知っているか」

「物を語る者は物を騙る者。すなわち賤民ですので、性交省のリストからもはずされておりますがゆえ、遣りたい放題、し放題でございます」

「吟遊詩人の特権だな」

「誰も附与してくれなどと頼んではおりませぬ。ま、特権云々は差し置き、人は誰でも男女問わず、怒り心頭にではなく、性慾心頭に慾したならば、御願い致せば」

「御願い」

「然様。頼めばよいことでございます」

「そういえば、余は頼んだことがない」

「やらせてくれ、させてくれ」

「そうだ。させてくれと頼んだことがない」

「ねえちゃん、ちんちんさしすせそ」

「なにごとだ」

「斯様に御願いすればよいのです」

「ねえちゃんちんちんさしすせそ」

「一本調子ですな。それでは、ねえちゃんは股をひらいてはくれませぬ。ちゃんと相手の心を踊らせるのですよ。骨はクール。クールに歌うように御願いする。やることはホットですけれど」

「ふむ。ならば、これで、どうだ。――ねえちゃゎん、ちーんちん、さっしすっせそ」

「頭、だいじょうぶですか」

「余はな！」

「はいはい」

「はいは一度だろうが！」

「はーい」

「余はな！　とにかくしたいのだ！」

吟遊詩人は髭剃りをさぼっただけといった態の伸び放題にして荒れた白髪交りの顎の髭をいじり、目玉を吊りあげた。白目の面積が増えるとじつに怪しげな詩人の顔つきであった。だがキイチは絶対実利を得られる言葉をもらえるという直観に、上体をのりだしていた。吟遊詩人は意地悪するでもなく、あっさり言葉をくれた。アドバイスしてくれた。

「物は試し。世界殿だったか。凄い名だな、世界。世界殿にお頼みしてみればどうです」

「世界！」

「皇帝特権で排便後に尻の穴まで拭かせているではございませぬか。ならば陰茎睾丸蟻の門渡りの世話もまかせればよろしい」

「だが――」

「なにを躊躇っておられる」

「世界が頼みをきいてくれるだろうか」

「ずいぶん以前目をとおした蔵書、〈裂〉という駄作でしたが、こんな科白がございました。――異性が僕にかえす返事はふたつしかない――ふたつ――ＹＥＳかＮＯか、です。これは確率が二分の一ということです。こんな高確率なものはそうそうないでしょう――考える間を与えないということですか――性交は、考えてするものですか――その露骨な物言いは――すみません。ただ、確率二分の一は、途轍もない高確率です。それなのに怯む男たちばかりです。ところが、それを実践している僕は数えきれぬほどの異性と肌を合わせて、しかも後腐れのない生活を送っています――」

「なるほど！」

「とりあえず手近から」

「なるほど!!」

「ん、エクスクラメーションマークが増えましたな」

「なんのことだ」

「なんでもありませぬ」

「うーん」

「どうか致しましたか」

「諳誦した作品は〈裂〉といったか。誰の書いたものかは詮索せぬが、吟遊詩人も事細かに諳誦するものだな」

「ああ、それが詩人としての限界をきわだたせてしまい、じつに忌々しいものでございます。そもそも一流の詩人は他人の糞など見向きもせず、道ばたに散ったゲロなどいちいち踏まぬものでございます」

「なんだ、二流か」

「はい。二流でございます」

「威張ってやがる」

詩人はベンチから立ちあがり、キイチの傍らに寄って猥れなれしくキイチの脇腹に拳をあてがった。

「また、ここでお目にかかりましょう。次にお会いするときには、未来の蔵書のなかでも絶対的な禁書とされているものを御目にかけます」

「ふむ。絶対的な禁書」

「帝がお読みになって不安を覚えれば焚書に処するであろう書物にございます」

「愉しみではあるが、出会えるか？　この広さだぞ」

「宮殿図書館の館内図を入手してあります。あとで複製を届けさせます」

「それは、ありがたい。ところで、余の脇腹を拳でぐいぐいするのには、なにか意味があるのか」

「その薄汚い顔をとことん殴りたいという気持ちを、こうして誤魔化しているのでございます。代償行為でございます」

怯えたキイチが大げさに両手で顔を覆っていると、吟遊詩人はあっさり背をむけた。気を落ち着けようと、無意識のうちに禁書焚書禁書焚書禁書焚書禁書焚書と呟いているうちに、背骨の微妙に歪曲したその姿が黒曜石の暗黒の膨大な書架の群れに溶けた。

＊

最近はいまいち出が悪いと訴える。心の痼りが糞の痼りというつまらない標語じみた能書きを口にする。世界がおざなりな手つきで腰を折った前傾姿勢のキイチの肛門とその周辺さらには下腹を刺激してくれる。朝の日課である。世界の指先は投げ遣りだが的確だ。キイチも糞詰まりをおこした男児の肛門を世界の指導のもと、刺激してやったことがあるが、黒く丸い小石のようなものをころころと穿りだすことができたときは安堵し、嬉しかったものだ。ただし長いあいだ腸内にあったせいで腐臭にちかい目に沁みる刺激臭があった。

なんだかんだいってキイチは世界の手技の的確さにより滞ることはない。毎朝きっちり大腸の内容物を、あのダイナモに似た便器に落下させる。しかし、いまのいままでこの手技のさなかに性的な意識を抱いたことはなかった。きわどいところを愛撫にちかい手つきで触られているにもかかわらず、性と結びつくことはなかった。だが、今朝は、微妙な疼きがあった。キイチは自身が男の状態をあらわにしなかったことに対して強い自負と安堵を覚えていた。

息みおえたキイチの尻を世界が清水にて洗浄してくれる。おかげで痔疾などとは無縁である。皇帝は尻の穴からして美しいのだ。世界は朝の儀式を終えてからキイチから見るとやや過剰なくらいに手指を浄める。爪のあいだなどにも鋭い眼差しを投げる。毎朝、無限といっていい回数をこなしているのだから、いい加減もう少しなおざりにしてもいいようなものだ。

「ずいぶん長いあいだ世話になっているな。いつ頃からか」

「帝が十のとき、御役目を受け継ぎました」

いまのいままでこの行為が性的なニュアンスと結びつかなかったのは、本格的な性意識が芽生える以前から日々の習慣として便通マッサージを受けていたからであるとキイチは納得し、感慨深げに尋ねた。

「そうか。それから幾年たったか」

「帝と私は同い年でございます」

「あ、そう。そうなんだ?」

倦怠にまみれ、為すべきことそれ自体がないキイチの日常は、自身の歳のことさえ忘却させてしまっていた。ミスボラでは性交省出生性交管理局、通称性管が出生を管理しているので、まめな父親が我が子にいちいち出生日時を吹き込むといったことをしたり、当人がなんらかのきっかけで己の年齢に興味をもつといったことがないかぎり、生誕の日時は成長するに従って曖昧になっていき、あげくいつの間にやら自身の年齢を失念といったことが当たり前である。臨月の女は公営の出産所に集められて集団出産するので、そして乳児のうちは同じく公営共同育成所にて免疫をつくりあげるために母親以外の多数から授乳されることもあり、成長はいつ生まれたかということよりも目視による実際の体軀の発育に主眼がおかれている。だから、いつなんどき生まれたかということそれ自体に関心が薄い。そもそも誕生日という概念がないのだからそれを祝うといった風習自体がない。大まかな年齢を推測しつつ、いったい余は幾つなのか――と途方に暮れると、世界が呟くように言った。

「年齢のことは考えたくありません」

十歳より、ひたすら皇帝の世話に奪われてきた自身の時間について思いを巡らせているのであろうか。キイチは怯みに似た気分で、上目遣いで頭をさげた。

「すまん」

世界は皇帝の謝罪を聞き流した。キイチは自身の最重要懸案を世界に提示する決心をして、ますます上目遣いを強くし、首をのばし泥亀のような貌で揉み手した。

「――すまんついでにだな」

いったん言葉を呑むと、世界は白布で丹念に手を拭き、臭いが残っていないか鼻先に指先を近づけて目顔で問いかけてきた。そのことだ、とキイチは頷いた。

「うん。尻な」

「お尻がどうか致しましたか」

「他人に尻を拭かせるのは、やめよう、と、思う」

「他人に尻を拭かせるのはやめる、と」

「そうだ。自分でする」

「つまり私は朝のセレモニーから御役御免となるのですね」

「そうだ。寂しいか」

問いかけるキイチはまだ上目遣いである。答える世界は、めずらしく本心からの笑みを泛べた。

「寂しいと嬉しいは韻を踏んでいるとお思いですか」

「露骨に嬉しそうだ」

「口が裂けてもいえませんが、この貌でわかっていただけたようですね」

「業腹」

「御自分から言いだしておいて、理不尽」

「まあ、よい。尻は自分で拭く。かわりに、だ」

世界が構えた。キイチはたたみかける。

「陰茎睾丸蟻の門渡りの世話」

吟遊詩人が口にしたことをそのまま言ってのけてしまうと、つんとすました世界の鼻梁に複雑な無数の皺が刻まれた。この時代、猫がいないのが比喩の点で惜しまれると一応言い訳を記しておいて、追い込まれて、毛が逆立ち、大きく目を剝いて逆三角形の口を精一杯開いて威嚇する猫の貌である。静脈血の色だろうか、赤らんでいる総体に青黒い妖しい稲妻の艶が目立つ口中の、尖ってはいるけれど心許ない薄黄色の牙をみせて威嚇する逃げ腰の猫の貌である。

「頼めるか」

「――本来ならば」

「本来ならば？」

「本来ならば、とうにそのお役を」

「ん――。ということは」

キイチが十歳のときに、十歳の世界が尻を浄めてくれるようになったということは、そろそろ性的な萌芽のころであることを見越した心配りであったのだ。たとえキイチが早熟であっても十歳ならば遅すぎるということもなく、気配りという点では充分であろう。されど鈍いキイチは肛門を洗われるばかりで、それを性に結びつけることなしにここまできてしまった。あるいはanal sadistic stageの段階のまま性器期にまで至っていなかったからこそ、肉体的発達と裏腹に中年に至るいまのいままで、まさに指で数えられる程度の性交回数、単なる種付けのみの有耶無耶な人生を送ってきてしまったのかもしれない。

「気付かなかったなあ。そうか、そういうことだったのか。世界にはそっちの役目もあったのか」

「御用命がなければ、もちろん御用は致しませぬが」

「まわりくどい。ＹＥＳかＮＯか」

「御用命、承りました」

「なんだよー」

先ほどの世界に負けない皺を顔中に刻んでキイチは苛立ち、ここまで顔が歪むのかと呆れさせられる不服顔である。これはネコ科ではなく、完全に親父科の不平不満の皺であった。親父科などという冴えない言葉は記したくもないが、すなわち作者も面倒だし恥ずかしいが、これも仕事であると自らを叱咤し、強いて比喩？　を貼り付ければ、都内から出張って千葉あたりのゴルフ場にたむろしているゴルフ灼けのひどいのが、よく似ている。一打十万でかっ飛ばして調子に乗っていて臍繰りをすべて吐きださねばならなくなった赤銅色したポロシャツの脇汗の染みの目立ついかにも小心強慾親父じみた不満皺である。比喩としては最低だが、キイチの皺をあらわすにはまあまあだと思う。伝わらないおそれも強いが、そこは頰被りさせていただく。

「皇帝は妻以外はいけないとか吐かしやがってよー、なんだよー、話が違うじゃないかよー。余はだまされていたぞー」

「掟とは、なんのためにあるとお思いです」

「起きて寝て、きちっとした生活をするためだよー」

面白みの欠片もないキイチの語り口に、世界は露骨に舌打ちした。

「掟とは、破るためにあるのですよ」

「掟は破るためにある！」

「決め事は決め事として、皆、適当にやっているのです。帝は少し足りなくございますから、あるいは現在の立場に固執なされるあまり御自身を抑圧なされてきた。逸脱すると、皇帝という立場からも逸脱させられてしまうとの思い込みから立ちあらわれた保身。それだけのことでございます」

「余を莫迦というな！」

「足りない、と申したのです」

やりとりのさなかに、世界とまったく同じ顔をした女官が黒曜石の便器を引き取りにきた。いったん言葉を呑んだキイチは、流れ漂う分身の臭気に続けるべき文句を忘れてしまい、漠然とそれを見送り、訊いた。

「あれは、どうする」

「帝の排泄物でございますか」

「他に、なにがある」

「――食わすのです」

「誰に」

「人が食べるとお思いですか」

「いや。ひょっとして」

「わかっておいでなら、排泄物の話はもうやめに致しましょう」

「いや、ひょっとして、あれは両棲類、爬虫類の餌に」

「わかっておいでなのに、なぜ、繰り返されるか」

「だって、だって、だって」

「リサイクルでございます。帝の排泄物を食べて育ったエステメノスクスを帝が旨い旨いと食べて、それをふたたび排泄し――」

「だが、だが、だが」

「はい、はい、はい。さようでございますとも。もちろん帝お一人では、とても足りませぬ」

「――ならば、世界。おまえのものも」

「嬉しそうですね」

「見透かすな！」

「図星だとお怒りになるところが、また、無粋。余裕とか機知、無理でしょうか～」

キイチはしばらく押し黙った。己の残り香を幽かに嗅ぎ分け、肩を落として呟いた。

「余は揶揄罵倒嘲笑にすっかり慣れてしまったようだ」

「つまり、御自身が莫迦であることに、やっと気付いた」

「余くらい尊敬と無縁な皇帝もおるまい」

「それもこれもひとえに小賢しさがいけないのでございます」

「だって、余のような者は、ありがちではないのか。民衆の七十パーセントは余のような小賢しい――自分で言ってしまった――小賢しい輩ではないか」

「その七十パーセントは小賢しいがゆえに、その事実を認めようとはしないのです」

そのあたりには触れたくない。慥かにキイチは己を莫迦であるとは思っていないし、まして小賢しいなどという差別用語を浴びせかけられる資質など欠片もないと、キイチ自身の大便が運び出されていったときに漠然と見送ったように、自身では漠然と莫迦でもないし小賢しくもないと、なんら裏付けもないままに確信しているのである。それは己の大便を漠然と見送るのと同等の本質的な他力なのだが、小賢しい者の限界、それに気付かないのである。しかも世の中の大多数が小賢しいということには気付いているのだから、人は自身を特別扱いする生き物であるとはいえ、始末に負えぬ。

「そんなことよりも――だ」

キイチをはじめとする本質的他力が多用しがちな『そんなことよりも』という都合のよい路線変更の言葉を吐き、ねっとり世界の顔を凝視する。世界は短く息をつく。その頬に泛んだ嫌悪と諦めが、キイチの睾丸をきゅっと持ちあげる。それがじわりと性感に変化していく。厭がる相手を掟だ決まりだ権力だなんだかだと屈服させる。小賢しい者ならば、性が政治性を帯びる瞬間である――などと独りごちて満足して、お仕舞いにしてしまう有りがちな状況である。

「陰茎睾丸蟻の門渡りの世話だが、今夜からしてもらえるか?」

「――今宵から、ですか」

「そ。今夜から」

「承知致しました。では頃合いを見計らって帝の寝室に伺候致します」

「それじゃあ、盛りあがらんよ」

「では、どう致します」

「余は不貞をはたらくのであるぞ。ゆえに世界、おまえの居室に忍び入る」

「承知致しました」

欲動で顔中が笑みのかたちに歪んでいるキイチに引き比べて、一切の情動が顔にあらわれぬ完璧な無表情の世界であった。

08

夜がきた。キイチは妙に陽気で落ち着かぬ自分を愛おしんでいた。交差させた腕でぎゅっと自身を抱きしめるほどである。まとわりつく女児が鬱陶しく、片方を泣かせてしまったのはよくないとは思う。が、父が鋭角にそそり立っているときに不用意に軀をぶつけてくるのがいけないのである。万が一そなたに刺さってしまったら、どうする？　とキイチは浮かれ気味に呟いて、その場で無様な円を描いて歩きまわる。

だいぶ夜の湿り気も濃くなってきた。そろそろいいだろうと抑制の限界がきたキイチは自室をでた。足を忍ばせることは、しなかった。どのみち妻（たち）にばれるに決まっている。なにしろ特殊な能力の持ち主たちである。そもそも世界は余にあてがわれていたのだから、行い自体になんら問題はない。だからキイチは妻（たち）公認で女郎屋に行くような気分であった。それよりも、誰もこの件に関してアドバイスしてくれなかったことに小腹を立てていた。どうやら世の者たちは阿吽の呼吸で掟を破り、そのスリルと共に気持ちの好いことを愉しみ、欲望を充たし、家に帰れば家人や子供に優しい笑みで接して憚ることがないらしい。あろうことか世界は、余が頑なに掟を守ってきた理由を——皇帝という立場に固執するあまり自身を抑圧し、逸脱すると皇帝という立場からも逸脱させられてしまうとの思い込みから立ちあらわれた保身——と喝破した。キイチが腹を立てているのは世界の言葉は『皇帝』を『ヒモ』に置き換えても成立してしまうことだ。そもそもミスボラの男は皆、ヒモではないか。それなのに、なぜ、ことさらに皇帝という名のヒモを強調されねばならぬのか。問い詰めれば、ヒモなどという言葉は一言も口にしていないと嘲笑うに決まっている。ならば、かわりにその肉体をとことん蹂躙してやろう。皇帝の威力を思い知らせてやろう。皇帝を勝手にヒモに置き換えて錯綜錯乱しつつも昂ぶりは弥増して、歩行困難をもたらすほどであった。何故、余は斯様に昂奮して居るのか。思わず立ちどまって自身に問いかけたほどだった。貫頭衣の腰を持ちあげているばかりか染みをつくってさえいて、キイチは自身の長年にわたる抑圧に頭を垂れた。が、抑圧されていた陰茎のほうは当然屹立したままで、鼻息跫音双方荒々しく世界の居室に雪崩れこんだ。

世界は本を読んでいた。目をあげ、キイチを一瞥し、本を閉じた。これはキイチに怒りを催させるに充分の行為であり、仕種であった。皇帝の名により死刑に処す——と宣言してやりたいところであった。吐息で荒く咽を鳴らし、幅のせまいベッドに視線を投げる。どのみち重なってしまうのだから、ベッドというものはこの程度のサイズで充分であると得心する。とはいえ皇帝なのだから大海で縦横無尽に暴れて、いや泳いでみたいものだとも思う。

急に臆病風に吹かれた。立ち尽くしたまま動けなくなった。それでも陰茎は別の生き物である。世界はキイチの貫頭衣を突き上げている昂ぶりに視線を投げ、雑に肩をすくめるとベッドの足許のほうに座った。掌を上にむけ手招きする。キイチは小刻みに二度頷き、少しだけあいだをあけて世界の隣に座る。

「過日、守護の壁内にて教示致しましたから手順の講釈は不要でございましょう」

うむ、と鷹揚に頷いたつもりであるが、奇妙に甲高い不明瞭で得体の知れない声が洩れてしまった。羞恥に全身が熱をもった。キイチは熱暴走をおこした。いきなり世界を押し倒し、貫頭衣を捲りあげた。紫とちがって体毛が薄いので世界は足を柔らかく閉じてはいるが、朱色の傷口のはじまりが仄見える。世界はキイチの熱視線を浴びながら、捲りあげられた貫頭衣を嫋やかに脱ぎ棄てた。痩せぎすに不釣り合いな豊かな乳房が左右にこぼれた。見てよいか？　と問いかけそうになったキイチだが、余は皇帝であると思いなおし、紫にしたように足首に手をかけ、力まかせに拡げた。不定形で靄っていた紫とはまったく違った景色だった。すべてがこづくりで、色彩が淡い。幼かったころの双子の娘の下の世話をしたときと似た気配だ。形状と心情はリンクしない。そんなことは質素な陰茎の強ばりぶりと己の尋常ならざる昂ぶりの対比から十二分に把握してはいたが、あからさまになった世界の光景に、これなら余は確実に世界を支配できる！　と残忍なほどの笑みが泛んだ。紫にしたような前戯の余地はない。それくらいに欲望が切迫していた。なによりも奉仕しているにもかかわらず、他の男のことを想われていたりしたらたまらない。余も男ならば、一気に断ち割るのみ！　と勢い込んで一息に重みをかけた。世界は案外優しげな眼差しで、力むキイチにあわせてすっと腰を浮かせ、仰角の程合いを巧みに整えてやった。このような濃やかな心遣いのおかげで、不調法かつ不器用なキイチの最先端が世界の澹如な傷のぼぼ中心に触れ、わずかにその傷口をひらいて——。

気まずい空白であった。正確には、キイチにとって最悪な余白であった。深々（しんしん）という静けさをあらわす言葉がちいさな寝台上を覆い尽くした。行間を読んだ世界が、そっと視線を投げてきた。気負いすぎましたね、と囁いた。肘をついて上体を支え、そっと手を添えて見るも無惨なキイチを愛撫しはじめた。露骨なことを申しましょうか。御自身の勢いから勘違いなされてしまったのでしょうが、男根的な方策は、往々にして男と女のことに関しては不毛をもたらします——そう囁いた世界の胸中を直截に書きあらわせば、性の現場においては、このような安い権力への意志が勃起力という女人への意志を阻害するということに気付いていない愚か者奴（め）——ということになるか。それなりの時間、キイチへの愛撫は続いたが、触れれば触れるほど縮小して体毛の奥に身を隠してしまう始末、世界は短く息をついて手をはずした。

「どう致しましょう」

「余にはな」

「はい」

「余には願望がある」

「なんなりと」

「妻（たち）がいま、なにをしているか」

「──それはおやめになったほうが」

「なぜだ。余の妻（たち）であるぞ」

「具体的に、どうなさりたいのです」

「おまえには力があるだろう。見せてくれ」

「お断り致します。お見せしようとしても、おそらくは帝の願望を投影した絵柄をつくりあげてしまい、それを提示してしまうでしょう。すなわち虚像虚構になってしまいます」

「とにかく知りたいのだ！」

「──大きな声はお控えください。どうしてもというならば」

「方法があるか！」

「だから、大きな声は」

「すまぬ。頼む」

「そこの伝声管の蓋をはずせば」

ベッドの頭上に黒曜石の管らしきものが下がっていた。どうやら多異様の塔の王妃の居室に通じているらしい。

「だが、おまえたちは声を使わずにやりとりできるはずだ」

「思念は集中を欠くと、混線致します。日常のやりとりには、声のほうが」

「なるほど！」

「一応、御忠告申しあげます。いまは、微妙な時刻でございます。王妃の御様子を盗み聞きなさらぬほうが帝御身のためかと」

キイチは上体を反り返らせ、伝声管の蓋をもぎとるように外した。蓋が手から落ちた。床にぶつかって火花が散ったかの錯覚がおき、錯覚を追うようにして黒曜石と黒曜石がぶつかりあう澄んだ鋭い音が鼓膜に刺さった。キイチの背を一筋、汗が伝う。それを意識しつつ唇を歪める。病的に陽性な浮ついた集中の前触れに加えて、盗聴により他者の秘められた生活を知り、窃かなる優位に立とうという思惑のにじんだ浅ましくも悍しい顔面の変形だった。これを笑いというならば、人が泛べるであろうすべての笑いのなかでも、もっとも純粋な笑いに区分けされるべきであろう。本来ならば太刀打ちできない相手の真の裸の姿を知ることができるのだから。

もっともこの期に及んで盗聴している相手がキイチの心を読んでいる可能性に思い至らぬあたりが、キイチの愚かさをよくあらわしている。盗聴イコール悟られないといったことと同質の短絡は、キイチの日常によくみられる。キイチはしおたれた股間を隠しもせずに全裸のまま膝で立ち、唇を中心に顔全体を歪めてしわくちゃの歪み、いや笑みのまま上体をねじって伝声管に耳を近づける。

いびつの極致といってよい表情である。ねじけている。痙攣に近い小刻みな揺れがとまらず、表情を保つための筋肉が崩壊してしまっているかのようで、なにやら畸形さえ連想させる。全身を脂っぽい汗でぬめぬめ光らせて、瞬きを一切しない。瞳孔が収縮し、散瞳しを不規則に繰り返している。世界にとってこんなキイチの表情を見るのは初めてであった。なぜ、伝声管のことをキイチに告げてしまったのか。そもそもなぜ安易に自室にくることを許してしまったのか。

窃かな疑念がわく。私は王妃たちに操られているのではないか。詩人があれこれ入れ知恵しているのではないか――。なにしろあの六人姉妹の力は常軌を逸している。世界にしてみれば、あの力を用いてキイチを自在に操ればよいものを、一切それをしない。世界はさりげなくキイチを盗み見る。その理由は皆目見当もつかないが、おそらく王妃たちはキイチを心底から嫌悪しているのだ。その心に這入って操るのも穢らわしいと眉を顰めるほどに。そこまで嫌われる理由は、なにか。好悪の問題は始末に負えぬ。腐肉が厭だと言われれば、誰も逆らえぬ。王妃たちにとってキイチは腐敗して緑がかった茶色に蕩けて悪臭を放つ屍骸なのだろう。ミスボラのシステムから押しつけられて仕方なく受け入れた汚濁なのだろう。それでも当初は、ミスボラ帝国の弥栄のためにも精一杯寄り添おうとした。だが、ある瞬間、キイチがミスボラに一切寄与しない出来損ない、畢竟皇帝という名の取り柄の一切ないヒモであることを悟ってしまったのだ。嫌悪というものは、それがごくごく小片であっても層をなし、結晶化して急速に育っていくものである。世界自身、いま嫌悪の結晶が異様な勢いで重層化していくのを止めることができない。

それにしても王妃たちはなにを考えているのか。ここしばらくの王妃たちの夜の烈しさに、世界はいまいましさを覚えていた。詩人の差し金か、あえてキイチに聴かせるときのための予行演習か、伝声管の蓋を通してまで切羽つまった喘ぎや呻きが洩れるほどであったのだ。性の気配というものは始末に負えぬものであり、ときに眠りをじゃまされることもあり、いっそのこと塞いでしまおうかと思案していたさなかだった。上体をかしがせて伝声管に身を寄せているキイチを一瞥する。とにもかくにもキイチの来訪を拒絶するべきだったと世界は悔やんだ。

キイチは没頭した。散漫なキイチにあるまじき集中力を発揮した。それもこれも盗聴という後ろ暗い遣り口で妻（たち）のすべてを知りうることができ、支配のよすがになるという思い上がりに似た絶対的な万能感に支配されて、未だかつてなかったほどに精神が活性化、すなわち昂奮していたからであり、このような昂ぶりはまさに生まれて初めてのことであった。他人の秘密を、それも最も秘められた最奥にして隠微かつ淫靡であろう事柄を当人たちに気付かれずに知ることができる——。細大漏らさず聴きとろうとキイチの集中は動悸を増して送り込まれる血流と共にいや増し、際限なく増幅されていくのであった。

狙い澄ましたように伝声管が囁いた。

「今日は誰から？」

「順番からいったら赤よ」

「赤は情熱の色というけれど、案外抑えがきいているのよ」

「そうかしら。抑制っていうけれど、深く貪っているともいえるわ」

一瞬、キイチの笑みがこわばった。どうやら赤が軀をひらくらしい。深く貪るらしい。だが、赤とは誰か？　皆、完璧に同じ貌をした妻（たち）のうちの誰か？　赤の不貞を糾弾しようとしても、赤を特定できぬではないか。

「ん。赤。隠れていないで、おいで」

詩人の声である。まるで見分けが付いているかのような調子だった。

「残りの姫君たちは、さなかにちょっかいをださぬよう」

こうして聴くと案外甲高い声で、軽率がにじんでいる。うらやましい。ではない、腹立たしい。俺の妻（たち）を蹂躙しようとしているのである。大乱交をなそうとしているのである。死刑にあたいする。

静かになった。

キイチは聴覚だけの生き物になる。集中のあまり無が訪れるほどに――。

吸いあう音を聴きわけた。頰張る気配も感じとった。最初の呻きは慥かに詩人だった。が、すぐに連続した赤の吐息に取ってかわられた。

はっ。

はぁ。

はっ。

はっ。

はぁ。

はっ。

はっ。

はっ。

はっ。

あぅ。

あ。

ああ。

ああ。

あああ。

はっ。

はっ。

はっ。

はっ。

ああ。

ああ。

ああ。

ああああ。

いく！

いく？　キイチは目を剝いた。気配からするにあきらかに挿入はまだである。もちろんキイチの推察は当たっていて、けれどここから先は由緒ある〈群像〉では書きづらい。故に省かせていただく。読者諸兄は脳裏にて御自身の趣味に合わせて御随意に妄想を羽撃かせていただきたい。

世界を相手にしたときは潮垂れたくせに、キイチは伝声管に耳を押し当て、膝で立って局部も立たせて、あろうことか妻のあえぎに同調させつつ、凄まじい勢いでしごきはじめた。ごくごく短時間で爆ぜ、けれどそれで仕舞いというわけではなく、硬度を保ったままふたたび手仕事に励みはじめた。赤から黒に代わっても、キイチの手は休むことがなかった。幾度、爆ぜたであろうか。暗黒壁面なので目立たぬが、大量の白濁で不規則に濡れて垂れて厭な輝きがある。どうやら詩人は終局をこらえて次から次に相手をしているようであるが、キイチはいちいち炸裂させるので限界がきた。まだ続く甘やかなあえぎに未練がましく伝声管に顔を寄せていたが、唐突に醒めた顔つきで離れた。

「もどる」

「はい」

「面倒かけたな」

多少は気にしていたので、世界はめずらしく柔らかな表情で執りなした。

「――今夜のことはお気になさらぬよう」

「ん?」

一呼吸おいて、キイチは作り笑いと共にわざとらしく返す。

「なんだ?　なにを?」

「いえ、その――」

不能は慰めればよけいにこじれる事柄だ。だから世界は口をつぐんだ。なによりもバカらしくなった。もう少しうまく受け答えができぬものか。あるいは愛嬌、かわいらしさに類するものを見せられぬものか。まさにかわいげがない。お送り致しますとキイチに従ったが、その背を一瞥し、ぎこちない歩みを追いつつ、この男はもう完全に駄目なのではないか。終わっているのではないかと心底からの疎ましさを覚えた。自室にもどって大量に飛び散った白濁を拭かねばならないことに思い至り、喉元まで出かかった溜息を呑みこんだ。

世界が斜め後ろを歩いているから必死だった。腓腔が異様に痼って、膝が顫えかけていた。胃が縮みあがっていた。嘔吐しそうだった。呼吸は浅く、口中はカラカラに渇いていた。毛穴が完全に収縮して熱をもっているにもかかわらず、冷え切っていた。おざなりに頭をさげているであろう世界を振りかえりもせずに寝室に転がり込んだ。寝台に突っ伏した。シダの繊維で編んだごわごわの敷布から立ち昇る自身の汗と垢の臭いを舐めるように吸った。にじむ涙が敷布に吸われていく。独り寝が当たり前だった。奥歯を噛みしめていた。ゴリともゴニョともとれる控えめな音がして、虫歯にやられていた奥歯が割れた。指先を突っ込んでその欠片をむりやり引っぱりだすと、白茶けた肉片もいっしょについてきた。キイチは天井をむいた。頭上には黒曜石が嫌がらせのように黒く重く沈んでいる。悪意が淀んで見通しが悪くなっているという連想を、いや実感を覚えた。軀の芯は冷え切っているのに、肌が火照ってきた。とりわけ四肢の末端が灼ける。

なんだ？　この異様な熱は。

己に問いかけた。が、答えの破片さえつかめず、キイチは熱をもった指先を頭髪のなかに突っ込んで頭をかきむしった。キイチは肝心のときに己の気持ち、己の心理を把握できないので、この体表の尋常ならざる熱の意味がわからなかった。この熱の名は——。

嫉妬。

キイチは生まれて初めて、奥歯が割れるほどの嫉妬に噴まれていた。妻（たち）の詩人との性交も絶望的に居たたまれぬが、キイチをもっとも追い詰めていたのは、どうやら詩人は妻（たち）それぞれの見分けがつくらしいということであった。そしてそれぞれの好みに合わせて濃やかで巧みな技巧を用いている気配だった。それは遣り取りからあきらかだった。完璧に同じ顔をしていても、それぞれにしっかり個性があり、好みがあり、反応の違いがあった。なぜ夫がわからぬことを、ひょいと訪れた余所者があっさり見抜いてしまうのか。それを感受性の差というならば、あまりにあまりだ。それとも詩人は短期間のうちに妻（たち）と無数の性交をこなし、それぞれのパーソナリティーを見抜き、差異を確実に捉えたのだろうか。性の交わりを重ねるということには、男女の深みに至る絶対的な側面があるのだろうか。だとしたら子作りのときにしか交わることが許されなかった己が不憫すぎる。なにしろ性に対しても陳腐な観念を当てはめて己を偽ってきたのである。せいぜい取り澄まして涼しい貌を拵える算段をしてきたのである。嫉妬は猛っているが、一方で肌が縮こまっていき、それなりの才や魅力があるとなんの裏付けもなく心のどこかで信じ込んで己を保っていた愚かさに気づかされ、皇帝——支配者とは名ばかりの自身の無能、無力、無価値に打ち据えられて打ちひしがれていた。

「余は、どうしたらよいのだ」

鏖殺という言葉が泛んだ。キイチを蔑ろにした者すべてを殺す。それも徹底的に残虐な遣り口で。苦痛の極致を味わわせて。こういった横暴濫行はいかにも帝王ならではの権力の行使である。ヤポンヤーバーン帝国などではそれが当たり前であるそうだ。が、誰が余の命に従うのか。命じたら、世界や女官たちは鏖に邁進するのか。そもそもあの不可解な妻（たち）を殺すことができるのか。殺すことができたとしても、妻（たち）を排除してしまえば、ミスボラ帝国は真の守護を喪うのだから終焉を迎える。

「それも、またよし」

余の代――千七十二代にてミスボラは終わる。すなわち否応なしにパンゲアの歴史に永久に名を残すであろう。笑みが泛んだ。もちろん偽装である。作り笑いである。すべてが不可能であることを悟ってしまって、せめて笑顔のような顔貌をつくらねば、キイチは精神が崩壊してしまいかねぬ不安を覚えたのである。

俯せのまま不規則な息をしているキイチの視野に、薄ぼんやりとした白っぽい影が映じた。間近すぎて焦点が合うのにしばらくかかったが、割れて抜けた奥歯が敷布の上に転がっていたのだった。力なく手を伸ばした。人差し指と拇指で摘まみあげ、眼球からやや離して凝視した。歯肉がもつれるようにして垂れさがっていた。ほとんど無意識のうちに肉を引き剝がしはじめた。意外に強固にへばりついていて、作業にはそれなりの時間がかかった。奇妙な執着心が湧き、肉ばかりか沈着した汚れまでをも爪先で落としはじめた。もちろん爪ではたいして落ちもしないのだが、集中した。そのままキイチは割れた歯を握りしめ、澱み濁りきった水中に沈んでいくがごとくの眠りに墜ちた。

09

まず偏頭痛を意識して顔を顰めつつ目を覚ますと、俯せのままだった。世界が強ばった表情で傍らに立っていた。キイチは右手をきつく握っていることに気づいた。世界を無視してそっと開くと、汗に濡れた掌にめり込まんばかりに割れた奥歯が鎮座していた。ちいさすぎて鎮座は不適当ではある。けれど、キイチにしてみれば鎮座としか表現しようがなかった。世界を見ずに、眼差しを伏せて敷布と寝台に命じるかのように、ほかの女官を呼べと呟くように言った。世界とまったく同じ貌の女官に、割れた奥歯を収納する小袋をつくりあげるように命じる。女官の眼差しの奥に理由を知りたいことからくる微妙な揺れがみえたが、とにかく贅をこらした袋をつくれと抑揚を欠いた声で突き放した。おもむろに世界の貌に視線を据える。よくぞ平然と来られたものだと皮肉な笑みで唇をゆがめる。おまえが自分の部屋に余を案内したから、奥歯が割れたのだ——と身勝手かつ見事に責任転嫁を果たしていた。なにか用かと問うと、詩人からこれを預かってきましたとぎこちなく固い声で告げてきた。

手わたされたのは宮殿図書館の館内図だった。キイチも初めてその全体像を目の当たりにした。威容だった。偉容だった。異様だった。その構造等々に思いをいたしたことなどなかったが、造り付けの書架の配置などが肥満肥大したムカデの姿にそっくりだった。無数のムカデの巣が迷路を構成していた。書物というものは、ムカデと類縁関係があるようだ。書物はおぞましい触手の一種だとキイチは決めつけた。どうやら予測どおり宮殿の最下部すべてが図書館としてあるようだ。つまり差し渡し五キロもあって、それがムカデの無数にある環節および歩脚に相当する書架その他で宮殿の底に迷宮が形作られているのである。この宮殿を建てた者はミスボラや皇帝の威信などどうでもよくて、じつは書物収蔵が目的ではなかったのか。しかも無数大量の書物があることを微妙に隠蔽している。そんなことを思わせる構造物だった。多異様の塔までをも含んだ巨大な宮殿は、地の底の図書館の上に載っかっているのである。被さっているのである。誰も宮殿そのものが図書館の添え物であるとは信じていないはずだ。最下部にしては図書館の天井が異様に高いのは、地面を掘りこんであるからだ。とにかくこの広大な空間に無数の書物。いったいなんのために。しかも未来の蔵書なる意味不明の坩堝である。キイチは小首をかしげ、我に返る。館内図には神経質そうな細く尖った矢印で道順が記されている。ほぼ中央の南側が待ち合わせ場所だ。まだ好奇心があった思春期の遠い昔に彷徨って、偶然そこに至った記憶がある。慥か巨大な天窓がしつらえてあったような気がする。暗黒の天井がそこだけ巨大な正円にえぐられていて、光が這入るようになっていたはずだ。もっとも雨除けのために巨大正円の上方彼方に暗黒の超巨大廂が張り出していたから、結局は見上げれば真っ黒という有様であったが。

「そんなことよりも――」

思わず声が洩れてしまった。世界の黒眼がすっと動いてキイチを捉えるのがわかった。キイチは思わず世界に語りかけていた。

「昨日の今日だぞ。余の妻（たち）を手込めにしておいて、よくもまあこうして余を誘うことができるものだな。命の心配をせねばならぬところだぞ。もちろん余は許す気などない。この男、正気か」

「――私には、なんとも」

「ん。余にもなんとも言い様がない」

「で、図書館にいらっしゃるのですか」

「――ついてきてくれるか」

「御命令とあらば。けれど」

「けれど?」

「私の直観でございますが、内密な事情がありそうです」

「内密」

「ミスボラ帝国に関する最重要事かもしれませぬ」

大きく出たな、と、あえて薄笑いを泛べ、世界をまっすぐ見つめる。

「独りで出向けと」

「そのほうがよろしいかと」

「不安だ」

「はい」

「が、それにもまして好奇心のようなものが抑えきれぬ」

キイチは唇をすぼめて、一呼吸おいて付け加えた。

「嫉妬と羨望と、なんだろう、よくわからんが、諸々の複雑極まりない感情が綯いまぜになって、尋常でない昂ぶりにある」

「ならば、なおのこと、お独りがよろしいかと存じます。感情の坩堝には夾雑物を加えぬほうがよろしい」

「だが、成敗してくれると迫る余が逆に詩人に襲われたらなんとする」

「かような心配は御無用かと。所詮は詩人でございます。詩人だの作家だのと称する輩、得意なのはせいぜいが口喧嘩の類い」

「わかった。心細くもあるが、昂ぶりには抗いきれぬ。いまから出向けばちょうどよいだろう」

寝室から出て、しばらく行って偏頭痛が消え去っていることに気づいた。澄み渡っているというのも大仰だが、思いのほか明晰な気分だった。しかも複雑に綾なして解きほぐすのが不可能な感情に充たされていた。キイチは戸惑いに立ちどまった。この奇妙な思いはどこからきているのか。なにしろキイチは詩人に会うことが不安でもあるが、一方で期待にちかいものがあり、それどころか愉しみにしていると言いだしかねぬほどの、ときめきに似た、けれど案外抑制のきいた昂奮を覚えていたのである。

宮殿図書館館内図を拡げると、両腕を左右にほぼいっぱい伸ばさねばならぬほどだ。御丁寧にキイチがいつも用いているいちばん間近の入り口に赤い◎がつけてあった。キイチは館内図をざっと眺めて概算した。宮殿図書館の出入り口はざっと七十ほどもあろうか。慥かに超巨大ではあるが、所詮は図書館である。出入り口などひとつでもかまわぬではないか。なにゆえにこれほどの数の出入り口を設えたのだろう。見つめながら歩いているうちに、七十もの出入り口が概ね対になって配置されていることに気づいた。そこで連想したのが無数の口と肛門であった。出入り口と括るよりも、入り口と出口としたほうが構造上の理解が捗る気がした。入れて、出す。なんだ、知識のことじゃないか——と、キイチは胸中にて独白する。咲って消化して排泄するというわけだ。その象徴としての入り口出口だ、とキイチはこじつけたわけだが、もちろん十歩も行かぬうちに単なる思いつきだと苦笑いした。大量の入り口出口を拵えた者の意図などわかるはずもないと投げやりにもなった。

館内図に刻まれたいささか偏執狂的な矢印の羅列で、巨大正円の天窓のところまで迷わずに辿り着けた。吟遊詩人は漆黒のベンチに深く腰掛け、横柄に足を組んでいた。キイチに気づくと目だけあげ、すっと視線をそらした。罪悪感を覚えているのか、あるいは余を畏れているのか——と深読みしたが、その口許にうっすら泛んでいるのが嘲笑のゆがみであることに気づき、一瞬、キイチは炸裂しそうになった。なんと怒鳴りつけようとしたのか自身でもよくわからないが、息を大きく吸ってそれを解き放っていままさに爆ぜようとした瞬間を見計らったかのように、詩人が呟いた。

「いかがでした？」

抜群の間合いであり、呼吸だった。機先を制されてしまい、キイチは咳き込んだ。それをどうにか抑えこんで問う。

「いかがとは？」

「昨夜のことです」

「やはり、余が、あの、その——」

「盗み聞きしていることを前提にことをいたしたのでございますよ」

やや顎をあげぎみにして当然だといった気配で詩人は言った。その瞳の奥には、施しをした者、恩恵を与えた者、いや恩寵を与えた存在があらわにするであろう慈悲と慈愛と傲慢がにじんでいた。精一杯、気を張ってみはしたが、徐々にキイチの全身から力が抜けおちていった。とりわけ腰が砕けて、すとんと一人がけの椅子に尻餅をつくように座り込んだ。脱力がひどく、言葉がでない。キイチと詩人はしばし見合った。第三者からみれば、仲のよい友人同士が目顔でやりとりしているかのような気配であった。知りたいことが渦巻いて、キイチの心は収拾がつかなくなっていた。もしや、とは思っていたが、まさに痴情の気配と痴態の声音その他をあえて聞かされていたのである。あまりのことに呼吸が浅く不規則だ。しかもそれが唐突に逆転して過呼吸に陥りそうな不安も兆していた。そんなキイチを無表情に見やりながら、詩人は嘯いた。

「至高の昂ぶりを教えてさしあげた、あるいは最高最上の快楽を教えてさしあげた、ということでございます」

「昂ぶり。快楽」

「然様。いま、まさに実感なされているでしょう。複雑な心境と裏腹に、このことを否定できますまい」

嫉妬と羨望が至高の昂ぶりで最高最上の快楽であるというのか。そう問い返したかったが、まちがいなく弱々しい声で問うのがわかりきっていたから、キイチはやや前傾姿勢を保ったまま詩人を上目遣いで見つめ、黙りこくっていた。そもそも詩人は盗み聞きしつつキイチが烈しい自慰に耽ったことなど完璧に見通しているからこそ、このような居丈高な科白を吐いているに決まっている。世界に対してはかけらも覚えなかった羞恥が、胃の奥底から食道を伝い、這い上って口腔内で悪臭を放ち、その腐臭は鼻と口から気怠げに抜けていったが、羞恥そのものは肉体の奥底に居座って微動だにしない。奇妙なのは詩人から恥辱を与えられたという実感があるにもかかわらず、内面からの恥ずかしさがそれを遥かに凌駕していることだった。見透かされているということからもたらされる羞恥かもしれぬが、それだけではないことも否応なしに理解している。

「退屈と倦怠には、嫉妬に優るものはありますまい」

キイチはかろうじて言った。

「余がどのような思いだったか――」

「わかっておりますとも。心が千々に砕けそうで、しかも行方定まらず、何故か慾望は荒れ狂う波浪のごとく弥増して馭することもできず、深く傷つきながらも、その傷に自ら指先を挿しいれて拡げ、裂いて、流れる血潮の熱と匂いと錆臭い味わいに朦朧とし、恍惚とする」

「じつに達者なものだな」

精一杯の皮肉を込めると、真顔で頷きかえしてきた。

「はい。実のない言葉を吐かせれば、詩人に優るものなし」

肯定されてしまうと、それ以上なにも言えない。いや、言葉尻を捉えてネチネチ絡んでやりたいところだが、皇帝の矜恃がそれを許さない――と自得しかけて、いわば自瀆をさせられたことに思い至り、赤面した。血が昇るのを抑えられないことを恥じて、なお顔を赤らめた。詩人は静かに見守っている。もう先ほどの嘲笑のいろはない。キイチが額の脂汗を手の甲で拭うと、軽い上目遣いで訊いてきた。

「さて、王妃を糾弾なさるか」

「――する。おまえがいかなる屁理屈を用いて丸め込もうとも、妻（たち）がなした不貞は許容できぬ」

「では、この詩人も糾弾され、罰せられるわけでございますな」

「当たり前だ。死罪だ、死罪」

「王妃も私も死罪」

「そうだ」

「私はともかく、王妃を死罪にするのは難しいのではございませぬか」

「まとめて死罪だ」

「それはまた乱暴な。昨夜、私がお相手をしたのは四人でございます。お二人は不貞をなしておりませぬ」

「別の日に、しておるであろうが」

「証拠は」

「情況証拠というやつだ」

「推定無罪とも申します」

「水掛け論をするつもりはない」

「が、帝には絶望的な事柄がございます」

「絶望的。また、大仰な」

「大仰ではございませぬ。見分けがつかないではないですか。罪人が誰か目星をつける以前に、誰が誰だかとんとわからないのではないですか。いわば、文目もわかぬ——でございます」

指摘にキイチは言葉を喪った。唇を真一文字に結んで眼差しを落とす。まとめて殺してしまえばすむことに過ぎぬが、罪人を特定できずに死罪に処するということ、詩人が言うように、誰が誰だかとんとわからないということはキイチの沽券に関わることであった。臣民のあいだに、皇帝は妻の顔の見分けがつかなかったという噂が広まれば、威信は地に墜ちる。いや、そんな矮小なことではない。問題はキイチ自身の自尊と自負が打ち砕かれてしまっていることだ。間男である詩人にはわかって、夫であるキイチにはとんとわからぬ。キイチにとって、これが最大最悪の事柄であった。妻が自身の名を自己申告してくれなければ誰が誰だかわからない。数少ない性行為であったが、キイチは自分が抱いたのが誰であったか不明瞭の曖昧模糊のまま深く追求することなくきてしまった。それどころか守護の壁に不調が起きたあのときまで、キイチの子供を産んだのが誰であったかさえ知らずにきたのである。

蜂谷に指先をあてがって迫りあがる自己憐憫と自身の腑甲斐なさからくる苛立ちにどうにか耐える。もはや羞恥は消え失せ、脊椎の芯から冷えびえとしたものが全身に拡散していき、肌がきつく収縮して鳥肌に覆われた。自己憐憫は自己嫌悪と表裏であり、唐突に死にたくなった。ところがキイチがいまどのような精神状態にあるか一目瞭然にもかかわらず、相も変わらず詩人は頓着しない声で、思いもしなかったことをぶつけてきた。

「ところで、読み書きは誰に習いましたか」

焦点の定まらぬ目をかろうじて詩人に据える。二重、三重にぶれて見える。それでも口が勝手に動いた。

「誰にも習っておらぬ」

「ごく自然に?」

「そうだ」

「それこそが」

「それこそが?」

「帝が、ミスボラ帝国の皇帝に選出された理由でございます」

「選出。意味がわからん。余はミスボラの千七十二代皇帝であり、ひたすら続いた家系の末裔である」

「も少し現実的になられたらどうか。千七十二代という数字はあまりに非現実的」

「――世を儚んだ余にとって、もはや何代目であるとかはどうでもよいことだ」

詩人は頷きつつ、キイチが世を儚んでいることなど、じつはどうでもよいのがありありとわかる目つきで訊いてきた。

「乳児だったころの記憶はございますか」

「あるわけないだろう」

「未来の蔵書からの受け売りですが、人は生後三ヶ月で一週間ほど、四ヶ月で二週間ほどの記憶が保持されているそうです。ただ、幼いころの神経とやらの網目は成長に従って新たに発達してくる神経に侵食され、検索の失敗と称されるのですが、生後三ヶ月四ヶ月の記憶を再現できなくなってしまうそうです。されど、まちがいなく乳児期の記憶はあるのです。神経組織が検索に失敗するようにつくりあげられ、それを取り出せないだけのことなのでございます」

この男はなにを得々と語っておるのか。キイチは虚ろな眼差しを投げかける。けれど頓着しないのは詩人の特性といっていい。

「生得的な言語の獲得という帝ならではの特性。無数の乳児の中から、それを判断するのは王妃。王妃の大切な仕事でございます」

詩人はいったん口を噤み、キイチの貌全体をなで回すように見やる。

「誰も知らぬ秘密を明かしましょう。ミスボラ帝国における皇帝は世襲ではないのです。千七十二代皇帝といった虚構を附与されて育てられはしますが、性交省出生性交管理局に集められた無数の乳児の中から生得的な言語の獲得能力を持った赤子男児を見つけだし、帝として育てるのでございます。そして、いまここにおわすキノリウス・キイチ帝を選び出したのは、まさに先代王妃のうちの一人でございます」

「そうか。それがどうかしたか」

「投げやりにならぬよう。大切なことでございます。帝は常人ではございませぬ。成長に従って喋ることは誰でもできましょうが、帝は誰にも習わずとも生得的に無数の言葉を読み書きできる不可思議な才の持ち主なのでございます」

キイチは少しだけ気分を持ちなおした。まったく単純な男である。慥かに物心ついたとき、三歳くらいか、意味もわからぬまま手近な書籍を読み散らしていた。チョムスキーを想起させられるが、普遍文法の問題というよりも未知の言語を読み書きできてしまうというのは、また別の能力であろう。しかもキイチは読み書きできてしまうが、意味に対する理解は並の下といったあたりで、知識の詰まった読めてしまうバカといった程度に過ぎないのだ。

「皇帝は学ばなければなりませぬ。そのために慎重に選ばれるのです」

「生得的に言語を獲得している乳児をか」

「然様。ミスボラ帝国皇帝の第一義は学ぶことでございます。ゆえに歴代の帝はここ宮殿図書館にて学びに学び、未来を見通し、ミスボラの恙なきを保証し担保してきたのでございます」

詩人はもったいつけた間をつくり、秘密を囁く。

「なぜミスボラ帝国を支配するのが女王ではなく皇帝なのか。まず、生得的に言語を獲得して産まれる抽んでて不可思議な乳児は、なぜか男児のみということがございます」

さらに得意げに続ける。

「さらには子を孕まず、子を産まぬ男という性ゆえに、その気になれば女よりも理知に専念しやすいということから、言い方を変えれば所詮は虚構に生きるしかない男という惨めな生き物、その中でも将来的に最大限の知識を持ち、思索の深さを期待される抽んでて不可思議な乳児を見つけだすことの本意は、その男児にミスボラの頭脳としての役割を期待するからでございます」

「ならば余は充分に役目を果たしてきたではないか」

「読書量を誇るだけの輩も多くございます。痴呆の一種でございます。ま、単に本を読み散らして威張られても」

「また小憎らしいことを」

弱々しく吐き棄てて、ふと気づく。守護の壁にて紫と性交し、烈しく果てて眠りに墜ちたときのことである。夢を見た。色味のない無彩色の、灰色の夢だった。遠近が極端でいささか異様だった。無数の乳児が整列して寝かされていた。すべて男児だった。真剣さの裡に深刻さが仄見える女が乳児に覆い被さるように腰をかがめていた。キイチにはその女に幽かな見覚えがあったが、その一方で誰かと問われれば答えようがなかった。だが、いま、悟った。おそらくは血のつながりがあるのであろう、妻(たち)に似ているのである。女は飽くことを知らず、無数の乳児の頭頂部に丹念に手をかざしていた。やがて、端のほうで泣いていた男児の前で動かなくなった。乳を吐きこぼしているキイチの額に触れんばかりに掌を近づけ、脳内を穿鑿するがごとく集中した。

夢のさなかは判然としなかった。だが、いま、くっきり思い出すことができた。女の唇の動きである。泣く男児を見下ろして眉を顰めつつ、ようやく見つけはしたが、これは三流の下にすぎぬ——と呟き、遠近の壊れた広大な室内を睨めまわすようにして、喫緊を要するというのに絶望的な不作だと付け加えたのである。

ふふ、ふふふ、とキイチは力なく笑う。先帝が死んだのか、なにがあったのかはしらぬが、とにかく新たな皇帝となる男児を見つけ出さなければならない差し迫った理由があったのだろう。その結果、キイチのいまがある。詩人がすべて見通しておりますといった顔つきで見つめていた。まったく、したり顔が得意な男である。そうだ、そのとおりだとキイチは頷いた。

「間違いない。余は生得的な言語の獲得という帝ならではの特性をもっていた。生後何ヶ月かはしらぬが、余を選びだした女がなにを口ばしったかを覚えておる」

きっと頬が瘦け、一気に皺が増えているであろうとキイチは指先で顔に触れた。枯れ果てているつもりであったが、相も変わらず中途半端な脂性の肌だった。

「思えば、余は生まれたときから否定されていたのだな」

詩人はキイチの独白を若干顔を傾けて黙って聞き、深い溜息をついた。キイチが目だけあげると、頷いた。

「私もそのくちですから」

「同病相憐む――か」

「貴賤の差はあれども、否定されて育った者の目の色は、くすんだ灰色の膜に覆われて、物事をクリアに見通すことができません」

ならば、必ず死罪にしてやろう。死という恩寵を与えてやろう。もっとも酷たらしく殺してやろう。そう、心窃かにキイチは決心した。ずいぶん人のよい皇帝であった。衣食住に不自由せず、せいぜい世界に尻の穴を拭いてもらうくらいで、権力なるものを行使したことなど一度もなかった。衣食住に不自由せずということは、檻に閉じ込められて餌を与えられて飼われていたということだ。皇帝の本分を、本質を妻（たち）をはじめ臣民どもにとことん示してやろう。その魁として、死にたがっているとしか思えぬ詩人を公開処刑の晒し者にしてやる。

「死は甘んじて受ける所存。ただし、その前に禁書をお目にかけましょう」

キイチの目のいろを読んだ詩人が先回りして言い、脇に立てかけていた、たいして厚みのない大判の書籍を差しだした。

「おそらくは学術研究報告書の類いですが、私には読むことができません」

「読めぬのに、なぜ、禁書と断言できる」

「表紙を御覧ください。我が大地を途轍もなく遠い彼方から俯瞰した図が載せられております」

題名が気になりはしたが、詩人の言葉に従ってキイチは海と思われる球体を縦割りにするかのような弧状の大陸の図を凝視した。中心にPangaea と記されている。普段見慣れたミスボラの文字ではない。いま、初めて見る文字である。横書きされている。

「地図にはパンゲアと書かれておるな。ミスボラ帝国の守護の壁が描かれていないのは、おかしい。パンゲアを一直線に切り裂いているのだから」

「やはりパンゲアと書かれておるのですね。さすがは帝」

「世辞は通じぬ。否応なしに読めてしまうのだからな」

「では、題名は?」

「Great Dying とあるな。グレイト　ダイイングと読むらしい。意味は——偉大なる瀕死」

「偉大なる瀕死」

「うん。まあ、そんなところだが、多大なる瀕死——ともとれるな。パンゲアの図に瀕死瀕死と縁起でもない代物だ」

多大なる瀕死と詩人の唇が動いた。声は発せられなかった。多大なる瀕死はどうやら詩人の考えていることに近い訳であるようで、きつく握りしめられた拳に合致した気配が漂った。ならばもっと的確に訳してやろうとキイチはしばし意識を集中し、呟いた。

「大絶滅」

「大絶滅！」

「そうだ。それで、決まりだ。大絶滅だ」

詩人は大仰にのけぞってみせたが、演技が匂った。大絶滅ということを知っている気配があった。要はキイチがいままで目にしたことのない文字を読めるかどうか試したのである。指摘し糾弾するのが面倒で、キイチは書物をひらき、左から右に目を動かして大雑把に内容を把握していく。とはいえ初めて目の当たりにする文字なので、偉大なる瀕死から大絶滅に至ったプロセスに似て大意は間違っていないが、微妙なずれがあってふさわしくないといったあたりで滞りがちであった。それでも詩人が口にしたとおり、学術研究報告書の類いであることは摑めた。おそらくは類書が無数にあり、この学術書が書かれた時点では周知の事柄が多く、一般民衆に向けた入門書でもないようで冒頭から専門的に始まって細かな解説は省かれている。はじめて目の当たりにする言語と専門性のせいで、頭の中でいちいち組み立てなおさないとならないので、なかなか先に進まない。もっとも大絶滅とやらに関する新たな発見の記述が主であるらしく、ミスボラが存在するパンゲア超大陸の成立等々の地学理論はさらりと触れてあるだけであることはわかった。

「地磁気の移動がどうこうと記されておるが、なにがなにやら、てんでさっぱり」

キイチが Great Dying をあえて床に投げ棄てると、詩人が腰を屈めて汚物にでも触るかのように抓みあげ、パラパラと雑にめくりつつ、呟いた。

「大絶滅が起こります」

「――なんのことだ」

「ですからミスボラのみならず、このパンゲア超大陸に生きるもの、目眩く超大海パンタラッサに生きるすべての生きるもの、この地球に生きるすべての生き物が滅ぶのです」

「大きくでたな」

「大絶滅に関する書籍は、未来の蔵書のなかでも特別の棚が誂えてございまして、無数にございます。なかにはこの詩人が読み解くことのできる言葉で書かれたものもあり、それによれば、この大絶滅はペルム紀大絶滅と称され、過去未来をとおしてこの地球という星における最大最悪の大量絶滅が起こるとのことでございます。ちなみに海洋生物九十六パーセント、地上にあるすべての生物も含めて九十五パーセントが絶滅いたします」

「余も、絶滅するのか」

「運良く絶滅を免れる残りの数パーセントに含まれるやもしれませぬな」

詩人はいつもどおりの皮肉な貌と言葉にもどって、ほとんどが死滅した世界で生き残ってどうするつもりかといった嘲りの眼差しでキイチを一瞥した。

なぜ、そのような目つきで余を見るのか。釈然としないままキイチは足を組み直し、詩人を睨みかえした。運良く絶滅を免れる残りの数パーセントに含まれることは、不幸なことなのか。その数パーセントが存在しなければ、この惑星の生物は死に絶えて死の星となるのだ。その数パーセントは、未来へつなぐ希望のかけらではないか。昂然と顔をあげて皇帝の貌をつくっているうちに、バカらしくなった。虚しくなった。そんな建設的なことはどうでもいい。そもそも、いまの余の状態こそが大絶滅であろう。

いまの余の状態こそが大絶滅——。

キイチは自分の言葉に酔った。自己憐憫の腐って濁った甘みに包みこまれた。九十六パーセントだの九十五パーセントだのとケチくさいことをいわず、百パーセント滅びてしまえばよいではないか。いつだって学者連中は事を細分化して、細かな目盛りをありがたがり、それで学問の神髄に近づいたと勘違いしている。間男と対峙して、このように鷹揚にやりとりを重ねる皇帝こそが、すなわち細かいことに拘泥せぬ余こそが真の百パーセントであり、みみっちい細分化を拒むある種の完璧ではないか。

「ある種というのは、どういう種です？」

「——余は」

「ええ。喋っておられた。正確には、詩人はある種の読唇術を習得していて、それで帝の唇のある種の動きを読みとったということでございます」

ある種、ある種と重ねて嫌がらせである。反応してしまうのも業腹だが、さりとて無視するのも微妙だ。どう対処すべきか思案していると、詩人は委細構わずといったあの調子で捲したてた。

「ある種の種はどうでもよろしいが、あるという言葉は問題ですな。或るというぼかしはインテリの逃げでありましょう」

「——余はインテリだから致し方ない」

さすがにつまらない返しかただと赤面しそうになったが、詩人は大仰に肯った。

「なるほど。インテリジェンス。或るインテリジェンスなる言葉が泛びましたぞ。が、帝もインテリジェンスに関しては、あまり触れてほしくはないと御推察致します。インテリジェンスには恥部陰部の扱いのような難しさがございますからな。ということで、話をずらしましょう」

漠然と頷いてしまったが、インテリジェンス、インテリジェンスと連呼したのは、嫌がらせというよりも、自分が喋りたいことを口にするための手管ではないかとキイチが気付いたときは、もう詩人は講釈めいた口調で覆い被さるように迫ってきていた。

「同じ発音でも、あるなしの、ある。詩人はこれが気になって仕方がないのでございますが、なにぶん浅学非才。いくら沈思を重ねても結論がでません。故に帝におすがり致します。『有る』のか、『在る』のか。有するの有と、存在の在のどちらかということでございます。だが、それを審らかにしていただくその前に、帝に伺いたい。あるの対語は、虚無の無である『無い』と滅亡の亡である『亡い』でよろしいのか」

詩人がなにを言おうとしているのか理解できぬキイチは頓珍漢に返す。

「無い種の、とは言わぬだろう」

「種はどうでもよろしい、と申したはず」

すまぬ、と小声で謝罪してしまってから向かっ腹が立ったが、詩人はたたみ込むように言った。

「有ると無しは対になって有無という単語を構成いたします。されど在ると無し、あるいは亡が対になった言葉は詩人の知る限りございませんでした。ところが過日、在亡という言葉に行き当たりました。小躍りしかけたのですが、語義は居留守——。苦笑いが泛びました」

キイチは上目遣いで頷き、知った顔で迎合する。

「うむ。余もそれを指摘しようと思っておったが、言葉を生業とする詩人をさておいて突出するのも無様であると思い直した次第」

「お気づかい、感謝感激雨霰」

「雨霰。詩人の言うことはときに泥臭いな」

「まだその程度でございますか。早く腐肉臭いと言われるようになりとうございます」

「うん。精進せよ」

詩人は俯き加減で笑いを怺えた。気まずさにキイチも唇を尖らせ気味に俯き加減になると、詩人はすっと顔をあげた。

「あるということ、帝の目に見える、あるいは触れることができるといった、帝になんらかの感覚をもたらすものでございます。が、それだけではございません」

「あるということは見たり触ったりできるもののことであろうが」

「ところが、これも禁書焚書にすべきでございましょうが、聖書なる邪な書物がございます」

「それなら読んだ。善悪を知る木の逸話を記した〈ヨハネのアポクリュフォン〉が、とっかかりであったが」

「さすが帝！」

「驚くほどのことか」

「いや、あれほどの邪な書物にまで目を通されたそのインテリジェンス、そしてそれを見抜く慧眼に感服いたしました」

「うん。まあ、あれはよくない書物だな」

「最悪でございます」

話の流れから肯定したいところだが、聖書のどこが邪なのか判断がつかない。ぼろをだしたくないのでキイチは沈黙を選んだ。

「シナイ山にてモーゼなる者、神より掟を授かりますが、あれなど最悪最低の邪でございますな」

「うむ。まあ、そうだな。うん。そうだ」

「汝殺すなかれ——といった当たり前のことばかりを十も並べあげたあの掟も愚劣ではございますが」

「まて。余はおまえを殺すぞ」

「それは、かまいませぬ。そもそも掟自体が愚劣と申したはず。帝の思し召しのままに。モーゼと神に話をもどしますぞ」

「うん」

「モーゼは偉そうに掟を押しつける神に問いましたな」

「――うん。問うたな」

「どう思われます。神の答え」

「――うん。ま、なんというか、その、なんだ？　愚劣か」

「さすが帝！　神の答えは愚劣の極致です」

「だな。余も腹立ちさえ覚えたものよ」

「ところが、あれを読む者たちはなんの疑問も持たずに唯々諾々と図々しい神の物言いを受け容れているようでございます」

「ま、なんだ。物をあまり考えぬ者たちが群れておるわけだからな」

「嘆かわしいことでございますな」

「まったくだ。粛清という言葉が泛ぶわ」

詩人は仰々しく人差し指を立て、振りかざすようにして言葉を受けた。

「なさるがよろしい。この詩人を真っ先に粛清し、それをミスボラ帝国全土に広めるがよろしい」

「――うむ。まあ、考えておく」

煮え切らぬキイチに頓着せず、憤りを込めて言う。

「しかし、よりによって『私は在るものである』でございますぞ」

「なにが?」

「御冗談を。モーゼが何者かと問うて、それに答えた神の科白でございますよ」

「ああ、それな。そうだ。まったく忌々しいものではあるな」

「然様。まったく忌々しい。神の野郎、存在の『在』を用いたのですから。『私は在るものである』と、言い切ったのですから!」

「――余など自分が本当に在るのかどうかわからなくなってしまうわ」

本音だった。キイチはときどき、自分がこの世に存在しているのか、よくわからなくなる。自己存在に自信を持てぬ。誰にも必要とされていないせいかとも思うが、どうもそれだけではないことは、さすがにいかに鈍くとも直観している。詩人があるの対語の無の例として虚無をあげていたが、息をするのもいやな虚無に取りこまれる瞬間がある。だが、思春期でもあるまいし、そういった虚無を口にするにはさすがに羞恥がある。

「何ものをも摑めないという感覚か。余はここに本当に在るのか――と不安になる。微妙なものだ。不定愁訴に似ている。少しだけ厭な汗がでるが、さりとてそれを誰かに訴えても解消するはずもない。そんなときはせいぜい居丈高に、傍らの世界にでも、余はミスボラ帝国千七十二代皇帝キノリウス・キイチであると声をあげるしかない」

「それでございます。帝が周囲を睥睨し『余はここに在る』と反り返って宣言なされたとき、『在る』ということ、自己存在の不確かさを打ちゃって、自分以外の者たちも帝がここに在るということを認めるであろうと信じておられるか、期待を持っているということでございましょう」

「他者に自分の存在を確認してもらうといったところか」

「在るということには、多分に他力が含まれておるようです。とはいえ世界殿など底意地が悪そうですから、帝が切実なときほど、まともに反応しないのではないですか」

ははは、と短く寂しく笑う。いまこの瞬間、気抜けして、まさに自己存在を見失いそうな情況だが、案外ここに在るということを実感してもいる。詩人がからむと、どうしたことか自己の存在に不安を抱かずにすむ。与えられた強烈な嫉妬など、まさにその極致ではないか。

「——なかなか、在ると言い切れなくてな。余もモーゼに掟を与えた神のごとく慥かに在ると言い切りたいが、例えば妻（たち）のように在るかといえば微妙だ」

詩人は応えなかった。詩人が妻（たち）のことを念頭に泛べていることはわかった。烈しかった昨夜のあれこれを反芻しているのかもしれない。あきらかに胡乱な目つきであった。だがそれを咎める気にもなれなかった。詩人は自分が在るのかと不安を覚える同類であることを確信したからである。妻（たち）といい世界といい、男とはまったくちがう生き物だ。いや、妻（たち）も世界も自身の存在に不安を抱く瞬間があるのかもしれない。こんど虚心坦懐に世界に問うてみよう。女は在るということを、どう感じているのか。腕組みして思いを馳せていると、我に返ったらしい詩人が取り繕うように言った。

「吾輩は猫である——と断定しておる書物がございましたぞ。詩人のような俗物には、なかなかきつい内容でございましたが」

「我が輩は帝である」

「猫なる動物を見たことはございませぬが、どうやら猫は自己存在を問いませぬ。ゆえに足許が揺らいだときは、そう、心窃かに唱えなされ」

うむと鷹揚に頷く。詩人の眼差しの奥にあるのは帝と猫なる動物は等価であるという皮肉だが、もはやキイチにはどうでもよいことであった。なれるものならば自己存在を問わぬ生き物に生まれ変わりたい。単なるヒモならば阿呆で横柄なままで、あるいは眉間に縦皺など刻んで過剰に文学的に振る舞えば事はすむ。だが、皇帝という名のヒモは面倒だ。附与される夾雑物が多すぎ、奇妙で曖昧かつ不明瞭な責任感さえ背負わされている。責任ではなく、あくまでも責任『感』であるが、これはなかなかに厄介だ。

「よその帝国では、在るものである神がずいぶん伸しているそうではないか。それに引き比べ、我がミスボラは道祖神の類いは路傍に散見できるが、誰も拝まぬな」

「女ばかりでございますからな」

にべもない詩人の答えに、キイチは肩をすくめる。

「女は神を必要としないのか」

「然様。そのくせ宗教は大好きときているから始末に負えませぬ」

ふむ、と顎などもてあそぶ。

「では我が妻（たち）は？」

「あの御方たちは神の範疇」

なるほど――と得心したが、神の範疇にあるからといって皇帝をないがしろにしてよいというわけでもあるまい。

「神を殺すことは、できるかな」

「在るものであると自称するような神を殺すことは無理でしょう。が、その手の神は勝手に死にますからな。在ることにこだわる存在は、無視されると仕舞いです」

「ふーん。妻（たち）は？」

「もちろん殺せますとも。帝ならば、という但し書きがいりますが」

いったん息を継ぎ、意味ありげに続ける。

「いわば神殺し」

「神殺しと言われると気が重いが」

蜂谷に指先をあてがう得意のポーズで呟くと、詩人は身を乗り出した。

「神殺しと称されるのは栄誉でございます」

なんとなく言わんとしていることはわかるのだが、キイチはうーんと唸った。

「詩人は妻（たち）に死んでほしいのか」

「滅相もない」

「どっちなのだ？」

「この詩人めが帝の立場であったならば、迷わず神殺しを選んだはずということでございますが、あくまでも仮定の話でございます。たとえこの世のすべての権勢を握ったとしても、このちっぽけな詩人ごときに実際にできるかどうか」

「――やすやすと殺せる相手ではあるまい」

「なにせ神の範疇でございますからな」

なんとなく有ると在るについての考察は立ち消えになった。どうやら詩人は有よりも在のほうに固執しているようだ。お互い、自身が在ることに対して自信がないが、在ることに対するこだわりは詩人のほうが遥かに強いことが感じとれた。一方で妻（たち）は、この世に在るということさえ意識していないのではないか。言い古されたことではあるが、女は子を産み、男は妄想を産む。実質を産み落とす性に対して、虚構しか産めぬ性に勝ち目があろうはずもない。実質を産む。ほぼ天地創造ではないか。なんだ、女は神の領域にあるではないか。いまさらながらにキイチは産む性の、リアルな強さに怯みに似た畏怖を覚えた。同時に『滅びへの欲望の生殖行為の邪悪さ』というほとんど脅迫めいた〈ヨハネのアポクリュフォン〉の一節が泛んだ。己が邪悪と感じられるほどに生殖行為に励んでみたいものよ――とキイチは若干ずれた感慨を抱く。雁字搦めの自分には、もうそのような邪悪は訪れないのかもしれない。いまの立場を打ちやって市井の人となればまた話は違ってくるのだろうか。そもそもが生得的な言語の獲得能力とやらによって、たまたま皇帝に選ばれたに過ぎない。ミスボラにいる限り、男は働かなくてもよいのだから皇帝という立場に固執する理由がない。それなのに、余は立場というものに対して異様なまでに執着する。胸中で呟いてしまってから、まさに自己の存在に自信がないから立場というものに固執しているのだ――とキイチは気付いてしまい、爪の垢などほじりながらなんとも遣る瀬ない気分になったのであった。垢は爪のあいだに在るときは黒々として横柄だが、穿りだせば案外淡泊な色彩である。在るの本質なんて、こんな程度のものだ。

「ところで、大絶滅はどうなった?」

問いかけると、詩人はやや狼狽えた。キイチはまっすぐ見つめた。

「べつに死罪の引き延ばしを図っているとは思っておらぬよ」

「いや、その」

「おまえが死にたがっているのは、なんとなくわかっている」

「——畏れいります」

もちろん詩人が死にたがっていることそれ自体が妄想の類いであり、自分は死なぬと信じているからこそ死にたがっているのであることくらいはキイチも悟っていた。立ち上がった詩人が小脇に抱えた〈Great Dying〉をぼんやり眺め、その視線を上方に投げる。巨大な天窓から射す光は太陽のものとは思えぬ鈍さだが、それなのに黒曜石の床が純白に輝くほどである。その筋状の光の中を控えめに舞っている細片は書物の吐息であろうか。雨が降り込まぬ仕掛けになっているのだから、ここに寝台を持ち込んで眠ったら熟睡できるだろう。今夜はここで眠ろう。そう決めて詩人の背を追う。広大である。なにしろこの図書館の頭上のどこかを、ミスボラを真っ二つに断ち割って一直線に伸びる道路が通っているのである。道路を思ったせいだろう、いきなり山椒の香りが鼻腔によみがえる。プラティヒストリクスのぶよついた粘液質の軀から漂う独特の体臭である。道路の直線を担保するために玉座の下部に設えられた隧道を荷役のプラティヒストリクスが行き交っていることにより、キイチは幼きころより常にこのマリオプテリス山椒の匂いと共にあった。

追憶に耽っているうちに、どこをどう通ってきたのかまったくわからなくなっていることに気付いた。複雑に枝分かれした書架のムカデの脚状の迷路はキイチの方向感覚を完全に喪わせた。詩人の背を見失ったらあちこち途方に暮れて彷徨ったあげく餓死するしかないという実感に襲われた。書物をよい状態に保つために図書館内は極端に湿気が少なく、喉がからからである。飢える前に渇きに耐えられず、小便を飲んだあげくに野垂れ死ぬ自分が見えた。詩人が用意してくれた宮殿図書館の館内図をあの天窓のある空間に設えた椅子に放置してきてしまったことを強く後悔した。キイチは歩みも含めて、できうる限り平静を演技して詩人に付き従った。万が一、いまの差し迫った心情を悟られ、詩人が唐突に駆けだして書架の迷路の奥底に姿を隠してしまえば、キイチにはここから脱出する方策がない。危惧を抱くと、不安は増幅され肌がちりちりしてきた。後に続くのは、まずい。もしものことを考えて詩人の横に行き、並んで歩こうと決めた瞬間だった。

書架の端をすっと左に折れたので焦り気味に早足で追い、詩人の動きをなぞって直角に曲がった。両側は聳えたつ書架の崖が平行して彼方まで見通しだけはよい。だが詩人の姿はなかった。詩人が消えた。呆然としつつもキイチはいまさらながらに書架を凝視した。御丁寧に書架自体も黒曜石で出来ている。どのような技術で黒曜石を刳りぬいたのであろうか、一分の狂いもない鏡面仕上げである。そこに整然と収まる書物の背表紙が、抑えのきいた仄かな光に照れているかのように沈んでいる。キイチは無限ともいえる書物の地獄に立ち尽くす。詩人の姿を求めてあちこちに視線を彷徨わせているうちに〈死の泉〉〈双頭のバビロン〉〈溶ける薔薇〉と、ずらり並んだ背に刻まれた題名が狼狽えるキイチの頭の中に不法侵入し、こんなときなのに、読んでみたいとふと思い、一冊抜き出し、床に座り込んで頁を繰る。じたばたしても仕方がないという諦めよりも奇妙かつ精妙な無感覚に支配されていた。背筋は冷えているのだが、寒くはない。肌も平穏だ。硬い石床が臀に痛いが、それもすぐに気にならなくなった。一字一句おろそかにせずに集中する。文字を読むことしか取り柄がなく、文字が読めることで皇帝になった男が文字と心中するのは定めである。そう開き直り、いったん本文から視線を剝がして扉を一瞥する。書架には同一の作者の作品が百冊近くおさめられているようだが、あらためて作者の名を深く刻み込む。本文にもどる。登場人物よりもドイツなる帝国の終焉が身につまされる。

どれくらいの時間がたっただろうか。幽かな熱を感じた。傍らに詩人が両膝を立てて座っていた。きりのよいところまで読んで、キイチは〈死の泉〉を閉じた。

「さすが帝は趣味がよろしい」

「――このような文章を真似ると、いかんともしがたい悪臭を放つようになるのであろうな」

「然様。この文章、この文体は、作者だけに許されるものでございます」

「このように精緻な文章を書いてみたいという誘惑に駆られるが」

「抽んでた巧緻は模倣を拒絶致しますから、せぬが身のため」

せぬが身のため――。声にださずに繰り返して、まさに余のための箴言であると苦笑いを泛べる。その苦笑の気配が消えぬまま、他人事のように問いかける。

「どこに隠れた」

「視界に入らぬところにいただけでございます」

「ふーん」

「遠くを見るか、近くを見るか。遠くを見るほう、すなわち未来を見るほうに賭けて、帝のごく近く、ただし視野に入らぬ位置に脱力して立ち、帝の視線の動きを勘案してすすっと立ちまわっただけでございます」

「余は未来を見たがるのか」

「足許を見やる方ではございませぬな」

「未来か――」

またもや苦笑いが泛んだ。人は自分にないものを求める。その典型ではないか。現実はすべてが余の未来を否定する方向に動いている。千七十二代皇帝という得体の知れぬ、けれどもっともらしい虚構を剝がされてしまったいま、キイチは拠って立つものを喪ってしまった実感に悄然としていた。思えば余は、常に未来に儚い望みを託して生きてきたのではないか。今日の息をするのもいやになる倦怠は、明日には解消するだろう。皇帝としての真の敬愛を得る日が、やがてくるだろう。今日も逢えなかった妻（たち）だが、明日には、いやもっと先になるかも知れないが、親密に逢う日がくるだろう。だろう、だろうですべてが未来に先送りだった。

「大絶滅か」

ぽつりと呟く。満面の笑みが返ってきた。

「素晴らしき未来、でございますな」

「まことに起きるならば、な」

「起きますとも。無数の未来の書物が、我々のこの世界の生きとし生けるものが消滅すると記しております」

「——未来の書物とは、なんなのだ」

「有り体に申し上げてしまえば、この図書館にあるすべての書物が未来からの贈り物とでもいうべきものでございます」

時間の流れは過去からいま現在、そして未来に向けて一方向に流れていくことくらいキイチだって熟知している。詩人の答えはキイチの疑問になにも答えていない。質問の仕方を変えてみた。

「未来の書物がどのような手順でここに収められた?」

「それは詩人ごときにはわかりかねますが、過去に学ぶよりも未来に学ぶほうが合理ではありますな」

詩人ごときにはわかりかねる。最強の答えである。キイチは吐き棄てた。

「未来から学べたら、世話がないわ」

「が、ここにはそれが在る、ということでございます」

「いま、存在の在を用いたな。在ると言ったな」

「さすが、お見通しで」

「世辞はよい。で、詩人は未来からなにを学んだ？」

詩人はいささか大仰に手を組んだ。祈る人に見えて鬱陶しい。キイチが眉を顰めているにもかかわらず、思い入れたっぷりに詩人は言った。

「絶望——を」

「学んだのか」

「然様。未来はミスボラよりも見窄らしい」

「ミスボラは、やはり見窄らしいにかかるのか」

「帝は詩人が未来から絶望を学んだことよりも、駄洒落のほうが大切とみえる」

意外な怒りが仄見えて、キイチは首をすくめた。自分で言っておいてそれはないだろうと呆れたが、執りなすように言う。

「そのようなことはない。書物からすると、大絶滅とやらからも立ち直って、人もおるではないか」

つまり我々の誰かが大絶滅を生き存え、男女が生き残って命をつないでいったということだ——とキイチは至極当然のことを思い、付け加えた。

「しかも未来は途轍もなく発達しておるようだが」

「時が流れれば発達するのは理の当然。そんなことよりも、絶望にも質というものがあるということに気付かされたのです」

「質か」

「質です」

それきり詩人が口を噤んでしまったので、キイチも黙り込んだ。詩人の呼吸と自分の息が同調してしまっていることを感じとり、少し厭な気分になった。そこを狙い澄ましたように詩人が膝に手をついて立ちあがった。キイチもだらだらと立ちあがった。左手にしっかり〈死の泉〉を摑んでいることに気付いたのは歩きはじめてからだった。どこもびっしりなので適当な書架に押し込むこともできない。キイチは持ち帰ることにした。就寝前のひとときどころか、徹夜になってしまうかもしれないが、この愉しみを棄て去るわけにはいかぬ。ただし無事にもどることができたならという但し書きがいるが、と独りごちながら詩人と並んで歩く。もちろん、また隠れられてはたまらないからだ。

ずいぶん歩いた。ようやく辿り着いたらしい。日頃、運動不足の皇帝は脹脛に若干の懈さを覚えていた。書架の無数のムカデの歩脚と歩脚にはさまれた環節の最奥にあたる書架に大絶滅に関する書籍がおさまっているようだ。詩人の神妙な貌と、いかにも特別誂えといった肉厚の黒曜石でつくられた書架を交互に見る。心なしか詩人の顔色が悪い。キイチの視線に気付いた詩人が小脇に抱えた〈Great Dying〉を元あったらしい場所にもどし、作り笑いで言う。

らしいのです」

「徹底的に調べぬいた結果、この〈Great Dying〉こそが大絶滅のもっとも新しい資料である

「妙な物言いだな。もっとも新しい資料」

「ふふ、然様でございますな。我々と時間的にもっとも隔たっている資料とでも言いなおしましょうか」

「どうでもよい」

キイチが大絶滅に飽きはじめていることを詩人は敏感に察し、ちいさくわざとらしい咳払いをすると分厚い図鑑らしきものを両手で捧げ持ち、キイチの眼前に突きだした。枝折りがはさんであるところを開いてくれと目で促す。皇帝にさせることか、と底意地悪く呟いて無視してやろうかとも思ったが、その意気込みがやや常軌を逸して感じられたので図鑑に手を添えた。〈Great Dying〉と同様の馴染みのない文字の解説である。だが、そこには馴染みのトカゲが描かれていた。体長は三十センチ程度で、頬骨が角のごとく突出している。よくシダの葉の上で首をすくめてこっちを窺っている。歯が臼状でまばらで、捕まえて指先を突っ込むと程よい刺激があるので子供のころはよく捕まえていたぶった。植物を食べるおとなしい爬虫類である。

「うまく描くものだな。プロコロフォンではないか。だが、色が少々違うぞ。もっと緑がかっていて、こんなに赤っぽくはない」

「私には読めぬその文字を読んで、意味を教えてください」

「Procolophon ——これは〈Great Dying〉とは同系統ではあるが、多少ちがったニュアンス

の言葉だぞ。ん、余が、そして皆がプロコロフォンと遠い昔から呼んでいる名に意味などあるのか」

プロコロフォンではなく、Procolophon に念を集中する。

「あるな。なぜか読んだことのない文字を目にすると意味が泛ぶ。ええと、終わりの前から？終わりを超えて？　そんな感じか」

「――わかっていて、あえて教えを請うた無礼をお許しください」

「ん。どうでもいい。どうでもいいが、このトカゲがどうかしたか」

「終わりを超えて――と申されました」

「ん。言ったな。言った」

「終わりの前からとも申された」

キイチは小首を傾げかけて、唐突に気付いた。図版に指を突き立てて訊く。

「然様でございます」

「このありふれたトカゲが大絶滅を生き抜くのか。次の世界にまで生き残るのか」

「で、未来の書物を書き、描いた者たちは、この頰骨がやたらと飛び出した臼歯のトカゲにProcolophon という名を与えたのか」

「然様で、ございます」

キイチは図版から目をそらし、中天を仰いだ。もちろん暗黒の天井が拡がるばかりであるが、じわりと直覚した。このどこにでもいるシダを嚙るおとなしいトカゲが生き残って

Procolophonという名を未来の者からいただく一方で、キイチたち人類は滅びる。大絶滅する。九割以上の生き物が死滅するなかで、このトカゲだけが特別扱いされる。皮肉というべきか。これこそが実相というべきか。妻（たち）と同衾することが唯一の願望の皇帝など、消滅するのが似合いである。そんな自虐と共に、ちいさな溜息が洩れてしまった。誘い込まれるように詩人も細く、長く溜息をついた。

「それにしても、なぜ誰も生き残らぬと思ったのだろう」

独白すると、詩人が見つめてきた。キイチは詩人を意識して呟く。

「誰かが、男女が生き残らねば、そして番って増えていかなければ、未来の書物もなにもあったものではないであろうに」

さらに詩人に向かって言う。

「未来の書物がこの図書館に収蔵されているということは、我々人類のうちの誰かが、男と女が大絶滅を生き存えた、ということであろう」

「それが――」

「なんだ?」

「いえ、それについては追ってお話し致します。まずは大絶滅そのものについての最新の知識を、いや、なんと言えばいいのか、我々の時ともっとも隔たった時代の知識を、ぜひとも帝に読み解いていただきたい」

「あの本だな」

「はい。詩人には手がつけられませぬ。あれこれ推察する糸口さえ見つけられませぬ。すなわち解読不能。帝にお縋りするしかございませぬ」

「余を必要としておるのだな」

「然様。ミスボラ帝国千七十二代皇帝キノリウス・キイチ様にお頼み申す以外に方策はございません」

「ございませぬと、ございませんの差は」

「――考えたこともございませぬが、そこにはなんらかの心理の綾があるのでございましょうな」

「詩人は、それについて思いを馳せておけ」

機嫌よく立ちあがると、詩人が書架にもどした〈Great Dying〉を引きぬく。長いベンチのちょうど陽射しが落ちてくるその一点に座り、膝の上に大判ではあるが、たいして厚みのない書物をひらく。飲み物等を用意してございますという詩人の声が遠くから聞こえるくらいに、即座に集中した。すぐにすべてを脳裏にまとめあげるのは無理であることを悟った。キイチが読み解きつつ、それを声にだして言い、詩人が書き留めて要点をまとめあげるというやり方でいくことにした。意味に対する試行錯誤も多々あり、陽の光が失せても翻訳は終わらなかった。けれど書架上方から仕組みは不明だがほんのりと光がにじみだしてあたりを明るくするので、キイチは文字を追うのをやめなかった。以下は、その最重要点を抜き書きしたものである。

＊この書物が刊行されたときより二億五千万年ほど前に、古生代ペルム紀の大量絶滅はおきた。

「さて、まいったぞ。余の治世はこれが書かれた時代から何億何千万年前なのか」

「然様。大量絶滅の時期は明示されておりますが、未来の書物から時期を推察するのは困難でございます」

「ま、読み進めていけばなんらかの示唆に出合うであろう」

＊ペルム紀とは種によってはイノストランケビアのように体長四メートルを超え、鋭い犬歯が下顎を突き抜けんばかりの長さにまで発達した獰猛な肉食のゴルゴノプス亜目をはじめ大型動物が陸上に出現した時代である。

「どうやらパンゲアの時代以前には、大きな動物はいなかったらしいな」

「ミスボラにおいては、イノストランケビアは絶滅しております」

「そうなんだ？」

「はい。皆殺しです」

「小絶滅か。また、なんで？」

「女を襲いましたので。女たちが」

「イノストランケビアよりも女が怖い」

＊けれど環境の激変により、これらの生物はすべて滅びた。昆虫も他の大絶滅時代とは比較にならぬ種が滅亡した。もちろん酸素濃度を上げるほど繁茂していた植物が受けた影響も甚大で

あった。古生代石炭紀およびペルム紀の地層からは石炭が大量に出土するが、ペルム紀の次の中生代三畳紀に至ったとたん、全世界的に石炭が消滅する。湿地帯に生育していた植物群が一気に滅び去ったことを示している。

「石炭が出土するかしないかで時代がわかるらしいぞ」

「が、ペルム紀の次の未来のことでございますからな」

「うーん。埒があかんなあ」

＊これら環境の激変を示す痕跡が日本の高千穂に残されている。ペルム紀の高千穂は海の底だったのだ。当時は超海洋パンタラッサと一括りであるが、現在でいえば位置的には太平洋の深海である。高千穂の地層からは長大な二枚貝アラトコンキデや単細胞原生動物にして一センチもの大きささえあるフズリナの化石が多数見られる。

「フズリナなど見たくもないが」

「どうやら山中から海底の動物が出土しておるようですぞ」

「どういう仕組みだ？　迫りあがったのか」

＊これらはペルム紀中期後期の石灰岩地層であるが、それぞれの時期の岩石を磁力計で測定し、地球磁場の向きを調べた。じつは岩石が形成されるときには、それに含まれる微生物が磁力を記録することのできる小粒子を生みだす。credit card の磁気ストライプと同様のものである。

「クレジットカードとはなんでしょうな？」

「借款とか信用供与という言葉が泛ぶ。借金のカードか？」
＊地球の表面は卵の殻に相当する地殻に覆われている。その下がマントルで、地球の体積の八十パーセント以上を占め、固体ではあるが長期的に加わる力に対して流動する。中心は外核、そして内核によって成立している。内核は固形の鉄だが、外核は十パーセント程度のニッケル、そして数パーセントほどの水素や酸素、硫黄などの不純物を含む熔けて液状となった鉄から成り立っている。この熔けた鉄が熱で対流していることにより磁場が発生する。そこに地球の自転が加わるから対流は渦状となる。この渦は磁力を発生する電気コイルとまったく同様である。地球は核の活動により地磁気に包みこまれているのだ。
「ダイナモ作用ではないか」

「このことを御存知だったのですか」

「うん。まあな。多異様の塔の天辺にな、ダイナモが据えられておるのだわ」

「ダイナモ！」

「洗面器みたいなもんだ。黒曜石の手水鉢だよ。機械じみた外観とは一切無縁だ。見たらがっかりするぞ。が、どうやら妻（たち）の思念がそこに集まるらしい」

「――見てみたい。ミスボラの秘密を、この目で見とうございます」

「妻（たち）と仲のよいおまえなら、頼めば即座に見せてもらえるだろう」

「いえ。叶わぬでしょう」

「まるで資格が要るかの口調だ」

「はい。その資格がございません」

「ふーん。ま、いいや。余の説明を上書きするかたちで妻の一人がうまく説明してくれたんだが、事細かにいちいち覚えている自分が鬱陶しい」

「是非、聴きとうございます」

「——地球の磁場は、地球の核の回転によって生じる電流によって発生する双極子磁場であり、ダイナモは私たちの想いを地球のコアに届け、それによって生じる電磁気力が帝国の防御になんらかの作用を果たしている——とのことだ」

「まさに、その通りでございましょう。神秘でございます」

「うん。でな、その直後にな、妻にさらなる神秘を見せられたよ。そのときはうまく言葉にできなかったが、いまならなぜか見たものを言葉であらわせる。——地球と同様に自転している陽子と中性子、その核の周囲を回る電子の姿。これらが地球と同様に自転軸の方向に磁極をもっていること。極大と極微が見事に一致して同様のメカニズムで作動していること」

「極大と極微。陽子。中性子。電子」

「ま、言葉に変換できただけで、なにがなにやら」
＊地磁気は宇宙線や太陽風の脅威から生物の命を守るシールドの役目を果たしている。ペルム紀前期は現在とちがって磁場が南を指していて、一千万年ほども安定が続いた。ところがペルム紀中期もなかばになると地球の磁性が頻繁に逆転する異常現象が起きた。繰り返される逆転は地磁気を弱体化させ、宇宙線の侵入を許すようになった。宇宙線が地球に降り注ぐことに

よって発生するイオンは、雲の核となる粒子を形成する。陽射しが遮られた地球は寒冷化し、まず熱帯域に生息している生物が死滅し、植物も消え失せた。

「いま、磁石は南を指すよな」

「指します」

「この書物が書かれた時代は、北を指しているようだな」

「そのようですな」

「磁石などいちいち見ぬから、変化に気付いていないのかもしれぬ。いやな空想をすれば数日前までは我々の地球も北を指していて、さらに数日前は南を指していたのかもしれないぞ」

「――それはなんとも言えませぬ。一日、二日で変化するとは思えませぬが、否定も肯定も致しかねます。とにかく、じつに落ち着かぬ気分でございます」

「もう始まっていると考えるか？」

「然様。もう、始まっておるのでしょう。最近は冷えますからな」

「あれほど繁茂していた鱗木を、ちかごろ見かけぬしな」

＊三億五千五百万年前にバラバラだった大陸がひとつにまとまり、超大陸パンゲアと超海洋パンタラッサが成立した。すべての大陸がひとつにまとまるということは、地学からすると特殊かつ異常な配置である。結果、パンゲアの周囲のほぼ全域が深い海溝で囲まれた。超大陸ができあがるには膨大なプレートが沈み込む必要があるが、それぞれの大陸延長線上の海溝の境界にあるプレートがまずは軋みあってマントルに落ち込んでいった。これがきっかけとなって膨

大なプレートがマントルに沈み込んでいき、巨大メガリスと称される冷えた途轍もない大きさのプレートがマントルに溜まった。やがてマントルは巨大メガリスを支えきれなくなる。巨大メガリスは核にむけて落下し、核の対流を乱す。これが次々に磁場が逆転していく原因である。三億五千五百万年前に成立したパンゲアは、その時点でプレートが落ち込みはじめていたが表面上は平穏を保ち、数千万年の後、ついに巨大メガリスとなったプレートが核に落下しはじめたのである。ある瞬間まで安泰に見えていても、破滅は始まると一気に疾るということだ。そして巨大メガリスの攻撃を受けて磁場を乱された核の反撃が始まる。核から直径千キロにも及ぶドーム状の巨大なプルームが放たれ、上昇し、地上にて炸裂する。寒冷化の次は容赦なき焔の灼熱地獄の到来である。

「噴出した熔岩は高さ二千メートル、ときに三千メートルに達した——とある」

「いくらなんでも。噴煙のまちがいでは?」

「いや、まちがいない。volcanic smoke ではなく magma とある。マグマは地上に噴出すれば熔岩だろう。噴出したマグマは——、とあるぞ」

「熔岩が三千メートル——。焔の柱などと悠長なことは吐かしておられませぬな」

「なんでも長さ五十キロ以上にわたる地割れからカーテン状に噴出したらしい」

「熔岩のカーテン、長さ五十キロ、高さ三千メートル」

「守護の壁の高さが公称十八メートルだからな。三千メートルの高さの熔岩のカーテン。想像がつかん」

「公称？」

「なんでもない」

「はあ」

「最終的に火口は直径千キロとなったとのことだ」

「――その大噴火は、どのあたりで？」

「シベリアとある。シベリアトラップ。いまではシベリアとやらに拡がる超越的に巨大な玄武岩台地として痕跡をとどめている。玄武岩は噴火した熔岩が固まったものであり、なれの果てだ。ちなみに玄武岩質マグマの温度は摂氏千二百度とのことよ。しかし余も、すっかり翻訳に慣れて巧みになってきた。この言語に関してはもはや一目瞭然だ。千二百度にもなる真っ赤に熔けた岩が三千メートルもの高さのカーテンとなる。これは壮観だ」

「――そうですな」

「なんだ、そのツラは。なにか不服か？」

「いえ。帝と詩人、先ほどから過去形で語っておりまする」

「そういえば――」

「これから起こることなのです」

「だな」

「シベリアがどこかは判然とはいたしませぬが、熔岩が三千メートルも――。信じがたいことでございます」

「余は考えた」

「はい」

「たとえ一万メートル噴き上がろうとも、その場におらねばよい」

「なるほど」

「最後の頁に御丁寧にも折り込みでパンゲアの詳細な地図がある」

「地名も書かれておりますな。詩人にはまったく読めませぬが」

「どれどれ——南半球にはシベリアはないようだ。あ、これだ。ＳＩＢＥＲＩＡ。シベリア。ずいぶん北だぞ。シベリアの真上にＪＡＰＡＮというのがくっついておる。ほとんど北極圏だな。どうやらこれが書かれたときの国々がパンゲアの時代にはどの位置に相当するかを記した地図らしい」

「大噴火の場所が特定できたのは、喜ばしいことでございます」

「せいぜいシベリアから遠く、南で暮らせばよい」

「はい！」

「おまえ、死ぬことになってるんだぞ」

「はい」

「こういうのはどうだ」

「はい？」

「地図のこのあたり。ＳＩＢＥＲＩＡのど真ん中におまえのための牢獄をつくろう」

「はあ」

「牢といっても贅を尽くしてやる。いつ、ドカン！　とくるかわからぬ環境で独り、せっせと詩作に励め」

「――詩人の死にふさわしいですな」

「これぞ帝の温情よ」

「シベリア流刑」

「ん。語呂がよいな。余は最南端のここ、NEW　ZEALANDで暮らす」

＊直径千キロのスーパーホットプルームが地表に達した。起きたのは尋常ならざる烈しさの途轍もない噴火活動である。場所はパンゲア超大陸のなかでも、シベリア大陸だった地域が選ばれた。二十五億年前、シベリアは北極大陸をかたちづくる安定陸塊として存在した。十一億年前は超大陸ロディニアの一部であった。七億五千万年前にロディニア大陸の分裂がはじまり、シベリアはロディニアが分裂してできたローレンシア大陸の一部となった。新たにできたもう片方の大陸はゴンドワナである。シベリアを包含したローレンシア大陸は六億年前に超大陸パノティアの一部となり、五億五千万年前にパノティアはローレンシア、バルティカ、シベリアの各大陸に分散し、四億八千万年前までシベリアは独立した大陸として存在し、三億年前にカザフスタニア大陸と衝突し、さらにバルティカ大陸と激突してパンゲア超大陸の成立の一翼を担った。すべての陸地を意味するパンゲア超大陸の成立は、ローレンシア大陸、バルティカ大陸、ユーラメリア大陸、ゴンドワナ大陸、そしてシベリア大陸と、地球上のすべての大陸が激

突、合体したことによって生まれた。これらの大陸移動はスーパーコールドプルームによるもので残念ながらコントロール不能であるが、スーパーコールドプルームに吸い寄せられるかたちでインド亜大陸がアジアと衝突し、そしてアフリカ大陸やオーストラリア大陸も、そしてアメリカ大陸もアジアに向かって移動しており、二億年後にはノヴォパンゲア超大陸の成立が予測されている。一方で四億年後に新たなコールドプルームがユーラシア西部に成立し、アメリカ大陸がユーラシアとアフリカ大陸の西に衝突しパンゲア・ウルティマ超大陸ができあがるという説もある。風呂の水面に様々な形状の木片を散らす。木片の一枚一枚を大陸に見立てる。浴槽の栓を抜くと木片は水栓真上の水面に吸い寄せられて集合する。ひとところに集まった木片が集合した大陸ということだ。これがスーパーコールドプルームの概念である。つまりスーパーコールドプルームにより地表の大陸がひとところに集められて超大陸が成立し、すると膨大なプレートが沈み込んで巨大メガリスがマントルに溜まり、核に至ればスーパーホットプルームが発生し、上昇して地表に至れば広範囲に三千メートルもの高さまで熔岩を噴き出して超大陸を寸断していく。スーパーコールドプルームで超大陸が出現し、スーパーホットプルームで超大陸が分裂する。地球は輪廻のごとくこのサイクルを延々と繰り返しているのだ。

「これを書いた奴は、ふたたびパンゲアが出現すると、自分たちの時代の二億年後、四億年後の心配をしておるぞ」

「さすがに億年単位、他人事でございましょう」

「そうかなあ。ま、くっついたり離れたりは世の習いと諦めている感じもあるが」

「ニュージーランドとはどのようなところでございましょうか」

「知らぬ。余は北にも南にもあまり出向かぬからな」

「詩人もニュージーランドに旅をしたくなりました」

「かまわぬぞ。移動は退屈だ。おまえがいてくれれば暇つぶしになる。けれどニュージーランド滞在はならぬ」

「――当然でございます。詩人には最果ての地がふさわしい」

「最果てはジャパンだ」

「詩心が疼きます。詩人は北の果てに行きとうございます」

「ならぬ。少しでもシベリアから離れたいというその心根、じつに見苦しい。読み解きを再開するぞ。しっかり筆記しておけ」
＊シベリアの大噴火により放たれた二酸化炭素だが、最大で百五十テラトン。硫黄が十八テラトンという膨大なものであった。
「テラトン。記号か？　再開したとたん意味不明が立ちふさがってきたぞ。teraton――まったくわからん。なにも泛ばぬ」

「重さの単位でございましょう。一トンは千キログラムだったはずです。少々お待ちくださ い。換算表があります」

「そういえばメガトンというのはどこかで読んだことがあるな。核兵器とやらか」

「メガトンは百万トンに値します」

「ふーん。で、テラトンは？」

「困りましたな」

「どした？」

「数の単位が――」

「億とか兆とか京とかを超えちゃってるか」

「はあ。テラは基本単位の一兆倍、すなわち十の十二乗倍とのことで一テラトンは、一〇〇〇〇〇〇〇〇〇〇〇〇トンでございます。一のあとに〇が十二続きます」

「が、二酸化炭素ってのは気体だろう。空気みたいなもんだろう。重さなんてたかがしれてるだろう」

「が、想像を絶する量の二酸化炭素が排出されたということで――」

「死んじまうのは一酸化炭素ってやつだろうが。二酸化炭素なら問題ない」

「いえ、二酸化炭素中毒でも呼吸中枢とやらが麻痺して死ぬそうです。この途方もない量の二酸化炭素に加えてテラトン単位の硫黄ですからな」

「そう言われてもなあ。さすが大絶滅と褒めてつかわそう」

「投げやりなお気持ちになるのも、宜なるかな。あまりにも想像を絶した規模でございますからな」

「やれやれ乗りかかった船だ。あと少し。先を読み解いてみよう」
＊シベリアの噴火は五十万年ほども続いた。熔岩の厚みは六千メートルにも達し、熔岩による

玄武岩の台地は、推定値ではあるが、当時はアメリカ合衆国全土の面積に匹敵するほどの巨大さにまで達し、その火山活動は四ヶ所ほどの中心をもっていて、その中心のひとつであるノリリスクの熔岩の厚みは、風化の進んだ二億五千万年後の現在においても三千七百メートルに達する。噴火だが、まずは大気中に放たれた大量の火山灰が陽光を遮り、地上への日射量を極端に減少させ、火山の冬と称される超低温化をもたらし、さらに放出された硫黄が大気中にて酸化して硫酸の微細な液状粒子となって漂い、完全に陽射しを遮断し、地表の低温化が加速された。しかも硫酸の微細な液状粒子は強烈な酸性雨となって降りこめて大地を、海をいたぶった。河川や海洋の酸性化は尋常でなく進化した海棲生物ほど死滅した。もちろん地上は凍死枯死の頻発である。ところが地表や海洋の超低温化はたいしてたたぬうちに異常な超温暖化に取ってかわられる。百五十テラトンの二酸化炭素に加えて、流出した熔岩に覆われた石炭層が熱分解して二酸化炭素よりも強い温室効果ガスであるメタンを大量放出し、結果、気温は一気に十数度も上昇し、その後もじわじわ上昇を続けた。それにともなって海水温もあがっていき、その熱により深海のメタンハイドレートが大量に溶解し、気化した。これによりさらに温室効果が激化し、環境激変が加速した。超大陸パンゲア、超海洋パンタラッサは寒冷化、そして続く尋常でない温暖化によって攪拌され、なぶられた。超高温により水分が蒸発しきってしまい、全地球上の植物がほぼ壊滅したばかりか土壌中の有機物までもが酸化してしまい、光合成が長期間途絶えた。そもそも今も昔も地球上の大気中の酸素の大部分は光合成により生成されたものであるし、噴火以前の地球は木生シダ類や裸子植物の繁茂する大植物時代でもあった。当時、圧倒的な濃度を誇っていた酸素は、大気中に放出された大量のメタンと化学反応して酸化し、二酸化炭素と水に分離してしまった。その結果、大気中の二酸化炭素濃度が火山ガスと同程度にまで急上昇した。これこそがSuperanoxia——スーパーアノキシア、超酸素欠乏である。これにより地球上から大量の酸素が消滅してしまった。とりわけ海洋における酸素の欠乏は凄まじく、海の生物は原始的なものまでほぼ完全に絶滅した。また地上では、それまでは三十パーセントほどもあった高濃度の酸素が一気に十パーセント以下にまで減少してしまったことにより、極寒酷暑にも耐えてかろうじて生き残った陸上生物が、深刻な酸欠によって体軀の大きなものから滅びていった。生き残った数パーセントの陸上の生物は、進化の過程で鳥類のさきがけ的な気囊を獲得してより低酸素環境への適応度が高かったもの、気囊はもたぬが横隔膜を生じて腹式呼吸を身につけていたものなど酸素をあまり消費せずにすむ体長が三十センチ以下のものに限られた。

「体長三十センチ。つまり、プロコロフォンか。——もう、これくらいでいいかな」

「はい」

キイチが〈Great Dying〉を閉じると、詩人が書架にもどした。その背を一瞥し、あえて尋ねる。

「余の体長は何センチかな」

「百八十センチ強ですか」

「三十センチのまちがいではないか」

「残念ながら、帝は背丈が高い」

「若かりしころは、己の長身を誇ったこともあったが」

「ま、体長三十センチの人間はおりませぬから。新生児であっても四、五十センチはありますからな」

「妻（たち）の誰かはわからぬがな」

「はい」

「余を独活の大木と嗤ったことがあった」

詩人は遠慮のない目つきで石のベンチに座った皇帝を上から下まで睨めまわした。

「未来の諺でございますな」

「辞書を引いたよ。――独活は長大な茎を誇るが、柔らかくて役に立たないことから、身体ばかりは大きいが、役に立たない人のたとえ――」

世界との媾合を試みて、柔らかくて役に立たなかったことが胸中を掠めていた。妻（たち）のなかには予知の力をもつ者がいるという。キイチを嗤った妻は、そのインポテンツを見通していたのではないか。キイチの穿ちすぎともいえる大仰な思いと裏腹に、自己憐憫にまみれた詩人が心にもないことを口にする。

「詩人の背丈は人並みでございますが、それでも帝と詩人、相身互いでございますな」

「役に立たぬことにおいては、な」

「はい。しかし」

「しかし？」

「王妃は独活なるものを見たことがないにもかかわらず、お嗤いになった？」

「うむ。あきらかな侮蔑が立ち昇っていて、じつに居たたまれなかった。以来、自身の背丈に劣等感を抱くようになった」

適当にはぐらかした瞬間を狙ったかのごとく、あの機械仕掛けじみた書架上方からの白けた光とはまったく別物の陽の光があたりに落ちて軽やかに爆ぜた。キイチと詩人は同時に顔をあげた。寄木細工じみた石造りの天井のどのあたりから陽光が射しているのかは判然としない。天窓がなければ太陽の光を感じることができるはずもないが、その所在はまったくわからない。それでも陽の光だと直感でき、しかもそれはまごうことなき陽の光であるということを実感できるのだ。まったく不可解なつくりの図書館である。ひょっとしたら偽の朝日かもしれない。あの異様な高さの天井に取り付くことができたなら、太陽光を放つ大本の装置を見つけだすことができるのではないか。そんな戯れを胸に朝の黄金色の光を全身に浴びて、その控えめな熱にうっとりしているうちに気付いた。すべての光は書物にかからぬようになっている。綿密な計算がなされていて、書籍を傷めることのないよう太陽も含めた光源から放たれた光は、すべて本を避けるようになっている。ミスボラ帝国とは、書物保存のために設えられた途轍もなく大がかりな仕掛けであり、虚仮威しなのではないか。だが熔岩が地上を痛めつけて破壊し尽くすことがわかっていて、なぜ、あえて図書館を拵えたのか。パンゲア超大陸は分裂するらしい。長大なる、いや不自然に細長く、大陸を北から南まで貫通してるミスボラ帝国も細分化されざるをえない。場合によっては図書館自体、酸の海に没してしまうかもしれないではないか。

「意図不明だ」

呟いて、大あくびする。目尻に浮いた涙をこする。徹夜などずいぶん久しぶりだ。未来の書物をここに収めた者は、薄気味悪いほどに本を愛でているくせに、最後の最後は大絶滅の常軌を逸した超天変地異にて書物のすべてを消滅させたいのではないか。好きも過ぎると、破壊にむかうものだ。余には、そこまで好きと言えるものなど存在しないが。とにもかくにもまったく意味がわからぬ。

「詩人よ」

「はい」

「皇帝が一夜行方不明になったというのに、誰も騒ぎもしない」

「——世界殿は図書館行きを御存知だったのでは」

「うん。でも、ふらっと出たきり一晩もどらぬのだぞ。普通の家だったら妻や子供が、父が帰らぬと騒ぐであろう」

詩人は気のない様子で眼差しを伏せた。面倒や難癖には関わらないという消極的な意思表示だ。もちろんキイチは別段、詩人にむけて鬱憤を晴らす気もない。

「探しにきてもよいではないか、と、ぼやいているだけよ」

「——図書館内は迷宮ですので」

「だな。おまえはいつでも余を放置して逃げることができる」

もういちど大あくびして、キイチはベンチに横になった。腹の上に手をおいたところまでは意識があったが、全身に陽光を浴びながら眠りに覆いつくされていく。

10

目が覚めた。影の位置から昼過ぎだろうと当たりをつけた。ベンチの上ではキイチの頭に足をむけて詩人が寝ている。まったく無礼な男だと苦笑しつつ、寝穢なく眠り呆けている姿を見やる。眠る姿が美しい者に出会ったことがない。立場上、眠る人の姿をたいして目の当たりにしたわけではないが、うたた寝をしている女官など、普段の取り澄ました様子を裏切って、じつに不細工なものである。けれど詩人の眠るさまは女官などと比較にならぬ薄汚さだ。芸術家ぶってインテリジェンスをひけらかしつつ自嘲してみせるという得意技を披露するときの軽やかな緊張と抑制など欠片もない。眠る姿は、その者の腐敗の具合をあからさまにしてしまう。

さて、余の寝姿は、いかなるものであろうか——己の寝姿を見られぬことは幸いである。

エステメノスクスと思われる干し肉が用意してあったので、それをくちゃくちゃ咬みながら書架から適当に大絶滅に関する本を抜きとる。パラパラめくるが、もう腹一杯といった感じで、文字が頭に這入ってこない。詩人の鼾がとまった。干し肉を咬むのをやめる。当然といえば当然だが静寂が深い。この図書館に独りこもるのは最高の悦楽ではないか。横目で詩人を一瞥し、永遠に息を止めていろと胸の裡で呟き、干し肉を咬みはじめる。やたらと硬い肉の繊維質の奥に隠れていた血の生臭さと蛋白質の滋味がにじみだしてきたころ、唐突に詩人が腰のあたりを中心に烈しく身悶えし、ぷっはーと溺れた男のような息をした。苦笑い気味に詩人を見やると、肩で息をしながら上体を起こした。

「悪い夢でも見たか」

「いえ」

「どうやらここにある大絶滅の本は、似たり寄ったりの内容だ。ま、実際に起きたことを記しているとすれば当然だが」

そろそろもどろうと遠回しに言っているのだが、詩人は一礼すると革嚢の水をがぶ飲みし、手の甲で唇を拭い、深刻ぶった眼差しを投げてきた。帰り道がわからなくなったか、とキイチは笑みを泛べる。それならそれでよい。迷うのも愉しい。いざ飢えたら、じつに不味そうではあるがおまえを食ってやる。そんな底意を抱きつつ鷹揚に詩人を見やると、妙にキイチの視線を意識している気配で、床にあぐらをかいて座り、人差し指を一本立てた。

「まだ、ひとつだけ重要なことをお伝えしておりませぬ」

「申せ。なんなりと」

「我々は、いったい誰なのでしょう」

「いきなり、なんだ?」

「我々は、存在するのでしょうか」

いまだかつてない真摯な眼差しの詩人は目頭に目脂をたっぷりこびりつかせて、いささか恐ろしげである。神経に異常を来しているようにもみえる。

「――在ることに拘りすぎているのではないか。己が誰かなどという青臭い問いは、詩人の歳では見苦しい」

「が、それでもあえて申します。帝も含めた我々は、いったい誰なのでしょう」

強圧的な問いかけに、怯みを悟られぬようあえて軽い調子でかえす。

「誰かはわからないなあ。が、否応なしに人であることは思い知らされておる」

「人」

「なにを驚いている」

「人。人間。人類でよろしいか」

「ああ、よろしい。人類でよろしい」

恐ろしげな一方で、なんだかバカらしくもなってきた。上の空を演じて詩人と視線を合わせぬようにする。

「帝は人類の発生に関する書物をお読みになったことがございませぬか」

「あるなあ。猿とかいう獣が人になる。進化論というやつだ。生物はすべて原始的な生物から進化してきたというごく当たり前な考え方だ。進化論以前は、生き物はいちいち神が拵えたことになっていたんだわ」

あまり会話したくないときに限って多弁になる。なぜ人は隠蔽しようとすると過剰になるのだろう。受け答えは最小限にしよう。キイチが唇をきつく結ぶと、詩人はあぐらをかいたまま上体を左右に揺らせて躙り寄ってきた。

「〈Great Dying〉が書かれたのは長く見積もっても三億年弱先の未来」

「はいはい」

「雑な要約ではありますが、それと同時期に書かれた人類学の書物においては、霊長目ヒト上科のホミニディ、すなわちヒト科に属する動物に関しては、猿人につながる化石を四百万年前まで追跡することができるとあります」

起き抜けからこの男はなにを息んでおるのか。なにが言いたいのか。いよいよ尋常ならざるものを感じとったキイチは、呆れ気味に詩人の言葉を聞き流した。

「よろしいか。ヒト属――ホモ属はアフリカなる地において二百万年ほど前にアウストラロピテクス属から分かれ、我々ヒトが属するホモ・サピエンスの出現はおよそ四十万年から二十五万年前である――ということでございます」

まともに聞いていないし理解する気がないこともあるが、言っていることがほとんどわからない。先ほどまでの静謐をぶち壊しにされて、キイチは苛立ちはじめていた。そろそろこの場を離れたい。観念が息をしているかのような詩人から離れたい。

「人とは〈Great Dying〉が記された未来の一時点からせいぜい二十五万ないし四十万年前に出現した生き物であると明言されているのですぞ」

「それがどーかしたか」

「四十万年前に出現した生き物が、なぜ、三億年ほども前のパンゲア超大陸に蔓延っておるのですか!」

「あ――」

「あ、ではありませぬ。さんざんこの手の書物を読んでいたはずなのに、図書館の図書を自由に閲覧できるという超特権階級であるくせに、帝は、己が、いま、ここに在る、ということになんら疑問を抱きはしなかったのですか」

詩人は勢いこみすぎて噎せ、いったん呼吸を整えてから捲したてた。

「よろしいか。〈Great Dying〉が書かれた時代の人間たちは、己の起源を卑小なネズミのような生き物あたりまで論理的に辿り、遡って、ありとあらゆる可能性を追求しているのです。が、我々ときたら、自分たちの過去については一切関知せぬ有様。神話とさえいえぬ安っぽい創世神話に載っかって、それどころか千七十二代などという笑止な数字を平然と用いている始末。我々はこのパンゲア超大陸にいきなり出現し、初めからホモ・サピエンスとしてミスボラ帝国を初めとする数々の帝国を打ち立て、この地球を支配しているようなのですぞ。しかもミスボラの人々だけでなくヤポンヤーバーン帝国をはじめ、すべての人類がこのことをなんの疑問もなく受け容れているのですから、空恐ろしい。帝にお尋ねしたい。我々人類は、いったいどこからやってきたのですか。詩人が学び、これはまちがいないと確信した進化論からいけば、両生類と爬虫類がこの時代における最高に進化した生物のはずなのに、そして実際にも両生類と爬虫類ばかりなのに、何故たった一種類だけ二本足で歩きまわる哺乳類が蔓延って言葉など交わし、書物など繙いて、したり顔をしているのですか」

キイチは唐突な頭痛に顔を顰めた。

痛みが疾る頭の片隅に、したり顔はおまえのことだ——という憤懣が湧いた。したり顔と無頓着が得意の詩人がたたみかける。

「色彩こそ多少ちがえども、ここまで精緻精確にプロコロフォンの姿を再現できる者たちが、なぜ、パンゲア超大陸の北から南にまで至る守護の壁や多異様の塔といった巨大建造物を誇る我々のことには一切触れていないのか！」

「——余だっておかしいとは思っていたさ。そもそも〈Great Dying〉の表紙、あるいは折り込みの地図に、ミスボラ帝国の守護の壁が描かれておらぬことに釈然としない気分であったわ」

詩人は上目遣いでキイチの顔色を窺っている。いまの頭痛はなんだったのか、とキイチは眉間のあたりを抓みあげる。脳を貫く鋭い痛みだった。詩人がわざとらしい咳払いをしたので、キイチは身構えた。

「質問を許していただけますか」

「鬱陶しい」

「噴出した熔岩の高さに呆れたときでございます」

「鬱陶しいと言っているだろうが」

「三千メートルの高さの熔岩のカーテンなど想像がつかないということに絡めて、帝は守護の壁の高さが公称十八メートルと仰有いました」

刀があるなら、いますぐこの場で首を刎ねて黙らせてやりたいと思いつつも、キイチは根負けしはじめていた。

「公称とは、いったいどういうことでございましょうか」

「さあな。そのようなことを口にした記憶はない」

「とぼけないでください」

詩人は上体をねじまげて迫ってきた。唇の端にいかにも臭く粘っこそうな唾が白くはみだしてきている。なにをむきになっているのか。キイチは辟易した。

「身分をわきまえろ。おまえは誰に対しておるのか！」

「ああ、お許しを。詩人は哀願しておるのです。公称とは——」

キイチは諦めからくる短い息をついた。しばし詩人の顔を見つめた。

「見え方がちがうということだ」

「見え方」

「そうだ。見え方。実際に守護の壁の上に立つとわかる。高さ四十メートルほどもある鱗木の密林がはるか眼下だ。ミスボラの住人、あるいは外の帝国の者たちは壁を実際の高さよりもずいぶん低く見せられているのだ。高さ十八メートルなる公称は大嘘だ」

「なぜ、低く?」

「知るか」

吐き棄てたが、結局は自分の思いを口にしてしまう。

「幅五キロしかない国土の左右に高さ百メートルの壁がひたすら聳えたっていたら、それはかなり厭なものだろう。いまだって牢獄じみているのだぞ」

「十八メートルというのは、防禦として納得できる高さである一方、臣民たちに対する威圧が最小限であるようにという折衷」

「かな。よ〜わからんのだよ。この帝国のあれやこれやは。行き当たりばったりという言葉がいちばんよく似合う」

多異様の塔に沿って刻まれた螺旋階段は狭く急角度で手すりもなく強風が吹きつけて遥か眼下に雲海を見て稲光が疾りまわり滑りやすく無限に続いた。詩人に自分が味わったのと同様な恐怖を味わわせてやれと残酷な気持ちが湧いた。

「身分がどうこう吐かして多異様の塔には上れないと言っていたが、余が頼んでやろう。詩人にダイナモを見せてやってくれと」

「――許されるはずもございませぬ」

「ふーん。おまえが間男してた王妃居室の壁を突き抜けて、すごく曲率がきつい石段をひたすら上らされるわけだ。ところが」

「ところが？」

「ところが、多異様の塔の天辺は石段の曲率が虚構であったかのような途轍もない大きさなのだ」

「守護の壁と同様の、いや守護の壁は低く見せているが、多異様の塔は低く狭くちいさく見せておいて、実際はとても高く宏大であるということでございますな」

「そういうことだが、あれやこれやは現実なのだろうか。幻影を見せつけられただけではないか。いまとなれば、そんな気分だ」

キイチの膝に顔が触れんばかりに詩人がぐいと上体を乗り出してきた。

「それでございます！」

「なんだよ、いきなり」

「ですから、それなのです」

「なんのことだ」

「詩人が『在る』ということにこだわる理由でございます」

「ふん。自分が本当に在るのだろうか。すべては虚構なのではないか。すべては一場の夢なのではないか」

「その通りでございます。帝も同様の思いに囚われていらっしゃったのですね」

したり顔のなんという薄っぺらさか。無理やり在るなしについての話に持ち込んで、聖書だモーゼだ神だと際限ない御託を並べた。自分で手の甲を抓ってみればわかる。痛いにきまっている。それだけのことで『私は在るものである』と頷くことができる。

「安心しろ。おまえはシベリアで大噴火が起きた瞬間、自分が実際に在るということを厭というほど思い知らされるから」

「帝は、ここに、この場に、実際に在られるということを確信なされているのですか」

「理屈で考えるとわからん。が、進化論など論に過ぎぬ。余の感覚は、余がここに在ることをはっきり感じとっておる。それは進化などとは無関係だ。そもそも誕生するということ産まれるということは、その個にとって、常にいきなりなものであろうが。誕生とは唐突なものであろうが。順を追って進化するのも一興。けれど誕生それ自体は、いきなりの極致だろうが。誰かが書いておったが、いきなり糞と小便のあいだから放り出されるのだぞ。母胎のなかで進化の過程をなぞるということを書いた書物も読んだ。だが、余は進化の過程などまったく記憶にない。余は誕生それ自体を覚えておらぬが、己の子を見るにつけ、誕生とはいきなりなものだと呆れておるわい。すなわち快も不快もすべて己の身と心に起きていることであると確信し、悩んでも解決のつかぬことをうだうだ吐かしやがる詩人なる生き物に多大なる不快を覚えているのは、紛うことなきミスボラ帝国千七十二代皇帝キノリウス・キイチ、すなわち余である」

「されど帝御自身、余など自分が本当に在るのかどうかわからなくなってしまうわ――と仰有っていたではございませぬか」

「そんなもん、誰だって思うことだわい。でもな、思いはするが気にしない。正確には気にしたり悩んだりしても解決しないということが一目瞭然であるから、あるがままを受け容れる。

これぞ自己存在を受け容れるということではないのか」

　これがバカを誇る帝の言葉かといった眼差しで詩人が見つめ、呟いた。

「――詩人は頭でっかちすぎるのでございましょうか」

「その傾向はなきにしもあらず。考えすぎだ」

　キイチは昨日からの無限とも思える詩人とのやりとりを反芻した。

「未来はミスボラよりも見窄らしい――。自身で駄洒落を吐かしておいて、勝手に怒っていたな」

　苦笑いと共に付け加える。

「詩人は未来から絶望を学んだのではなかったか」

　睨み据える。

「だとしたらな、充分に学んだわ。学びすぎだわ。恰好をつけるのもたいがいにしろ。あれやこれや、いいかげんにしろ」

　心底からの腹立ちに、怒鳴りつけた。

「学んだならば、絶望に殉じよ！」

　詩人は叩頭した。

「仰せの通りに致します。が――」

「が？」

「が、それでも問いたい。私は、ここに在るのでございますか。詩人は、ここに存在しておるのでございますか」

「刃物はあるか」

「ございます」

「ふーん。いつでも余を刺せたであろうに」

「帝が在るならば、それも一興」

「おまえは余の存在までも引き受けてくれていたのか。余の在るなしまで思い煩ってくれていたのか」

薄笑いを泛べる。

「刃物をよこせ」

「――詩人を刺すのでございますか」

「喉笛を掻き切ってやる。噴き出す血潮を両手に浴びながら、己が在るかないかじっくり考えてみよ」

「――意気地のない詩人でございます」

「だから、余が掻き切ってやると申しておるではないか。そこまで自身の存在に自信が持てぬなら、シベリアの大噴火まで待てないだろうからな」

詩人が貫頭衣の裾から刃物を取りだし、差しだした。キイチは匕首の青褪めた刃を凝視した。好い色である。刃物はじつに好い。在るなしを超越して、金気と錆止めの油の絡まった微妙な匂いをごく控えめに発散させている。詩人の背後にまわり、首筋に刃を押し当てる。耳朶を舐めんばかりに囁きかける。

「知っておるぞ。詩人のような男を。聖書絡みで読んだぞ。キリストなる男がおってな。不細工なことに人々の罪なる虚構を背負って十字架にかけられて死んだのよ。正しくは、犬死にを正当化するために人々の罪などという大仰を持ち出したのよ」

背後から轆轤首になって詩人の目の奥を覗きこむ。

「なりたいのか？　キリストに」

三日月のように歪んだ目と口が詩人の黒目に映っている。余は笑っているようだ——と他人事のように思う。唾を吐きかけんばかりに言う。

「なりたいのか、おまえは。ペルム紀とかいう時代のパンゲア超大陸はミスボラ帝国のキリストに」

「——かような大それた思いは」

「正しい人間はな」

「はい」

「己が在るかないかなどで悩まぬよ」

「——そうでしょうか」

軽く刃を引く。喉仏の頂点がすっと切れ、けれど流れだした血は、図書館に一昼夜こもり続けて湯浴みもせずに大絶滅渉猟に耽ったことによる肌全体を薄く覆った脂のせいで微妙にはじかれて、いかにも血といった流麗な綾を描いて流れ落ちることができぬ。キイチは中指の先を血で丹念に汚し、充分な粘りがでたのを見極めて、詩人の眼前に濁った緋色を突きつける。詩人は己の血をうっとり見つめる。恐怖を与えるつもりだった。恍惚を与えてしまった。ならば――と、キイチは詩人の耳の穴に舌先を挿しいれ、そうしてしまってから余はなにをしておるのかと怪訝になった。が、成り行きでしばらく舐め、耳垢とはしょっぱいものだと得心し、男の体臭というものは受け容れがたいと眉を顰めた。ところが舐められていた詩人は股間を盛りあがらせているではないか。血を流し、男根を硬くしてなにやらにじませているのに、まだおまえは己の在るなしを問うのか。

「思春期。精液を持て余すころには、そのような思いを持て余すかもしれぬ。けれど、それは大概が己を悧巧と信じ込んでいるバカか見窄らしい小悧巧よ」

「なぜ、帝はその鋭さをお隠しになっていたのか」

「は？　鋭さ？　誰だってこれくらいのことは思うだろうが。小悧巧な詩人以外は、な。頭がよすぎる奴ではないぞ。頭が程よすぎる奴だ。頭が程よすぎる奴はな、誰もが思うことを自分だけが思っていると信じ込んで深刻ぶりやがって、ときに自死などしてみせ、失笑を買うというわけだ」

在るとかないとかにこだわる輩は、自分が特別であり、選ばれた存在であると心のどこかで信じ込んでいる阿呆である。キイチは自分とは質のちがうバカに苛ついた。

「皇帝。ミスボラ帝国千七十二代皇帝。詩人はそれが虚構であることを余に教えてくれたではないか。どうやら、他人のことだけはよく見えるというインテリの病に取り憑かれておるようだな」

「――そうかもしれませぬ」

「人はミスボラ帝国千七十二代皇帝にもなれるのだから、その気になれば、おまえは、神にもなれるさ。その気になればな」

「神」

「畢竟、おまえは『在るものである』になりたいんだろうが。『私は在るものである』になりたいんだろうが。神になりたいんだろうが。だったら回りくどく御託を並べずに、いますぐ即座に自分が在るものであることを宣言せよ。神であることを宣言して、余を、世界を、すべてを見おろし、睥睨せよ」

せいぜい頭の中であれこれこねくりまわしていろ――と吐き棄てて、思案する。いつでも殺せる。なにせ余に耳の穴を舐められて性的に昂奮してしまった男である。

「余の妻（たち）を舐めまわすおまえは、妻（たち）を支配しているのであろうか」

「お言葉ですが、自らの意思でしているのではなく、させられているのです――と率直な言葉を口にしたならば、詩人は喉笛を切開されてしまいますでしょうか」

「――あの女たちは余をどうしたいのか」

「慥かに帝に対する態度のすげなさは異様でございます。単に甚振りたいだけならば、もっと遣りようもございましょうに」

詩人がキイチの股間を手探りしていた。握られて、はじめてキイチは烈しく勃起させていることに気付いた。余った皮をもどされ、ややきつめに扱かれて、ものの数分ももたずに炸裂させてしまい、キイチは詩人の背に寄りかかり、身をあずけて乱れる息で詩人の髪を揺らせた。

「詩人も、余を甚振るか」

「甚振る――。詩人の背にさんざんこすりつけておられるから、気をきかせたまで」

「余は」

「狂おしげに」

「すりつけておったか」

「――そろそろ退散致しましょうか」

「だな。それがよい」

「王妃の居室にて風呂に入りましょう」

「――余も入れるか?」

「王妃の風呂は、帝の風呂でございます」

詩人から離れると、汚してしまった貫頭衣が冷たい。

11

世界に全身を洗ってもらってはいるが、他人と風呂に入ったことはない。男同士でもずいぶん気恥ずかしいものである。しかもキイチは詩人に炸裂させられてしまって、まだ微妙に体液の残滓を感じているような状態である。貫頭衣を雑に脱ぎ散らしている詩人の背をついつい上目遣いで盗み見てしまう。鼻屎をこびりつけたような褐色の肝斑（しみ）が浮いて脂気の失せた縮緬皺の多い角張った肩甲骨を目の当たりにして、余はこんな不細工な男で果ててしまったのか――と世を果無みたくなった。やはり、女だ。まろみと潤いと柔軟と滑らかさと艶やかさの奥に嫋やかな芯があり、甘やかな香りのする女とのんびり湯に浸かってみたい。そんな願望を小バカにするかのように、詩人は肉が落ちて刻まれた縦皺が内向けに雑な曲線を描いている中年じみた臀を見せつけるようにしてペタペタ扁平足じみた足音をさせ、広大すぎて先の見通せぬ浴室内をいき、蒸気ではっきりしない浴槽の前に屈んで湯加減をみる。

浴槽だが、肩幅の倍ほどの花道のような延々続く一直線の迫り出しである。ここに一列に並んで入浴するというのも奇妙すぎる。この奥に本格的な浴場があると思われるから、尋常な規模ではない。詩人の背後から爪先だって覗きこむ。湯けむりが這いまわってよく見えないが、湯はせいぜい足首あたりまでしかないようだ。くるりと振りかえった詩人は早くも噎せかえる湯気にだらりと垂れさがって赤らんだ睾丸を雑に揺らし、程よい案配だと頷いてキイチを誘った。踝までしかない湯に這入る理由などない。キイチは花道をよけて、奥に向かうことにした。皇帝たるものがあえてきんたまと男根を隠すのは無様であると眦決して、詩人に負けぬ大ぶりの揺れを意識して大股でのしのし進んだ。さすが帝、見事に冠っておられますな、冠るというのは被虐の被ではなく戴冠の冠でございます——とわざわざキイチの脇に早足でやってきて醒めた目で凝視した詩人が言った。

性器が大きな男は無意識のうちにも態度が大きくなるという法則を悟って、脇の浴槽に沈めてやろうかと睨みつける。が、この花道はどうやら足湯だ。沈めるには浅すぎる。キイチは立ちどまって自身の戴冠を一瞥しかけて、その視線を無理やり引き剝がして贅肉のついた腹を凝視する。乱れかけた呼吸を整える。

感情の針の尖りが剝きだしになったキイチの気配に、詩人は言いすぎたことを悟り、さりげなく顔をそむけた。その一方でこの長大なる足湯を愉しみたいという素朴な願望も棄て難い。この世にこの足湯ほど心地好い仕掛けはないのだが——。妙なところで変な意地を張るキイチに内心舌打ちし、けれど揉み手こそせぬものの、腰をわずかに迎合の角度に曲げて陰茎を目立たなくさせる算段をする。足湯とはいえ皇帝よりも先に湯に這入るわけにはいかぬばかりか、焦点の定まらぬ眼差しを保ったままキイチが動かなくなってしまったので、神妙な顔をつくって斜め後ろにさがっていると、まといつく蒸気が汗のように筋をつくって無数に伝い落ちていく。

気を鎮めるためにキイチは若干白髪が目立ちはじめた下腹から、あらためて異様な規模の風呂場の観察をはじめた。例によって艶やかな黒い石材で仕立てあげられている。暗黒の直方体の内側に迷いこんだ気分であるが、天地四方が真っ黒なうえに濛々たる蒸気が立ちこめているので距離がうまくつかめない。詩人が指し示した花道じみた直線の足湯は最奥の大浴場につながっていて、湯温に軀を慣らすために足首あたりの深さからはじまって肩首にまで至る幽かな傾斜が延々とつけられているらしい。心臓に負担がかかりませぬがゆえ、ここからでもどうぞと顔色を窺いつつも慇懃に促す背後からの声を無視し、短く息をつくと、あらためて長大な足湯の脇を大股でずいずい進む。

直線のみの構造物ではあるが、いや直線のみで拵えられているがゆえに湯気で灰白に霞んで先が見通せず、花道浴槽から唐突に直角に分岐して突出して設えられている部分の縁に勢いよくぶつかりそうになった。なんのための意匠か、花道足湯が二股に分岐している部分であった。縁の高さは膝下程度で、ギクッとしたのを隠すため、顎を突きだして手を左右に振り、湯気を払って湯のなかを覗けば極小の正方形の突起がゆらゆら無数に揺れている。無数の骰子が刻まれているといった按排である。どうやらこの上を歩いて足裏に刺激を与える仕掛けらしい。すべての構造物を直線で構成せずにはいられない精神は、ある種の抜き難き神経症じみたものを感じさせ、なんとなく腋窩あたりがうそ寒い。二股分岐に golden ratio、そして $x^2=1+x$

と刻まれていることに気付いた。二股分岐して合流する長方形をあらわしているらしい。黄金割合という言葉が脳裏に滲みだす。この真っ黒けの方形のどこが黄金か。

それにしても危ないところだった。調子に乗ってぶつかっていれば、臑を足湯の縁の石の角でこすって薄い肉を削げおとして薄黄色い骨が見えてしまいかねなかった。この長ったらしい足湯を妻（たち）が並んで歩いていき、足裏の刺激に嬌声をあげて大騒ぎするところが泛んだ。一見愉しげでいて、まるで難儀な行軍だ。余は絶対に骰子による足裏の刺激を許容せぬと胸中で独りごち、臑を削ぎそうになってひやりとしたのを挽回してやると無意味な薄笑いを泛べて、ようやくあらわれた大主浴槽の端にまで至って、こうみえて運動神経はそう鈍くはないのだぞ――と子供のような自己顕示を発揮して詩人にバランスをとるのが巧みなことを見せつけるためにあえて浴槽の縁に立ちあがった。両手を拡げて均衡をとりつつくるりと反転し、派手に飛沫をたて、ざっぱん！　と浴槽内に沈み込む。湯は乱雑にもつれつつもキイチの軀を支えた。浮力が強い。温泉の類いかもしれない。

たかが風呂に入るのにどれだけ苦労せねばならぬのか――。仰向けに浮かんでいると、遠い滝のような重々しい轟きが彼方から若干の強弱をともなって湿りきった鼓膜を顫わせる。浮かんだまま詩人を見やると、一礼して這入ってきた。

「湯はどこから？」

「ずっと先、ずいぶん先でございます」

いったん入浴の体勢をとり、肩まで浸かってホッと息をつく。すぐに立ちあがる。すべてが真っ黒なので微妙に落ち着かないのだ。四方八方の暗黒を映しこんで湯まで黒く染まって、墨汁に浸かっているかのようである。思わず黒く染めあげられた錯覚がおき、肌をこする。キイチが動くと、その黒が所在不明の灯火の光に照り映えて銀に変化して烈しく乱れ、揺れる。キイチは若干の目眩を怺えながら湯のなかを進んだ。途中から面倒臭そうに詩人が先導した。湯の柔らかな抵抗を感じつつ、爪先だって跳ねながら八十歩ほども歩いたか。頭上はるか彼方に正方形の大穴がひらいていて、そこから湯が盛大にあふれ、太い純白の滝となって落ちていた。この大浴場を拵えた者は神経症だから湯の落下口も真四角である。が、湯は正方形などに頓着せず、やたらと太い不定形で落下してくる。滝に頭から突っこむと、頭頂部から肩にかけて尋常でない衝撃があった。膝を屈してしまいそうな水圧である。きつく目を閉じ意地になって湯を受けた。百人が同時に這入れそうな大浴場ではないか。世界が冠っている部分まで剝いて洗ってくれるにせよ、キイチは自身にあてがわれている一人用の黒曜石の棺桶じみた浴槽がずいぶん簡素にして質素なものであると微妙な気分になった。妻（たち）の浴槽の湯量はキイチの浴槽の数千倍、いや、もっとだろう。キイチは天地四方を見まわし、蒸気を肺胞に充たして息んだ。これこそが余の風呂場、皇帝本来の浴室ではないか！

「おまえはこの宏大なる湯槽にて余の妻（たち）と？」

「はあ、まあ、その、御命令があれば、卑賤な詩人に拒絶する術はございませぬ」

相変わらず都合よく調子のよい自己弁護をする詩人の鼻の頭の玉の汗を一瞥する。毛孔のひらいた鼻翼の醜さに呆れ、自分はどうなのだろうと中指で触れる。指先では毛孔の様子はわからない。

――卑賤なので拒絶できない。湯気に蒸されたから毛孔がひらいてしまったと言っているのとおなじだ。されど誰もが詩人のように赤黒い鼻の毛孔を拡げ、その孔の奥の乳濁した脂肪を見せつけるわけではない。

キイチはかろうじて気をとりなおした。これこそが皇帝の浴室ではないかと先ほど気合いをいれたせいか、ようやく艶めいて濡れそぼった漆黒にも違和感を覚えぬようになってきた。巨大さはともかく直方体であることが引っかかりはするが、羊水じみた微温めの湯に充たされた暗黒の子宮の内面である。声を放てば、湿り気を帯びた秘めやかにして無数の残響がかえってくる。この暗黒の裡にあれば、純白がたっぷり溶けているにもかかわらず絶妙な桃色がかった妻（たち）の滑らかな肌がさぞや引きたつであろう。キイチは引き締まってはいるが柔軟にして複雑な曲線で描かれた肌理細かな臀に頬ずりすることを夢想し、このような場所で妻（たち）と戯れたならば、さぞや愉しく昂ぶることであろうな――と羨望の溜息をつく。

その息を、詩人はなにやら己を軽んじるもの、あるいは糾弾の前触れとでも勘違いしたらしい。言い訳でもなんでも先手必勝であるとばかりにキイチの神経を逆撫でする言葉を発してきた。湯のなかの行為は、ぬめりが落ちてしまいますがゆえに、実際はさほどのことはございませぬ――と釈明に紛らせて得意げに語ったのである。

とたんに忘れ去ってしまおうと意識操作をしていたはずなのに、図書館内での出来事がくっきり泛びあがってきてしまった。妻（たち）と戯れることを想い、詩人は妻（たち）との交媾の現実の一端を口にしたのに、性意識が詩人にむかうという奇妙な逆転が起きてしまって動揺が烈しく、心の抑制がきかない。こんな男に射精させられてしまった。居たたまれぬばかりか、嬲られたという被害妄想が毛細血管の末端にまで拡がって熱をもった。心中から追いだしたはずなのに、衆道も悪くないと頷いてしまっていた。これからも詩人に扱かせよう、あげく口唇を用いさせよう、さらにその先も――と留処なく抑えようのない妄想を抱いてしまっていた。湯のなかでキイチは己の硬直を制禦できなかった。まさに機械仕掛けだった。握りしめた。きつく握りしめた。これほどまでに凝縮した硬度を知らなかった。スイッチは、孤独であった。それほどまでにキイチは己が孤独に苛まれており、しかも、それにほぼ気付いていなかったことを、いまふたたび思い知らされた。股間で柔らかくなったり硬くなったりするこのいささか厄介な充血器官は、じつは男の孤独を計測し、その実態値をあらわすバロメーターなのであった。

孤独ゆえに、詩人ごときで射精してしまった。詩人ならば、余の孤独をどこかで汲みとってくれておるであろうという無意識の合意に似た安堵があった。甘えてしまった。それで身をまかせ、握らせ、扱かれてしまった。あのときの情況は、男色の気配よりも人肌とその仄かな熱に対する希求が根底にあったような気もするが、混沌と朦朧が覆っていて、なにがなにやら判然としない。キイチは唇を舐めた。濛々たる蒸気のなかにあっても水気を喪って罅割れていた。

キイチは詩人の後頭部に手をやり、加減せずに沈めた。生まれて初めて全力を振り絞った。

筋肉というものを総動員した。己の力に酔った。ただし暴力の昂ぶりは多少という注釈がいる程度ではあった。己は痛くも痒くも苦しくもないので、一方的な暴力というものは案外退屈だ。しばらく詩人は怺えていたが、限界がきて湯を飲みはじめた気配だ。唐突に身悶えし暴れはじめた。詩人も必死だ。じたばたとはよく言ったものである。湯に沈んだ詩人がキイチの弁慶の泣き所に肘鉄を喰わした。詩人はキイチの手から逃げおおせ、湯のなかを肩を大仰に左右に揺らせ、すばらしい勢いで彼方に消えた。濡れているからよくわからなかったが、涙や鼻水、涎とひととおり垂らしていることだろう。遠い湯気の奥から烈しく咳きこみ噎せる気配が伝わってきた。キイチは湯の滝の向かって左脇に刻まれた七つの座面のひとつに腰をおろした。落下する滝の白銀の真横であるが程よい距離がとってあり、霞のような靄のような飛沫が心地好い。しかも、誂えたかのごとく臀のおさまりがよい。七つの座面といえば、余と妻（たち）を想定しているのだな――と得心したいところだが、そう断定する自信はない。片膝を立て向う脛を慥かめた。痣にはなっていなかった。だが、この手であの無礼者を殺したい。生まれて初めて本物の殺意を抱いた。生まれて初めて自ら行動する意欲、意志と意思をもった。殺したい。殺す。衝動は内向し、キイチはとりあえず満面の笑みを拵えて湯気の彼方の詩人を呼んだ。

「帝は、本気で詩人を殺そうとなさった」

濡れそぼっているから断定はできないが、恐るおそる戻ってきた詩人は泣いていた。卑賤を自称する知的階級は風呂の湯を飲んでなにやら幼児化している気配だ。さすがに喜劇に分類するにもあまりに安っぽい。

「冗談だってば」

「いや、本気でした」

「だって、死にたいんだろう」

「——どうでしょうか」

「なんだ、そりゃ。死を翫ぶインテリに過ぎなかったか」

「死に方というものがございますでしょう」

「溺死はいやか」

「いやでございます」

「やはり、シベリア流刑にて熔岩に灼かれて死にたいか」

「——然様でございます」

「ふん。引き延ばしにかかりやがって。延命は常に見苦しい」

「なぜ帝の目はそのような殺意に揺れて乱れて燃えあがっておるのですか。詩人が嫌いなのですか」

失笑を抑えられず、詩人の産毛じみた髭の生えた人中のあたりを刺し貫くように指し示す。

「おまえを好きな男がいると思うか」

「これで女からは大切にされるのです」

「大切？　それは勘違いだろう。増長もここまでくると痛々しいぞ。おまえはな、女にとって後腐れのない使い勝手のよい張形なんだよ。息する張形だ。おべっかを口にし、ときに程よく逆らってみせたりすることができる張形だ。女の耳の奥に詩だのなんだのともっともらしくも甘ったるい嘘を吹きこんで、軀ばかりかプライドまで充たしてやることができる上出来の張形だ」

「ま、諸々鑑みれば男から嫌われるのは、当然のことでございますな」

いきなり気持ちを切り替えてみせた詩人だった。なんと切り札を隠し持っていたのである。そっとキイチのほうに上体をかたむけ、囁き声で耳の奥に吹きこんできた。

「王妃に、是非御一緒にと伝えておきましたがゆえ、じき――」

「妻（たち）が這入ってくるのか!!」

「なにも二連感嘆符つきの声をあげずとも」

やかましいと怒鳴りかえしたかったが、乱れに乱れてしまった鼓動と呼吸のせいでまともな声を発することができなくなっていた。詩人は平然と隣に座ってきた。キイチの殺意を知っているはずなのに、図々しいものである。放心のあげく、詩人の股間と己をそっと見較べる。意識して比較すると、キイチはじつに初々しい薄桃で、詩人はなんとも厭な藍とも紫ともつかぬ色をしている。キイチの視線に気付いた詩人が己に視線を投げ、苦労をかけた連れ合いを揶揄し、いたわるように呟いた。

「斯様に淫水灼けしてしまうほどに酷使されて、痛々しいことでございます」

「――臓物のような色だぞ。大腸とか小腸、はらわたの色だ。禍禍しくも悍しい」

「俗にでちむらさきと申します」

「でちむらさき」

「辞書には載っていないかと」

苦笑いを泛べると、妻（たち）の入浴という衝撃からくる息や動悸もおさまってきた。キイチは動揺の振幅が以前よりも素早くおさまるようになってきていることを自覚した。諦念達観居直り、なにが作用しているのかよくわからないにせよ、どうせ人は死ぬ。大絶滅だ。短絡気味だが、大絶滅を知ったのはよいことだった。湯の滝の飛沫がほんのり温かく、さりとて逆上せるほどでもなく、絶妙の加減である。座面の傾斜に逆らわずに軀をあずけると無駄な力が抜けて弛緩した。

「妻（たち）それぞれの個性というのか、どういう人格なのか、教えてくれ」

なにげなく問いかけてから驚愕した。自尊心その他を秤にかければ、いままでのキイチであったならば、絶対に質問できない事柄ではないか。けれど詩人は特性である無頓着、その本質は言葉の奴隷であることを発揮して即座に、しかも得意げに答えた。

「黒様は、いわばスポークスウーマン的な立場の御方でございます。ものごとを最終的に判断なさる役を担ってもおられます。ミスボラにおいて黒は神聖にして最上の色彩でございます。王妃たちは自由気儘で上下はございませんが、暗黙のうちに黒様に従います」

うむ、と鷹揚に頷く。黒を籠絡することを夢想する。黒が恭しくキイチに傅く。王妃の代表としての黒と並んで玉座に座する威厳ある己の姿が見えた。真の帝王になるために公式の場においては黒を伴うのが必須であろう。黒は王妃のなかの王妃なのだ。黒と交わることができたなら、どのような昂ぶりが得られるであろうか。けれど絶対に無理だ——苦く笑う。

「黄様は天真爛漫な御方です。その一方で狙い定めた者に明確なヴィジョンを与えることができるのです。それはある種完璧な支配ともいえます」

「ヴィジョン。多異様の塔のうえで余にめくるめくヴィジョンを与えてくれた妻がいた。そのときも思ったのだが、おそらくは黄であろう。おなじ黄のよしみで教えてくれたのだろうが、余の名は黄壱と表記するらしい。黄は中央と東西南北をあらわす五方において中心。壱はもっとも優れたものをあらわす一の大字」

「見事に名前負けしておりますな」

「また、沈めてやろうか」

「お好きに。なにやら肚が据わりました」

「まあ、よい。黄がそれほど余を嫌っていないことを知っておるのでな」

「黄様は、それほど嫌っておられぬと」

「うん。実感したんだ」

「水を差すようではございますが、それほど嫌っていないということは、別段好きというわけでもないわけで」

「——だな」

肯定されてしまうと返す言葉もない。詩人はわざとらしく咳払いした。

「緑様は物静かな御方ですが、感情は豊かでございます。詩人にはよく理解できないのですが、王妃たちは皆プラズマなるものを放つことができるようでございます。が、緑様はとりわけ凄まじいプラズマを発することができるようでございます」

ダイナモは、男と女が溶け合った結果生じる男の体液にて思念伝達エネルギーを生成すると古より伝えられてきた。けれど守護の壁の不調が修復された後、世界が耳打ちしてきた。王妃の放つプラズマでも同様のことが起きたと。つまり、もはやミスボラ帝国には男が不要なのである。もちろん世界はキイチに皮肉を込めて事実を教えたのだが、そしてキイチは自身の存在理由がいよいよ希薄になってしまって相当に落ち込んだのだが、いまはなにも知らぬ詩人に対して優位に立ち、若干演じすぎているとは思いつつも過剰な憐れみの眼差しを投げるのであった。

「――プラズマとは重要な鍵なのでございますか」

知らぬことに耐えられぬ不安がにじんだ問いかけにキイチは雑な一瞥をかえして、おまえなど知る必要はないと遮断した。湯気に潤った喉を意識し、軽く伸びをした瞬間、いきなり頭の中に声が響いた。

――熱核融合プラズマ、tritium^{3}H、deuterium^{2}H、水爆、高温プラズマ、磁場制御、温度一億K。

まったく意味がつかめない。これらのデータらしきものの羅列が実際に緑の放つプラズマと関連があるようでもない。ただ途方もないエネルギーの塊、太陽じみた直視を躊躇う圧倒的な光輝を感じ、怯んだ。あえて熔岩が数千メートル噴出せずとも、パンゲアが分断されなくとも、緑が癇癪をおこしてプラズマを放てば、この世界が終わってしまうことが直覚できた。

「だからといって、するはずもないであろうが」

キイチの独白に詩人が目だけ動かした。なんとかプラズマの手がかりの欠片だけでも見いだそうとの念に凝り固まった単純ではあるが思慮、いや思惑を感じさせる両生類じみた黒い膜がかかった眼差しである。こういう目つきには奇妙な力がある。だが目は目にすぎない。階級差からしても平然と無視すればよいものを、余にはこういう弱さがある——と胸中独白つきでキイチは前傾し、両手で湯をすくい、顔を洗うふりをした。遣り取りをするようになってから、傲岸不遜な詩人にあれこれ教え諭されるばかりで立場が逆転している。死罪に処する前に余の優位をとことん示しておかねばならぬ——などと顔を洗いながら内心眦決しているのだが、キイチの決心など瑣事に過ぎぬとばかりにふたたび心になにやら忍びいってきた。気負いは脇に押しやられ、消えた。

やはり誰かがヴィジョンを送ってきているのだろう、唐突すぎて安直の気配さえ覚えたのだが、キイチの頭蓋の裏側の全面が灼熱し、いきなり頭蓋骨内側の不定な球面に沿って重層的な濃緑色が膨れあがり、揺れた。凄まじい膨張である。光輝が過ぎて正視できぬ濃緑である。頭蓋の繋ぎめから濃緑が瞬時に洩れだして四方八方に波状に雷光のごとく這いまわり、大浴場の湯が緑色に沸騰して、一切の規則性を喪って嵐の様相を呈し、彼方で濃緑の竜巻さえ湧きあがる。端緒は安易なイメージを押しつけられているのではという疑念さえ湧いたが、外的心象だけでなく濃緑は脳裏を灼いたあげく、血管を伝って全身に拡がった。赤き血が緑色に変貌し、毛細血管の隅々にまでゆきわたった。

キイチの血は、濃い緑であった。

緑の血を受け容れて、外界で荒れ狂う心像から離れて内面に集中すると即座に動悸が鎮まって俯瞰するかたちになった。濃緑といっても、くすんだものではなく静電気のような光輝と艶があって、中心がどこかは判然としないが膨大なエネルギーが渦巻いて無数の触手を伸ばして宇宙を愛撫している。いままで嗅いだことのない芳香が鼻腔に充ちた。強いていえば雷鳴の香りに似ているが、より清んでいて、それなのに有機物の柔らかな湿り気の気配を含んだ緑の匂いとしかあらわしようのないものだった。これがプラズマだろうか。キイチは両手で顔を覆って瞼の裏側で凝視した。

湧きあがってきたのは、安堵だった。プラズマとは熔岩に灼かれたり酸欠で身悶えしたり病や傷に冒され飢えや酷暑酷寒に長時間さらされて死ぬといった苦痛に充ち満ちたいわゆる死らしい死とは別格の、瞬間的に消滅できる裏付けだった。痛いとか苦しいとか悲しいといった尖った岩や腐った泥濘に顔面を押しつけられる苦痛と無縁に、完璧なる無感覚のままに消え去ることができる超越に充ちた救いこそがプラズマだ。安楽などという形容さえ不要な絶対的な死、絶対的な消滅がプラズマの本質だ。在るものが瞬時に亡いもの、無いものになれるのだ。

プラズマがあるのである。大絶滅渉猟は無駄とまではいわぬが、虚仮威しに夢中になってしまったことからくる虚しさがじわりと迫りあがってきた。せいぜい詩人は大絶滅を恐れて右往左往するがよい。願わくは大絶滅で死する前に、プラズマによる消滅を――。

「詰まるところ大絶滅は、徒労の一形態というやつだな」

顔を覆ったまま呟くと、キイチの右耳の奥に思いのほか大きな濁った声が響いた。

「徒労」

「いちいち余の独り言に反応せずともよい」

「大絶滅は徒労と仰有った」

「空耳だ。湯の滝の音を聞き違えたんだ」

滝の音はかなり無理があると苦笑しつつ顔をあげ、飛沫を浴びる。紫はどのような役目であるかと問う。詩人は大絶滅は徒労という言葉に対する未練を隠さずにキイチを凝視していたが、いつの間にやら未熟なりにもキイチが遮断を獲得したことに気付き、不服そうに口を尖らせると呟いた。

「――出産を」

「あ、そういうことか」

「単一胚による妊娠が正常であるとされる種に偶発的に生ずる多胎の可能性がもっとも高く、また早産その他、出産における不具合の確率が当然ながら誰よりも低く、肉体的にも抽んでて強靭であり――」

辞書を棒読みするがごとく小難しいことをべらべらと抑揚なしに捲したてたわりに、なにを唐突に黙りこんでいるのかと咎める眼差しでキイチが見やると、こんどは朗読するような調子で言った。

「異性を迎え入れる器官そのものが超越的であり、最上にして極上でございます」

「セックスも含めて、たくさん子を産むことに特化しているのが紫ということだな」

「はい。第千七十二代皇帝ということを真に受けるならば」

「いいよ、真に受けなくて」

「ま、ミスボラ帝国においては、気の遠くなるような帝王の血筋が連綿と続いているという筋書きでございます。万世一系をかたちづくるには大奥なる多大なる女を揃えた女の宮が必須という書物を読んだことがございますが、ミスボラもその例に洩れず、一人の帝に多数の妻。が、出産にも個人差というものがございます。そこで、紫様。ミスボラ帝国の神話伝説伝承の本質を成すのが紫様ということでございます」

「産めよ、増えよ、地に満ちよ――だな」

けれど男児が一人に双子の娘しか産まれなかった。開き直っているキイチは、浮かれ気味ともとられぬ声でぼやく。

「余は薄いのだな〜」

キイチの自嘲には我関せず焉で、詩人はおもむろに腕組みして呟いた。

「出産を司る紫様ですが、なぜか守護の壁の不調を直されたとか」

「知ってるのか」

「過日、なぜか緑様が紫様のおかげで私の仕事が増えたとぼやいておりました」

詩人はミスボラ帝国の建造物構造物その他とプラズマのつながりに気付いていないようである。男女が溶け合った結果生じる体液にて思念伝達エネルギー云々という呪術的な事柄は、ミスボラ帝国維持の根底を支えるものではない。おそらく性交に類することは、プラズマの発生に大きく関与しているのであろう。それを重層的とまではいわぬにせよ、多少なりともダイナモなる洗面器に性を絡めて儀式化した。小バカにする気もないが、陳腐なものではある。が、生き物はプラズマそのものの神秘に惹かれはしても、性交それ自体に抗えぬ。いや、それは個々人の生まれつきの問題かもしれぬ。性よりも神秘を好む者があっても一向にかまわない。いや、すべては神秘に結びついてしまうのかもしれない。キイチは薄く目を閉じて、湯滝の轟きに脳髄を愛撫されながら不確かで不明瞭な、それゆえ妙な沈殿がある物思いに耽った。不確かで不明瞭といえば、この滝の轟音のなかでなぜ声を張らずとも遣り取りができるのであろう。本来ならばお互いになにを喋っているのかわからぬ不確かで不明瞭な状態であるはずなのに、まったく奇妙なことである。

「青様には」

「ん」

「青様には、予知の力がございます」

「ああ、そうか、その手の話をしていたんだったっけ」

喋りたくてたまらずに痺れをきらした詩人をあしらって、キイチは意識して皇帝らしい鷹揚と柔軟の混淆した笑みを泛べた。

「そうか。予知か」

守護の壁で、ヤポンヤーバーン兵侵略のおぞましい夢を見せられた。青が見た予知夢をなぞらされたのだろう。いまでも快晴が過ぎて黒ずんでさえ感じられる蒼穹に、翔破布を拡げて飛び交うヤポンヤーバーン兵の姿がありありと泛ぶ。煤で塗られた暗黒の直刀の切れ味は凄まじかった。なぜだろう。ミスボラ帝国も含めてパンゲアの印象は総じて、黒が支配的である。真っ二つにされた女、人体は気を許せば美しいと表現してしまいかねない危うさを孕んでいた。

「じつは詩人は、大厄災を予知なされた青様から図書館内に入る許可と図書館館内図を与えられ、青様に命じられて大絶滅について調べていたのでございます」

「なんだ、おまえ独自の発想で大絶滅に食らいついたわけではなかったのか」

「矮小な詩人でございます」

「うん。それは、わかってる」

「――独自性などというものは、詩人には不要かと」

「なんか、みんな、オリジナリティとかいうのを必死で求め、その欠片らしきものを後生大事に抱えているつもりで、ところが、その欠如に苦労しておるではないか」

「詩人は、もはやそのような域を抜けだしてしまいました」

「ふーん」

「すなわち、詩才も文才もないということを悟っておるのです。されど」

「されど?」

「されど、詩人は書く」

「ああ、いいねえ、それは結構。結構です。頑張ってね」

「――書かせていただきます」

「うん。右筆っていったっけ。書記にはなれるね」

「――単なる記録が、後の世で詩情を放つやもしれませぬから」

「ああ、そうだといいねえ。頑張って。とにかく頑張って。でね」

「はい」

「余には読ませなくていいからね」

「――はい」

「そうか。青は未来が見えるのか。余はいつ死ぬのかな。訊いてみよう」

一呼吸おいて、首を突きだして詩人の目を覗きこむ。

「おまえの死に様も訊いておく」

「いや、それは」

「安心しろ。訊いたことは、ちゃんとおまえに伝えてやるから」

キイチは笑い顔をつくろうとしたが、わずかに唇を動かしたとたんに笑顔のさきがけはあくびに変換されてしまい、大きく開いた口のなかに湯滝の飛沫が無数に迷いこみ、幽かな塩味と硫黄臭の複合した心地よさと紙一重のえぐみが拡がった。

詩人は黙りこんでしまった。座面の背もたれから上体を不自然に起こして、脊柱を湾曲させて首を折っている。猫を知らぬが、猫背としか言いようがない恰好だ。その背中で爆ぜ、嬾惰な曲線を描きつつ卑小な煙幕を引き連れて去っていく飛沫は死の彎屈の絵解きのようだった。

死はぎこちなく曲がっていた。漠然と眺めつつキイチはもういちど大あくびし、その中途で大口をあけたまま指を折って数えた。黒。黄。緑。紫。青――。

「あとは誰だっけ。赤か」

「――赤様は」

即座に喋りはじめると決めつけていたが、間があいた。キイチはあえて訊く。

「特技。奥の手は？」

詩人はキイチに気付かれぬよう、素早く脳内データベースを検索する。けれど赤の特性に関する記録は一切ない。知らないということに耐えられぬ詩人である。なんとか糊塗しようとした瞬間、キイチが放心した眼差しで言った。

「わかんないなら、拵えるな」

思わず詩人は喉仏を動かしてしまい、背筋を緊張させてしまった。苦笑に似た皺を唇の両側に刻み、短く息をついた。どこで反転したのだろうか。なかなかに居たたまれない時間が続いている。こうなると、早く王妃たちがやってきてくれることを願うばかりだ。睦言を囁き、肌を合わせたというのに、赤の個性と人格とでもいうべきものにまったく触れられないのはどういうことだろう。理由があるはずだ。それは複雑なものではない。単純にして重要――と詩人なりの直感が告げる。が、そこから先に進まない。王妃たちを直接目の当たりにすれば、あれこれ虚構を捏ちあげることもできるのだが、と詩人は胸中で烈しく焦れた。早く来てくれ、詩人を助けてくれ。こんな無能な愚か者に虚仮にされるのは耐えられない！

願いは、叶った。足湯の方角からさんざめく気配が近づいてくる。これで逆転できる。優位に立てる。王妃たちを迎えるために直立しつつ、詩人は眼球だけ動かしてキイチを素早く窺った。背もたれに寄りかかったまま、薄く唇をひらいて放心の態である。緊張が過ぎたか。陰茎はだらりとたるんでいて、肌も緩みきっていた。この男は満足に妻（たち）の軀も見たことがないのだ。艶やかに濡れた全裸の六人の女が、傍らにまでやってくるのだ。いつまで、こうして、だらりとさせていられるか。詩人はキイチが不調法に屹立させて妻（たち）に侮蔑の眼差しと叱責を加えられて狼狽え途方に暮れる最悪の情況を想像し、嬌声の方向に顔を向けつつ酷薄な笑みを泛べた。

王妃たちは食事や飲み物を頭上に載せた女官を引き連れ、湯気のなかからあらわれた。ちょうど渇きを覚えていた。詩人の喉仏が上下する。黙礼すると、愛想のよい笑みと言葉が返ってきた。六人いっせいなので、聞き分けるのは微妙だが、皆やたらと機嫌がよい。女官たちは滝からやや離れた張り出しの上に移動し、王妃たちは屈託なくキイチの座する両脇に座り、背もたれに上体をあずけて乳房を左右に振りわけて、伸びをしたり足先をいじったりと、てんでばらばらにくつろいでいる。詩人の座っていたところには狙い澄ましたように赤が座って、つまらなそうにキイチの横顔に視線を据えた。なにも盆暗の貌など見る必要はないではないか。少し、厭な感じである。が、王妃たちが揃い、女官もやってきてしまった。身分上、滝の脇に設えられた座に臀を接するわけにはいかない。とはいえ詩人である。女官のように張り出しの上に移る必要もない。あらためてキイチを慇懃無礼に甚振ってやろう、六人の麗しき妻の眼前で反問できぬよう言葉の手管で雁字搦めにしてから、とことん恥をかかせてやろう――と、ことさらに明るい毒気のない柔らかな表情をつくり、敬愛さえ漂わせてキイチを見やる。

あくびしていた。

あくびをしかけていたキイチと、目が合った。大口をあけたまま、なんだ？　とキイチの潤んで垂れさがった目が投げやりに問う。睫毛に附着した銀の雫が小刻みに揺れる。

あくびは演技ではなかった。

あくびを中断しかけて、けれどキイチは詩人が見おろすばかりであることを悟り、思い直したように最後まであくびし、中指の先で目尻を雑にこそげた。

あくびをよくするようになった。詩人の前で平然とあくびするようになっていた。キイチは持続せずにだらけるが、それでも詩人の前ではある緊張を保っていた。それがひしひしと伝わってきていた。それが、もはや詩人はキイチに緊張を強いる存在ではなくなってしまってきているようである。けれど全裸の六人の妻に囲まれて、あくびするほど肚が据わっているはずもないというのが詩人の見立てであった。

それが――。

キイチはだらけたまま、隣の妻に、おまえは誰？　などと平然と問いかけている。妻がひとこと赤と答えると、綺麗な手をしているなあーとキイチが口走った。世辞や追従を含まぬ、ごく自然な口調だった。

「クラウディオサウルスの軀から搾った脂で手入れをしているのです」

「川や湖にいる、あのデブか」

「デブ。慥かに」

赤が上体をねじまげて、左右の手をキイチの眼前に掲げる。

「不思議というか、わからないのです」

「なにが」

「クラウディオサウルスの薄黄色に濁った脂を食指でくいってすくいあげるときのこと」

「どんな脂か知らんが、クリームみたいなものだろう」

「そうです。クリームです。右手に塗るときは左手の食指で、左手に塗るときは右手の食指ですくいあげます」

「うん」

「なぜか、右手は、大胆なんですよ」

「わかったぞ。余にもなんとなくわかる。右手の食指は遠慮知らずだ」

「そうなんです。で、多めに見えて案外程よい量を取ることができます。ところが――」

「左の食指は、なぜかケチなんだよな」

「あ、そうだったのか。左の食指はケチだったんですね」

「なわけないだろ。右利きなら、誰だって右指の調整がきく。躊躇わない」

「なんだ、それだけのことでしたか」

「そんなことより」

「なんです」

「おまえたち、足湯か？　骰子の上を歩くのがそんなに愉しいか」

「骰子！　あれは、骰子でしたか」

「痛いんだろ？」

「痛くて気持ちがいいんですよ、帝もぜひ」

「生憎、余は四角四面ではなく、おまえたちのようなまろみのあるものが好きだなあ」

「慥かに骰子でなかったら、もっと気持ちがよいかも」

王妃たちはごく自然に耳をかたむけ、頷いたり小首を傾げたりしている。出る幕のない詩人は遣り取りに耳を澄まして、ごく自然に割って這入って皆の注目を集める時機を狙っているうちに己の口角が徐々に迎合の皺を刻み、満面の笑みを泛べていることに気付き、とたんに脊椎を這いのぼる得体の知れない屈辱が後頭部でちいさく爆ぜ、湯煙のなかであるのに下膊一面に蕁麻疹に似た強烈な鳥肌が立った。ここはなにか言葉を放って関心を集めねば詩人の面目が立たぬ。

「右手は積極、左手は思慮と申します」

間があきすぎていた！　しかも、絶望的に冴えない！　唖然とした。が、皆の注目を集めてしまった。自分の口からでた言葉とは思えないが、取り返しがつかないことだけは自覚した。

瞼に力のこもらぬ眼差しのまま、キイチが見あげてきた。

「まだ、いたのか」

「は？」

「ここは余と妻（たち）の水入らずの場」

詩人に視線を据えながらも、その眼光は詩人を捉えていない。彼方を見ている。

「**道化**は退出せよ」

声と同時に、詩人の周囲に埋めがたい空隙ができ、無数の仄温かい湯煙の触手が全身に絡みついてきた。それは即座に浴場を出ていけと促す威圧をもっていた。たかが水蒸気である。けれどほとんど重みがないだけに、しかも純白だけに抗いがたい。しかも得体の知れぬ尋常ならざる威光が脹脛のあたりを痙攣させはじめた。放心したまま、それでも一礼して背を向ける。キイチも王妃たちも女官も一顧だにしない。

12

「この風呂は、とにかく気持ちがよい。最高だ。なぜ、こんな立派な浴場があることを隠していた?」

赤「隠してなんか、いません」

「教えてくれなかったじゃないか」

赤「訊かれなかったし」

黒「私たちは、よけいなことを喋らないように躾けられているのです」

「嘘つけ」

青「嘘です」

「だろう。余を除け者にしやがって」

黄「怒っているのですか」

「いや、認めたくはないが、おまえたちの気持ちもわからんでもない」

黄「私は、ずっと以前からここに帝をお呼びしたかったのですよ」

「おまえは黄だろう。おまえだけは、なんとなくわかる。呼んでくれればよかったのに」

黄「みんなが、だめだって」

「ふうん。だめという気持ちもわからんでもない。なにせ全裸になる場所だもんな。しかし黄も物好きだな」

黄「見てしまったから」

「なにを」

黄「私、見えてしまうんですよね。ヴィジョンとかいうのかしら。それとは別かな。で、盗み見してしまったんです」
「だから、なにを」
黄「おなかのぷよぷよ」
紫「黄は趣味が変なんです」
黄「大きなお世話。覗かれたからって、悪く言わないで」
「覗く?」
紫「帝と私の子作りを」
「覗いたのか」
黄「覗きましたとも。男と女がいったいなにをするのか興味津々でしたから」
「感想は?」
黄「じつに退屈な、せわしない運動ですね。私にはどうでもいいことでした。でも」
「でも?」
黄「帝の脇腹の贅肉が、失礼、お肉が動きに合わせて、小刻みにゆらゆら揺れているのがかわいらしくて」
「慥かに変な奴だな」
青「でしょう。すごく、変」
「そこまで言われると脇腹が取り柄になりつつあることに秘やかなよろこびを抱きつつある余も、脇腹フェチの黄も立つ瀬がない」

青「申し訳ありません」
「うーん。少し贅肉、増えたかな〜」
黄「お願いがあります！」
「息まなくても、いいよ、触って。赤、場所を替わってあげて」
黄「ああ、夢が叶います」
「夢が叶って浮かれているのは、余だ。まさか余の肉に積極的に触れてもらえる日がくるとは」
黄「いやだ、ぷにょぷにょのしーわしわ」
「しーわしわは、皺皺か。ま、歳だしな」
黄「たまらない！　肉！　肉！　肉！」
「いてて」
黄「あら、ごめんなさい」
黒「痣とまではいわないけれど、色が変わってしまっているわ」
黄「ごめんなさい。もう、触れません」
「いいよ。痛くしても、いいよ」
黄「だめです。正気を保てません」
「中年男の余った肉だぞ。余剰だぞ。本来、忌避されるべきものだぞ」
緑「――私も、触ってみたかった」
「おまえ、ずっと黙りこくってたな」

緑「触ってみたいだけでなく、頰ずりしてみたかった。あ、私は緑です」
「物好きだな」
緑「帝が好きってわけではないんですよ」
「また、率直な物言いだ」
緑「申し訳ありません。でも、黄だって帝が好きというよりも」
「わかってるって。肉が好きなんだ。余った肉が好きなんだ。心窃かに中年親父の肉の余剰に惹かれていたんだ。で、たまたま余の脇腹の余り肉の具合が黄と緑の趣味に合致したということだろう」
緑「余った肉が好き——という帝の御言葉でございますが、エレクトラコンプレックス的解釈が安易すぎて釈然としないというのが本音でございます。が、表面だけをなぞれば、そういうことになりますか。で、頰ずりは許可されますか」
「うん。許可される。おいで」
緑「失礼します」
「はい。どうぞ。冷たい頰っぺだな。こんな湯けむりのなかで、なんで冷えている。余の脇腹でちゃんと温まるといいな」
緑「気持ちいい——」
「引き締まった緑の頰っぺと、たるみきった余の脇腹が密着、切実と怠惰の接触。たまらんな」
黄「羨ましい。私も反対側、頰ずり、許可されますか」

「いいよ、好きにしろ」

黒「私には理解できません」

「触れたくもないか」

黒「いいえ、そこまでは」

「厭な物言いになるかもしれん。が、あえて言おう」

黒「はい」

「おまえたち、なんだか渇いていたな。ときどきしか逢えないから、あまり偉そうにも言えないが、賑やかにはしゃぐおまえたちは微妙に渇いていた。炎天下の砂漠で彷徨って水を欲して死にかけているというほどでもなかったけれどな、無理して渇きを怺えている気配はしたな」

黒「そう、見えましたか」

「こうしてふたりが頬ずりしていることからもたらされた後付けの感慨かもしれないが、なにやら充たされぬものがあって、しかも諦めが仄見えたよ。このような願ってもない情況にある余にとってはかなり都合のよい物言いだが、あえて言おう。おまえたちが心窃かに希求していたもの、それは、よもや、父性とやらではあるまいな?」

黒「——父という存在については、よく語り合います。けれど千七十一代皇帝というだけで、私たちは父を知りません。父は、母を孕ませた直後に死したとのことです。つまり私たちの誕生を知らないのです。あげく父の死の経緯その他、なにも教えてもらえませんでした。私たちの能力を総動員しても仄見えるものは欠片もございませんし、過去を熟知しているであろう者たちに尋ねてもまったく要領を得ず、図書館その他を徹底して渉猟してみましたが肖像その他、記録も一切ありませんでした。父の死については永遠の謎です。千七十一代皇帝はミスボラの空白。私たちが存在するのですから、父が存在したことは慥かでしょうが、事績その他、完全に抹消されております」

「不可解な。青にも見透せないのか」

黒「はい。青が見透せるのは、未来でございますし。また父が途轍もない悪事を成したなら、それはそれで巷間に伝わっているでしょうに」

「ま、余という人格も含めて、欠落はミスボラ帝国の得意技だ」

黒「ひとつだけ。キイチ様は父が死ぬ遥か以前から帝に選ばれていたとのことでございます」

「ふーん。父上御生存中から交代要員が必要な何事かが起こったというわけか。ひょっとしたら千七十一代皇帝までは、ほんとうに連綿と続いてきたのかもしれないなあ」

黒「千七十一代で途切れてしまう何事かが起こったということでございましょうか」

「ま、先帝の血をひいた紫が曲がりなりにも余の子を産んでおるから、途切れてしまったというわけでもないが、千七十二代皇帝キノリウス・キイチは間に合わせのようなものであろう」

黄「帝にはお肉があります！　卑下する理由はございません」

黒「大切な話のさなかです。控えなさい」

「おっかないな、黒は。しかし凄いなあ、余の脇腹の威力は――。おっと、話をもとにもどさぬと黒に叱られる。どうやら切迫して無数の乳児のなかから余が選びだされて、なにがなにやらわからぬままに次の帝位につかされたわけだが、余ごときが選ばれたということは、よほど不作だったのであろうな」

黒「血統を無視しなければならぬ重大事が起きたのではないですか」

「血筋な。ずっと余は正統だと思い込んできた。いや思い込まされてきた。一方で正統にしては疎外感が強かった。非力感とでもいうべきか。力足らずの寸足らず。帝王は、今日もただ単に息をしているだけ——。こういう煩悶は、おまえたちにはわかってもらえぬだろうな」

黒「それは、なんとも——」

「おまえたちを見るにつけ、しみじみ思う。おまえたちの父は、さぞや優れた男だったのだろうな。それに引き比べて余ときたら」

黒「御自覚なさっているとおり、率直に申し上げれば、帝は私たちがもっとも苦手とする異性でございます」

「きついなあ」

黒「でも」

「でも?」

黒「よくよく考えてみれば、娘に好かれる父という存在は、かなり薄気味悪い」

「そりゃあ、ないだろう」

黒「幼いころはともかく、年頃になれば父という存在を忌避して当然」

「余にはわからん。それに余はおまえたちの父ではない」

黒「はい。でも、黄と緑は帝に父を見ているのでしょう」
「正確には、余の脂身のたるみに父を見ているということだ」
緑「帝も黒も、あまりの物の言い様。黒も帝の脇腹に頬ずりしてみれば、そのように単純化できないことを思い知るでしょう」
黒「試みる気はありません」
緑「頑なな。これはある種の郷愁です。好悪を超越したものです」
黄「心なんて摑みようがないけれど、肉はこの手で摑めるのです」
「お、名言」
赤「私たちは精神に特化しすぎているから」
青「肉の不在」
「だが、詩人と愉しんでいたではないか」
青「私たち、紫以外は処女ですよ」
「じゃあ、あれは」
黄「あれは私が詩人の頭のなかに与えたヴィジョン。一人で床に転がって、ウハウハって悦んで悶絶してましたよ。帝が聞いた私たちと詩人の声は、私が帝に与えたヴィジョン。性交なんてしたことないわりに、妄想って際限ないですね。自分でも呆れました。調子に乗ってヴィジョンの補強に世界まで捲きこんでしまった。世界までだまされて、洩れ聞こえる私たちと詩人の睦言や嬌声に苛立っていましたからね」

「つまり嘘っこ?」
黄「そう。嘘っこです」
「なんだかなー」
黄「帝は長閑だから嫉妬の感情が薄すぎて、だからちょっと悪戯してみました」
緑「黄は、ちょくちょく帝にちょっかいをだしていましたよ。やめておけって言っても、いろいろなイメージを送り込んで、帝を翻弄していました」
黄「翻弄したのではありません。助けてあげたかったのです。考えすぎて袋小路に嵌まっているときなどに、直にヴィジョンを目の当たりにしていただく。安い考えなど、吹きとびますから」
「そうか。黄が助けてくれていたのか」
黄「それもひとえにこの脇腹がもたらしたものでございます」
「わはは。そうか。脇腹様々だ。ところで詩人がな」
緑「はい」
「おまえのことを語った。感情が豊かで、とりわけ凄まじいプラズマを発することができると。その直後、黄の仕業だろう。緑のプラズマの凄さをさんざん見せつけられた。余の体の隅々まで濃緑の血が流れるほどに」
黄「言い訳しますけれど、あれは私の意思ではなく、青があのヴィジョンを帝にお見せしなさいってしつこく迫るから、そうしたまでです。緑とは何者か。いつでもミスボラを、パンゲアを、地球そのものを消すことができるって」

「青よ、緑の血の余に、そのわけを教えてくれるか」

青「先々を見わたしまして、帝に緑のプラズマについてお伝えしておいたほうがよいと判断したからです」

「緑がプラズマを放って地球を消滅させることがあるというのか」

青「それは、ございません。緑には安全装置とでもいうべきものがついておりますから」

「そうか。一安心だな。で、大絶滅は、いつごろやってくる?」

青「お答え致しかねます」

「わかっているんだろう?」

青「はい。けれど知り得たことを口にしてしまえば、私はある種の支配者に成りさがりますがゆえ、おおむね沈黙を守ることを旨としています」

「おおむね、な。青は気持ちおっぱい、大きいな」

青「多少は、おおむねでしょうか」

「うん。乳で見分けるというのも乙なもの」

青「プラズマのこと、お知りになってお楽になられたでしょう」

「うん。いいな。緑のプラズマはいいな。とてもいい。余の真の安全保障だ」

緑「そのおかげで、いまや私は守護の壁や宮殿のメンテナンスに駆りだされてばかりの、保守点検事業者でございます」

「おまえのプラズマで恙なくミスボラは作動していくということだ」

緑「帝が健全なる精をお持ちならば、私はのんびりできたはずなのですが」
「せいとは、性慾の性ではなく、精液や精子の精か」
緑「そうです。紫から聞きましたが、とても少量で薄かったとのこと。結果、ダイナモが作動しなかったと」
「面目ない」
緑「私は、そんな帝に男の生臭さを感じずにすむので気にしていません。頬ずりもできてしまうくらいに、好ましい」
「だが余が好きなわけではないと断言した」
緑「はい。帝の人格は正直――」
「肉が好きということか」
緑「とはいえ、帝は変わられた」
赤「それはこの浴場でお目にかかった当初より、私も感じていました」
黄「帝は変わりませんよ。いまも、昔も」
青「いえ、以前とはまったく別人」
「――殺せることがわかった」
黒「と、申されますと」
「詩人を殺そうとした。湯のなかに沈めた。詩人も必死で逃げられちまったが。――なんだ青。嬉しそうだな。じつに嬉しそうだ」

青「正夢であってくれと念じておりました。あれは素敵でした。帝の無表情が恰好よかった。無様な——失礼、脂身が多いわりに貧弱な肉体が意外に精緻に作動して、筋張った肩の筋肉がくきっと泛びあがったのは、帝の軀とは思えぬ美しさでした」
「ふん。無様で貧弱で悪うござんした」
緑「もはや本気で拗ねておいでではない。やはり変わられた」
青「詩人が湯を飲んで七転八倒する姿。酸欠で目が充血して真っ赤になって、毛穴が縮こまっていました。帝は湯のなかの詩人の肉体について見わたすことができなかったから知らないでしょうが、陰茎というのですか、なぜか大きく硬くしていましたよ」
「まことか」
青「はい。あの夢で、帝の筋肉が張り詰めるのに次いでエロティックではありました」
「ふしぎだなあ。あんなときに勃起か」
青「とにかく私にとって、久々に愉しい夢でした。必死になった詩人が逃げおおせることもわかっていながら、夢のなかで私はひと息に解き放たれましたから」
「余にとっても意外だったぞ。人を沈めるなんてじつに簡単だ。殺そうとした瞬間に退屈を覚えていたとまでは強弁せぬが、感慨らしい感慨もないままに力みなく殺せることを自覚して、ついに気付いてしまったんだわ」
青「その気になれば、世界を殺せることにお気付きになった」
「うん。殺せるな。余なら、殺せる。あっさり楽々簡単に世界を殺せる」

紫「世界が、こっちを窺っております。世界を殺せるという言葉は、世界違いであっても世界にとっては刺激が過ぎたかも」
「どちらの世界か明言せぬが、殺したい」
紫「こっちへ呼んであげましょうか」
「うん。呼んでやれ。しかし紫はあまり喋らんな。まあ、なまじ肌を合わせたがゆえに余が苦手というのはわからんでもないが」
紫「そういうことでは、ございませぬ」
「ん。どうでもいい。余はおまえの素晴らしさをこの軀で知っている。問題は、余がおまえにまともに応えてやれないということだ。精進します——と言いたいところだが、それは迷惑というものであろう。残念至極」
黄「未練たらたらですよ、帝」
「こら、おまえは調子に乗って余のあちこちをぺたぺた叩いて、触りまくって」
黄「だってもちもちで気持ちいいんだもの」
「なら、股間でだらけている、そのちいさな虫も触ってくれ」
黄「これは、ちょっと〜。大きくなるのを知ってますから」
「全裸のおまえたちに囲まれて、触られまくって、でも、健気にだらけさせているではないか」
紫「信じがたい光景です。かつての帝ならば怒張という比喩を鎧のようにまとっておられたはず、それが見事に弛緩しております」

「そこまで言うか」

紫「帝は慾求不満というよりも、人恋しさ、人肌恋しさになかば狂われておりました。マザーコンプレックスの極端なものでしょう」

「分析されちゃったよ。ならば、余も分析しちゃうよ。紫、おまえは守護の壁で余に弄われていたときに詩人を想い泛べていたであろう。それで幾度も極めたであろう」

紫「――それはございません」

「いや、余の直感は正しい。もっとも、それを咎める気もない。臭いことを言うぞ」

紫「――どうぞ」

「いかに愚鈍な余であっても、否応なしに悟らされておるよ。人を殺せても、人の心を支配するなどできぬ、ということを。たったひとつをのぞいては」

紫「その、たったひとつとは？」

「愛」

紫「愛」

黄「愛」

緑「愛」

赤「愛」

青「愛」

黒「――愛」

「愛だよ」
紫「かもしれませぬ」
「ま、愛と大仰に構えずとも、好き嫌いだけは捩じ曲げようがない。で、余は紫に決めさせる」
紫「なにを、ですか」
「詩人を処刑するか、いままでどおりに扱うか」
紫「なぜ、私が」
「おまえ以外は別段、詩人を好いていそうにないからだ」
黄「あの御方のたるみは、知慧のたるみ。削ぎ落としてやりとうございます」
「皆の目つきも、醒めておる。紫だけが口許など覆って、婉やかである」
紫「綺麗事を申せば、私は産む性。人の死など見たくありませぬ」
「だろうな。だが、青はもう知っている。これからなにが起こるか。余が何者であるか。正しくは、何者に変わったか。詩人の生き死になど瑣事。されど一度殺そうとした者である。決着をつけねばならぬ」
青「詩人の生死などまさに瑣事。ただし、これからほんの先の、ほんのわずかの未来の大きな仕事については御言葉にせぬよう」
「勇ましく宣言したかったが」
青「この浴場内でこうしてのんびり過ごしていれば皆、やがて帝が帝で在られることを否が応でも悟ります。それでも、いまは御言葉にせぬよう。詩人の処遇は紫に一任致しましょう」

「わかった。紫よ、詩人を慈しめ」
紫「――本心を申してよろしいですか」
「ん?」
紫「帝が詩人の首を落とすところが見とうございます」
「余が落とすのか。かまわぬが、刀の扱いなど知らぬから、首が落ちるまでにどれくらいかかるか」
紫「それはそれで一興」
「意外というか、そんなものかというか。紫を侮っておったわ。そう言うなら人まかせもなんだから詩人の首は余が落とそう。が、なにゆえ詩人を殺すのを選んだ?」
紫「詩人など幾人もおりまするがゆえ、新たに声のよい、しかも気立てのよい美しい男を招きましょう。それと」
「それと?」
紫「夜伽は私の務め。いままでの不調法、端的に申してサボタージュを悔い改めまして、務めを果たさせていただきます」
「えー、あまりに余に都合のよい展開すぎないかい」
赤「夜伽ならば、私も致しとうございます」
「赤! これまた意外な」
赤「私がおわかりになるのですか」

「うん。なぜか、みんなの見分けがつく。なんとなくわかる」
赤「この浴場にて、いちばん最初に御言葉を交わしていただきました。心窃かに感嘆したのですが、殿方と会話するときのストレスというものが一切ございませんでした。他愛のない遣り取りでしたが、こういうのは素敵だなって——」
黄「だったら私だって妻ですから、夜伽の権利がございます」
緑「もしよろしければ、私もそこに加わりとうございます」
青「近しくなりすぎると、私は帝の未来に対するよけいなことを囁きかねません。ですから自重せねばなりません。が、お互いに無言の行にて交わるのならばそれはそれでよろしいかと」
黒「生憎、私は御遠慮申し上げます」
「黒はそう言うと思っていたよ。うひひ。ますますそそられるわい。黒よ、いつか、こましたるからな」
黒「ふふふ。悪ぶるには、歯並びがよすぎますね。乱杙歯だったら似合ってますのに」
「いや、歯の隙間が拡がってきてな、それがちいさな悩みなんだわ。しかし、次から次に都合よく女が靡いてくる。まさか余の身に起きるとはな」
黒「靡くのではございません。なにしろ一応は、私たちは帝の妻でございますから」
「うん。ま、なんだ、認めてもらうということは、じつに心が充ちるものだな。一方で承認慾求の醜さに鼓動が乱れてもいる。慢心せずに自然体でいられるよう心せねばな。ともあれ余は、うひひと笑う己を忘れたくない」

黒「御命令ならば、私も夜伽を致します」
「無理強いする気は一切ない。黒がその気になったら、おいで」
黒「おそらく、なりません」
「ならば、それでよい。ところで世界」
世界「私に御用ですか」
「うん。御用だ。おまえには無理強いする。いま、この場で死刑を宣告する」
世界「――死刑。謹んでお受けします」
「よし。余が消滅するとき、世界よ、おまえは余と共に死すべし」
世界「はい。帝にぴたり合わせて殉死致します」
「なあ、世界。おまえは妻（たち）よりも余の命。以後、徒疎かにはせぬぞ」
赤、青、黄、緑、紫「えーっ」
黒「よいではないですか」
青「余裕をみせますね」
黒「なにか言いたいことでも」
青「べつに」
黒「未来を見透せるということ、始末に負えませんね」
青「見えたからといって、べつに、あれこれ喋りませんし」
黒「そう、お願いします」

「妻（たち）には妻（たち）の役目がある。世界よ、おまえは常に余に苦言を呈するのだぞ。余が真に苦しむとき、世界よ、おまえはその冷たい肌で余を抱き締めろ。慰撫するのではなく、余を凍えさせろ」

世界「仰せのとおり、致します」

「余の緑の血を凍らせろ」

世界「御言葉に軀が火照ってきております」

「よし。控えておれ。さて、見えても喋らぬ青に再度尋ねよう。余はいつ死ぬ？　大絶滅はいつくる？　余はちゃんと詩人の首を落とすか？」

青「最後の問いにだけお答え致します。帝は見事に詩人の首を落とします。刀の重さで簡単に落ちるようになっておりますのに、それに気付いたとたんに、あえて三度に分けて時間をかけて落とします」

「非道い奴だなあ」

青「ほんとうに。なお、帝はすべての思いを達成なされてからも長い間死とは無縁。長生きがよいか悪いかはともかく、大絶滅とも無縁でございます」

「優しいな、おまえは。ちゃんと答えてくれているではないか」

青「いつ何時に死ぬと答えれば、それは優しさとは正反対」

「だなあ。なるほどな。予言は支配と言っていたもんな」

青「死の刻限を囁いて帝を支配するのは筋違いでございます。大絶滅ならば、もう始まっているということもできます。パンゲアという強引な大陸が成立した時点で大絶滅は内包されていたのですから」
「ん。もっともだ。どのみち死ぬ。誰もが、死ぬ。未来において、大絶滅を記した者たちも死ぬ。もう死んでいるかもしれない。未来の者たちも大絶滅しているかもしれない。どのみち、死ぬ」
黒「正しい御認識です。死だけが真実」
紫「では、なぜ、私は産むのです？」
黒「死の筋道を整えるためでしょう」
紫「なんなのですか、その偉そうな物の言い様は。帝は、私だけでなく赤、青、黄、緑、皆を際限なく孕ませてあげてください」
黒「よいことです。無数の死の筋道ができあがります」
紫「言ってよいことと悪いことがあります」
「ケンカするなよ。仲良くやろうよ。どうせ余の帝国は大絶滅なんだから」
黒、紫「どういうことでございますか」
「大絶滅のことを調べ抜いてわかったことだが、未来の記録にミスボラ帝国のことなど一切記述がなかった」
青「私には遠い未来にミスボラ帝国のことを記す男の貌が仄見えますが」
「そんな奇特な奴がいるのか」

青「おります。進化とやらのことはよくわかりませぬが、そして、その者は私たちと同様の人かどうかはわかりませぬが、複雑に回りまわってヤポンヤーバーン帝国の子孫にあたる者のようでございます。ただし、それを読むほとんどの者が真に受けぬと申しましょうか、あくまでも虚構であると」

「ま、それでよい。未来の奴らにとって、ミスボラ帝国は存在しない。こうして我々がいるにもかかわらず、奴らにとってミスボラ帝国は端から大絶滅だ」

黒「口調のわりに、投げ遣りではございませんね」

「詩人に尋ねた。ミスボラには神がおらぬようだが、と。詩人は答えた。女というもの宗教は好きだが、神を必要とはしていない」

赤「神はいりません。が、支えは必要です」

「そうか。余が支えになれればよいのだが、寸足らずだからなあ」

黄「私は、けっこう寄りかかっております」

緑「寄りかかっているというより、揉んでいるというのです。翫んでいるのです」

黄「だって、気持ちいいんですもの、肉」

「ははは。詩人は言ったぞ。余の妻（たち）は神の範疇。そこでな」

黒「そこで?」

「うん。余は妻たちを殺せるかと問うた」

黒「詩人は、なんと?」

「もちろん殺せますとも。神殺し。帝ならばという但し書きが必要ではあるが——と」
黒「帝ならば」
「そう。帝ならば」
黄「ならば、帝は私たちを殺せますね」
「うん。どうやら殺せる。いまの余なら、殺せる。なぜなら、おまえたちが余に殺されることを従容として受け容れるからだ」
黒「帝も死を受け容れていらっしゃる」
「余はいずれ死ぬ。その一方で余は殺すことができる。自分の死ばかりに目がいくが、殺すことだってできるんだ。すなわち余は自らが死ぬ前に詩人の首を三度打つ」
紫「その場には、ぜひ私を」
赤、青、黄、緑「私も見にいくわ！」
黒「私は、べつに」
青「よくもそこまで帝を侮ることができますね。黒はこれから帝が行おうとしていることを知らぬから、落ち着いていられるのです」
「青よ、尖るな」
青「だって、誰よりも帝にひれ伏すことになるくせに——」
黒「なんですって」
「いがみあうなよ。おいで、青。腕枕をしてあげる。余には皆目見当もつかんが、すべてを見透しているおまえが昂ぶるのは直感としてわかる。おいで、落ち着くよ」
青「いま湯浴みのさなか、たいしてたたぬうちに黒は帝の偉大なる決意と実行の深さに打ち据えられることでしょう」
「いいから、おいで」
青「腕枕、してもらったこと、ありません。こう、ここに頭をのせてよいのですか」
「うん。楽にして。厭でなければ、もっと密着したらいいよ。軀をちいさくして、胎児になったような気持ちで、息を鎮めて」
青「男性に頭を撫でてもらったのも、はじめてです」
「余のような中年親父でなければ、もっと絵になるんだけれどね」
黄「いいなあ、次は私を――」
「いつでもおいで。でも、余と二人きりでこうなると、危ないぞ～」
黄「危ないめにあいとうございます」
「いやあ、気持ちのよい浴場だ。滝の飛沫のおかげで軀は常に程よいぬくもりを保っていられる。四角四面が気に食わぬが、それは趣味の相違というもので、文句を言うのも贅沢だな。ところで、ヴィジョンの女神よ」
黄「え？　私？　私ですか」
「そうだ。黄に訊く。ほんとうに守護の壁はあるのか？」
黄「え！　そんな問いかけ、私が答えていいのかしら。黒、どうしたらいい？」

黒「──ちゃんとお答えしなさい」
黄「帝にお答え致します。守護の壁は、王宮の両側にだけ基準となる壁が設えてございます。それがやたらと高いので、イメージとしてミスボラ帝国全土に引き延ばす時点で高さをずいぶん抑えました」
「そうか。だが、ヴィジョンは実在するということでいいのかな」
黄「そこに『在る』と信じれば、壁はまちがいなく『在る』のです」
緑「プラズマで補強したヴィジョンは、いまだかつてない強度でございます。帝が少量で薄かったこと、怪我の功名とでも申しましょうか、古よりの交わりの儀式にて強度を保っていた時代とは別物でございます」
「トホホ。いまや問答無用で少量で薄い男に成りさがってしもうたわ。これで、おまえたちが顔を背けたくなるほどに元気なときもあるんだぞ。それはともかく『在る』と信じれば『在る』のだな」
黄「実在とは、そういうもので、その程度のものでございます」
「おまえは多異様の塔にて、赤緑の瞳を輝かせて余にいろいろなことを教えてくれたな」
黄「赤緑の瞳？」
「赤と緑を混ぜると、黄になるそうだぞ」
黄「帝には私の瞳がそう見えると？」
「うん。見える。余にとって特別な瞳だ。おまえは余の名を黄壱と表記することまでをも教えてくれた。青を腕枕した恰好で宣言することでもあるまいが、余はここに宣言する。以後、キノリウス・キイチは『黄壱』とのみ称されることとなる。血統云々をさしおいて、在る者であるがゆえ余に姓は不要である。余は、いま、この瞬間に黄壱となった。なお、ミスボラの名は引き継ぐこととするが千七十二代皇帝は破棄する。余はミスボラ帝国初代皇帝黄壱である」

青「黄壱様」

「うん」

青「腋窩、いい匂い」

黄「ずるいってば。青、代わって！」

緑「私も嗅いでみとうございます」

紫「青ったら、黄壱様の腋毛を口に含んでいるではないですか！」

赤「卑猥というのですか、なんなのでしょうか。よいのですか、このようなこと。斯様なことができるなんて、ああ羨ましい」

「やれやれ、余の宣言には重みがないのう」

黒「帝の勅宣、聢と――」

「ま、黒に認証されれば、それでよし」

黒「差し出がましいのを承知でお尋ね致します。黄壱様は、いったいなにをお考えでございますか」

「壁、好きか？」

黒「守護の壁でございますか」

「そう」

黒「監獄。収容所。自ら入った牢屋」

「壁のヴィジョンを消す」

黄「あ、青が嬉しそうに黄壱様にしがみついた。赤ちゃんみたいに黄壱様のおっぱいを吸っている！」

「擽ったいよぉ、青、勘弁してくれ。怺えきれなくなる」

赤「黄壱様が大きくなってきた！」

緑「不釣り合いに大きくなってきた！」

紫「私はこれを熟知しているのです」

「えー、熟知というほどやらせてもらってないって」

紫「黄に赤に緑、そして青。黄壱様のこれを嗜むには、いちど私が見本を見せて差しあげなくてはなりませぬ。その場の感情で黄壱様のこれを収めたりすることのなきよう」

「ったく、なんの話をしてんだか。ええい、勃起ついでに余の真意を語る。心して聞け」

黒、赤、青、黄、緑、紫「はい」

「ミスボラ帝国。この名をどう思う」

黒、赤、青、黄、緑、紫「――」

「見窄らしいにひっかければ余にぴったりではあるが、帝国とは名ばかり。有り体に申して壁の国である。壁に合わせて拵えた真っ直ぐな道の手入れをすることくらいしかすることのない平和な国である。すなわち守護の壁なる障壁に隔てられることを受け容れた女たちの保身の国である」

黒「慥かに帝国とは自国の国境を越え、広大なる領土や多数の民族を強大なる軍事力にて支配する国家の謂」

「支配されず侵略されもせぬ。が、ミスボラ自体も支配せず侵略せず、ただただ守護の壁の内側に籠もって細く長く永続するのみ。膨大なる書物を護る国。知識なるものを宮殿地下に秘匿するためだけに存するかの国。ミスボラの直方体で構成されたすべては高等遊民の標本箱であるとすれば、ことごとくが了解される。余は気鬱である。なにゆえ余はミスボラに在るのか、ひたすら悩んできた。守護の壁に護られておるのだから、帝国を名乗る必然もないし、王ではなく女王が統治すればよいではないか。なぜ、形式だけとはいえ男が頂点に据えられているのか」

青「それは、この日のためでございます」

「断言しよう。権威権勢を求めるのは男だけではない。女だって権威権勢支配欲諸々をしっかり抱いておる。高等遊民とやらも然り。余は詩人をこの手で沈めて悟った。男女ではない。人は、他人を支配したいのだ。殺したいのだ。いつでも殺せるぞと笑みを泛べて、鷹揚に他人に対処したいのだ。ミスボラを拵えた者は、この平和な、けれど角張った細長い直方体の国を統べるのにあえて女帝ではなく男を据えて、帝国の名を冠した。先代になにがあったのかは知らぬ。が、千七十一代先帝で、名ばかりのミスボラ帝国は終わった。おまえたちの父は、おそらくは帝国を志向した最初の男なのではないか。守護の壁の内側に閉じこもることを最重要とする者がおまえたちの父を殺した。余はそう直観し、その意志を継ぐこととした。この初代黄壱がミスボラを真の帝国と成すことと相成った」

黒「胸が高鳴ります！」

「高鳴るか。余は演説したことがないから、息が切れてしまったよ」

青「私はこの日がくることを知りつつも、心のどこかで信じておりませんでした。お許しください」

「ま、余のいままでの為体を目の当たりにしていれば信じるのは難しいよな」

赤「どうやら私の出番です。一生、出番はまわってこないと思っておりましたが」

「詩人も、赤の役目を把握していなかったなあ。余にもとんとわからん。が、余は壁のない国にしたいな。広大なるパンゲアの地平線の彼方に陽炎が揺れるのが見たいな」

黄「簡単なことでございます。私がヴィジョンを消滅させればよいのですから」

「うん。だが、まだヴィジョンを消滅させるなよ」

黄「帝の御意思に従います」

「うん。どのみち地球の歴史からは抹殺抹消されているミスボラ帝国、ならば地球史上最大の帝国を打ち立ててやる。ミスボラ帝国の領土は、パンゲア全てである」

黒「私は、そんな皇帝の妻でございます」

紫「調子のよい」

「ケンカするなって。とっかかりにヤポンヤーバーン帝国を侵略してやろう」
青「ああ、いよいよ実現するなんて！」
「黄よ、いますぐヤポンヤーバーン人民すべてに宣戦布告せよ。緑、宣戦布告の直後、即座にプラズマを用いてヤポンヤーバーン帝国の首府を消滅させよ」
赤「女子供もいっしょにですか」
「当然だ。命に男と女子供、差があるか」
赤「ございません」
「ん？　女子供のこと、なぜ赤が訊く」
赤「緑がいっときの感情でプラズマを放ったりしたら、地球が幾つあってもたりません。あるレベルから上のプラズマを放つには、私の関与が必須なのです。私はある種の安全弁であり、緑の鍵なのです」
緑「黄壱様。赤の波動が私の抑制を解除致しました」
「はい。では、よろしく。お風呂場から、よろしく～」

＊

大浴場の滝の傍らにだらけて寝そべる黄壱に六人の妻（たち）が折り重なるように密着し、すべてのヤポンヤーバーン帝国臣民が脳内をミスボラ帝国の宣戦布告で一撃された直後、ヤポンヤーバーン帝国の首府の中心に聳えたつ超巨大な城郭である大逆城を濃緑のプラズマの帯が覆い尽くし、一気に疾り、裂けた。残されたのは半径百五十キロほどのクレーターのみで、すべては無音のうちにて終わった。

13

先帝は、まちがいなく屹立する暗黒の壁を頼りにひたすら閉じていたミスボラを破壊しようとしたのだ。守護の壁の裡に閉じこもって、国家経済のほとんどを通行税に頼るといった退屈至極な安逸を貪ることをよしとしなかったのだ。帝国を全うしようと画策したのだ。黄壱に過去も未来も見透す力はない。だが脳裏にくっきりはっきりした絵が見える。先帝は黄壱と同様、幾人いたかわからぬが妻（たち）の能力を用いて他国を侵略し、名実ともに帝国としてのミスボラを打ち立てようとしたのだ。守護の壁を取り去って他国を侵略するという先帝の意志は苛烈かつ確固たるものであり、永遠の平穏無事を当然のこととして受け容れていた先帝の王妃たちは周章狼狽した。その結果、先帝の妻（たち）がまず為したことはといえば、皇統を絶やさぬためのひたすらな性交であったであろう。一人が妊娠した時点で、もはやこれ以上待つこと能わずと逸る先帝は帝国主義的強圧的軍事行動に打って出ようとし、おそらくは緑と赤と同様の役目を負った妻を脅して、プラズマを発動させた。

消えたのは、先帝であった。

先帝は、プラズマで消滅させられたのである。確信をもって黄壱はそう考えている。

帝殺し、夫殺し——。先帝はある日ある瞬間、唐突に一切の痕跡も残さずミスボラから消え失せたのだ。だからこそ千七十一代の事績その他諸々の記録の消去は当然のこととして、記憶も黄に類する妻の力によって人々から消し去られた。

先帝の妻（たち）は、夫を殺してからどうしたのだろう。とりわけ長命なミスボラの女である。先帝の妻（たち）のその後を知りたいが、黒たちに尋ねるのもはばかられる。先帝の妻（たち）は、守護の壁の閉ざされた平和と安逸にすがっていたのだから、よくも悪くもモラルの奴隷であったであろう。ゆえに守護の壁を守るという大義があったにせよ、夫を消滅させたことに対して尋常ならざる罪悪感を覚えていたのではないか。鬱いだ気持ちのまま続けざまに枯れ果てるように逝去してしまったのではないか。いや、これは推測が過ぎると黄壱は思いを打ち消す。このことに関しては、あえて触れぬよう気配りしようと頷く。万が一にも、おまえたちの母はいつごろ身罷ったのかなどと尋ねてはならぬと自身に言い聞かせる。両親を知らぬ黄壱は、こういったことに関しては案外デリカシーのかたまりなのである。

ところで青に類する未来を見透すことのできる妻はいなかったのだろうか。生まれた先帝の子は全員が女児であった。あるいは男児出生はならずということを知りつつも、先帝の野望はもはや看過できぬところにまで至っていて、新たな男児妊娠の可能性に賭けている時間がなかったのかもしれない。さらに穿った見方をすれば、先帝の血を引いた男児出産を忌避したのかもしれない。女児であれば守護の壁を崩壊させることもない。ともあれ黄壱が皇帝という立場にあるのは産まれた六人がすべて女児であったからである。

黒、赤、青、黄、緑、紫は、女であっても苛烈な先帝の血を強く濃く引いていると黄壱は確信していた。いまのいままでどうにか妻（たち）を縛っていたのは、母たちから幼きうちに徹底的に叩き込まれた古からのミスボラの為来りであり、実際にはダイナモや守護の壁の保守を続けながらも胸中では得体の知れぬ抑えようのない苛立ちと滾りを覚えていたのではないか。

多異様の塔でのやりとりを黄壱はくっきりはっきり再現できる。――ダイナモは目には見えませぬが常に作動しております。おおむね私たちのなかの幾人かが、事あらば私たち全員が、ダイナモに想いを集中させております。いまも、こうして喋っている私はともかく赤と緑の二人が想いを致しております。守護の壁といえども動力なしでは作動致しませぬがゆえ――つまり、この器はおまえたちの思念を集めて、それをエネルギーに変換しているということだな――ほんとうのところは、よくわかりませぬ。が、私たちは二十四時間三交代で働かされる女工さんのようなものです。基本的に二人ずつ組んで想いを集中させております。はっきり申しましょうか――言え。言ってくれ――もう、飽きあきでございます。

もう、飽きあきでございます。

過去の王妃ならば絶対に口にしなかった科白であろう。巫女のような気持ちで、ひたすらダイナモに念を集中し、守護の壁の恙なきを祈念して過ごしていたはずだ。それが王家の勤めであり、千を超える代を重ねて安寧を貪ってきたミスボラの要諦であったのだ。だが強く濃く烈しい先帝の血を引いた黒、赤、青、黄、緑、紫は、ちがった。青が未来を読めることもあり、守護の壁の消失と帝国主義の貫徹を悟っていたのである。ところが現実はちがった。青自身も読み誤ったと否定的な気持ちになりかかっていたのではないか。なにせキイチと称していたころの帝は、取り柄といえば誰にも習わずとも生得的に無数の言語を読み書きできる不可思議な才の持ち主であることだけで、それに附随したものか、抜群の記憶力を誇っていた。けれどキイチ自身が図書館で電子計算機なるものに関する未来の書物に目をとおしていたとき、ハードディスク、USBメモリー、メモリーカードといった記憶装置の羅列があり、それを目の当たりにしたとたんにじつに厭な気分になったことがあった。なんでも覚えてしまって忘れることのない余は、メモリーカードのようなものにすぎないではないか。頭の中にあるのは無数の知識の断片で、それに能力のすべてを喰われてしまっているようで、育児の本さえ書ききることのできぬ創造性のなさである――との自嘲がキイチの肌を収縮させたのである。創造力にとって重要なことは、知識を溜め込まずに忘却していくことなのではないか。だいたい忘れてしまうような事柄はたいしたことではないのだ。黄壱という表記は漢語である。漢語を用いる未来の国には、科挙という官吏登用の試験制度があるそうだ。その試験のなかでも経書の暗記力を試す明経は、ひたすらなる暗記に偏したものであったという。覚えれば受かるので、独創性はおろか独自の解釈といったこと自体が抜け落ちてしまって明経の試験は徐々に疎まれていったという。キイチは明経の試験を受ける受験生のごとく忘れるということを意味もなく恐れて後生大事に記憶し続け、ひたすら保存していた。脳という器官のキャパシティのすべてを記憶に捧げてしまっていた。おそらく創造性豊かな者は知ったことを即座に忘れ、けれどいざ創造に至れば必要なことがふわりと、あるいは稲妻のように泛ぶのだ。律儀に整理分類して徹底記憶しないからこそ本来は結びつかぬ事柄がリンクして、並みの者など及びもつかぬ発想が生じるのである。世の中、メモリーカードばかりだ。メモリーカードは、なぜか自分が賢いと信じ込んでいる記憶力バカの謂いである。実務には向いているであろうが、じつに見窄らしい。余はその最たる者であった。記録、いや記憶するならばハードディスクにまかせたほうが確実であり、忘却してしまって判然としないことはその時点で百科事典なりを引けばいいという身も蓋もない話である。覚えている必要などない！　のである。

両の拳を握って息んでいることに気付き、黄壱は失笑した。すっと世界が視線を投げてきた。黄壱は笑いをおさめ、世界に囁く。

「余は無様なことに八メガバイト程度のメモリーカードなのだ」

世界が小首を傾げる。

「息をするメモリーカード。記憶装置」

「——私も物事を忘れることができませぬ」

「世界のような仕事に携わっている者が物事を忘れては困る。が、皇帝は、物事を忘れるべきだ。そうではないか？」

「なるほど。瑣事までいちいち覚えていらっしゃる某帝など、ときに大層見苦しい」

「まったくだ。で、悟ってしまった。ま、おまえのことだからおおむね了解しているであろうが」

「私は帝の心を読むことをやめました。帝の御言葉で、ちゃんと語ってくださいませ」

「うん。余には創造力がない」

「はい」

「頷くところかよ。ま、いい。残念ながら創造力はない。小賢しい言葉を吐くくらいのことはできるが、創造力はない」

「はい」

「ならば、余は、破壊しよう」

「はい」

「創造よりも破壊だ」

「はい」

「破壊だが、じつに順調だな」

「仮借なき破壊でございますから、パンゲア全土が顫えあがっております」

「余には破壊の才があるんだろうな」

「破壊に才は必要ございませぬ」

「あ、そう」

やりとりは素っ気ないが、黄壱の背後にまわってその肩を揉みはじめた世界の手つきは込めた力の強さに反比例するかのごとく柔らかなものが横溢している。絶対に壺を外さぬ世界の冷たい指先に、黄壱の口から切ない喘ぎのような声が洩れる。恍惚としながら、キイチのころの己を反芻する。妻（たち）のつれない態度の根底に流れていたのは、帝国の皇帝としてはあまりに頼りなく腑甲斐ない生き様に対する嫌悪であったとあらためて確信する。キイチは皇帝という立場の自分になにができるのか、まったく把握できていなかったのだ。じつは内心、倦怠と紙一重の絶対的な安楽を保証された態のよい国家の寄生虫であると自身を規定してさえいた。寄生虫の所作として、宿主の機嫌を損ねぬよう無意識のうちにも己を抑え、ですぎた真似を控え、しかも一応は皇帝であるという態度を整えるという、それはそれで案外気遣いのいる骨の折れる日々を物心ついたときから貫徹していたのは、ひとえに宿主が虫下しを服んでミスボラという国家から自分が排泄されてしまわぬようにという無様で悲しき保身であった。そんなキイチを先帝の血を引く妻（たち）が好くわけがない。妻（たち）が心の奥底で望んでいたのは、あるいは憧れていたのは、子育てに耽り、育児書を執筆しようとする男ではなく、つまりありもしないインテリジェンスを錯覚して悧巧気に振る舞う記憶力だけのバカではなく、湯浴みしつつ唐突にプラズマを放たせて一国の首府を壊滅させてしまう本物のバカであった。

「すこしは桁違いのバカになれたかな」

「はい。いまや、おぞましさの極致、その恐ろしさ比類なしといった抗いがたいバカでございます。以前はバカが軽くて、舞いあがっていくのを醒めた目で一瞥するのみでした。昇るだけ昇って弾けてしまえ、と」

「うーん。軽いバカと、重たいバカ。余は正視するのを躊躇われるようなバカになったというわけか」

「いえ。私との会話だからこういう具合になってしまいますが、じつは帝をバカと言えるのは、この世界だけかと」

おまえは母であり、俺の女だ——と黄壱が窃かに胸を高鳴らせると、背後から世界がそっと黄壱の首に手をかけた。絞めろ！　と黄壱が念をおくると、首筋を優しく揉みほぐしていく。絞められたかった。けれど心地よさに全身から力がよい具合に抜けて完全な腑抜けだ。失望と安堵はおなじ匂いがする。誰かの手にかかって死ぬなら、この凍えた指先だけが望ましい。完全に身をまかせていると、黄壱という存在自体が消えかけて、在るだの無いだのと思い煩う心根は、ただの卑しさであると実感できる。ありがとうと呟いて、青を呼ぶように命じる。

首府首都を消滅させられて、ミスボラ帝国に隷属するために訪れる諸外国の者たちに会うのに忙殺されていて、宮殿図書館に入るのは久しぶりだ。詩人は青に命じられて大絶滅について調べるため宮殿図書館館内図を与えられたという。図書館に至る緩い石段を青と並んでくだっていく。

「巨大な正円の天窓のあるところに館内図を置き忘れてきてしまったんだ。あれを我が手にもどしたい」

「あそこは心の落ち着く気持ちのよい場所でございます。館内図は帝が座しておられた椅子の上にそのままです」

「館内図を見てざっと勘定したが、宮殿図書館の出入り口は七十ほどもあった。意味がわからぬ」

「出入り口。慥かに出入りする扉ではございますが、図書館の外に出られるわけではございません」

怪訝さを隠さずに青の顔を覗きこむと、青は嬉しそうにえくぼを刻んで笑みを返してきた。

「おまえだけだよな、むかって右の頬にえくぼができるのは」

「どうやら、そうらしいです」

「好い笑顔だ」

「だって帝と二人きりで図書館。しかもたっぷりの食べ物まで用意して」

「水や食料を用意してきたのは、おまえだ。幾日分だよ、その荷物」

手を伸ばして背嚢を担いでやる。

「必要なんです。宮殿図書館に出入りするための扉はこれから帝が抜けていく一箇所のみでございます。あとの七十二の扉は」

「七十二の扉は？」

「はい。七十二の扉は図書館の外に出られるのではなく、無限図書館に続くばかりでございます」

「無限図書館！」

「なんだ、そりゃ——って顔つきですよ」

じつは無限図書館という言葉、その想像を超えた規模に驚きはしたが、それよりも先ほどから幼い黄壱がこの図書館に日参しはじめたころの追憶が脳裏を占めていた。青い貫頭衣をまとった少女が書架の奥から駆けてきたのだ。黄壱に気付いた少女は、しまった！　といった面差しを隠さなかった。直後、幼い少女らしくない迎合のにじむ笑みを一瞬、泛べた。その瞬間に穿たれた、むかって右側の頰のえくぼ――。

いまだに黄壱はあの貌を、そして遣り取りを忘れていない。あのとき黄壱は尋ねた。奥はどうなっておる？　少女は間髪を容れず答えたものだ。黄壱は、少女の素っ気ない口調を真似た。

「無窮が拡がっております」

「あ！　思い出していただけたのですか」

「うん。思い出すもなにも、折々に思いかえしてたよ」

「嬉しい！」

「あのときのおまえは、嬉しそうではなかったけどね」

「――帝御一人のための図書館ですから。いわば不法侵入でしたから」

青はちらっと黄壱の目の色を窺い、小声で続けた。

「帝以外には開けることができぬと聞いていたのです。でも、あのころからなんとなく結末が――未来が泛ぶようになっていたので、私には開けられるって」

「余と遭うということは泛ばなかった？」

「はい。泛びませんでした。叱責を受けるかもって、びくびくして数日すごしました。けれど、本の魅力には抗することができず、帝がいらっしゃらない夜間に忍びこんでおりました」

「すれちがっちゃってたのか。あ〜あ。一緒に並んで座って本を読みたかったな。さすれば、余の半生は、もっと別のものになっていた気がするよ」

「――申し訳ございません。なお、もう一つお詫びせねばならぬことがございます」

「詫び？」

「入り口左側に一人がけの椅子がございますが、ちょうど椅子の脚に隠れるようにして、館内図が丸めて立てかけてあったのです」

「それを盗んだ？」

「そうです。初めて入ったときに見つけまして、宝物の地図を見つけたと昂ぶりました。原図はいまだに私の手許にございます。もどった暁には、お返し致します。お許しください」

いかに臆病な黄壱であっても、地図があったなら奥地探検を成しとげたかもしれない。されどいまだに入り口近辺の書棚の蔵本さえ読み切っていないのだ。とば口でうろついているのは、まさに身の丈に合っている。

「青が悪いんじゃない。館内図なんてどうでもよい。余はな、あのときのおまえの前腕にごくごく控えめに波打っていた産毛に気付いていてな、すごく息苦しかった。あれは、まちがいなく初恋だった」

感極まった表情の青に視線を据え、報われた――と吐息をつく。

「もっと訊きたいこともあったが、おまえはすっとすり抜けて、消えてしまった」

「もっと訊きたいこととは？」

「ん。いい。おまえと一緒に館内を彷徨っていれば、きっと答えが見つかる。未来を見透してるわけじゃないけどね。そんな気がするんだ」

黄壱は和らいだ眼差しで青を見やる。

「しかし、ませた子だったよ。言いも言ったり——無窮が拡がっております」

「恥ずかしさに顔から火が出そうでございます」

実際、青は赤くなっていた。黄壱は素知らぬ顔をして呟く。

「余と詩人が彷徨った図書館だけでも、ほぼ無限だったからな」

館内図を目の当たりにしたときの第一印象は、直線で構成された超巨大なムカデの姿だった。館内を斜めに交差してジグザグに区切る無数の壁面は環節であり、そこから派生する歩脚に相当する無限の書架の配置が、頭部と尾部の区別がなくつながってしまったムカデにそっくりの輪廻のごとき永遠の書庫を構成していた。

「あれが七十二、あるのか」

「それが——次の部屋に行くと、また扉が七十二、あるのです」

「なんだ、そりゃ！」

「構造というのですか、それはいっしょですので館内図はひとつあればたります。ただ、調子に乗って次の部屋、次の部屋と進んでいくと、違うのは収蔵されている本の背表紙だけ、合わせ鏡の無限の同一の世界、虚像に迷いこんだかの錯覚が起き、なにやら目眩のようなものがおきてしまいます。立ち眩みのあげく、間違いなく迷います。困惑させられるのは虚像に似て、されど実体であることです。無限図書館は単純なパターンの繰り返しであるようでいて、各々の無限図書館の蔵書を当たれば、確たる実体であることを突きつけてくるのです。虚像の中を迷って彷徨うのとはちがった、本物の熱砂の砂漠に抛りだされたかの切実な不安が迫りあがります。無限図書館で迷うと、虚像ではないから醒めることはあり得ないという実感と共に、息や鼓動は早まっているのに呼吸が止まってしまっているかのような不安に覆いつくされて途方に暮れてしまいます。知識の集積というものは恐ろしいものです」

「そりゃ、そうだろう」

あえて軽い口調で受けたが、青の言うことからすると無限図書館は守護の壁のようなヴィジョン、あるいはイリュージョンではないようで、空間を超越して永遠に、まさに無限に続いているようである。七十二の七十二倍の七十二倍の七十二倍の七十二倍の七十二倍の七十二倍——と脳裏で繰りかえしているうちに、怖気立った。ミスボラはこの無限の連鎖の彼方から成立している。この地球という星ではないどこかと通底して存在している。時空を超越しているという便利な言葉が泛んだが、さてそれは実際はどういうことか？　と首を傾げざるをえない。ちがう無限図書館に続く七十二の扉があるのだから、ミスボラの無限図書館と同様、図書館の外に出られる七十三番目の扉も存在するはずで、そこから外界に出てみたならば、どのような世界が拡がるのであろうか。立ち尽くしたまま、早くも気が遠くなってしまった黄壱の顔を覗きこんで、青があえて軽い調子で言う。

「水や食べ物は決して大げさではないのですよ。でも、いけるところまで行ってみましょうね」

「行ってみましょうね、って、だいじょうぶなのか」

「迷ったら、私の山勘を頼ってください」

「山勘ね」

「山勘でございます。山本勘助の略ではございません」

「誰、それ」

「あら、なにを言ってるんでしょ、私。こないだ図書館で偶然読んだ〈風林火山〉の主人公です。ちょっと惚れ込んでしまったので」

「ふーん」

「風林火山。疾きこと風の如く、徐かなること林の如く、侵掠すること火の如く、動かざること山の如し――です。帝国のスローガンとしては最高じゃないですか」

「ふーん、まあね」

「あ、変な奴だって思ったでしょう」

「はしゃいでいるな、と思ったんだよ」

とたんに青は頬をあからめた。先程と同様、黄壱は青の様子に気付かぬふりをして、唯一の出入り口である真っ黒な扉の真っ黒な取っ手を握りしめ、力を込める。青の軽口のおかげで不安は消えていた。青といっしょに永遠に無限を彷徨うのも悪くないと笑みが泛びさえした。なによりも未来を見透せる青が行こうというのだから、必ずもどってこられるわけである。黄壱の背丈の十倍ほどもある重厚な石の扉であるが、そして前傾姿勢をとって力を込めねばならぬほどの重量がありはするが、軋みもせずに滑らかに七十三番めの扉は悠々とひらいていく。

青と黄壱は同時に天井にまで至る真正面の書架を見あげた。高い段の背表紙の文字は目のよい青であっても判読できず、どのような書籍か吟味するためには移動式の梯子を用いなければならない。幼いころのキイチはこの石造りの長大なる梯子にのぼるのが愉しみであった。梯子は書架に沿って重厚に、かつ自在に動くが揺れも軋みもしない。けれど最上段までのぼるとその高さに睾丸が収縮して腹の中に逃げ込むのがわかった。あれは幼い性意識の目覚めに関係していたのであろうか。あるいはただ単に高所にある昂ぶりと不安により、万が一の落下に備えて大切なる子胤をつくりだす器官を守るために本能的に睾丸が引っ込んだだけなのであろうか。もはや睾丸に宿った逆上せに似た昂奮と不安だけがリアルな遠い記憶だ。いつのまにやら梯子にのぼるのを億劫に感じるようになり、その威容も慣れという中毒が黄壱を無感覚にしていた。青と並んで見あげる書架は、はじめてこの図書館に入ったときと同様の壮大さで黄壱を迎え、黄壱は抑えたものではあるが感嘆の息をついた。青が上目遣いで黄壱を見つめ、小声で呟いた。

「幼きころより図書館に引きこもって書物を読むことだけが愉しみでございました」

「余のように百科事典的な要らん知識を溜め込むのとちがって、純粋に虚構を愉しんでいたのであろうな」

「虚構。そのとおりでございます。——見たくもない未来の現実が見えることに対する反撥があったような気も致します」

「以前の余の行状というか有様を見ているうちに、おまえは自身の未来予知に疑義を抱きはじめたのではないか」

問いかけに、青は深いえくぼの笑顔を返しただけであった。黄壱はそのえくぼに潜り込む夢想をし、青と同様それなりに図書館に入り浸ってはいたが、入り口周辺を周回するばかりで七十二あるという扉までは行ったことはなく、扉の存在自体を知らなかった自身の覇気のなさと怯懦に苦笑い気味の憂鬱を覚えた。詩人と待ち合わせをした巨大な正円の天窓のある場所には、一度だけ辿りついた。臆病といわれればそれまでなのだが、言い訳をすれば黄壱の周回コースだけでも一生かかっても読み切れぬだけの書物にあふれていた。

巨大正円の天窓にて館内図を回収した。さりげなく慥かめたが、埃ひとつ附着していない。館内が完璧な清浄に仕立てあげられていることの証左だ。青は館内図を一瞥して、詩人がつけた無数の矢印や◎を見咎め、舌打ちしそうな顔をし、新しいものを持参すればよかったと嘆息した。どうせ死ぬのだから遺言のようなものとして扱ってやれとやんわり諫めた。◎ひとつに無数の→の遺言は、赤いインキで記されていることもあり、◎は傷口、無数の→は流血の行方を想わせた。それを囁くと、帝のほうが詩人ですと青は世辞を言った。黄壱はまんざらでもなさそうな貌をつくったが、己の創造性を過信し、気負いの渦中にあって詩作に励むと息んで空回りした過去の一時期を思い出し、あのころはまさに退屈と倦怠をもてあましていたのだとやや苦いものを覚え、それをぐいと呑みこんだ。余には破壊しかない。赤と緑を頼った他力の破壊だが、決断できただけでも余にとっては大いなる前進だ。

「破壊は創造の源」

「観念的だ。青らしくない」

「いつ、守護の壁を破壊するのです？」

「赤と緑に諸帝国の破壊を委ねている。帝であるから人まかせは当然であるが、余は自らの手を血で汚し、自らの手を血で化粧してから、守護の壁を消滅させようと考えている」

「さすが帝」

「見えていることを、いちいち訊くな。余は信用がないから、ちゃんと言葉にあらわしてほしいのだろうが」

「申し訳ありません。私もけっこうつらいのですよ。見えてしまうことと、それが全うされることは別ですから」

「素人考えだけど、未来は改変できてしまうものなあ」

「——はい。だからこそ私は見たものを口にしてはならないのです」

青は同意したが、逆に黄壱は未来は改変できてしまうという自らの言葉の底の浅さを感じていた。未来は青が見たとおりになるにきまっている。予知、予言とはそういうことなのだ。それに呼応するように青が続ける。

「されど、いまでは確信しております。未来の改変はあり得ません。結局は私が見たとおりになる——と。唯一私が未来を見誤ったのは、守護の壁の不調に乗じてヤポンヤーバーン帝国の者どもが橋上より逸脱飛翔してミスボラ帝国を侵略するということでございました。あのときは帝に守護の壁の内部にまで這入っていただき、大変な御苦労をおかけ致しました」

「——早い。少ない。薄い。役立たずであることを思い知らされただけだよ」

それには耳を貸さず、青は言うべきか黙っておくべきか思案し、ごく事務的な口調で口をひらいた。

「悪戯好きの黄が、帝に実際に起きたであろう未来、私が目の当たりにしたヤポンヤーバーン帝国によるミスボラの女兵士大虐殺を夢のかたちでお見せ致しました」

小声で付け加える。

「黄に悪意はございませんでした。ほんとうはこうなっていたんだよ——って教えたかったって」

「あれはきつかった。しかも昂ぶっている自分も見いだしてしまって途方に暮れた。自己嫌悪と罪悪感も少々あって、昂ぶった己が変質者であるように感じられた」

「昂ぶり？」

「殺戮にな、昂奮していた。夢のさなかであるから断言できぬが、真っ二つにされる我がミスボラの女兵士たちの姿に余は陰茎をきつく肥大硬直させていたはずだ。とりわけ胎内の赤子ごと真っ二つになったのを見て——」

青がそっと手を伸ばしてきた。貫頭衣の上から黄壱に触れ、軽く抓みあげるようにして形状をなぞり、黄壱が肥大硬直させる前に手を引き、囁くように言った。

「それはよいことでございます。じつによいことでございます」

「昂ぶったことが、か？」

「はい。あの正夢は肌に当たる風や熱気、足裏に伝わる大地のざらつき、切断された腸の臭気まで帝にお伝えしたはず。帝はあの場にいらっしゃったのです。あれは現実です。ゆえに人の生き死にを目の当たりにして感情が動かぬほうが変質的でございます」

「屁理屈っぽい」

「いいえ、真実でございます。屍体、見たくありませんか」

「興味はある。だが本物は目に沁みて嘔吐を催す腐臭込みだからなあ」

「書物の屍体は臭いませんからね」

「まったく虚構は長閑でいいよなあ」

「書物の屍体に湧いた蛆は、帝の足許に腐肉の汁を引きずって這ってきて拇指と食指のあいだに潜り込んで咬むような真似を致しませぬからね」

「うん。趣味が読書とか賢しらな口調で吐かす奴の鬱陶しさは、臭気や粘液に実体がないにもかかわらず、悪臭やぬめりを知っているがごとく鷹揚に語り、あろうことか頷いたりすることからきている。余のことだが」

「話を元にもどしますね」

「うん。その前に、あの――」

「なんでしょう」

「わかっているくせに」

「これですか」

「そう。それ！」

「無限図書館の奥の奥まで、といっても無限に続くので奥の概念がゆらぎますが、奥の奥まで禁慾致しましょう」

「禁慾の結果の余と青はどうなる？」

「帝が悦楽の涙を――」

「禁慾決定！」

青は笑んだまままちいさく肩をすくめ、未来の改変のことに話をもどした。

「絶対に予言は外れないはずでした。私は皆に告げるのを控えておりましたが、そして侵入できたヤポンヤーバーン兵には限りがありましたからなんとか立て直すことができるのもわかっておりましたが、ミスボラは未曾有の大惨事に突き落とされるはずでした」

「でも、ダイナモは作動した」

「紫のプラズマという想定外のことが起こりました」

「らしいな。余は悪夢に身悶えしていて、実際を知らぬが」

「いまでは確信しております。紫のプラズマは、じつは帝の御技でございます」

「なんのこっちゃ」

「黄が言うには、帝が紫に愛撫を加えているさなか、世界が書き割りのごとく揺れて歪んで粒子となり波となって移動するところが見えたとのこと。まったく同一の世界でありながら、別の世界に移動していたのではないかと」

まさに無限図書館に通底する事柄ではないか。以前読み耽って、けれどほとんど意味がわからなかった量子論の書籍にあったマルチバースの概念が閃いた。だが黄壱は思考をあえて止めた。まだミスボラの宮殿図書館内にいるのである。無限図書館の扉を開いてさえいないのだ。マルチバース云々で解釈して納得してしまうことは、腐敗した屍体の臭いも知らずに観念のみで死を語る読書家となんら変わらない。安っぽいサイエンスフィクションに堕落するくらいならば、おどけてしまおう。

「余の愛撫のあまりの気持ちよさに紫はちがう世界に飛んでいってしまったとでも?」

「帝はもう御自身を揶揄し、卑下する必要はございませぬ。我が母の選択にまちがいはなかったのです」

「そうかなあ。おまえたちの母上は余を見いだして、不作って」

「それでも直観が帝を選べと告げたのでございましょう」

「ま、いいや。キイチのころよりも、いまのほうが傲慢になりきれないんだよね」

「ふふふ。大好き」

青が腕をとってきた。他の妻(たち)がいるところではあり得ない親密さだ。

「おおむねが、二の腕にあたってたまらん」

「乳房のこと、嬉しかった」

「やっぱ気にするのか」

「なんとなく他の子よりも大きいって感じていたけれど、口にはできなくて。でも帝が御墨付きをくれた」

「余は小胸も好きだけれどな」

「節操ない。女性(にょしょう)ならなんでもよいのです」

「否定せぬが、青は乳房といい、えくぼといい、絶対的相似形を巧みに裏切って抗いがたい魅力がある」

「世辞はききませぬ」

館内図を丸めて背嚢にいれてしまって見もしないので何番めの扉か判然としないが、ミスボラ宮殿への出入り口ではない扉の前に至った。直線で構成されているので掌に優しくない取っ手に触れ、疑問だったことを訊く。

「なんで無限図書館に至る扉は七十二?」

「二七(にしち)のかぶとのこと」

「なに、それ」

「賭博です。おいちょかぶという博奕は手札と捲り札を合計して九になるのがいちばん強いらしいのです」

「二と七で、九——かぶ、か」

「はい。おいちょは八のことらしいです」

「で、おいちょかぶ」

取っ手から手を離し、腕組みして小首をかしげる。

「なんだか無限だという凄さのわりに泥臭いな」

「そうでしょうか。数学的にしか解釈できぬ世界の事柄に二と七の素数の組み合わせは案外ふさわしい気も致しますが。ちなみに足して十になってしまうと最低の目です。十のことをぶっつり、ブタと蔑むそうです」

「七十三番めのミスボラへの出入り口は、ぶっつりで、ブタか」

「はい。ブタって御存知ですか」

「未来の生き物だ。食えば旨いらしい」

「鼻のあたり、帝に似ていらっしゃる。脂の乗った薄桃色の肌もそっくり」

「微妙に嬉しくない」

「食べれば美味しいのだから、いいじゃないですか」

「と、言いくるめられる帝であった」

黄壱は取っ手を摑み、じわりと押し下げ、ロックが解除される気配を掌に感じとり、巨大な扉に肩を押しつけて力を込める。この扉を誰かが開いたことがあるのだろうか。余がはじめてだったらいいな——と一番乗りの子供のような心持ちで全開にする。

振り出しにもどる。

ミスボラの図書館の扉を開けた瞬間とまったく同様の光景である。にもかかわらず感動が迫りあがる。傍らで青もしみじみとした吐息をついている。しばし書架を見あげていたが、試みに黄壱は手近な一冊を引きぬいた。簡易な装幀で〈明治二十三年　帝国議会　第一議会　議事録速記〉とある。見覚えのある文字はそこまでで、頁を繰って黄壱は目を丸くした。文字であるとしたらとことん簡略化されていて、その蚯蚓が這いまわるような様はまさに速く記録するために特化されているようだ。睨みつけているうちに言葉が泛んできた。文字通り議会における議員のやりとりを記録したものであり、妙にしゃちほこばった言葉の投げ合いに面白みはかけらもない。青に概要を囁いてやる。

「どこの帝国かわかりませぬが、そんな奇妙な記号を拵えてまで、しっかり記録することにこだわっているのですね」

「うん。口にしたことがすべて記録されている感じだな」

冗長かつ退屈な議事録速記を書架にもどして、黄壱はねだった。

「早く次の扉を開けてみたい」

「では、いちばん間近な扉へ向かいます」

青は館内図がだいたい頭に入っているようである。ためらいなく右側に進み、ジグザグに構成されている壁面の数を目顔で数え、ひょいと左に折れると、扉があった。黄壱は即座に扉に取りつく。

振り出しにもどる。

ミスボラの図書館の扉を開けた瞬間とまったく同様の光景である。その振り出しにもどるを十回ほど続け、各々の無限図書館蔵書を繙いたが、七番めの扉以降の蔵書は、地球の書物や言語ではないことが直観できた。ここには来たことがありません――と呟いて、青が書架から一冊抜いて、黄壱に手わたした。抜き出したときは長方体で、書籍を仮装していたが、黄壱の掌の上で筥と化した。それは書物の体裁を大きく外れた仄かな白色の光を放つ円筒状のなにものかであった。凝視すると、黄壱の瞳の動きに合わせて文字らしきものが流れていく。一番めの無限図書館の速記と同様、のたくる蚯蚓めいてはいるが、じつは精緻な演繹による論証と合理で固められた幾何学的な言語であることが直覚できた。

「凄まじき幾何。パスカル的なものが完全に排除されている」

呟いてから、我に返る。

「余は、いまなにか言ったか」

「パスカル的なものが完全に排除されていると仰有いました」

「なんのこっちゃ」

「私には、わかりかねます」

「だよな～。余にもわからないんだから」

「――読むことはできますか」

「うん。壁について書いてあるようだ」

「守護の壁？」

「いや、これは違うな。まったく違う」

黄壱は集中した。目の動きに合わせて前後十行ほどが浮きあがって見える。黄壱の意識は詩人と〈Great Dying〉を読み解こうとしたときよりもはるかに冷徹で明晰であった。

「これはグレートウォールについて書かれた書物だ。概略が記された学術入門書のようなものらしい」

書かれている内容は気の遠くなる事柄であるが、平易にあらわされていることが直覚でき、黄壱は力まずに目をとおしつつ、青に説明した。

「グレートから〈Great Dying〉を想起させられて一瞬、大絶滅が頭に泛んだが、これは偉大なる壁について書かれている。偉大なる壁の住人が、偉大なる壁がどのようなものか紹介しているようだ。まてよ、グレートウォールというのは、我々の星の言葉にして我々の星から見た呼び名に合わせた翻訳だな。この書物？　は、なんと我々の言語と認識にあわせて自在に表現を変えて内容を伝えてくれるようだぞ」

文字通り目を丸くしている青に、記されていることを読みあげていく。——グレートウォールとはボイドの表面に連なった銀河がさらに密集して壁状になったもので、貴方たちが知る宇宙におけるもっとも大きな構造である。地球から二億光年ほど離れたところにあるが、貴方たちからは貴方たちのいる銀河系内のガスや塵にさえぎられて我々の全体構造が見渡せておらぬようで、五億光年以上の長さと三億光年ほどの高さを持つと推測されておられるが、実際の長さは十億光年を超え、その中には銀河集団が四千超ほど密集して成り立っている。ただし億光年単位の長さと高さに比して幅——厚みが千五百万光年ほどしかないので〈壁〉と称される所以である。本来ならば銀河は宇宙に均質に分散していると考えられるところであるが、このような超大な宇宙構造物ができるのは御賢察のとおりダークマターの仕業である。なお貴方たちの銀河系からおおむね四億光年間隔で銀河集団の壁が無数に拡がっているという宇宙フェンス認識は正当であり、グレートウォールは貴方たち地球に最も近い宇宙フェンスである。

「とはいえ、二億光年離れているわけだ」

「ボイドの表面に連なった銀河――のボイドとはなんですか」

「ん――。あ、説明してくれはじめた。ボイドとは空虚。例えていえば泡だ。泡にしては超巨大だが、宇宙にはあちこちに泡状の差し渡し二億光年ほどの空洞が存在していて、銀河系が集合した超銀河団はこの泡状の超空虚に接して存在するとのことだ。グレートウォールも、この泡状の超空虚に接している超大規模宇宙構造らしい」

唐突に青が眉を顰めた。黄壱を凝視し、大きく首を左右に振る。

「絶対に、いけません！」

「そんなに大きな声をださなくても」

「いけません！」

黄壱の両肩を摑んで、さらに迫る。

「黄から、必ず止めてとの念が届きました。絶対にいけません！」

グレートウォールのある星のものと思われる書物が収蔵されている図書館である。その七十三番めの扉を開けば、地球から二億光年離れたその星に行けるのではないか。

「おまえの予知は、どう告げている？」

「なぜか、ここの扉を開いて以降のことがまったく泛ばないのです。わからないのです」

「わからないのかぁ。じゃあ、しかたがないね。試してみよう。扉を開くだけだから」

「黄が心配しています。万が一、空気が違っていたら——って。毒の空気もあり得るし、空気がないかもしれないって」

「だいじょうぶ。危ないと感じたら、即座に閉める」

呆れ顔で青が見あげてきた。見つめあっているうちに、青の唇の端がわずかに持ちあがり、えくぼが幽かに浮いた。

「まるで子供です」

「まったくだ」

「グレートウォールとやらで帝と心中してしまったら、皆から怨まれます」

「総体的というのか、青の見透した未来は、余もおまえもちゃんと生きているということで、余はまったく不安を覚えておらぬし、心配もしていないのだが」

目顔で七十三番めの扉に連れていけと促す黄壱であった。諦めの気持ちの一方で、なんだか愉快さのような弾んだものが全身に拡がってきた青は、ちいさく肩をすくめて本意ではないという意思表示をし、七十三番めの扉に黄壱を案内した。黄壱は自室に入るがごとくの自然さで七十三番めの扉の取っ手を摑んで押し下げた。

14

振り出しにもどる。

ただし七十三番めの扉であるから、図書館外に出た。まさに振り出しにもどるで、そこは図書館から宮殿に続くゆるやかな傾斜の直線のスロープであった。艶めいた黒曜石が足裏に冷たい。スロープの先は直線の階段が続く。けれど段が低いので運動不足の黄壱であってもいつも二段とばしてあがってしまう。気がせいているのだろうか、黄壱は青の手を引いて軽々と四段とばしで駆けあがる。どのみち直線である。スロープのままでよいようなものだが、心理に対するなんらかの意図があるのかもしれない。ないのかもしれない。たまたまなのかもしれない。だいたい意図された造作というものは、他人にはなんら意味をもたぬものだ。黄壱は跳躍の勢いのわりに頰を弛緩させ気の抜けた力のこもらぬ表情をつくってはいたが、この宮殿がミスボラと完全に同一であることをさりげなく見てとっていた。しかも窃かなお節介とでもいうべき気配があって、錆びた口臭と共に若干の自慢めいた囁きが黄壱の鼓膜を優しく揺らす。いや言葉は一切放たれていないのだが、意義が沁みとおってくる。宮殿は単に詳細なる設計図に忠実につくられたレプリカであるというよりは、分子原子、粒子反粒子に至るまで完璧に同一であるという直観が脳裏をかすめていた。もちろん素粒子といった言葉が前面に泛んだわけではない。明らかに口臭だが、人のものではあり得ない鉄渋の匂いが黄壱の脳髄の芯に微細な青い電磁の囁きを届けてくるのだ。結果、本質的に完全に一致していることを直覚したのである。

「複製ではなく、すべて本物。本物というよりも唯一無二。それが無限にある。無限にあるのはいいけれど、なんでそれが図書館なのだろう」

青がせわしなく瞬きした。

「0と1の二進数のあいだに無限が存する世界があるとのことでございます」

「なんのこと?」

「多世界解釈——私にもよくわかりません。声が聞こえたので呟いてしまいました」

錆びた口臭は、黄壱と青に別々の事柄を囁いているようである。それにしてもこの朽ちた鉄の匂いは胸苦しさにちかいノスタルジアをもたらす。だが、これは、いったいなにに対する郷愁なのだろう。細胞の奥底から迫りあがる不可思議な望郷の念を振り棄てて、黄壱は口をひらく。

「余もな、なにやら囁かれたような——。物の成り立ちの最終的な微細まで完全に同一なのがこの宮殿であり図書館なのだが、保存されている書物は、文明のかたちによって種々の記録形態をもってはいるが、あくまでも実体をともなった物質であり、すべて異なった唯一無二の本物らしい。しかも過去から現在を経て未来に至るまでの全宇宙の書物という書物がすべて蒐集されているので結果、無限の容れ物が必要になったとのことだ」

「壮大なる無駄という言葉が泛びました。無駄には遊戯という言葉も重ね合わせになっておりました。なぜか薄笑いの気配もいっしょです。薄笑いと言いましたが、厭な気配のものではございません。なお、本とは、さわれるものという意味だそうです」

「なるほど。読むものではなくて、さわれるものか。淫靡だな」

「淫靡というほどでは」

「いや、淫靡だ。さわれるんだぞ。その気になったら揉みしだくこともできるんだぞ。じつに、あやうい」

青は苦笑の気配でえくぼをわずかに動かしたが、真顔で言った。

「なお書籍をデータにして多世界解釈により0と1の二進数のあいだの無限が存するところに保存すれば、たったひとつの図書館も不要であるようです。実際、バックアップとやらでそういう場所？　もあるようです。実体がないので、私たちには近づくこともできないようですが」

「よくわからんというよりも、まったくわからんが、慥かに無限があるところにデータのみを保存するならば図書館は要らんよな。なにせ、無限だ」

「無限図書館に冠された無限は、あくまでも現物を収蔵するという意図によるものなのですね」

「呪物崇拝のようなものにしては容れ物である図書館も宮殿も、あまりにも整然としすぎているというか、真っ黒けの一直線で可愛げがないよな。飾りのひとつもない」

黄壱は宮殿において唯一、円主体の多異様の塔を想い描いた。青が小首をかしげつつ呟いた。

「真に物に婬している御方は、物それ自体以外に意味を見いだせないのでは」

御方？　黄壱には青の言っていることがよくわからない。おそらく問いただしても、青自身わかっていないような気がする。

ただ、鉄錆、あるいは炭の燃え殻に似た好ましい口臭を隠しもしない物に婬している奴がいるらしい。その者について尋ねても、あるいは実際に訪ねることができたとしても、おそらくすべてはいまと同様、なにもわからないのだ。

知る必要もないと割り切ったとたんに黄壱はなぜか目を屢叩き、眉間や目尻に深い皺が刻まれるほどにきつく目を閉じる。電場と磁場が絡みあった光子粒子の集合の横波がいかにも愉しげに縺れあって宇宙を含む虚無を光速で駆け抜ける瞬間を瞼の裏側にありありと目の当たりにして立ちどまる。

なんだ、この凄まじき暗黒は！

そのあまりの暗黒ぶりに、呆れ果てる。物に婬している御方とは、粒であり、波であるものである。色味の一切ない暗黒である。だが暗黒は象徴であり、実際の色をもたぬことも推察できた。

実存ではあるが、この御方を見ることは黄壱には叶わない。神のような安易な擬人化は不可能な存在でもある。そのくせ厳格を装った妙に老人臭い口調で言い訳じみたあれこれを脳内に吹きこんでくる。黄壱には、曲がった腰をむりやり真っ直ぐにして威厳を保つ努力をしながら慇懃に無限図書館コレクションを誇る老いた何者かの姿が見える。

「御方って誰だ？」

「あえてお尋ねになりました？」

「ばれたか。青なら答えを知っているんじゃないかと思ってな」

青の虹彩がプリズムと化して黄壱を含む世界を鮮やかに分光し、揺れた。その血の色の唇から鉄錆の香りといっしょに静かに言葉が放たれた。

「その名は physis」

脳裏に物理という言葉が刻印されて、物理は人かよ御方かよと胸中で悪態気味に呟く。青がそっと腰を押して促してきた。御方の鉄錆の気配は消えていた。とたんに念の入った悪戯にあったような気分になった。怒りだしたり困惑したりするよりも、巧みにからかわれたことにどこか感心してしまったときに泛ぶ苦笑いに似たものだけが残った。

四段とばしで階段をあがり、宮殿入り口の扉をひらく。いまのいままで黄壱も青もスロープとそれに続く階段を連綿と続く無限図書館の一部として認識していた。ここから先は別世界、グレートウォールの宮殿である。ミスボラの宮殿と完全に同一であることは理解しているが、場所は、世界はまったく違う。黄壱と青は手をつなぎ、指と指を絡みあわせてグレートウォールの宮殿に踏み込む。

あきらかに夜の底と思われる冷涼な気が黄壱と青の肌をなぞるように流れていき、ふたりの脆弱な葡萄の房のかたちをした無数の肺胞に充ちた。黄壱と青は顔を見合わせた。空気が甘いのである。比喩でなく実際に味がある。舌にじわりと拡がり、喉の奥から気道に至るまでひそひそ話のように伝わっていく甘みがある。おいしい空気かと問われれば微妙だが、どのみちすぐに慣れてしまって気にならなくなってしまうだろう。甘みの成分がなにかは見当もつかないが、黄が心配していたような無酸素でも毒でもないようだ。

ミスボラの宮殿と同様に、夜に染まらなくとも常に艶やかで真っ黒の勝手知ったる四角四面の大回廊を行きつつ、ふたりは深呼吸する。軀がずいぶん軽くなった。その軽さが尋常でない。黄壱と青は同時に床と双方を見較べ、黄壱の視線を意識しつつ青が片足のみで爪先立ってみせた。バレエという舞踏の爪先立ちだ。まさに拇指一本で直立して軽々であるばかりか、黄壱が押すと直立したまま右足拇指を軸に綺麗に傾いた。倒れ込む前に黄壱が二の腕を摑んで軽々元にもどした。ふたたび双方、顔を見合わせた。

重力か、それともグレートウォールの宮殿に充ちる大気の力か。調子にのって地を蹴ると、たいして力を込めなくとも青の腰の高さくらいまで跳ねあがってしまう。着地の衝撃はほとんどない。黄壱と青は優雅な放物線を描きながら期せずしてなかば重力から解き放たれた即興のバレエを演じる。グレートウォールの皇帝に挨拶せねば——と愉しさのあまり気のせいた黄壱は背丈よりも高く跳ね、数十歩ほどの距離を一息に飛び去る。天井に頭をぶつけたりしたらと青が心配する。もちろん大回廊の天井である。頭をぶつける心配はない。ぴょっぴょっぴょーん、ぴょっぴょっぴょっぴょーん、ぴょっぴょっぴょーん、ワルツのリズムで調子にのって跳ね進む。

が——。

人がいない。

誰もいない。

深閑、静謐、清閑、闃寂、幽寂、寂静、黄壱の脳裏に次々に言葉が泛び、しずしずと流れていく。息吹のない世界はどのように見渡しても文字という抽象しか孕まない。それを否応なしに実感させられて感慨ひとしおの黄壱である。同時に、いまさらながらにグレートウォールの宮殿にいる人が黄壱や青とおなじかたちをしているとは限らないということに気付かされはしたが、そこかしこに透き徹った人々がいるというよりは、グレートウォールの宮殿はやはり完全に無人である。人民は？ と目で問うと、青が外に出てみましょうと応じる。

腰が砕けた。

くたくたと黄壱の腰が抜けてしまった。夜空を見あげてしまったからである。かろうじて砂の上に膝をついて天を仰ぐかたちで動けなくなった。青も傍らで跪く。溜息まじりに、そっと黄壱の手を握ってきた。

「銀河なら、天の河なら、ミスボラでもふと物寂しき夜にそっと見あげて、黄金と白銀の光輝と黒い陰の重なりが縺れあって細長くのびて、まろやかな藍紫の夜の天涯を柔らかく断ち割っていく美しく淡く儚き流れに吸いこまれて、ときに吐息などついたものよ」

「はい」

「なぜ余は、ここにおるのだろう――などと存在の神秘を覚知させられもしたものよ。もちろん悟ったなどと図々しいことを吐かすつもりはないがな」

「はい」

「だが、なんだ、これは——」

「グレートウォール」

「ミスボラで見ていたものが天の河なら、これは天の海だ。天の大海だ」

黄壱は湿り気の一切ない細粒の砂の上に身を横たえた。あわせて青も横になってグレートウォールの天の大海を見あげた。球状に拡がる天空は一分の隙もなくすべて巨大銀河の集積に覆いつくされていた。星々の集まりではない。密集し、重なりあった銀河が指と指を、見方によっては秘やかに差しだした滑らかな楕円の舌と舌を絡みあわせ、いまにも接吻せんがごとく複雑に交錯しているのだ。夜空の彼方すべてが青褪めた銀河の光輝で埋めつくされているのである。超巨大な指先舌先の色彩には無限の、けれど巧まざる技巧に充ちた濃淡が施されていて、天の大海は全宇宙に存在するであろう『かたち』を謙譲の美徳のもと、あえて若干朧気ではあるが、あまさず黄壱と青に見せつける。渦。渦。渦。渦。豊満な体軀から滲みだすかの無数の触手を誇示する無限の渦。すべては光。光。光。光。その合間で身を縮こめている無数の点にすぎぬ闇。グレートウォールにて闇は絶対の少数派にまで追いやられて、竦んでいる。光の背後の地味なアクセントにまで身をやつし、悄然とそれを受け容れている。常軌を逸した昂ぶりもあらわな砕け散る白銀の波濤のうねりを揶揄するがごとく宏大な青紫の漣が取りかこみ、その漣は自身が漣に過ぎなかったことを忘却して密度を濃くし、平板な、けれど分厚い黄金の延べ板と化していき、その延べ板は自重に耐えられぬようで身悶えしながら彼方で崩壊していき、破断したそれらの筋状の帯は先細りになったあげく薄桃に染まった天の羽衣の軽さの綾織りになり、一見、天翔るように見せかけておいて、じわりとうねりはじめて、唐突に嵐の海の直前の引き潮気味なじつに嬾惰にして手抜きの見え透いた凹面状の藍のなだらかな球体を見せつけて、直後、一気に捲れあがって疾る、疾る、疾る、疾駆する。矢印を想わせる直線の集合が、鏃の色は鍛造された鋼の黒銀であると委細を頓着せぬ押しつけがましさで眼球の芯を一直線に射貫いていき、爆ぜる。弾けて放射状に散った深紅の血は流麗な無数の朱の尾を引いて時空を嘲笑いつつ拡散していき、青緑に沈んだ沼地に吸いこまれていく。宇宙の血をたらふく呑み、飽食した緑青色の沼はその深みを悟られぬために、泡状の宇宙を際限なく産み棄てる。超巨大超無限の蛙の卵の無数の泡の連なりは純白で、ときに宇宙になり損ねて割れ、しぼみ、崩れ、けれどそれはごく少数で、大多数は己がいかに純白であるかを誇示するがごとく膨張していくが、残念ながらその純白に時空間の色彩を無意識のうちにも映してしまい、せっかくの純白をせわしない虹の七色で飾ってしまう。黄壱はそこに沼で死んで腐敗しはじめているコティロリンクスの巨体の溶けて波状に割れた腹からはみだした腐肉から不規則に滴り落ちる膿汁じみた脂が沼に拡がって、朝日に照り映える腐った脂が鮮やかな虹の七色に輝くのと同様の欺瞞の色彩を見て、それでもなおかつ腐敗の本質には慥かに美しさが含まれていることを知り、無限の泡の行方を追い、その無事を心窃かに祈る。泡は天の大海の背後でふつふつと沸騰し、その姿を黄壱に見られてしまったことを悔やむかのように遠離っていく。その御方の名は、どこかの古い言葉でphysis。その御方の名は、物理。あらためて天の大海を見渡して、黄壱は心底から得心した。その御方の名は物理。胸中で繰り返して、いまさらながらに自分が息をしていることの不思議さが、骨髄の奥から痺れるような恍惚として這い昇って肌のすべてを覆った。夜に充ちた無数の色彩は目に映るそのすべてが光り輝いているがゆえに、逆に自らの出自を誇らずに淡く婀やかに、控えめに示す。余も、このように生きたいものだ――と抹香臭い思いが忍びいった。とたんに黄壱は、黄壱にもどった。どれだけ放心していたのだろうか。

「風は」

「ありません」

「植物は」

「砂のみのようです」

「――守護の壁は」

「ございません」

「軽々に断言するのもなんだが、天球の銀河と砂と宮殿と図書館だけか」

「この星の書物が収蔵されていた図書館から訪のうたのですから、砂漠の以前は――」

「無窮の過去には、なにやら途轍もない文明と華麗かつ絢爛なる世界を誇っていたのであろうな」

黄壱の呟きに、静かな沈黙が返ってきた。黄壱がこの星の遠い過去と、永遠に朽ちることのない暗黒の宮殿および図書館に思いを馳せていると、青の囁きが耳朶を擽った。

「これほどの光輝でありながら、銀河の光は目に優しいものでございます」

「見つめているのに、見ることで引き攣れていたものが見事にほどけていくな」

「――帝に、ここで抱かれるのかと」

「忘れていた」

青は握ったこぶしの人差指だけを突きだすようにして唇に押しあて、くくっと笑う。

「重力が弱いだろう」

「はい」

「多異様の塔の天辺に行くにも、たいした苦労はないだろう」

「ワープは無粋でございますね」

「うん。多異様の塔の天辺までデートだ。内心、御大層なと呆れていたが、青が用意してくれた食事を愉しもう。そして、この夜空を見あげて――」

いきなり青が上体をおこした。さらに跳ねおきて黄壱の手首をきつく摑んだ。重力が弱いので黄壱はふわりと持ちあげられて、そのまま踵を中心に自在にかたちを変える砂のうえに立ちあがった。気付いていなかったときはミスボラの重力を基準に動いていたが、この星に馴染むと、いよいよ身軽である。ミスボラの重力がいかに肉体を地面に縛りつけていたかが実感されて、けれどこんな重力の中で暮らしていると、おそらく黄壱も青もいまの人のかたちを棄て去って、薄く淡く仄かで透明な姿に変貌していくのではないか。やがて無窮の時を経て立ちあらわれる完全なる透徹。それは築きあげてきたものをすべて透明にしてしまう。

「文明と重力は、無関係か」

黄壱の独白にいちいち絡まないところが青のよいところである。絡ませるのは指先だけで、ふたりは多異様の塔にむかった。多異様の塔の天辺に至るには王妃の居室にいかなければならない。居室は雲上の高さである。ミスボラとまったく同一の昇降機が設えてあったが、動力源である十数匹のプラティヒストリクスは存在しない。居室まで昇降機から降りて二時間ほどものぼらねばならぬか。さらに、そこから延々多異様の塔の頂点に至る外部の階段をのぼり続けるのである。肉体的な苦労はかまわないが、時間がかかって、この壮大な夜が明けてしまうのには耐えられない。

——夜は、明けない。


声に黄壱と青は顔を見合わせた。

「御方は、けっこうお喋りだな」

「歓迎してくださっているのです」

「永遠に夜が続くのかな」

「素敵」

「それとも一日の周期がミスボラとは桁違いの長さなのかな」

「帝は昼のグレートウォールも見たいのですね」

「うん。空の色は?」

青は薄く目を閉じて、わずかに顔を上方にむける。幾度かゆっくりとした息をつき、首を左右に振る。

「未来を覗こうとしましたが、まったく像を結びませんでした」

「未来。グレートウォールの昼間を見ようとしたのだな」

「はい。見えたのは私たちを包みこむ御方の暗黒でした」

「暗黒ってのは、いいものだな」

「これだけの光に充ちていながらも、その御方はあくまでも暗黒なのですから」

「明度、零。――絶対だ」

ふたりは手をつないで昇降機脇の階段をのぼりはじめる。蘊蓄を傾けていいかと黄壱が訊く。聞きたいと青が応じる。黄壱は青を立ちどまらせると委細構わず貫頭衣に手を挿しいれて、その背に玄と書く。

「くろをあらわす文字には黒の他に、この玄というのがあってな、じつは本来、くろは玄のほうが用いられていたらしい。いわゆる黒は下が火で、上の部分が煙突についた煤の象形。まさに色彩の黒だが」

めずらしく青が割り込む。

「王妃黒は、煤でしたか」

いつも厳かな黒の貌が煤まみれになっていて、しかも当人はそれに気付いておらず、あれこれ慇懃に指図する姿が泛び、思わず吹きだしてしまい、けれど黄壱は黒に頭が上がらないので慌て気味に真顔を拵え、御方を意識して厳かに続ける。

「玄は幻とおなじ系統の文字であり、黒く染めた細い糸束から世界を透かし見るかたちから成り立った文字らしい。なんとも複雑な文字というべきか、あえて細く玄い糸束の隙間から世界を見やる。さすれば世界は幽玄をあらわにし、その幽かで見えにくいことから逆に存在の秘密を知覚する。ゆえに天の色とされるそうな」

「では、あの御方は玄ですね」

「玄という文字をつくった者は、なにか感づいていたのかな。直観していたのかな」

「言葉の、文字の不思議ですね」

「抽象というのは、凄いことだな。御方を表すことさえできてしまう」

時間はそれなりにかかりはしたが、重力が弱いせいで苦もなく王妃居室にまで至った。おまえのベッドは？ と問うと青は右から三番目を指した。寝具はない。左右に寝返りを打つには充分だが、大きくはない。暗黒の石盤のうえに黄壱は身を横たえて、青を手招きし、腕枕した。

「お疲れになりましたか」

「いや、内緒の願望があってな」

「青にだけ、教えてくださいませ」

「うん。おまえたちのベッドの端でいいからな、余のベッドを置いてな、いっしょに眠ってみたいなって」

「早く言ってくだされはいいのに」

「いやあ、照れ臭いというか、図々しいというか、こういうことはなかなか口にできないもんだよ」

「帝のベッドを真ん中に置きましょう。それがいちばん絵になりますから」

にこりと笑って、付け加える。

「それに帝のベッドが真ん中なら、私の隣になりますから」

妻（たち）とベッドを並べて眠る日がくるとは思ってもいなかった。変転極まりないと呟いて、腕のなかの青もろとも起きあがる。ミスボラの王妃居室であれば北面の壁であるが、ここの方位も同一なのであろうか。黄壱自ら壁面に密着して身をまかせると、青がそっと腰のあたりを押す。

ミスボラと同様、壁を突き抜けて多異様の塔の頂上に至るせまい階段の裾にあった。壁を突き抜けなければ多異様の塔の頂上に行くことができないということは、多異様の塔に対する万全なるセキュリティであるといまさらながらに納得し、やはり多異様の塔はこの宮殿の最重要部分なのだと得心する。黄壱と青はしばし佇んで天の大海から降りそそぐ光に照り映える地上を眺めやった。ミスボラのこの場所は雲海のうえであり、遠い雷光を放心気味に見つめていたものだが――。

「雲ひとつないな」

「はい。すべて見通せてしまいます。地上には地平線まで漠たる砂が拡がるばかり」

「相当な高度だが、地上と温度がまったく変わらないな」

「変化から見放された世界なのでしょうか」

「うーん。寂寞といった感じでもないし、投げ遣りな気配もないよね」

「明晰って言うんですか。ただただクリアです。突き抜けてしまっている」

ふたり並んでのぼるにはせますぎるが、風も吹かないし、万が一落下しても重力が弱すぎて地上に叩きつけられることはないと勝手な解釈をして、黄壱と青は含み笑いに似た柔らかな微笑を泛べている。嫋やかな弓のかたちをした青の唇を横目で見て、握った手にわずかに力を込め、黄壱は軽やかに四段とばしで高度を稼いでいく。ミスボラにもどってもこれくらいの軽さで動けるよう、せいぜい減量しようとごくごく軽く決心する。

「なんで多異様の塔だけ丸い？」

「そうですよね。私たちもいつも疑問を投げかけたものですが、ひとつだけ」

「なに？」

「ダイナモも丸いでしょう」

「あ、そういうことか」

「四角四面、徹頭徹尾真っ黒けのカチカチコチコチの男でできあがっている世界に、ダイナモという――」

「女性器か」

「私は言ってませんからね」

「わはは。心の中で言ったもんね」

空とぼける青の横顔は怒ったようにみえるが、過剰に持ちあげられた顎の先に羞恥が仄かに集っている。

「余は、多異様の塔の形状を拡大解釈して勃起した男性器っていうふうに見ていたんだけれどね、間違ってたな。これは玄い御方が否応なしに妥協せざるを得なかった神秘ってことだろう」

「たぶん御方は、哲学や文学に卑しめることなかれって仰有るでしょうけれど」

「だな。なにせ物理様だ」

ふたりの感覚からすると、丑三つ時のデートであり、やたらと足取りの軽い登山かピクニックとでもいうべきだが、多異様の塔の天辺は途轍もなく高いのでそれなりに時間がかかる。夜は明けないとの確約を得ているのでそれは気にならないが、甘やかな大気に一切の流れがないことには違和感を拭えない。ミスボラの基準を持ち込むことそれ自体が愚かではあるが、超越的力感と躍動に充ち満ちた天空と裏腹に、何故にここまで動かぬ世界、極端なまでに静的な世界が現出してしまったのか。この星は生気と生色を天にすべて吸いあげられてしまったのだろうか。

「穏やかであることに文句をつけるのも、我ながら理不尽な気がするが」

「なにせミスボラでは、プラズマで大破壊のさなかですからね」

「もう、破壊すべきところもほとんどなくなっちゃったけどね」

「やってしまえばパンゲアの統一、じつに簡単なことでしたね」

「帝国主義、それ自体が簡単にして単純な痴呆だから」

「よほどのバカでない限り、手を出せないのが帝国主義」

「あ、言いやがったな」

「ふふふ。気持ちいいですね、帝国主義」

「うん。人を下に見て搾取。最高だね」

「ここには見下す人も自然もなにもかもが存在しない」

「甘い空気と、無限の夜空しかない」

「なんで帝と私、ネガティブになっているのでしょうか」

「階段をのぼるのに飽きてきたから」

「さ、あと少し」

「降りるときにさ」

「はい」

「夜が明けたりしたら、最高だね」

「はい。御方にお願いしましょうね」

多異様の塔の天辺である。黄壱と青はダイナモの傍らでモスコプスの燻製を食べた。あの巨体の太腿のほんの一部だが、赤身の最良の部分をバイエラの木片で燻してあるので公孫樹の香りがたまらない。

「銀河につつみこまれて夕食。最高だが、どうも空気の味がじゃまだな」

「——じつは、ここには、空気もなかったのでは」

「御方が大気を用意してくれたのか」

「そんな気がします」

「で、この甘い味付けは、サービスか」

「そんな気がします」

「風も吹かぬわけだ。黄の忠言は、じつは正しかったんだな」

「なんで御方は、空気まで用意して帝を特別扱いしているのでしょう」

「誰かに見てほしかったんじゃないの」

「認識してほしかった、ということですか」

「まあ、そういうことだな。余と青に、在るということを目の当たりにしてもらって、認め印を捺してもらいたいんだ」

「いくらでも捺しますよね」

「うん。捺しまくる」

「物理学？　量子論？　以前読んだ本によると、宇宙は人間のためにファインチューニングされているという人間原理っていう考え方があるそうですよ」

「ふーん。どうでもいいや。腹一杯だ。黄壱君はいまから寝っ転がって天の大海を鑑賞いたします。青君は黄壱君の腕枕を所望いたしておるそうです」

黄壱はダイナモの脇に転がり、青を腕枕してやる。重なりあう銀河を見あげつつ、お互いをまさぐりあう。すっかりその気とその身になったとき、ふたりの耳の奥で厳かな声が響いた。

――ダイナモの上にて、座していたせ。


黄壱と青は顔を見合わせた。黄壱がひそひそ声で言う。

「座していたせだって」

ぼやき声で付け加える。

「やり方まで指定されちゃったよ」

青は笑んで軽やかに起きあがる。貫頭衣を脱ぎ棄てた。あわせて黄壱も全裸になった。ダイナモに乗ってよいものか、若干の躊躇いがないでもないが、御方の御墨付きもある。黄壱はダイナモのゆるやかな楕円のうえに胡坐をかいて座した。肥満した臀の肉がダイナモを充たしてしまい、なにやら照れ臭いし、なにもこんなせまいところに押し込めなくとも――と胸中にて不平を呟いた瞬間、背を向けたまま青がふわりと浮かび、黄壱の中心に落下してきた。黄壱のバベルの塔は青の核心におさまっていた。ふたりの顔は同じ向き、天を仰いでゆるぎない。無数の銀河を浴びて全身が複雑な光輝に染まる。

たいしてせぬうちにしみじみ思う。御方の言うことをきいてよかった。ダイナモの底から伝って黄壱を充たすものがある。秘やかな触手は尾骨を擽り、一気に脊柱を這い昇り、首から後頭部に至ると反転し、全身くまなく拡がって末端まで充たし、さらに青の胎内にある己の先端に凝固して無限に放電し、爆ぜる。青の子宮口が蠕動しつつ黄壱を深々と呑みこんでいく。黄壱の先端は青が処女であるにもかかわらず、充ちみちた羊水のなかにあった。溶けている。

もはや絶対に離れない。はずれない。永久の合一がここにあった。黄壱と青は、天の大海を見あげたまま静的な、けれどいままで知らなかった真の快の波動に覆いつくされて、微動だにしない。

幾億の夜がしずしずと過ぎていく。無数無限の色彩を見せつけられながらも、御方の絶対的な暗黒が色彩を統禦していることに得も言われぬ恍惚を覚える。その恍惚だが、ゆるやかな上昇曲線を描いていることが直覚された。まだまだ上昇するのだ。極限の頂点があるのだ。

黄壱と青の天を仰ぎ見る眼差しがいよいよ限界に達したときだった。

夜が裂けた。

天の大海が無数に割れた。

快が極まりつつあるなかで、黄壱と青は凝然（じっ）としていることしかできない。唇がわななくのを抑えきれぬまま見あげる天空に、魁の粒子が流れていく。それを捉えたとたんに追随する無限の粒子の姿があらわになった。

裂けて見えた。

割れて見えた。

だが、天の大海は揺るぎなかった。

流星だった。

天の大海からいっせいに産み落とされる無数の流星だった。

黄壱と青の交わっているところを狙い澄まして迫りくる億兆の流星群だった。天球から放たれた無限の矢が甘い大気との摩擦熱で金と銀の交錯する直線にして螺旋の長い尾を引いて、黄壱と青に射込まれる。宮殿ぎりぎりまで突き刺さる。黄壱と青から見あげれば、思いのほか丸い頭頂部をもった流星は放射状に散って見えるが、狙いはあきらかにふたりである。しかもそれはふたりを、そして暗黒の宮殿を傷つけるそぶりを一切みせない。ぎりぎりで見切って大地をいたぶる。突き刺さった流星の熱で砂が爆ぜて緋色に灼け熔け、固化し、一息に背丈を伸ばして複雑な気泡と裂けめをともなったオブジェと化し、瞬時に冷えて凍えて純白に輝いた直後、突き抜けた透明度の硝子に変貌して燦めく瞬間までもがありありと見える。どうやらこの惑星を覆いつくした砂は石英の細片＝玻璃＝水晶で成り立っていたらしい。黄壱は背後からきつく青を抱きしめる。流星群は多異様の塔のぎりぎりを掠めていくが、不安はない。黄壱と青は肉体が溶解して細胞までもが一体化していく最上にして緻密な快に微振動しつつ、感嘆の吐息と共に感嘆の言葉を放つ。

「ああ、これは密集する銀河から落ちかかる長大な無限の滝だ。天の滴が強引にまとめあげられて握りしめられ、その拳から洩れ落ちた煌々たるすべてが余と青を目指して落下してくる。宇宙から解き放たれた大瀑布、宮殿が滝壺と化している」

「はい。信じ難いものを目の当たりにさせていただいております」

「甘い大気が、流星たちと擦れあって熱気を孕んだ渋く苦いものに変わっている」

「芳香ではありませんが、よく馴染みます」

「余とおまえの匂いにちかい」

「甘さが奥に引っ込んで幽かなものになったので、程よい張りと安らぎが醸しだされております」

「御方に肯定されている」

「はい。どうやら認め印のお礼の気配」

「物理は、人か」

揶揄する余裕さえあるのである。黄壱たちからすれば宮殿を中心に降りそそいでいるかにみえるが、この惑星全土にひたすら降りそそぐ流星群は漠たる砂の大地に莫大なる熱を加え、砂を熔かして硝子化していく。黄壱たちは気付いていないが、一息に硝子の大樹が育つのは、宮殿以外は極低温の世界であるからだ。もっとも御方の配剤か、この惑星を破壊崩壊させてしまうような巨大な隕石は一切なく、砂を石英硝子に変える程度の程よい大きさの天降石のみが地上に達する。黄壱と青の見守るなか、無限の熔解を経てこの星は繊細な硝子細工の惑星と化した。

唐突に流星が終熄し、黄壱と青の網膜はこの星の新たな姿を捉えていた。暗黒の宮殿を取りかこむ、目眩をも孕んだ透き徹った硝子の大樹が隙間なく林立する大森林が見透せる彼方まで続いている。そのひとつひとつの形状自体がのたうつ蛇の複雑さで同じものは一切ない。しかも気泡の爆ぜた痕や裂けめは一筋縄ではいかぬ乱反射で自己主張し、惑乱に充ちた燦爛を放つ。それらが無限の密林の樹木のごとく複雑に絡みあい縺れあって惑星全土を覆いつくして揺れて燦めいている。一気に冷却されて冷たく凍りついた硝子の原生林に天空から久遠の銀河の群れの光が降りそそいで、さらに光輝の度合いを増していく。大気に充満する鉄錆の息吹、いや鉄錆の口臭が強まった。ダイナモ上に全裸で座している黄壱と青は天と地を交互に見やりつつ、いよいよ極限の快に達していく。その頂点の直前、黄壱は呟いた。

「言祝がれている。なぜか余が、言祝がれている――」

15

ふたたび多異様の塔である。ダイナモの前である。ただしミスボラの多異様の塔でありダイナモの前である。北枕というのであろうか、ダイナモ上に突きだす頭が北向きになるように黒曜石の処刑台が据えてあり、詩人が全裸で俯せに括りつけられている。処刑台からは肩口がわずかにはみでているが、首を切断するにはこれくらいがちょうどよい頃合いであるという。処刑台はダイナモよりも拳五つ分ほど高いが、ぽーんと首が飛んでしまえばダイナモにうまく落ちないのではないかというのが目下の黄壱の些細な心配事である。やるからには、うまくダイナモの中心に着地させたいものだ。

「やれやれ、なんだこの湿度は――」

手の甲で額をこすりつつ嘆息する黄壱に、妻（たち）がいっせいに頷く。世界だけが涼しい顔をしている。眼下には薄墨の雨雲がもやもやと漂い浮かび投げ遣りに揺れている。ミスボラの大地を覆い尽くす羊歯たちのやや黴臭い体臭が上昇気流に乗って黄壱の鼻腔に充ちる。硝子の大森林はまさに無味無臭、このような猥雑さのかけらもなかった。グレートウォールの星の甘いが均質な大気が懐かしく感じられるのだから、感覚というものはいい加減なものだ。

黄壱は元ヤポンヤーバーン帝国の国宝であったとされるヤポン刀を杖代わりに、倦怠を怺えて立っている。たまたま首府ではなく遥か離れた宝物庫に収蔵されていたために消滅を免れ献上されたこの刀だが、反りの美しさを含め最上の逸品らしい。しかも美を凌駕する切れ味を誇るらしい。刀身のみの重さでずぶずぶと肉を断つことのできる重力を味方につけた切れ味とのことである。

「やれやれ、すべてが腥い」

左手のヤポン刀に重心をかけ、右手指で蟀谷を揉む。グレートウォールの惑星で、慥かに言祝がれたのである。だが、御方の肝心の御言葉が黄壱の頭のなかのどこにも存在しない。こうなるとあの星での出来事のすべてが夢幻に過ぎなかったような気がしてきて、いたたまれない。腹いせに、恐怖に肌を紫がかった白色に染めて不規則な荒い呼吸で背中を蠢かせているこの全裸中年の首はおろか、全身を切り刻みたい。黄壱の殺意を感じとったのだろう、詩人は当然のこととして、妻（たち）も一瞬、息をとめた。

「聞いてもどうせ忘れちゃうだろうけれど、辞世の句は？」

「シベリア流刑だったはず！」

「うん。余もそのつもりだったんだ。大絶滅でくたばるも余生を全うするも、隠遁生活は理想の生活だよね。余とおまえはむかつくけれど、けっこう相似形って感じだからね。身のまわりの世話をする女を幾人かつけてあげて、僻地ではあっても悠々自適の生活ができるはずだったんだけれどね」

「では、なんで！」

「大きな声をだすなよ。癇に障る声をだすなら、即座に首を落とすよ」

「申し訳ございません。取り乱しました」

「おまえの問いかけだけれど、答える義理もないが、どうせ死んじゃうんだから包み隠さず伝えるね。じつは妻（たち）の一人から、帝が詩人の首を落とすところが見とうございます——と迫られてな」

詩人の軀が海老反った。しばし背筋の緊迫により弓なりに反り返っていたが、やがて弛緩し、呼吸も浅くなった。

「なぜ詩人の首を落とす？　と訊いたら、詩人など幾人もおりまするがゆえ、新たに声のよい、しかも気立てのよい美しい男を招きましょう——とのことだよ」

このような状況であっても、いまのいままで心のどこかで自尊と自負を喪っていなかった詩人だったが、いまは空虚であった。己という焔が立ち消えになって、詩人はもはやなかば死んでいた。凝然（じっ）として動かない。黄壱は詩人の背中の衰えはじめた皮膚に規則正しく浮かんでいる背骨の棘突起を上から下まで眺めやり、せめて言祝ぎの言葉の破片でもいい、幽かな痕跡を手繰り寄せることができないかと思案を重ねるのであった。

心ここにあらずといった態の黄壱を真っ直ぐ見据えて、世界が問いかける。

「処刑は延期致しましょうか」

「延期。それはないな。面倒なことはとっとと終わらせたい」

世界も妻（たち）も先ほど放たれた殺意を感じとっているから黄壱が臆していないことは悟っている。延期という言葉に詩人は弛緩しかけたが、黄壱が処刑自体を片手間のように捉えていることが呟きの端々に泛んでいたこともあり、逆にさらに弛緩して無感覚になった。黄壱の心を占めている思いはなにか。世界が表情を引き締めて訊く。

「差し出がましいことではございますが、なにをお悩みです」

「うん。言葉。大切な言葉を戴いた。とても単純な言葉だった。受け容れてくれたことをあらわす言葉という印象は残っている。けれど、まったく思い出せない。もどかしい。居たたまれない」

言葉と聞いて詩人の肌が収縮し、あげくじわっと反転して妙に平べったくなった。ただしこの皮膚の平坦は聴き耳を立てるときに似て、破片のひとつも逃さぬために精一杯耳介を拡げているのに等しい。この期に及んでまでも詩人は言葉の奴隷なのだ。それを横目で見てとった黄壱は唇の端をねじまげた。苦笑にまで到らぬ笑いには、どこか切ないものがにじんだ。

黒「帝とのここしばらくの不在、青は報告義務を怠り、私になにも語りませぬが、いったいなにがあったのです?」

青「いちいち報告する義務などありません。それに私には、あれをうまく語る術などございません」

黒「己の分を辨えましょう。表現しようなどと考えずに、整理して箇条書きのように喋ればよいだけのことです。いつ、どこで、だれが、なにを、なぜ、どのように——と言いますでしょう」

青「杓子定規な。頭、だいじょうぶですか。新入り女官の講習でもしてなさい」

いっしょに過ごした時間が長かったせいだろう、青の口調が微妙に黄壱に似ている。それに気付いた黄が顔を背けるようにして笑いを怺えている。こういう笑いは伝播するもので、妻(たち)はことさらに真顔、すなわち笑いが弾ける直前の危うい緊張状態にある。ここで笑いが爆ぜてしまって黒が拗ねると面倒なのと、詩人にも聞かせてやりたいということもあって黄壱はあえて口をひらいた。

「いま余がこだわっているのは、戴いた単純にして最上の言葉。言祝ぎの言葉だ。余は言祝がれたのだ」

黒「帝が言祝いだのではなく、言祝がれたのでございますか。帝を言祝ぐなど図々しい。いったいどなたから」

仰々しい物言いが鬱陶しいが、黄壱は割り切ってひとこと呟く。

「物理」

青はともかく、皆、黄壱がなんと言ったのか解さず、視線が集中した。処刑台の詩人までもが筋肉や骨格に無理な負荷をかけて黄壱を注視している始末である。

黒「でしゃばることが見苦しいことは重々承知の上であえてお尋ね致します。物理とは、物の道理の物理でございますか」

「うん。道理っていえば道理だけど、余の感じたところでは物理学ってニュアンスのほうが近いな」

よけいにわからなくなったと青以外が揃って小首をかしげた。その姿に法則性を見てとってしまい、これぞ物理現象と黄壱は感心しかけて、バカらしくなる。

ぶつりがく【物理学】〔physics〕

物質の構造を探究し、微視的および巨視的な自然現象を支配する法則を、物質の構成要素間の相互作用として捉えて探究する自然科学の最も基礎的な分野。自然法則を量的な関係として捉え、数学的な関係式として表すことに特徴がある。研究対象は、素粒子から宇宙に至るすべての自然現象、および生命現象をも含める。量子力学以前の力学・光学・熱学・電磁気学などは古典物理学と呼ばれる。現代物理学では、原子から素粒子へ、さらに基本的な粒子へと、物質の基本的構成要素を解明しようとする方向と、多数の基本的粒子の集団としての巨視的な物体の性質を解明しようとする方向とがある。——大辞林

もちろん黄壱が皆に大辞林を引いて語ったわけではなく、大辞林の記述が的を射たものであ

るので引用させていただいた。『自然法則を量的な関係として捉え』というあたり、数ある辞典の記述において白眉である。読者諸兄の物理学に対する意義の再確認の一助になれば幸いである。

「神でも超自然的な存在でもない。余はあくまでも物理に言祝がれたのだ」

青が深く同調する。

「その御方は、物理でした。あくまでも物理でした。神様のような陳腐な存在ではなかったのです」

さらに言葉を重ねていいかと青が目顔で訊く。黄壱が頷く。青は昂ぶりを抑えて付け加える。

「そのお姿を強いて顕せば、暗黒」

青の言葉に詩人の眼差しが視界のごく間近の暗黒の処刑台の角、多異様の塔の頂点の漠とした暗黒の円の拡がり、そして己の首が落ちるであろう暗黒のダイナモに流れる。

「詩人に教えてやる。在るものは、あくまでも在るのだ。神や哲学といった腐った概念のもたらす真の空虚といった虚構ではなくて、在るものは現実において真空とされるもののなかにも厳として在る。すべての虚ろのなかに物理は必然として在るのだ」

「物理が神なのですか」

「間抜けもたいがいにしろよ。おまえの大好きな在ると無いの話をしているんだよ。在るについては諄く語りあったから、いまは無いということについて。真の空とはなにか、という話をしているんだよ。すなわち安易に無を定義する愚を避けよ。物理はあまねく在り、おまえや余が観念としてもつ無なるものは有り得ない。真空は、じつは空間であることもあり、時を含むこともある。が、空間という容れ物も、時間という流れの存在しない真の無がある。クォークなるものが対になって沈殿する無の姿だ」

語るも虚しいが口をひらいてしまったのだから致し方ない。黄壱は無表情に続ける。

「それを我々が真の空などと顕すのは傲慢であり、おこがましい。神は実存の狭間で常に在る無しを孕むのが宿命。否応なしに真の無と称する観念的な概念がついてまわるがゆえに、もはや真空に対して神という概念は立ちゆかぬ。まして超自然など——」

「帝は唯物に傾斜なされたか」

詩人の安直とずれが寒々しい。解釈しかできぬ屑の首筋が薄汚い。ヤポン刀の柄にかけた手に力がこもる。猫撫で声で問いかける。

「物と心の境界を示してくださらぬか、詩人殿。さすれば余の立ち位置も明確になるというものだ」

「それは、なかなかに難しい。境界策定は詩人には荷が重すぎます」

「よいか、詩人よ。もはや在ると無いといった安直な二元論はインポテンツの免罪符に過ぎぬのだ」

黄壱の言葉に、処刑台に括りつけられた詩人の手が妙に軽い律動を刻んだ。なにやら示唆を得たようだ。手指の動きと裏腹に、やや重々しく口を開く。

「二元論とはちがうかもしれませぬが、無限論と言ってよろしかろう事象がございます」

「多元論ではなくて?」

「帝よ。宮殿図書館に無数の出入り口があるのはなんのためか御存知か。あれは無数の図書館につながっているそうでございます」

「ほう」

「図書館の無数の扉を開けぬよう。開けて這入り込んでしまえば、無限の知慧の迷宮がまとわり絡みつき、そこから抜け出せなくなるがゆえに」

「まことか」

「人の最悪の弱点、それは知慧にてございます。知識でございます。アダムとイブの寓話でございます」

「まだ、そんなことを吐かしてるのかよ。小賢しいというよりも、ただのバカだったんだな、おまえは」

「なんという物の言い様」

弱々しく憤る詩人に憐憫の一瞥を投げて、青が失笑した。つられて妻(たち)が遠慮のない笑い声をあげた。世界までもが笑っている。黄壱だけが辟易のにじんだ真顔である。処刑台の詩人は妻(たち)の笑いの意味がわからず、途方に暮れた。たまらず黄壱にすがる眼差しを向けた。黄壱は無視した。青が笑んだまま詩人に近づき、ひょろりと伸びた耳毛に乾いた耳垢をまとわりつかせた薄汚い小穴にねっとりとした声を吹きこんだ。

「帝と私は扉を開けて幾つもの無限図書館を抜け、グレートウォールの宮殿にて永遠の一夜を過ごしたのです」

「嘘だ！」

「なぜ嘘をつかねばならぬのですか」

「私は思いつくあれこれすべてを試した。扉について考察し、書物を漁り、研究し、調べ抜いて徹底的に開けるための方策を練った。だが、そのすべてを試みても無限図書館に続く扉は微動だにしなかった」

「それは詩人に無限図書館に入る資格がなかったということでしょう。そもそも詩人には宮殿図書館自体に入る資格もありませんでした。それを私が大絶滅を調べさせるために解除してあげたのです」

「資格がなかった――」

「帝は力みもなく、あっさり扉をお開けになりましたよ。帝は無限図書館に嘉された唯一の存在なのです」

目を細めて酷薄ないろを見せつけて、付け加える。

「分不相応ではありますが、この私も幼きころより扉を開け、無限図書館に出入りしておりました。帝のようにブタの扉を開ける力はありませんでしたが」

「ブタの扉――」

「唯一、無限に連なる無限図書館外にでられる七三ぶっつり、ブタの扉。死にゆく詩人に冥土の土産話として教えてあげますが、ブタの扉をでるとミスボラと同様の宮殿に到ります。ただし私が帝にお連れいただいた宮殿は、ミスボラから二億光年ほども離れた彼方の超銀河の壁に存する星の宮殿でした。夜の明けない星で、宮殿以外は地表のすべてが水晶の砂にて覆われておりました」

青は目をあげて、宮殿にて御方こと物理の鉄錆臭い口臭をともなった囁きを聞いたことを口にするべきか思案する。帝を差し置いて語るのは僭越だ。くるりと表情を変えておどけて言う。

「たぶんブタの扉は、ブタでなくては開けられないのでしょう」

「おい、青」

「はい」

「なんか微妙なことを口走ってないか」

「気のせいでございましょう」

「だが、皆が笑ってる」

「食べて美味しく見て愉しい。許多の書物にブタはそのように描かれております。ブタは生き物の王様、すなわち帝でございます」

黄壱はヤポン刀を抱えたまま腕組みし、なんだかなーと釈然としない声をあげた。ブタという未来の動物には貪慾とか肥満とか汚いといったニュアンスがたっぷり附帯していたような気がする。が、皆がおもしろがっているならそれはそれでよい。ブタと牛と鶏、そして羊。あるいは魚類。未来の奴らが好んで食う肉という知識はもっている。冠鰐＝エステメノスクスよりも旨いのだろうか。とっとと斬首して、冠鰐の脂の乗ったバラにむしゃぶりつきたいものだ。

つい先ほどまでは試みに詩人の太腿でも切りとって食ってみようかとも思っていたが、縮れた体毛や皺が寄ってかさついた肌の見てくれが悪すぎる。食わず嫌いと誹られようが、こんな物を食うのはごめんだ。黄壱は妻（たち）を一瞥する。この女たちならば食べてみたい。余さず食べてみたい。骨の髄まで啜ってみたい。黄壱の慾望の波動を受けとった黄が目を丸くする。

黄壱はとぼけて、詩人に近づく。

「威張ることもないが、余もおまえと同様の凡人だったよ。異変があったのだとすれば、変貌した瞬間があったのだとすれば、おまえに連れられていった大浴場でヴィジョンに打たれたときだ」

「ヴィジョン。私を溺死させようとしたあのときにヴィジョンを与えられたのですか」

「うん。プラズマだろうか。プラズマのヴィジョンだが、どうも宇宙以前という気がするんだわ。けれど、それがどういう意味かはよくわからない。宇宙が大爆発してできあがる前の真空にあったものがプラズマなのかな。とにかく余の内面に濃緑の原初のプラズマが湧きあがって充満し、頭蓋骨が内側から破裂してしまいそうで怖かった。濃緑のプラズマは余の血管を伝って全身に拡がった。赤き血が緑色に変貌し、毛細血管の隅々にまでゆきわたるのを実感したよ」

黄壱は手の甲に浮かんだ藍紫の静脈に視線を落とし、詩人の眼前に甲を突きだした。

「これを見ていると、ほんとうに赤い血が緑になってしまったような気がするね」

「あいにく詩人は比喩として緑の血を想い泛べはしますが、実際に緑色の血を目の当たりにしたことはございません」

「余もないねえ」

「ヴィジョン以来、出血なさってはいないのですね」

「うん。血を流す機会はなかった」

詩人の唇があえて皮相であると断りを入れるかのように歪み、若干の嘲笑のいろを帯びた。黄壱は同調する。

「あくまでもヴィジョンだもんね。血が緑になっちゃったらえらいことだ。赤血球が役立たずになっちゃうよ」

「然様。血は赤血球のおかげで赤い」

まったくこのバカは、わかりきったことをなぜ得意げに繰りかえすのか。黄壱は満面の笑みを詩人に向ける。

「賭けをしようか」

「どのような」

「余の血の色」

「——帝はヴィジョン以来、血を流してはおられぬのですよね」

「うん。流してない」

「つまり御自身の血の色を知らない」

「まあ、常識的には赤だろうけどね」

「ヴィジョン、すなわち幻影であり心象でありますから、まあ、その、なんと申しましょうか」

「脳裏に緑の血を見ても、実際の赤血球は緑血球にはならない」

「然様。あくまでも象徴でございましょう」

言いながら、詩人は思案顔になった。

「とはいえ帝御自身のお身体に関する事柄。賭けとしては詩人には不利ではないかと」

「そんなの、おまえが先に赤か緑か答えればいいだけのことじゃないか。残った色が余の選択した色ということだわな」

黄壱の言葉に納得した詩人の瞳が厭らしく持ちあがる。

「詩人が賭けに勝ちましたら」

「うん。斬首取りやめ」

妻（たち）のあいだからちいさな響動めきがおきた。詩人が素早く顔色を窺う。黄壱はまったく気にせず、笑みを深くしていた。顎を引き、処刑台の角にその先端をめり込ませて思案している詩人を見おろし、ひとこと呟く。

「シベリア」

詩人は処刑台の角から顎をはずし、横目で黄壱を見あげる。黄壱は軽く頷きかえす。

「そろそろ昼飯時かな。まだ早いか。とにかく腹が減ってきた。空腹は苛立ちや怒りにつながることがあるからな。賭けをするなら早いほうがいいよ」

「然様でございますな。とはいえ命がかかっておるのですから、思案の時間をいただきとうございます」

「然様か」

「然様でございます。いま血の色を思案中でございます」

「然様っていうのが口癖になっちゃったみたいだね」

「然様って言ってますか」

「言ってる」

「然様でございますか」

「ふざけてる?」

「まさか!」

「ま、いいや。血の色。どっちだ?」

「さ」

「然様?」

「さ、されど命がかかっておりますれば」

「うん」

「血の色は」

「うん」

「あくまでも赤」

「じゃあ余は緑に賭けるね」

「はい」

黄壱はヤポン刀を抜いた。刀身を上に向けて左手の小指の先を軽く触れさせた。

「驚いた。ほんと斬れるよ、これ。ちょんて触れさせただけなのに」

黄壱は詩人の眼前に、そして妻（たち）と世界に向けて交互に小指の先を突きだした。

緑。

小指の先から滴りおちる血は、緑だった。

黄壱は当然といった面差しで緑の血を一瞥し、小指を突きだして緑の血で詩人の額にバカと書いた。

「命がかかっておりますれば血の色はあくまでも赤――。まったく面白みのない奴だな。命がけで緑と吐かしておったら余は即座におまえを放免し、手厚く遇したであろう。やれやれ命をかけておどけることもできぬのだ。詩人として大成しなかったわけだ」

黄壱は小指を舐める。口のまわりを緑色に汚す。ヤポン刀の切れ味は尋常でなく、小指の先がぱっくり割れて緑色の出血の奥に骨の先端が仄見えていた。妻（たち）が集合し、誰が血を止めるかで一悶着あり、赤が自身の貫頭衣を裂いて小指の根元をきつく結んで血止めした。世界が身を寄せて自身の貫頭衣の裾で黄壱の顔を汚した緑の血を拭う。

鷹揚に手当を受けながら、いかにしたらこのように切れる刃物をつくることができるのだろうかと思いを巡らす。ヤポンヤーバーン帝国の刀匠に会ってみたいものだ。そもそもミスボラ帝国の国語は、じつはヤポンヤーバーン帝国の言語に端を発しているという記録を目にしたことがある。詩人の顔をつらつら眺めれば、じつにヤポン人に似ている。詩人だけでない。瞼の厚い余の顔だってヤポン人の特徴を備えている。守護の壁で隔てられて長い年月がたち、多少の差異は生じはしたが同根なのかもしれぬ。

ん？

腰を屈めて詩人の顔を覗きこむ。

どこかで成長が止まったかのような青臭さに妙に陳ねこびたところが重なった貌に記憶がある。それこそ十年、二十年、いや、もっと前かもしれない。いつ、どこで、だれが、なにを、なぜ、どのように――といったことは一切判然としないが、やたらとのっぺりした若かりしころの詩人の貌が泛び、それが痩せているのに肌がたるんでいるいまの詩人の顔とぴたりと重なっていた。なぜそうしたのかは覚えていないが、黄壱は若いころの詩人の顔をしげしげと見やったことがある。

「なあ、詩人よ。余とおまえは遠い昔に会ったことがあるのではないか。言葉を交わしたことがあるのではないか」

詩人の目の奥に希望の光がにじんだ。処刑台に括りつけられた人間は、なにかのきっかけで流れが変わればと藁にも縋る思いでいることがよくわかる眼差しである。とっとと首を落としてやればよいのに余も残酷な奴だなあ――と他人事のような感慨を抱いて、頰を弛緩させて頰笑み、いかにも追憶が絡んでいるかのような和らいだ表情をつくる。瞬きせずに凝視している詩人と、三日月形に歪んだ黄壱の視線が交差する。詩人は幾度か喉仏を上下させ、掠れ声を絞りだした。

「――思い出していただけましたか」

「具体的な記憶は一切ない。ただ、なんとなく初対面ではなかったという気がしてな」

「詩人として宮廷にお仕えする相当以前、然様、二十三年前に私は帝から御言葉を戴いたことがございます」

「やっぱ初対面じゃなかったんだ」

「はい。ミスボラ詩歌新人賞の授賞式にて、帝からお褒めの言葉を戴きました」

黄壱の顔が大きく歪んだ。

「最悪だ！」

抑えきれず、つい荒けない声を放ってしまった黄壱は、決まりが悪くなって頬や肩から力を抜く努力をした。詩人は詩人で、ミスボラ詩歌新人賞受賞の過去がよいほうに作用しなかったことを悟り、否応なしに全身の筋肉から力が抜け落ちていった。妻（たち）と世界の視線が黄壱と詩人に集中している。上昇気流に便乗した羊歯の臭いが大気の加減か、錐揉み状に鼻腔に突き刺さる瞬間がある。早朝のしんとしたときに嗅ぐ羊歯の香りは奥床しいが、強引に鼻の穴の奥に押し込まれる蒸れた羊歯の臭いは耐えがたい。文化の一翼を担っていると鷹揚慇懃に構えているミスボラ文藝と同様の悪臭だ。詩人が泣きだした。泣き声で訴えた。

「帝は私の命を、私の命を弄んでいる。私をいたぶることを愉しんでいる」

涙、鼻水、涎。盛大なものである。言っていることはまさにその通りなので、あえて返す言葉もない。黄壱は処刑台の詩人の脇に座りこんだ。縛りつけられてずいぶん経つので腕など完全に紫色に変色している。そろそろ終わらせてやるのが人情というものだろう。その一方で弄び、いたぶることを愉しんでいるのだから、この程度で死という解放を与えてやるのも甘い。

「名誉選考委員長」

「そうだ。あんたがあの下劣な賞の選考を代表していた」

「まったく若気の至りというか、恥ずべき過去だよ」

「いまだって恥の塊ではないか」

「仰せの通りだ」

「ふん。覚えたのは肯定という開き直りだけだ。皇帝の肯定。皇帝は肯定してすべてをなかったことにしてしまう」

「ま、皇帝の肯定認証の本質は、そこで話は終わりですってことだからね」

「私に詩歌新人賞を受賞させたのも、そこで終わりってことだったんだな」

「申し訳ないことに、おまえの作品、覚えていないんだよね。詩だろう。一節でいいからさ、いま、ここで諳誦してみてくれよ」

「やなこった。絶対に、い、や、だ」

「あ、そう。愛想で言っただけだから、どうでもいいんだけどね」

「――諳誦してやってもいい」

「勘弁してくれよ。愛想って言っただろ」

「嫌がらせに諳誦しようか」

「即座に切り刻むよ」

黄壱は渋面を隠さず、続ける。

「余は皇帝として育てられただろう。だから手を抜けないんだ。ま、頭が足りないと言われてしまえばそれまでなんだけどね。とにかく名誉選考委員長様は毎年三月下旬にあがってくる最終選考作品、詩歌五本に小説三本、すべてちゃんと律儀に読んだよ。読んでいたよ。なんか気合いが入ってるのが多くて、詩はともかく小説作品なんて上限規定いっぱいの長いもんばかりでさ、難儀したなあ」

鼻の頭に浮いてきた脂をこする。

「選考委員のなかには、最後しか読まねえとか平然と吐かしてた奴もいたけどね、余はちゃんと読んだ。派手に貧乏揺すりしながら読んだ。繰り返しになるけれど、皇帝の躾けの第一に手抜きを覚えさせるなってのがあってさ、どんなつまんないものでも一字一句目を通さずにはいられない悲しき苦しき習性がついちゃっててね。しかし地獄だったよ。余のような名誉選考委員長様だってすぐにわかってしまう著名作家の亜流ばかりで、しかもミスボラ語としてかろうじて成立してるってだけの自己満足と自己憐憫を読まされるんだからね。これはすごい新人だな、すごい作品だなっていうのは、せいぜい五年に一作程度だったもんね」

鼻の脂を詩人の頰になすりつけると、詩人の顔が全面皺くちゃになって当然ながら拒絶を示した。

「まったく読まねえ選考委員もいたしな」

「それでどうやって選考するんだよ」

「女官に読ませてダイジェストをつくらせたりしてたみたいだよ」

「ミスボラ一の権威ある賞が、それかよ」

「そう。権威なんて、そんなもんだよ。権威とか道徳。おまけに愛国心。狡賢い奴とならず者の隠れ家だよね。で、選考委員の奴らってば、それを隠蔽するために大仰に反り返ってるか妙に慇懃だもんな。けど、そんなの、おまえだって薄々感づいていただろうし、おまえだって似たり寄ったりだろう」

「一緒にするな」

「だな。おまえはたぶん文壇の偽善に耐えられなくて、恰好よくいえば流浪の旅に出て、放浪の詩人となった」

「きつい皮肉だな」

「皮肉じゃないさ。余だってあまりの悪臭に耐えられず、十三年目だったかな、最終原稿を読んでいるさなかに錯乱気味になっちゃって名誉選考委員長を辞退したもん。世界がこれ以上無理ですって執りなしてくれたんだ。よく十年以上も我慢したよな。応募作品もくだらなければ、選考する側も下劣だった。賞ってなんなんだろうね」

「知るか。私は受賞して、悪い方に転がり落ちただけだ」

「そうか。類聚名義抄っていう古い字書を図書館で漠然と眺めていて、賞の字義にモテアソブ、オモシロブ、ツカサドル、ムカフ、タマフ、タマヒモノス、タマヒヨロコビとあって、なるほどモテアソブか——って妙に納得したことがあったな」

「まったく、よく覚えてやがるな。気持ち悪い。知らない言葉の意味がわかるのだけが取り柄だったもんな」

「まったくだ。余は翻訳機かと自嘲したこともあったよ」

「賞——弄ぶか。クソッ！」

「ははは。選考される側は、まずは選考委員を選考したいよな。余のような者に選ばれてもなあ。まったく非道い話だ」

「私はてめえに選ばれたんだよ。それも最大級の絶賛を浴びてな」

「真に受けるほうがバカだろう。賞だよ。弄んでるんだよ。しかも余には詩人の作品の記憶が一切ないってんだから」

「——それが、救いだよ」

「まだ廉恥はのこってるんだね」

「そんなもん、ねえよ」

「すっかり柄が悪くなっちゃった」

「これだけ弄ばれればな」

「賞からはじまって、不条理な斬首。弄ばれ人生だね。斬首ざんす、なんちゃって」

「つまらん！」

「すまん」

「――血が緑だなんて」

「余も驚いたよ」

「痛いか」

「疼くよ。ズキズキする。凄い切れ味だ」

「だったら私もスパッと落としてくれよ」

「それだけどさ」

「なんだ」

「おまえ、よく喋るじゃないか」

「てめえだってお喋りクソ野郎だ」

「お互い様か。慥かに余とおまえ、さっきから延々喋ってるもんな。お喋りしてるから先に進まないんだよ。言葉ってやつは実行を遅らせるという顕著な作用があるね」

「私は朝っぱらから縛りつけられて、ひたすらおんなじ姿勢をとらされてるんだよ。鬱血しちゃってるんだろう、全身が痺れて鋭く痛むんだよ。これって期せずして拷問だぜ。もう解放してくれよ。とっとと首を落とせってんだ」

「うん。詩人の肌は藍紫に変色してる。上膊なんてじつにむごいもんだ」

「鑑賞してるんじゃねえ！」

「受賞してさ」

「なんだよ」

「適当に作品を捻りだして〈詩謌界〉とかに載っけてさ、またなんかの賞をもらったりしてさ、ミスボラ文藝のナントカは云々とかテキトーな受賞の言葉を並べあげちゃって少しずつ権威に自分を捻じ込んでって、ミスボラ文藝家協会理事になっちゃったりして、うまく立ちまわれば適当に食えてたはずなのに、なんで外れてっちゃったの?」

「知るか!」

「約束しよう。皇帝黄壱は、おまえだけでなく文化人と称する乞食すべての首を刎ねる。インテリと称し、先生と呼ばれる輩を始末する。国家に対する害悪としてな」

「——それはよいことだ。が、首を刎ねる基準は?」

「余の気分」

「てめえになんの権利がある」

「権利ってのは暴力によってつくりだし、義務は暴力によって抛擲する——なんて、あえてチープで青臭いことを言ってしまう余であった」

「ニヤニヤしてんじゃねえよ」

「だってインテリ以下の文化人以下の先生以下のくせして皇帝であるというだけで、人殺し自由自在」

「それはとても羨ましい」

「だろ」

すこしだけ得意気に肯って、続ける。

「権力ってのは正当性だのなんだのというよりも、いかに空虚で無意味かってことが重大みたいだね。実が詰まってちゃいけないんだよ。空虚＝虚構＝権力？」

「私に問われてもな」

「ま、つまらん話だ。それよりも詩人よ。なぜ受賞すれば安泰といわれる賞をもらったのに、文壇という名の動物園から身を引いたのかが知りたい」

「――文才はあっても、世渡りの才はなかったんだよ」

「そうかなあ。達者だよ、世渡り。とりわけ女に取り入るのが巧みだもん。女だろ。そっちのほうが面白可笑しいもんな。女と無縁だった皇帝はそんな穿った見方をするのであった。たぶんさ」

「なんだよ」

「妻（たち）には、さりげなくじつは第何回ミスボラ詩歌新人賞を受賞してるんですってなことを囁いてるんじゃないの？」

紫「さんざん、吹聴されました」

「ははは。そんなもんだよねー」

緑「人並みに赤面してます」

赤「さもつまらなそうに言うんですよね。こんな私ですが、過去に大きな文学賞を受賞したこともあるのですよ――なんてね」

黄「で、こっちが無視すると、ミスボラ詩歌新人賞ですが、下劣なものです――とか一席ぶつんです。ああいう独り言じみた自己顕示は勘弁してほしかったなあ。権威から離れていかに自由になれたとか。私たち、なにも訊いてないですし、興味ないですから」

「てめえら、死にゆく者に恥をかかせて嘲笑して愉しいか」

詩人以外「愉しい！」

「やっぱ羞恥に身悶えするのを見るのは、ほんと愉しいよ。小物感が際立っちゃってさ、詩人て、す、て、き」

「クソ」

「ねえ、なんで抛りだしたの？　詩人の名誉のためにもさ、それはちゃんと言っといたほうがいいよ」

「遺言か」

「そんなもんかな」

「どうせ嗤われるだろうけれどな」

「嗤わない」

「――私はな、世界が見たかったんだよ。守護の壁という絶望が立ちはだかっているからな、より見たかったというところか」

「けど、守護の壁は超えられないだろ」

「てめえから牢屋ん中に入ってんだから、ミスボラ臣民は生まれついて原罪を背負った罪人だ。私はそこから逃れたかった」

「気持ちはわかる。気鬱だよな、壁」

「幅五キロは無視して、北から南まで二万キロを踏破したさ」

「どうだった？」

「真っ直ぐ歩くだけってのは、精神を壊す。視野には必ず黒い壁が聳えたっている。逃げたかったなあ。ミスボラの暗黒、てめえの言うところの物理だ。物理的障壁。幅五キロから逃げたかった。でも、逃げられない。守護の壁は厳として在る。在るもので在るってやつだ。でも私は耐えた。二万キロ、耐えた」

「守護の壁は厳として在る——か」

「そうだ。物理だ。物理的障壁として厳として在る。だから私はどこにも逃げられなかった。そこで逃げられないなら壁を司る大本に這入り込もうと画策した。別段それで壁を壊す方策を見つけようといった大層なことではなくて、どうせなら面白可笑しく暮らしてやれってな。それがどういうふうに回りまわったか、詩人様は処刑台に括りつけられて面白可笑しく弄ばれている」

「守護の壁は厳として在る、か」

「諄いな、てめえ」

「余とおまえは相似形、致し方ない。首を落とすのも、そういうことだ」

「わからねえな。どういうことだ」

「余にも、わからん」

「あ〜あ。こんなバカ共の相手をしてる暇があったなら、行きたいところに行くべきだったな。王族の女の味見をしてみようてなことを思いたったのが運の尽きだったよ。こんなことになるなら、ほんと行きたいところに行くべきだった」

「行きたいところに行くべきだった――」

「相似形なら、てめえだって心の底のどこかで、そう思ってやがるだろうが」

すべてを見せてあげる。だから行きたいところにまた、おいで。

「行きたいところにまた、おいで」

「なんだよ、ミスボラ語としては微妙におかしいぞ」

「おかげで言祝ぎが蘇った」

「ならば私は恩人ではないか」

「そうだ。大恩人だ。お喋りも堪能したし、恩に報いよう」

「――帝の慈悲に感謝致します。さ、この縛めを解いてください」

「この者の縛めを解け」

詩人の顔が安堵に輝く。これほどまでに安らいだ顔を見たことがなかった。黄壱は無表情に命じる。

「で、あらためて仰向けにして括りつけろ」

世界「あらためて仰向け？」

「背後からすっぱり切ると一瞬で終わってしまう。だから仰向けにして、喉の側から三度にわけて切り落としてやる」

世界「三度にわけて」

「そうだ。このバカのお喋りの一端をになっている唇と舌に続く最末端の部品である喉がどうなっているか、この目で見てみたい」

世界は妻（たち）と手短に相談し、即座に動いた。心得たもので肩胴腰にまわした全体の縛めを解きはしたが、手足それぞれを縛っているロープをつないで海老反りの体勢に仕立てあげ、まるでブリッジをしているような恰好で詩人を処刑台で仰向けに転がした。ぱきっ——と乾いた音が響いた。海老反りのまま肩胴腰を俯せのときよりもきつく縛りつけたので大腿骨の関節に無理が生じて、折れたか外れたかしたらしい。しばし間をおいて、喚く、喚く、詩人が喚く。口から泡を噴いて喚き散らす。けれど妻（たち）と世界の縛めは完璧で、もとより処刑台は巨大黒曜石削り出し、いかに騒ごうとも微動だにしない。こういうこともあろうかと用意していたのだろうか、世界が詩人の頭部に黒い鉢巻き状の布をまわしつけ、下にぐいと引っ張って喉仏をあらわにし、固定した。腹減ったと呟いて黄壱はヤポン刀を抜く。刀身物打に淡いが層なしてにじむ緑の染みが目立つ。緑の血と赤い血が溶けあう。感慨を捻りだそうとするが、なにも泛ばない。赤い血の持ち主が軽量すぎるのだ。さりとて緑の血の持ち主が重量級であるというわけでもない。軽重に関してはどっちもどっちだ。それなのに運命を隔てているものは、いったいなんなのだろう。黄壱は決めつける。詩人は言祝がれることなく、黄壱は言祝がれた。詩人は守護の壁から逃れようと二万キロ以上の旅を続けて失望だけを得た。誰よりもすべてを見たかったのに、それは叶わなかった。二万×五＝十万平方キロの超長方形のミスボラの内側だけを旅したに過ぎなかった。『すべてを見せてあげる。だから行きたいところにまた、おいで』──黄壱はミスボラを、パンゲアを、地球を離れ、たとえ生存が難しいところでも宮殿がある場所ならばどんなところでも訪れることができる。命ある限りという注釈が要るにしても、その中途で宇宙に存するすべての書物に目を通すことができる。これにまさるよろこびがあろうか。一方で黄壱にとっての最大の謎は、なぜ自分が物理から選ばれたのかということだ。黄壱は考えこんでいるが、詩人は自分の顔の真上に掲げられた刀身が否応なしに目に入る体勢であるから、顔色を赤くしたり青くしたりしてせわしない。涙鼻水涎汗、おまけに耳殻から出血、さらには大小便と流せるものはすべて流す気前のよさで、喚きたてる。

「てめえらだって大絶滅で死ぬんだよ！」

「ああ、あれね」

「ミスボラどころか、パンゲアが消え去るんだよ！」

「この星もリセットされるんだよな」

「けっ、早いか遅いかじゃねえか」

「まったくだ。ミスボラは跡形もなく消え去るんだよな。存在自体が記録に一切残らないわけで。余のことだって誰も知らない世界がやってくる。記録の類いはのこらない。それなのに

『すべてを見せてあげる。だから行きたいところにまた、おいで』なのかなあ」

物理があえて黄壱に見せる。その意味は。

「なぜだろう、なぜかしら」

あえて軽い言葉を吐いたのは、集中しすぎを防ぐためだった。ごく加減して中段に構えた刀身を詩人の喉仏に落とした。黄壱の脳裏には図書館で見た精緻な解剖図があった。絶対に首の左右両側をはしる前頸静脈と外頸静脈を傷つけたくなかった。あの太い静脈血管を切断してしまえば血が噴いて、喉仏の内側を見ることができなくなってしまう。ついでといってはなんだが、小後頭神経や大耳介神経、そして頸横神経も切断したくない。痛みを与えたくないという慈悲ではなく喉仏を観察してから、第二段階としてじっくり血と痛みを味わわせてやりたいからだ。で、第三段階は斬首にふさわしく上段から詩人の首をすっぱり落とす。

うまく切開できたが、なんのことはない、解剖図譜とまったく同様の景色だった。唯一の違いはぬめりとてかりだ。しかも筋肉が邪魔でお喋り最終出口手前は満足な姿を黄壱にあらわさなかった。黄壱は刀を引いて、詩人の喉仏に指を挿しいれた。声帯に触れた。大絶滅——と振動した。黄壱は詩人の顔を凝視して大仰に頷いてやり、詩人の頬に詩人の赤い血とリンパ液らしきものをこすりつけて拭い、あらためてヤポン刀を構え、若干腰を低くして血管と神経を切断した。とたんに詩人の肉体は苦痛に複雑に捩れ、切開された喉仏から雄叫びに似た割れた音声が放たれた。同時に噴きだした血はほぼ直線を保ってダイナモに飛んだ。黄壱は自分の作業の的確さに大きく頷き、短く息をつくとヤポン刀を上段に構えて一気に振りおろした。詩人の首は血に充ちたダイナモに受けとめられて、所在なげに己の血に浮かんで黄壱を漠然と見つめている。赤という鍵を緑に挿しいれてそのプラズマを用いて大虐殺を行ったが、じつは他力。黄壱は己の手で人殺しをしたことに大いなる充足を得て、これでまだ殺せると自負した。その視野の片隅で、瞬時に守護の壁が消失していることを慥かめ、詩人の背に足をかけてその血を限界まで押しだしてダイナモを充たしてやりつつ、斜めに浮かんで黄壱を眺めている詩人の首に胸の裡で語りかける。

——見せてやりたかったな。守護の壁が消え去るところを。ミスボラがパンゲアにおいて無限大の帝国になるところを。でも、余もおまえの首を落とすのに専念していたから、消失の瞬間は目の当たりにしていないんだよ。

16

黄をともなって浴室にむかう。足湯は気持ちがよい。黄と手をつないで進むので、よけいに気持ちがよい。底に刻まれた極小の骰子の角が足裏にぎんぎんくる。足湯は傾斜がついていて、だんだん深くなっていく。湯が腹のあたりまでくると、浮力のせいでだいぶ足裏の刺激が和らいでくる。肩に達すれば物足りないほどだ。けれど始めに強く刺激されているので、このころになると足裏の血流がはっきり熱をもっていて、その熱が足から腰まで伝わっていくのがわかる。緑の血が熱いというわけだが、どうもリアリティがない。血が熱いのは赤いからだという思い込みが抜けない。赤血球が緑血球になったとしても酸素と可逆的に結合する能力は喪われていないようだ。慥か血液は酸素と結合すると鮮やかな紅色になり、酸素を分離すると暗い赤になるという。緑の血も鮮緑色、暗緑色と変化するのだろうか。そんな他愛のないことを考えつつ、黄に手をひかれて大浴場を真っ直ぐ横切って湯の滝のごく間近に到れば、派手な飛沫の勢いに加えて湯気もあきらかに図に乗っていて、舞いあがる純白は濁り気味にさえ感じられて見通しがきかぬ。黄とぴたり身を寄せあって滝に打たれる。源泉の吐出量がいつにもまして多いのか、今日の滝の勢いは尋常でない。打たせ湯などという長閑なものではない。頭皮が裂けそうな威力である。こりゃ抜け毛が加速してしまう——と黄を促し、滝にいちばん近い寝椅子の座面に腰をおろし、背もたれにあわせて軀を横たえる。黄が加減せずにジャンプして飛びついてきた。その濡れ髪から放たれた湯が許多の放物線を描くのを見やりながらぼやく。

「余の腹はマットではない」

「でも抜群の衝撃吸収力」

「腹フェチめ」

「そうですとも。腹フェチでございます。正しくは帝の腹フェチでございますが」

黄壱の腹のうえで俯せになり、しばし脱力していたが、いきなり上体を反らして小首をかしげ気味にして黄壱の目の奥を覗きこんでくる。黄壱の瞳の奥に隠された秘密をさぐる眼差しだ。おまえにはなにも隠していないよとせいぜい目を見ひらいて、瞬きをこらえると、たまたま粒の大きな滝の飛沫が眼球で爆ぜて黄の真顔が綺麗に歪む。黄の可愛さは妻（たち）のなかでも抽んでている。腹フェチとしてもともと黄壱を嫌っていなかったということもあり、黄に対する愛おしさは誰よりもまさっている。性に関しては、ひととおりのことをすませてしまってからは自ら求めるということもなく、黄壱が求めれば喜んで黄壱の望むかたちその他、遺漏なくこなしはするが、妻（たち）のなかではもっとも性慾が淡く、ただただ黄壱の腹に自身の腹部を触れあわせることのみに固執している。黄壱の腹のうえで安らかな寝息をたてて眠ることこそが黄の望みだ。

「合点がいかないのです」

「合点がいかぬか」

「いきません。なぜ、私ひとりを誘ってくださったのですか」

「ん。下心があってな。詩人の首を刎ねてふと見たら、守護の壁は消えていた。余は守護の壁、その消失の瞬間を見ていないのだ。そこでどんな具合だったのか、正確なヴィジョンを見せてもらおうと思ってな」

「喜んでお見せ致しますが、見ても見なくてもいっしょです」

「そんな気もするが、見せておくれ」

「その前に無駄話の内緒話。いいですか」

「ぜひ、聞かせてくれ。おまえの声が大好きなんだ」

「私の声。他の王妃たちと大差ないのでは」

「大差、あるんだな」

「ま、いいか。じつはですね」

「うん」

「私、物心ついてから、ヴィジョンおよびイリュージョン担当、ぶっちゃけて言ってしまえば守護の壁担当として、皆に気付かれぬように壁を少しずつ低くしていってたんです」

自ら目を見ひらいて驚愕の表情を示してから、驚きましたか——と黄は得意げに付け加える。

「私の代でずいぶん壁は低くなっているんですよ。皆、壁をうとましく思っていましたから、少しずつ空が拡がることに気付いていたとしても、それをいちいち指摘するわけもないって勝手に決めつけて——」

「いま現在、宮殿の両端に炭化しかけた泥にはまって黒く染まったメガネウラの巨大な翅のごとく残された実物の壁こそが、基準となる本来の高さだったわけだな」

ついつい解説口調で、しかも大仰かつ微妙にはずれた比喩を用いてしまうのを抑えられぬことに自己嫌悪を覚えた。黄壱の酸っぱい表情に気付いた黄だが、頓着せずに頷く。

「然様でございます。帝がいままで目にしていた壁の四倍以上の高さがございますよね。私が物心ついたころは、帝国の領土にかかる影の長さも四倍でしたから」

四分の一に縮小したというのだから、本来ならば騒ぎが起きてもよいくらいのものであるが、それがたとえば十日に数ミリ以下の短縮の積み重ねであるとすれば感覚が慣れていってしまうだろうし、誰もが世界が明るくなっていくことに抗いがたかったのだろう。黄壱は過去の記憶を手繰る。慥かにミスボラは薄暗かった。

「そうか。日蔭の帝国だったのか」

「東西に動くと、影が追いかけてきました」

「うん。余にも記憶がある。追影と名付けていた。あの影の足はじつに速かった」

「誰も気付いてくれなかったようですが、ずいぶん明るい帝国になっていたんですよ」

「余もだが、なぜ、誰も――」

「こういうことに鋭いはずの母たちにも気付かれぬよう気配りしてほんとうに少しずつでしたし、気付いたとしても指摘したら、壁がもとの高さになってしまうのではという畏れを抱いていたのではないかと」

黄壱の睨んだとおりである。枷はゆるいほうがよいにきまっている。

「無意識のうちにも日蔭の帝国を忌避していたということだな」

「はい」

「いま思えば、どのみち、宮殿にくっついて残された本来の壁の高さなんて不要だったのに、守護の壁をつくった者は、ずいぶん用心深かったんだな」

黄壱のうえで握り拳をつくって黄は断言する。

「どんなことがあっても、帝がお生まれになるまではミスボラ帝国を存続させねばならなかったということです」

「そのまま返すが、おまえたちが生まれるまではどんなことがあってもミスボラ帝国を存続させねばならなかったんだよ」

黄壱の言葉は確信に充ちていた。余ではない。超越的な力をもったおまえたちの生誕をミスボラ帝国はじっと待っていたのだ。おまえたち以前は、おそらく遺漏があったのだ。おまえたち以前の歴代王妃たちは不完全だったのだ。その証拠に余はなにもしていない。守護の壁の存在しないミスボラ帝国を成立させたのは、妻（たち）なのだ。プラズマによる徹底した破壊力を示して、ミスボラが全世界に君臨する真の帝国であることを確定させたのは緑と、その鍵である赤だ。植民地化された諸帝国の者たちは皇帝としての余に平伏す。だが、ミスボラ帝国の威力は余にあるのではなく、妻（たち）にある。妻（たち）の力におんぶに抱っこの傍観者にすぎない余であるが、無力感に苛まれるほどナイーブでもない。が、せめて余も実際に何ごとかを為そうと思案したあげく、詩人の首を刎ねて自己満足した。

「違うんですよ。守護の壁を消したのは帝なのです」

「余は守護の壁を破壊すると宣言はしたが、それを実際に成しとげられるのは黄よ、おまえだ。おまえは実際に幼きころより壁の高さを低くしていっていたではないか」

「低くすることと消滅させることには根本的な差があるのです。守護の壁はミスボラ帝国の生命線。じつは幾度か消すことを試みたのです。びくともしませんでした。低くすることはできましたが、私の一存で消すことはできないと悟りました。そんなときに青から囁かれました。

――壁を消滅させるのは、帝です。どんな言葉でも読めるのだけが取り柄の能書きばかりのあの不細工な帝が、あるとき自らの意志と意思で、ある男の首を刎ねます。それが黄の内側に設けられた安全装置とでもいうものを解除するのです」

「――不細工な帝」

「ま、いいじゃないですか。実際、不細工でしたし、いまも不細工だし」

「不細工な帝」

「くどい！」

「はい」

「私たちは不細工な帝が好きなのです」

「なんだかな～。こないだはブタにされちゃうしな～」

黄に、いい子いい子されて、にやけている黄壱である。

「死を司る赤に、緑の危ないプラズマを解き放つことを許したのも、じつは帝です。赤の意志だけで緑のプラズマを解除することはできないのです」

赤は単なる緑の安全装置ではなく、死を司っていると聞いて、俄然興味を惹かれる黄壱であった。

「呪い殺したりできるのか」

「それをするなら赤に頼まなくても、私に狙いを定めさせて緑に頼めば跡形もなく消すことができます。赤に頼むと大ごとになりますから。帝お得意の物理的にという意味ではなく、感情的にえらいことになります。私に声がけしていただければ、鬱陶しい者は即座に消しますので御遠慮なさらず。ただし都市や国や地球を消滅させるような派手なことに対してはストッパーがかかるんですね」

「派手なこと、ね」

「そうです。派手なことです。存在に対して致命的な事柄に関しては、常に帝という存在が必須なのです」

反り返って人差指で黄壱を示しての力説である。なんとなく納得してしまう黄壱は、ぼやきに似た声で応じる。

「余が最後の鍵であると傲慢に構えていいのかな」

「然様でございます」

頷きつつ、にこりと笑う。

「以前は不安でしたよ。あんな優柔不断にこの地球全てをまかせてしまってよいのですかって。万が一、私たちの誰かが関わってスイッチが入ってしまったら大変なことになりますから、なるべく接触を避けましょうって。それらの危険を避けるために、ミスボラ帝国の皇帝はあえて不細工な者がなるのだって、まことしやかに囁きあっていました」

はぁ～と黄壱は深く長い溜息をついた。妊娠させるためだけの数えるほどの性行為と、それをしてしまった――知ってしまったことからくる黄壱の深く長く遣る瀬ない孤独は、黄壱が最後の鍵であることによるもので、加えて黄壱は不細工で優柔不断な男として忌避されてきたのである。だからといって不細工で優柔不断であることを否定できないところが、また悲しい。切ない。

そんな黄壱をじっと見つめて、黄は黙って頬ずりした。無精髯のちくちくが心地好い。しかも黄の頬を刺激する尖りから黄壱の半生の圧倒的な孤独が伝わってきた。人は誰でも孤独ですが、帝の孤独は自ら選びとったものではないのがきついですね。つらいですね。でも、そのぶん、帝の人生の残りは私が、私たちが穴埋めを致します——。

「そろそろ守護の壁の消失の瞬間をお見せしましょうか」

黄はそっと手をのばして黄壱の両目蓋を閉じた。頬をぴたりと当てる。即座に黄壱の眼前に彼方まで一直線に続く暗黒の守護の壁が映じた。透視画法の見本じみているという愚にも付かぬ印象を抱く。俯瞰にまでは到らぬが、ある程度の高所から遠近の消失点まで完璧に見透せる視点からあらためて守護の壁を眺めると、己を守るということを徹底することは、己を完全に閉ざすという当然の結論に帰結する。ミスボラ帝国がそれを成しとげてきたのは男の帝国ではなかったからだ。ミスボラ帝国は産む性の帝国だったから、守護の壁という子宮を許容したのだ。野郎の帝国であったなら、産めないかわりに肥大した妄想を抱いて壁の外に出て、精子ならぬ崩壊の種子を撒き散らしたことだろう。黄壱は思いを押しやってヴィジョンに集中する。

羊歯の密林から盛んに水蒸気が立ち昇っている。濃淡はあれど、宮殿浴場に立ちこめる湯気と遜色ない。湿気ていたわけだ。いかにも高濃度の酸素に充ちているという光景でもある。肌だけでなく、肺胞までもがべとついている。辟易しながら黄壱はヤポン刀を構えた。仰向けで海老反りという体勢の詩人の首にそっと刀身をおとす。ぱっくり開いた小指の先端で切れ味は確認ずみだ。刀の自重にまかせる。前頸静脈と外頸静脈の切断は避けることができたが、もちろん出血はある。じっくり観察する気が失せていたこともあるが詩人の喉仏はなにやら既知のものでしかなく、退屈だ。生意気に息をしているので、切開面からはみでた肉片が呼吸にあわせて顫えている。こんなものに拘(かかず)りあってはいられない。見るべきものは守護の壁だ。

壁はまだ厳として眼下にある。

黄壱が詩人の静脈や神経を切断しても、まだ壁はミスボラ帝国を守護している。

物理は暗黒とのことだが、無限に続くこの真っ黒な壁はイリュージョンにもかかわらず物理の極致なのかもしれない。物理とは人間の想念やら哲学やらを妄想であると知らしめるものなのだ。

ならば、と黄壱は物理を切断する。

詩人の首が落ちた瞬間、守護の壁は消滅した。なんら予兆もなく、余韻もない。じつにあっけないものだ。黄の『見ても見なくてもいっしょです』という言葉を反芻し、なるほどと納得する。宮殿に附随した実在の建造物としての壁以外、完全に消え去っていたが、なんら感慨が湧かぬ。ただ、詩人の血をごくごく飲み干していくダイナモだけが喜悦からか、幽かに揺れている。いや、この振動に喜悦を見いだしてしまうことこそが人の弱点の最たるものなのだ。意味を附与してしまうことによる勘違いの始まりだ。ダイナモは血という燃料によって物理的に作動しているだけなのだ。醒めきった黄壱は、壁の消失によって帝国内にこもっていた湿気が拡散し、多少は不快が減じたように感じた。唯一慥かめられたのは、地平線が丸見えになったことにより、地球は丸いということだった。壁は、ミスボラ帝国で息をしている者たちに徹底した直線を強いていた。ミスボラ帝国は、平行線は交わらないというユークリッド幾何学の帝国であった。

「もう、いいや」

呟くと、黄の指先が両目蓋に触れた。

「余はせいぜいインテリ狩りに精をだそう」

「心地好いものですね、インテリ殺し」

「うん。やめられないね。とめられないね」

「ヴィジョン、がっかりしましたか」

「いや、守護の壁は宇宙が平坦であるってことの象徴なんだね。で、そこに安住しているくせに、三角形の内角の和が百八十度っていうのは愚劣だなって苦笑いしている自分がいるというのが、なんとも」

「――空間が負の方向に曲がっていたあの世界は、なんともいえないものがありました」

「宇宙って、世界って、物理って、一筋縄ではいかないな。頭ではわかっていても、怖かった。途方に暮れた」

「でも、また、どこかに連れていってくださいね」

「もちろんだ。――すべてを見せてあげる。だから行きたいところにまた、おいで」

ゆっくり目をひらくと、黄は負担をかけぬよう黄壱のうえから降りた。手を伸ばし、黄壱の腹を撫でながら囁きかける。

「帝は守護の壁を消失させるという重要な仕事を完遂されたから、気抜けしてしまっているのです」

「だな。しかも、それはじつに呆気なかったじゃないか」

「詩人の首を落とすことが呆気ない仕事であるというのなら、私は帝の精神の強さに感嘆するばかりです」

「簡単だよ、人殺し」

「だからこそ、人は普段は一応は、人殺しを避けるのでしょうね」

「ま、そんなところだね」

「詩人を殺すことは、詩を殺すことですか」

即座に答えてもよかったのだが、黄壱は湯気に霧っている空間に視線を投げて万感の思いを込めて、投げ遣りに言った。

「殺せねえんだよな、詩」

詩人などいくらでも殺す。現に詩人にかぎらず小説家や音楽家や画家やらなにやら少しでも虚構をつくりだしている者、あるいは虚構に価値を見いだす者たちをミスボラ帝国だけでなく植民地全てにおいて殺戮しまくっている。もちろん教師や学者や批評家といった知性とやらで飯を食っている者も、容赦しない。ヤポンヤーバーンの刀工たちを総動員しているが、斬首のための刀の製造が追いつかぬほどである。どのみちいくら殺したって、どうせ新たに芸術家やらインテリやらが蔓延るのだ。守護の壁が消えて見通しがよくなったのだから、ちゃんと間引かねばならぬ。でないと無数に生えてきてしまう。守護の壁は消えたが、詩人は消えない。人類の宿命だ。ならば刈り揃えて、あるいは根から引きぬいて新たな芽吹きを促す。貧富や地位は当然のこととして才能も無関係だ。創造に携わっているというなんら実体のない自負にすがって毎朝大便をするかのように作品とやらを脱糞するだけで長年の安逸を貪り、自身を特別扱いする傲岸な無能共は息をする権利がない。申し訳ないが作品の質や出来に線引きができないので、自称も含めて創作を志す者はいったん全て消えてもらう。

「守護の壁の消失と共に、奴らにとっての守護の壁も消えたということなんだけれどね」

「帝と御一緒しているうちに、私にもわかってきたんですけれど、死って物理ですね」

「そのとおり」

「新たな本物の芸術家は生まれますか」

「生まれない。いくら丹念に間引いても、おなじことの繰り返しだよ。その一方で生まれるかもっていう期待もあるな。いや生まれるだろう。生まれてほしい。でないと、余の壮大な人殺しは報われないもん。でも敷居は高くなったよ。父を粛清された息子は、自身が虚構に生きる決心をする前に煩悶するだろうね。命を懸けられる者だけが詩をつくる。詩をつくって死という物理に抵抗する。死には絶対に勝てないという自覚を胸に、それでも詩をつくる。処刑台に括りつけられたとき、帝の血は緑です——と柔らかな笑みで応えられる者だけが、詩人なんだよ」

黄は黄壱の腹を撫でつづけている。黄壱は揺れる己の腹に視線を投げる。

「すべてを見せてあげる。だから行きたいところにまた、おいで」

波打つ腹も、物理のなせる業か。

「行きたいところにまたおいで——だよ。すべてを見られるんだよ。緑の血だって見られるんだよ。天の大海が割れて産み落とされる無数の流星を実際に見なければいけないんだよ。負の方向に曲がっている空間を凝視しなければいけないんだよ。詩人であるということは、そういうことだろう」

沼地じみた脂身にめり込む黄の華奢な手指の動きを追いつつ、黄壱は声を荒らげる。

「なぜ奴らは見ようとしないんだ？　頭の中で捏ねくりまわすだけで、物理の声を聞こうともしない。行きたいところにまたおいでって誘われたって、動きやしない」

苛立ちの言葉を投げつける黄壱の腹を、黄は愛おしげに撫でまわす。ここしばらくでまとっている脂の厚みを一息に増した黄壱の腹は、黄の手の動きに合わせて見事にうねる。

「おなかの脂身、ゆ〜らゆら」

「擽ったいって」

「ゆらゆらゆ〜ら」

「わはは」

「ゆらゆらゆら〜」

「ぐわっはっはっは」

　怺えきれずに身をよじって爆笑してしまうと、黄壱の内面に蔓延っていた得体の知れない鬱憤もとりあえず霧散した。同時に、ただ殺したいから殺すという確信犯の矜持も蘇ってきた。

17

　赤の性はその色彩を裏切らぬ熱情に充ちている。ただし烈しく腰部をすりつける赤を凝視していると、なるほどそれは生の力ではなく、死の影がもたらすものであることが直覚できる。いま、この瞬間、赤は上昇しているのか。それとも落下しているのか。どちらにせよ昇りきってしまう前に、落ちきってしまう前に、はっきりさせてしまおう。黄壱は率直に問う。

「おまえは死を司っているのか。死を司るということは、どういうことなのだ？」

　動きを止めた赤が見つめかえしてきた。

「そのために、あえて私ひとりをお召しになった？」

「そういうこと」

「ならば、あえてずらすというか、はずしてお答え致しましょう」

黄壱が目で促すと、赤は内向していた昴ぶりを醒ますために短く息をついた。

「生を司っているのが、紫です——と答えれば、なんとなく私の立ち位置がわかっていただけますでしょう」

「そうか。そうだったのか。紫は、単なる産めよ、増えよ、地に満ちよ——ではなかったんだな」

黄壱は赤の貌を仄かに覆っている影の深さに、窃かに息を呑む。

「これから話すことは内緒ですよ。誰にも言わないって約束していただけますか」

「どうかなあ。余って口が軽いからなあ」

「じゃあ、言いません」

「嘘！　余は赤と秘密をもちたい」

「最近の帝は、誰に対してもやたらと口が巧みとの評判でございます」

言いながら赤は上体を黄壱のうえに倒しこんできた。血の色をした唇で黄壱の耳朶を擽りながら囁く。

「帝がさんざん詩人とお調べになった大絶滅ですが、大絶滅を命じられたのは帝です」

事の意外さに、黄壱は自身を指差した。

「余が？　命じた覚えはないなあ」

「識閾下とでも申しましょうか。帝の無意識の領域には強烈なる大絶滅に対する志向がございます。私は黄を仲立ちにしてそれを受けとりました。冴えない観念の羅列であらせられる帝の心でございますが、大絶滅のイメージは、それは見事なものでございまして、これは念入りに作り上げなければならないと眦決しました。もともと手抜き仕事ができぬ私ですが、とりわけ丹念に仕込みました」

「仕込んだとは？」

問いかけながらも、赤から答えが返ってくる前に黄壱は素早く思いを巡らす。黄壱が大絶滅を志向したというのは言いがかりのようなものだが、おそらくはそのとおりなのだろう。冴えない観念の羅列であらせられる帝の心——というのは引っかかるが、残念ながら事実だ。それよりも仕込みだ。詩人に大絶滅を調べろと命じたのは、それを予知した青だったはずだ。だが常日頃から表にでることをあまり好まぬ赤が青に頼んだのではないか。大絶滅が未来ではどのように語られているかを慥かめたかったのだ。大絶滅を仕込んだと軽い口調だが、そもそも仕込みとは準備であり、拵えることではないか。

「——つまり余が想ったことを、赤が企画して実行？　大絶滅は余の発想であり、赤の仕業？」

「そうです。まだまだ遠い先の予定であり、出来事ですけれど」

「日時は決まっているのか」

「はい」

「大絶滅は、いままでにもあったのか？」

「私が帝の意向に沿って企画した大絶滅以前のあれこれは承知致しておりませぬけれど、ペルム紀の大絶滅以降、地球において折々に惹起される絶滅のすべては、私が帝のイメージに則って窃かに仕込んでおります」

仕込んだとか、企画したとか、大絶滅にふさわしくない言葉だが、この軽さに絶対的なリアリティを覚えた黄壱であった。

「死による軌道修正とでも申しましょうか。帝を差し置いてもっともらしいことを口にするのは気恥ずかしいのですが、破壊の極致である絶滅でしか成しえぬことがあるのです。これぞ帝の思し召しではないかと愚考致す次第でございます」

「吃驚！」

「いま帝が邁進なされているインテリ狩りと同様のニュアンスで語ってよろしいかと」

「あ、そうか。いま余のやってることは規模縮小した小絶滅か」

「悪い種子を取り除くには、よい種子もろとも摘みとってしまうしかありません。よい悪いを選別したとたん、それはただの恣意的な殺戮に堕落します」

「なるほどね。しかし余といい、おまえといい、自らを省みずに大胆なことをしているよなあ。余なんて、真っ先に粛清の対象になるっていう自覚があるもんね。しかも余なんて想うだけ。実行するのはおまえたち」

「誰かがせねば」

「そうだね。誰かがしないとね」

「帝がお望みならば大絶滅、いますぐにでも開始できますけれど」

それは、なかなかに強い誘惑だった。黄壱は自分の命を喪うとしても、なによりもスペクタクルを欲していた。守護の壁の消失は、あまりにも呆気なかった。

「望んじゃおうかな、大絶滅」

「私は帝のお望み通り致しますが、やはり私が組んだ予定通りに進行するのがいちばんではないかと――」

頷きつつ、黄壱は素朴な疑問を口にする。

「でもさ、世界を破滅させるなら緑のプラズマにまかせればよいだけのことじゃないか」

「緑のプラズマは、武器のようなもの。くさすつもりはありませぬが、その選択は外に向かう一方で、かなり大雑把です」

「赤のすることはピンポイントなのか？」

「なるほど！」

「私が仕込むのは、じつは帝の思いに則った厳密なる自死」

「まったくベクトルが違うわけです」

「納得。いいなあ、赤は」

「なにが、いいのですか」

「自殺を司ること。しかも緑の安全装置であること」

「それに抗うのが紫です。あれこれいっても死が圧倒的に強いということは帝も肯ってくださいますでしょう？」

「うん。やっぱ死だよね。生まれたということは、死んじゃうってことだからね」

「はい。でも、私も甘いところがありますから紫に免じて完璧な死、無生命とでもいうべき状態を避けてあげることに致しました。生と死。二元論というのですか。勘違いされやすいのですが、じつは私と紫は表裏一体の一元であり、多元なのです。とても仲がよいのです」

「ふーん。全部なくなっちゃったっていいんじゃないかな。おまえと行ったあの世界、命なんてものは欠片もなかったけれど、あの無数の完璧な六角形は命よりも貴重な輝きをもっていた」

よほど強い感動があったのだろう。あの世界を反芻する赤の胎内が小刻みに痙攣した。その顫えが全身に拡散していく。

「あの六角形は、いったいなんだったのでしょうか。結晶とかそういったものでないことと無生命ということだけは、即座に察知できましたが――。命が存在できない世界は、思いのほか美しいものでした。死の完璧を帝に見せていただきました」

「偶然、辿り着いただけなんだけれどね。でも、なんらかの意図を感じもしたな」

「はい。命の猥雑さがない世界の清浄さ、清涼さ、ああ胸がときめきます」

「でも、俺もおまえもけっこう猥雑だよ」

黄壱は遠慮せず、結合部分に触れる。

「ああ、これが結局は紫の言うとおりにしてしまうことの根源にあるのです」

「紫の言うとおりとは?」

「大絶滅はかまいません。が、多少の命の芽は残しておいてください――と迫りくるのです。

ちいさな生き物を多少残して、次につなげてほしいと哀願されたのです。けれど私としては完全に消し去りたい。帝の抱かれているイメージも、完全な無機物の世界でしたから。完璧を期する私のリセットからさえ逃れたものこそが、次の世界の支配者となるのです。でも紫にすがられると、帝に対する裏切りではありますが、ちょっとだけ気弱になって、ほんのわずか残してあげようかなって。遠い将来、私たちにつながるような存在を残してあげてもいいかなって。あえて洩れてしまったものがあってもいいかなって。紫って綺麗じゃないですか。私たちのなかでも、もっとも女ですよね」

「なるほど。とことん女だよね、紫」

「そうなんです。女ですよね」

「女だ」

「——唐突ですが、帝にお願いがあります」

「赤の言うことなら、なんでも聞くよ」

「帝の御子を孕みとうございます」

「自死の女王が、子供を」

「はい。死に関わるのですから、生んでおくことも必須かと」

小声で付け加える。

「私はごく軽く死を扱います。生んだら、どうなるのでしょう。躊躇いが生じるのでしょうか」

「たぶん、それはないな」

「なぜ、そう言い切れますか」
「死は厳密な物理だから」
「霊魂とか天国とか地獄とか――」
「あ、そういうのは、あってもかまわないよね。ぜんぜん問題なし。ただし、死の本質とは無関係だよ」

もう喋らなくてよいと念じると、赤はふたたび女の動作を再開する。黄壱は気負わずに赤の最奥に届けと白濁した血を注ぎこむ。

赤は黄壱が妻（たち）と日常的に性交するようになっていちばん最初に妊娠した。生まれたのは四つ子だった。

黄壱はまったく同じ顔をした男児を見おろして、四は死の象徴か――と腕組みする。両の乳房をふたりの乳児に含ませて目を細めている赤の姿に案外、四は幸せを顕しているのではないかとも思う。乳を飲む順番を後まわしにされたふたりの赤子が揃ってむずかり、揃って泣きだした。黄壱は肩をすくめ、真っ赤な肌をより赤くして泣くチビたちの鼻の頭を軽くはじき、赤に向けて深く頷くと、満ち足りた笑みがかえってきた。ゆっくり背を向ける。黄壱の脳裏には、赤の張り詰めた乳房に浮かぶ蒼い静脈の稲妻がいつまでもくっきりと映じていた。

18

優劣というものは慥かにある。自身の質素な充血器官を差し置いて妻（たち）の肉体を比較するのは不遜ではあるが、それぞれに好さがあるという前提のもとにあえて序列をつけてしまえば、やはり紫が抽んでている。溺れそうになるがゆえに黄壱は紫以外の妻（たち）との情交において立ち顕れる安らぎと無心から離れて、意識を張り詰めていかに紫を喜悦の頂点に送りこむかに腐心する。それは最上の女を支配したいという精神的な慾求からきていた。はじめて黄壱の子を生んだ女を完全に我が物にしたいという切実な願望が過剰なまでに黄壱を技巧的にする。紫は自分以外の妻（たち）にも黄壱がこのように接していると信じて、完全に身をまかせ、抑制という箍から洩れ落ちてしまう喘ぎと呻きを隠そうともしない。

紫以外の妻（たち）とは交わっているさなかにも言葉を交わすが、紫とは真剣勝負の趣である。快が醒める可能性がある論理的な言葉を口にしない。黄壱はひたすら奉仕者として紫に接する。忍従に見えるが、じつは最後には雄叫びをあげるほどの激烈な快感を与えられる。紫以外の妻（たち）とは複数で交わるのが当たり前であるが、紫との交情は必ず一対一である。もちろん滅私奉公の姿を他の妻（たち）に知られたくないからだ。いまも我を棄てての献身のあげく、黄壱は男として得られるであろう最上にして完璧な忘我に野太い吼え声をあげて頽れ、紫に全体重をかけて小刻みな痙攣で腰の汗を散らしている。顎のでた無様な体勢のまま、切れぎれながらも意識がもどってきて、紫とこうすることによってじつは命を縮めているのではないか――と思う。ならばますます励もうと決心する。

「おまえは生を司っていると聞いた」

「――赤ですか」

「うん。でも、おまえから与えられる激烈な快は、生というより死が近づいてくる感じがするよ」

「それは私も感じております。帝は私を死に誘（いざな）っておられるのです」

「お互い様か」

「そうかもしれません。が、僭越ながら、それでも私が帝にもたらしているものは、あくまでも生でございます」

「余は命をもらっているということか」

「はい。私も帝から命を戴いております。他の王妃たちとは屈託なく御乱交でございますが、私との場合は常にひとり」

「余が知ったはじめての女だからな。それはともかく妻（たち）からは不満の声があがったりしていないか」

「帝のなされることをすべて受け容れる。それがいまの私たちです」

「変われば変わるものだ」

「はい。変われば変わるものです」

「しつこいが、訊くね」

「どのようなことでもお尋ねください」

「生を司るって、どういうこと？　抽象的すぎてよくわからないんだ」

「死を司るっていうことは、すっと入ってきますよね」

「うん。みんな、死んじゃうしね。死んじゃうっていえば、芸術家文化人インテリ狩りを臣民共はどのように捉えている？」

「帝は狂っておられると」

「的確だね。慥かに余は静かに狂っているから」

紫は目を細め、柔らかな微笑を泛べて頷いて、まだ汗で濡れている黄壱の頬を優しく撫でさする。黄壱の静かなる狂気を肯定しているのだ。

「私が御案内しますから、一度機会をみて屍体から肥料を拵える集積場を御覧になってはいかがですか。西の大帝国、アメリアに押しつけてやりました。通称、屍ドーム」

「くさいだろ？」

「それは、もう」

「じゃ、見学しないとね」

「はい。是非とも」

「あ、また筋道から外れちゃった。生を司るってどういうことだ?」

「不遜を承知で申し上げますが、私たちは帝が亡くなるまで死にません。帝が亡くなれば御一緒します」

殉死するというのである。黄壱は少々呆れた。緑の血を得てからのことであると推察されるが、前半生と後半生のこの信じ難い差異はいったいどこからきているのか。

「青によると帝は人智を超えた長命にて、天寿を全うするとのことですが、それでも不確定な要素を排除することはできませぬ」

「事故とかで死んじゃうこともあるかもね。心窃かに暗殺を願ったりもしているしね」

「どうなのでしょう。結局、青が口にしたことは外れたことがございませぬし。ただ、万が一のとき、私は帝を蘇らせることができます」

「ふーん。そのまんまじゃないか。まさに生を司るってわけだ」

あえて抑えた声で応じたが、黄壱はただ単に女が凝縮した存在と侮っていた紫の真実を知って驚愕していた。死を司ることはインテリ狩りをはじめ黄壱にだってできる。だが、死者を蘇らせるということは物理に反しているではないか。

「お気づきですか」

「なにが」

「帝に隷属した時点で、私たちが歳をとるのをやめたことを」

「――おまえの力?」

「はい。まだたいして時がたっておりませぬから、よくわからないでしょうが、私たちは歳をとらなくなりました。もちろん老いてはいくのです。けれど肉体だけは帝にとって好ましい姿を帝が身罷られるまで保持するということです。もちろん、いっしょに歳をとってくれと仰せられるならば、帝にあわせて老いていくことも可能でございますが」

「うわぁ。究極の難問だよ」

「当分は帝のために若くあるという私たちの心地好さも勘案していただければ、それにまさる喜びはございませぬ」

「なんか男にとって都合がよすぎるよ」

「帝にとっては、で、ございます」

「なんで、余だけ」

「さあ。私たちにもわかりません」

紫はふと思い出したように付け加える。

「若返りからの連想ですが、そして青からの又聞きとお断りしておきますが、詩人に研究させたところ、時の流れというものは過去から未来に流れるのが当たり前のように受けとられておりますが、じつはニュートンとやらの古典物理学、そして古典物理における先鋭である相対性理論、さらには量子論といった物理学の王道は、それらの数式のあらわすところ、すべて時が未来から過去に流れることを否定しておりませぬとのことです。この宇宙開闢の折、なんらかの偶然によって時は過去から未来に流れると決定したようでございますが、未来から過去に流れるという可能性もあったとのことでございます」

「なんと！　時は未来から過去に流れても物理に反していないということか」

「はい。帝は天寿を全うなされると申し上げたときに、不確定な要素云々とも申し上げました。これも青が詩人に研究させたことの受け売りでございますが、マクロの世界では帝は人智を超えた長命を全うされますが、ミクロの世界、すなわち量子論のあらわすところによれば、すべては不確実。まあ、私の頭であり、青の頭であり、詩人の頭ですから曲解その他、完璧な理解とは程遠いかもしれませぬが、量子論という物理学によると、不確定こそがこの世界の真実らしいのです」

うーむと感嘆の声をあげ、黄壱は上体をおこした。紫は即座に黄壱の軀の汗を拭いはじめる。黄壱は腕組みして唸り続けている。時間が未来から過去に流れる世界では、死と誕生がひっくり返ってしまうわけだ。死から蘇って若くなっていき、あげく母の胎内にて受精し、さらには卵子精子以前、無に帰する。なんのことはない、時が逆に流れても結果的には似たようなものではないか。

「そうか。青の奴、詩人にそんなことを調べさせていたのか」

顎を弄びながら黄壱は思案する。

「ジェノサイド、中止！」

「即座に手配致します」

紫は一切の疑義を差しはさまない。世界を呼びつけて事務的に指図する。

「記念に屍ドームを見学に行く」

即座に行動である。妻（たち）全員が同行した。最強のボディーガードである。元アメリア帝国の屍ドームまで十日ほどの旅程であった。ミスボラ帝国、守護の壁に阻まれてパンゲアの東側に進出することはなかったが、緑のプラズマにより完膚なきまでに崩壊させられるまでアメリアは超強力な帝国主義にてパンゲアの西を支配していた。通称、屍ドームはアメリア西部の不毛地帯に忽然と出現した。じつは、当初、このドームや屍体等々、とことん描写する気でいたが、インテリの死のつまらぬこと、絵にならぬことに辟易し、執筆意欲が失せ気味なまま書きつらねたことをお断りしておく。

超巨大なドームはミスボラに倣ったわけではないが、真っ黒である。臭気が洩れぬよう石造りの全体にタールを塗りつけているのである。芸術家文化人インテリの成れの果ては、最下部は濃緑色の液状、中間部は骨と肉が遊離しはじめた状態、上部に抛り込まれた屍体は全体が暗褐色に変色していた。あえて腐敗を進行させるためにあれこれ工夫をしている――と鼻をクリップではさみ、水中眼鏡を装着している責任者が得意げに告げる。妻（たち）はバリアを張って臭気は当然のこととして、無数に飛びまわる蝿や足許を這いまわる大量の蛆などを寄せ付けないが、黄壱はバリアを拒否して鼻を抓み、どうにか嘔吐を怺えている。けれど腐敗臭は尋常でなく、眼球に刺さってくるので涙が止まらない。これらはじっくり時間をかけて熟成させて有機肥料として活用されるわけだが、斬首されたのだからもちろんすべて首はない。降雨と無縁の乾燥した土地なので生首は屋根を省いたドーム別棟に記念として陳列されていて、その数は十三万二千ほどだったが、ほぼ天日乾燥によりなかばミイラ化した黒ずんだ生首は申し合わせたように黄ばんだ前歯を剝きだしにして嘲笑の面差しである。黄壱はジェノサイドを徹底すべきであったと後悔した。

19

「物の本にな、核融合に用いる超高温プラズマは一億二千万度にもなるとあった」

「一億二千万度！　それを放つ私は熔ける？　蒸発してしまう？」

「固体、液体、気体、そして物質第四の状態であるプラズマ——うーん、説明っぽい科白ではあるな」

「ふふ、誰に説明しているんですか？」

「さあね。物の本には、プラズマの塊である太陽でさえも、いちばん高温な中心部が千五百万度とあった。緑がどのくらいの温度のプラズマを放っているのかはわからぬが、国や都市は瞬時に消滅し、けれど緑は余と抱きあっている」

「だいたい私にはプラズマを放っているという実感がございません」

「そんなもんだよね。話が違うけど、余もいまだに皇帝であるという実感がない」

「帝は、皇帝の中の皇帝、超越的な皇帝でございます」

「どっからそういう過大なお世辞が出てくるんだよ。超越的なのは、おまえだろう」

「ところが私は帝がお許しになってくださってプラズマを放つまでは、ほかの王妃たちとちがって心窃かに無用の長物、役立たずという劣等感に苛まれておりました」

「あまりお喋りではなかったけれど、普通に明るく振る舞っていたではないか」

「劣等感を悟られるのはいやですもの」

「余など、劣等感を隠しおおせることさえできなかった。それくらい劣等感が強かったんだな」

「帝と私、劣等感つながりですね」

「ま、おまえが自在にプラズマを放ったら、とんでもないことになっちゃうからね」

「紫とか、程よいプラズマを放つでしょう。ずるいですよね」

「おまえは加減がきかないのか」

「大雑把ですね」

「わはは。最強にして大雑把。スケールがでかいね。余が頼んだら地球そのものを消してくれるか？」

「もちろん。お望みのままに」

「皆そう言うけどさ、微妙に方向転換しちゃうんだよね。結局余は言われるがまま。赤なんか、いますぐに大絶滅を起こせますって煽っておいて、おあずけだもんな」

「ならば私もそれに倣いましょう」

「なんだかな〜。地球、消しちゃえよ」

「帝は死にたいのですか」

「いや、べつに死にたくはないけど。なんなんだろうね。死んでもいいけどね。自殺願望みたいのはないね。きっと死ぬということに実感をもてていないんだね。痛くなければ死んだっていいやっていうずるい根性だし」

「とりあえず、おあずけです。理由は、帝と私、こうしてきつくつながっております。ここで消えちゃうっていうのは、ちょっとあんまりですよ」

「ちゃんと、いかせろってか」

「それは、どうでもいいんです。黄とも話したんですけれど、性欲なんて充たしたってきりがないじゃないですか。ですから地球消滅の件は、帝が極められてから要御相談ということで」

「じゃあ、さっさといっちゃおう」

「なんですか、その物言いは」

「御免堪忍御無礼失礼。いきます！」

「え——」

「おう、おう、おう、おう、おう、おう」

「——いつにも増して喧しいですね」

「いかん、気持ちよすぎた」

「身勝手極まれりですね」

「おまえはいかなくてもいいんだろ？」

「はい。どうでもいいです」

「じゃあ、消しちゃって」

「地球は消しません」

「なんだよ～」

「地球を消すのはかまいません。けれど帝を消すことなどできるはずがございません」

「みんな、そういう小理屈を口にして、破滅から逃げちゃうんだよな」

「刻み込まれているのです。覚醒なされた皇帝が大往生なさるまで、徹底してお守り申し上げろと。私たちにとって、帝が恙なく日々を送られることこそがすべてなのです」

「大往生。青の予言だと、なんかすっげー長生きするんだろ」

「はい。その間『すべてを見せてあげる。だから行きたいところにまた、おいで』を愉しんでいただければ」

「まかせとけと言いたいけれど、余が見たあれこれは、たとえ記録に残しておいてもきれいに消滅してしまうんだぜ。後世には伝わらない。それどころか未来においては余の存在自体が完全に消滅してしまう。すると余が見るということにはどのような意味がある？」

「昔の無能なころの帝の考え方ですよ」

「うん。わかってるよ。って、無能って言うな！」

「無能な人間ほど自分を過大評価しますからね。私も出番がまったくなかったので、いざとなったら地球を消すことができるんですよって尊大に構えていましたから。でも、実際にヤポンヤーバーン帝国を消したときに悟りました。帝国の都が消え去ったというのに、スプーンでエステメノスクスの髄を煮込んだスープをすくった程度の重みも感じられませんでした。それ以降も、なーんにも実感がないし、なにも変わらない。行為と結果はともかくとして、ああ私は自分を過大評価していたんだなあって恥ずかしくなりました」

「余が言いたいのはな、余が見た素晴らしいものを誰かに伝えたいっていう、それだけのことなんだよ」

「なるほど。純粋なる慾求ですね。ならば大絶滅の折、生き残ることを許されたちいさな生き物に帝の思いを託すということを赤に頼んでおきましょう」

「遺伝子とやらに組み込むんだな」

「はい。いつかその生き物の成れの果て、じゃなくて帝の遺伝子を受け継いで進化した生き物が、きっと不可解な衝動に突きあげられて帝の記憶を再現してくれるでしょう」

「うむ。それは、よい考えだな。とことん偶然に頼った曖昧模糊だけど」

「そんなことよりも問題は、帝の記憶を再現する表現者が二流三流だったら、悲惨だということです」

「うーむ。その可能性は充分あるな」

「ですよねー」

「ですよねー、じゃねえだろ」

「ですよねー」

「おまえ、けっこう剽軽だな」

「嬉しくありません」

「余の権力の絶対的裏付けが剽軽なのは、じつに好いことだ」

「剽軽はともかく、帝を支えているということを認めていただいて、天にも昇る心地でございます」

「――以前から疑心暗鬼というか、疑ってるんだけどさ、なんかさ、すべてがさ、余にとってじつに調子のよい展開といいましょうかね、あまりにも出来過ぎてないかい？」

「出来過ぎですねえ」

「だよな。余は妄想に耽っているだけなのかなって。夢を見ているだけなのかなって」

「そうかもしれませんけれど、現実も妄想も大差ないですよ」

「もし妄想ならば、緑、いますぐ消えてみせろよ」

「よろしゅうございます。承りました。さようなら、御世話になりました」

直後、緑の姿が霧の粒子を想わせる細片と化し、中空に柔らかな笑みをのこしてふわりと消えた。黄壱はまだ勃起している陰茎もあらわに跳ねおき、天地四方に視線を投げ、唇をわななかせて狼狽した。

「冗談でございます」

背後からぽんと肩を叩かれた。緑が遠慮のない笑い声と共に黄壱の背にしがみついてきた。背中に伝わる緑の体温は肉だけがもつ本物の熱で、黄壱はまだ狼狽が抜けぬまま、とりあえず安堵の息をついた。

「黄に頼んで、とっさにイリュージョンを仕込んでもらいました」

「そういう心臓に悪いことをするなよ〜」

「あ、泣き声だ」

「泣いちゃうよ、皇帝様は」

「泣かないで、いい子だから」

「うるせーよ。誰が泣くかよ」

まだ充血器官が可能な状態であることを慥かめて、ぐいと引き寄せる。加減せずに重みをかけて、血が緑になったのはおまえの仕業か——と問う。私は関知しておりませぬと緑は呟き、眉間に快のにじんだ縦皺を刻んだ。黄壱は浴場で与えられた濃緑のプラズマのヴィジョンを反芻しながら、黄壱よりもかなり体温が高めな緑の内面に己を烈しくこすりつけ、その摩擦にて存在のすべてが消滅してしまう絶対的な超高温を希い、夢想する。

20

六人の妻のなかで、もっとも一緒にいる時間が長いのが青だ。未来が見透せることにより、先行きを熟知しているから青は気楽に黄壱に接することができるという。私は帝に嫌われることがないことを知っているのですと笑う。緑の血を得て以降の帝はじつに付き合いやすく、気安いといっては語弊があるけれど、行動を共にしていて最高に愉しいとも付け加えた。黄壱も青が同行してくれたからこそ無限図書館の扉に手をかけることができたのだ。黄壱にとって青は初恋のひと、特別な存在である。寝台に仰向けに横たわった黄壱は青を上に置き、もっともらしく腕組みなどして、思いに耽る。

黄はヴィジョンおよびイリュージョン担当とのことで、存在せぬ守護の壁を確固たるものとしてパンゲアの大地の南端から北の最果てまで投影させ、保持していた。黄壱は以前にも増して図書館にこもって学んでいるのだが、これらのヴィジョンやイリュージョンは単なる幻や虚像ではなく量子が関係していると黄壱は睨んでいる。守護の壁は量子力学的に、実際に在ったのだ。究極のミクロが超越的マクロを構成していたのだ。

赤は死を司っている。だからといって魔女や悪魔、まして神のような存在ではない。運命のなかで唯一確実なのは『死』だ。黄壱自身、赤に『死は厳密な物理だ』と指摘した記憶がある。人間という精神と肉体を兼ね備えた存在に確実に訪れるのが『死』だ。首を落とせば人は物理的に死ぬ。死後の世界だの宗教だの神だのは『死』という物理とはなんの関係もない。黄壱に言わせれば、神様というイリュージョンに思う存分ひたってくださいといったところだ。たとえ大絶滅が黄壱の発想であり、想念であっても、実際に実行する赤の成すことは間違いなく物理的なことである。

紫は生を司っている。赤と表裏一体であることからもわかるとおり、問答無用でアミノ酸から生命誕生という奇跡的な、けれどあくまでも物理の範疇に含まれる出来事に対応しているのだ。不測の事態で黄壱が死んだときは蘇らせるとのことだが、黄壱は直観していた。生命再生は純粋かつ単純に物理によって為される。屍ドームの最下層に沈殿している人体の成れの果ての膿である濃緑色の液体からも、生きていたときの形態は無理であるにしても、紫が技巧を用いれば、なんらかの生命活動をともなった細胞をつくりあげられるだろう。

「なるほど。牽強附会の極致のようですが、帝が仰有ると、そんなものかなって思ってしまうのがなんとも。惚れた弱み?」

「ほら、また、余にとって、やたらと都合のよい科白が——」

「不思議ですねえ」

「不思議だよ。この過剰な出来過ぎは、冴えなかった前半生の埋め合わせだっていうけれど、それにしても出来過ぎ。男の願望そのまんま」

「ま、深く詮索なさらず。それよりも私の疑問に答えていただけますか」

「牽強附会の達人にまかせなさい」

「たぶん、みんな、帝の仰有るとおり、その根底に物理があるのでしょう。奇跡と断ずるのは逃げにすぎず、論理的な筋道を与えることができるのでしょう。けれど私が未来を見透すということは、いかに牽強附会をもってしても物理にこじつけることは無理なのではないでしょうか」

「なんだ、青は自分で調べさせておいて忘れちゃったのか」

「え――」

「ニュートンの古典的な物理学、そして相対性理論、さらには量子論といった物理学の王道は、それらの数式のあらわすところ、時が未来から過去に流れることを否定しない。この宇宙開闢の折、なんらかの物理的偶然によって時は過去から未来に流れると決定されただけで、時は未来から過去に流れる可能性もあった――。紫から聞いたぞ。青が詩人を図書館に送りこんで研究させたんだろ。時間というものは過去から未来に流れるだけの一方通行ではなく、未来から過去に流れても物理法則的には一切問題がないんだもん。だとしたら青は物理的に未来から過去に流れる時間を見透す力があるだけなんじゃないの」

「なるほど！　さすが牽強附会の達人。私の力も物理法則から成りたっているのですね」

「まあね。人間にとって未来から過去にむけて流れる時っていうのは、なんか生理的に受け容れがたいけどね、でもそれは人間の感覚的な問題で、未来から過去という流れに論理的破綻が欠片もないんだから、違和感は牽強附会で処理するしかないよ。だいたい緑の血以降の余にとって都合のよすぎる諸々も、かなり牽強附会だよね」

「そう考えると、なるほど不思議です。あれほど虚仮にされていたのに、いまや凄い落差ですものね」

「虚仮にされてた――。そう言われると、なんだかな〜って苦笑いだけど、いまの状態には、なんらかの理由があるんだよ、きっと」

「うーん。その原因を見透すことはできませんね。理由がわかると、いいですね」

「秘すれば花じゃないの」

「秘すれば花？　なんですか、それ」

「ゼアーミっていう芸人の言葉。たぶん余は曲解してるけど、ま、秘すれば花だよ」

「わからないほうがよいと？」

「うーん。微妙。わからなければ男の妄想全開の極楽じゃん」

なんとも率直かつ衒いのない黄壱に青は愛おしさを抑えきれず、鋭く極めて倒れこみ、喘ぎつつも黄壱に頰ずりする。黄壱は幸福の頂点にあることを自覚しながらも、大絶滅や地球それ自体の消滅を心窃かに希う精神というものは、いったいなにから齎されるのかと思いを巡らせる。

21

黒とは図書館で逢い引きすることにした。いちど図書館に入ってみたいと柔らかく懇願されたのである。なんの能力もない私が扉に触れても、びくともしないのです——と別段卑下する口調でもなく、付け加えた。

黒は漆黒の貫頭衣をまとってやってきた。葬式かと内心苦笑した。黒壁の前に立つと保護色とでもいうのだろうか、その青白い顔だけを残して姿が消えてしまう。中空に浮かぶ生首である。なんとも異様な気配である。それでも図書館のエキスパートであることを見せつけてやろうと、黄壱はかなり張り切って黒をエスコートした。

重厚にして巨大な扉が軋みもせずに開いたときは黒も目を丸くしてみせたが、館内に入ってから黄壱は微妙にしっくりせぬものを感じとっていた。並んで歩いているようでいて黒は黄壱に従うわけでもなく、行き先を熟知しているかのような、館内のすべてを把握しきっているかのような自律した動きをとっているのである。どこか黒に先導されているような気分を棄てきれぬまま、黄壱は巨大な正円の天窓から射す、嫋やかな女が含羞んでいるかの淡く心地好い光のなかにあった。

黄壱と黒は暗黒のベンチに腰をおろした。図書館に誘った詩人が偉そうに足を組んで座っていた横長のベンチである。そのときに黄壱が座っていた単座の椅子を細い光の帯が愛撫していた。黄壱の瞳を真っ直ぐ見つめて、図書館に入ってみたいと囁いたときに付け加えた黒の言葉が泛ぶ。まるで余を揶揄しているようではないかと思いつつ呟く。

「なんの能力もない——か」

「はい。皆からはさぞや鬱陶しい女と思われていることでしょう」

「なんの能力もないから、黒は偉そうにするのか」

「偉そうですか」

「うん。ちょっとだけ」

黄壱は拇指と人差指で指一本分ほどの隙間をつくってみせた。

「マクロ的にはたいした幅ではございませんが、ミクロ的視点にたてば途轍もない空間でございます」

「——迎合しなくていいよ。物理バカに」

「物理バカ。そのように思ったことなど一度もございませぬが」

「じゃあ、なにバカだ?」

「ただのバカでございます」

「なんかムカつくな、おまえ」

「粛清なされますか」

「おまえみたいのは殺しても死なないじゃないか」

「帝の口から、そのような物理から外れた御言葉が洩れるとは。意外でございます」

愛嬌があればいいというものでもないが、慇懃無礼な女である。二人だけになると、じつに気まずい。ほかの妻（たち）がこの女の緩衝帯になっていたことをあらためて実感した黄壱であった。いまだに黄壱は黒とだけは肌を合わせていなかった。キイチの血が緑に変わったころは黒も憧憬の眼差しを投げていたようだが、あれはたぶん皆に合わせた演技だったのだろう。黒なりに場を乱さない気遣いをしたのだ。なにしろ黒からは黄壱を慾する気配の欠片も感じられない。黄壱は気を取りなおして訊く。

「ランダムに扉を開いていって、ここぞと直観した図書館にて七十三番目の扉を開こう。見たこともない世界に連れていってやろう」

「いえ。私はこの図書館内だけで充分でございます」

そうか——と返して、言葉の継ぎ穂を喪った黄壱は酸っぱい物を食べたときのように唇をすぼめて黙りこんだ。天から差しこむ光の帯には塵や埃といった細片が乱舞する姿が一切見られず、純粋な光に支配された完璧な清浄が支配している。黴や汚れなどが立ち入る隙はない。すべては蔵書を守るためである。本来ならば人間だって入れたくないのではないか。青はともかく、無限図書館は黄壱の侵入をよくも許したものである。自嘲気味に両手を組んで暗黒の床を見つめていると、黒が機械仕掛けじみた動きで首をねじまげて黄壱の顔を覗きこんできた。

「この無限に連鎖する図書館は、帝のためだけに拵えられたものでございます」

「――なんと言った？」

「この図書館は、帝のためだけにつくられたと申しました」

「余のためだけに――。余のためにこれだけの大仕掛けをつくりあげたというのか」

「拵えるのは、簡単なことです。物理とやらは、無から有を生じさせることなど当然のごとくやってのけますし、じつは偶然性に支配されているということでございます。帝にはまだまだ意味を問いたがる未熟さがございますから御納得がいかないでしょうが、帝のために図書館が生じたというのは紛れもない事実でございます。その証拠に、未来の地球にはこの図書館は存在致しません。いまや帝は七十三番目の扉を開けて生命の存在しない世界を、あるいは滅び去った世界をたくさん御覧になっておられますが、その無機質かつ人工物のない世界にも厳として宮殿と図書館だけは存在しておりますでしょう。帝がどこを訪れてもよいように、その世界が滅亡に覆いつくされても宮殿だけは揺るぎなく存在致します。されど、帝が身罷られた暁には、すべての宮殿が消滅致します。無限に存在する宮殿は、すべて帝のものでございます」

「すると、この図書館は余の想念からつくられたものであるというのか！　じつに壮大かつ矮小な代物であるな」

「勘違いなさらぬよう。物理は偶然性に支配されていて、帝は未熟なのでいまだに意味を問いたがる――と申したでしょう。図書館の成立に帝の想念など一切関わりありません。そもそもすべての事柄に対して意味や価値などは一切無関係でございます。帝は偶然、たまたま、本来は有り得べからざる時代に発生してミスボラの帝王として君臨し、偶然こうして私と座っているということです」

「発生――」

「帝は言祝がれたと仰有いますが、物理が二流の神のようなことを行うと思いますか。強いて言えば、帝はまだ詩を信じていらっしゃる。頰笑ましいものでございます」

情け容赦のない黒の言葉であった。

「未来の話でございますが、世界をかたちづくる最小のものに関する不確定性原理が提唱されたときに、アインシュタインなる大天才が、それだけは承服できぬと頭を抱え、神は骰子を振らない――という言葉を口にしたそうです。されど帝や私という実在をつくりあげているものの最小のかたちは決定論が通用せず、不確定にして確率的であることが物理の真実として厳としてあります。それは無限の目をもつ骰子なのです」

「――無限の目。無限。極論すれば、なんでもあり、か」

「どうなのでしょう。私にはわかりかねますが、どうもそのようでございます。ミクロな世界の非決定性というものはある面で人智の理解を超えておりますけれど、決して神といった部外者にすべてを託して頰被りするような狡猾かつ怯懦なものではなく、物理的実験と観察、そして数学的手段にてあらわにされた比類なき事実と論理の集積でございます。帝は物理物理というわりに、そこに詩や哲学さらには文学を忍びこませておられます。まだまだ安易に決定論に流れてしまいがちでございます。量子の振る舞いを理解できず、特別扱いされたいという古典物理学的な熾烈なる願望を隠しもちつつ、自身を特別扱いされることを嫌っておられます。じつに面倒かつ稚拙な悖反を抱えておられるのです」

「いやはや、容赦がない。されど余は選ばれたのではなく、すべては偶然であり、確率の結果にすぎないということでいいんだよな」

「然様にございます。意味や目的はございません。帝の存在自体にも価値や理由はございません。たまたまに過ぎません」

生きる目的など問うたことはない。それがあるとも思えない。けれど、たぶん余はそれらをもっとも希求しているのだ——じわりと自覚が迫りあがって、さて、どうしたらよいものかと困惑し、一応笑みをつくった。

「好い笑顔でございます」

いきなり抱きこまれた。脂の浮いた黄壱の鼻が黒の首筋に微妙な潤いを与えた。はじめて黒の軀に触れた黄壱は、錯覚かもしれないが、ほかの妻（たち）よりも軀の組成自体が硬いと感じた。体温もずいぶん低い。

「おまえは死後硬直した屍体みたいだな」

「はい。そのとおりでございます」

「え——」

黒の軀が揺れた。笑っていることに気付くのにしばらくかかった。

「冗談でございます。血は一応かよっておりますし、帝の子を産みたいと願うただの女でございます」

「おまえと並んで玉座に座ることを夢想していた」

「恐悦至極でございます。ですが僭越が過ぎます。玉座に座るのは青がよろしいかと」

「座ってくれぬのか」

「御下命とあれば、そうすることに吝かではございませぬ」

「なんか、どーでもよくなっちゃった」

「ならば辞退申し上げます」

「ほんと、ムカつくな、おまえ」

「なぜ嫌われるのかよくわからないなりに、それなりに嫌われているという自覚はございます。私は愛されない。好かれない。だから最後まで誘っていただけなかった。すこし悲しくなったので、浴場やベッドではなく図書館を所望致しました」

「そういうことじゃないんだけれどね」

「どういうことですか?」

「尊重してたってことだよ」

「過去形ですね」

「うん。ふたりだけでいると、じつに気詰まりだ」

「――申し訳ございません」

「なぜ、余を抱きこんでいる?」

「離したくないからでございます」

「ひょっとして余のことが好き？」

軽い冗談だった。熱烈かつ意外な言葉が返ってきた。

「はい。はじめてお見かけしたときから、この人しかいないと。以来、恋しくて、恋しくて、狂おしいほどに切なくて。それを圧し隠しているうちに感情がほとんど外にでないようになりました」

そこまで言うかとなかば呆れつつ、記憶を手繰る。いつごろ将来妻となる六姉妹と出逢ったのか。青の件をのぞけば、はじめて見たときというならば、王妃として娶るずいぶん以前であったことは慥かだ。黄壱は十代だったかもしれない。だが黄壱の思いを読んだらしい黒が首を左右に振る気配が伝わった。ということはもっと以前、幼いころに余を一瞥して虜になったとでもいうのか。幼いころならば、知慧のついた薄汚い思春期以降の汚物とはまたちがった側面もあったであろう。

「――また、なんとも都合のよい展開だぞ」

「都合のよい展開。お気づきになっておられましたか」

「うん。緑の血を得てから、ずっと小首をかしげていたよ」

「物理というものは、不思議なものでございますね」

「物理ぃ？」

語尾を迫りあがらせて、黄壱は途方に暮れた。黄壱にとって都合のよい展開が続くということとが、物理となんの関係があるのか。

「神といった陳腐を排除しさえすれば、物理には、量子には無限の可能性といいますか、なんでもありを確率的に実現することができるのです。量子はなにも存在しないという観念的かつ哲学的な無を嘲笑い、無から宇宙をはじめすべてを現出させるのです」

「そこには神といったものは無関係？」

「当然です。量子力学の物理法則は、無からなにかが生まれることを必然としているのです。無であるからこそ宇宙を、世界を、私たちを発生させる。じつは存在には無が必須なのです。時間はたくさんありますから、図書館にこもられて量子論の勉強をなされたらよろしいかと存じます」

「してるけどね、しかもけっこう嵌まってるけど、本当のところ量子論、おまえが喝破したとおり、よくわかんねえんだよな～」

「以前、詩人と在るだ無いだとあれこれ哲学的考察？　を為されましたね」

「おい、哲学的考察にクエスチョンマークを附けやがったな」

「だって、知恵熱にやられた中学生みたいなことを真顔で論じあっていらっしゃいましたから。在るだの無いだの大盤振る舞い。あげく無意識のうちにも自己存在を確信している図々しき者の限界でございましょうか、自身も気付かぬうちに無というイメージに空間という容れ物をどうしても附与してしまう。それって無じゃないですから。なにもない『空間』を無と称するという矛盾を平然となされておられました」

「けっ。すっげー恥ずかしいよ」

「だいじょうぶです。胸に抱きこんでおりますから、私には帝の御尊顔を拝することはできませぬ」

「御尊顔ときたよ」

黒のやや硬い乳房に顔を押しつけて苦笑しつつ、奇妙なことに気付いた。

「おまえ、図書館に入ったことがないと言ってただろう」

「はい。ございません」

「では、なぜ、量子論云々を知っている？　確信をもって量子を説くことができる？　ミスボラで流通していた書籍は詩歌小説といった文藝に限られていたはずだ。それも余が抹殺をはかったインテリ共の陳腐なるアクセサリーだった。宮廷図書館以外に物理学の書籍なるものは一切ない。そもそもミスボラに物理学は存在しない。未来の書物が流出した形跡もない。どこで学んだ？　おかしいではないか」

「さあ、私にはわかりかねます」

あらためて黄壱は黒の、黒い貫頭衣にきつく鼻先を押しつける。黒は黄壱の背を柔らかく撫ではじめた。

「黒い貫頭衣は、帝とふたりだけになれるということで、私にとっての精一杯のお洒落でした。似合いますか？　単に沈んで見えるだけですか？」

「似合うよ。似合う。それよりも」

「それよりも?」

「それよりも、おまえの体臭だ」

「いやだ、においますか」

「——鉄錆の香りがする」

「なんのことでしょう。ちゃんと湯浴みしたつもりですが、におうのだとしたら、なんとも申し訳ございません。赤面の至りでございます」

「鉄錆のな」

「はい」

「鮮やかな鉄錆の香りがするんだよ」

「はあ」

「物理の香りだよ!」

黒の貫頭衣が黄壱の息で蒸れて、口臭と鉄錆の匂いが重なって、なんとも有機的な香気を放つ。余には物理の匂い、気配とでもいうべきものを嗅ぎとる才覚があるのかもしれない。こんど青に黒の軀を嗅がせてみよう。青がなにも感じないとしたら、あの世界で共有した鉄錆の香りは、余に感応したということで、物理そのものを感じとる能力は余のものであるということである——。

「間違いない。この鉄錆の香りは物理の匂いだ。だが、いままで身近に接していても一切感じとれなかった。なぜ、いま、あらわにした?」

「もう、そのあたりは深く追及なさらないでください。昂ぶりのあまり隠しおおせなかったことを恥じております。次にお逢いする機会がございますならば、この軀、徹底的に磨きあげて失礼のないように致しますから」

黄壱は委細構わず黒い貫頭衣の裾から手を挿しいれ、黒の下腹に穿たれた傷をさぐる。その香りを慥かめる。紛うことなき鉄錆の香りが鼻腔に充ちる。

「黒よ。おまえこそが物理」

黄壱は委細構わず物理が附着した指先を口中に含んで味わった。好い悪いを超越して真に揺るぎなき厳の味がした。目的や意味、意志や意思、思念に類する安易さから完全に隔たった在るがままの自在闊達な曖昧さと優雅さの則が秘めやかに香りたっていた。黒は狼狽の気配を抑えると、落ち着き払った声で囁いた。

「さすがは帝。お気づきになられましたか。ならば補足させていただきます。物理として存在する私は、あくまでも物理から偶然生まれた存在にすぎません。帝と同様、意味も理由も必然もございません」

「——おまえがこの宇宙を、そして無数の宇宙をつくりあげたのか」

「秘すれば花」

「なんだよ、余の科白を奪うなよ」

「ふふ。秘密でございます」

「不可解だよ。変だよ。実体化した、人の、女のかたちをした物理そのもの」

「冗談はさておき、私は物理そのものではございません」

「ちがうの?」

「はい。六人姉妹のなかでもメッセンジャー的な立場でしたが、物理においてもメッセンジャーにすぎません」

「ふーん。無というと、なにも無い空間という縛りから逃れられない余からすれば、おまえは物理そのものだけどな」

「無といえばなにも無い『空間』という縛りから逃れられない——。詩的要素にまみれた者にありがちの限界でございます。せいぜい真の象徴をつかむお力を鍛えていただかねばなりません」

「——どうすればよい?」

「まずは四次元空間をリアルにイメージできるようになりましょう」

「三次元プラス時間の四次元時空ではなく、四次元の空間だな。数式がいるだろう?」

「数式は大いなる助けになりますが、座標を翫んでいるだけでも、やがて真の四次元空間をイメージできるようになります」

「ちんぷんかんぷんだ」

「X、Y、Z軸——つまり縦横高さのすべてに交わることのできる垂直な第四の軸=W軸をイメージするのです」

「縦横高さすべてに交わるって、なんなんだよ~、ありえねー」

「帝がイメージをつかむきっかけとするために、安直な表現をいたしましょうか。よろしいですか。W軸の方向に無限の三次元空間が重なっていることを描いてください」

「――だめだよ、どうしても二次元の平面が重なってる絵しか泛ばない」

「では、今後の課題ということで。以降もせいぜいお手伝い致します。これを成しとげられれば、無とはなにかという問題も、詩や哲学から離れて真の理解に到ることができますがゆえ」

「お願いします。頼む。W軸の方向に無限の三次元空間が重なっているのが見えるようになったとしたら、なんなんだろ、真の優越感を抱けるような気がする。余はおまえたちとはちがうのだ～って」

黒の胸に笑む気配が伝わって、黄壱はずいぶんくつろいだ気分になってきた。

「物理のメッセンジャーか。大役だな」

「そうでしょうか。メッセンジャーとしての役割は、帝のみでございますし」

「独占だね」

「然様でございます。民草を啓蒙するといったこととは当然無縁でございますし、頭の固い能書きばかりのインテリ共を多少なりとも処分なされたのは、帝の卓見があらわれたものでございますがゆえ、一段と敬愛の念が増しております」

「なに言ってんだか。おまえは黒で、あくまでも黒だけれど、なんか煤のついた煙突って感じじゃないんだよね」

「はい？」

「ふたりだけのときの呼び名が欲しいなってこと」

「では量子の娘とでも呼んでいただければ」

「量子の娘。『りょうこ』ちゃんか」

「うーん、二重の意味で恥ずかしいですね。まずは帝の超越的駄洒落の破壊的壊滅的な恥ずかしさ。量子の娘と自分で言ってしまったことに対する恥ずかしさ」

「ふん。『りょうこ』ちゃんのほうが、よほど詩や哲学にまみれているではないか」

「それは最悪の侮辱でございます」

「怒った？」

「悲しんでいるのです」

「悲しむ物理」

「そうです」

「おまえはあくまでも物理であり、物理にすぎないと。詩でも哲学でも文学でも音楽でもないと」

黄壱を抱きこんでいる腕にぐい——と力が入った。尋常でなかった。骨折を覚悟したほどだ。どこかで死んでしまってもいいと身をまかせ、耐える黄壱の気配を感じとった黒が力を抜いた。力そのものが人間のものではないと悟った黄壱は、完全に脱力して黒に軀をあずけた。人格化した物理（のメッセンジャー？）。どう考えればよいのか。たいして時間がたっているわけではないけれど、心底から懐かしい鉄錆の香りにつつみこまれて、黄壱は静かに発情した。帝の子を産みたいと言っていた。絶対に、産ませたい。その念を感じとった黒はベンチに倒れこんでためらいなく黄壱を誘導し、そして苦痛を訴えた。

「紫を除いて、ほかの王妃たちも処女でございました。私も、いい歳をして処女でございます。驚きました。肉体的、いえ物理的に、じつに痛みがきつうございます。こんな思いをするくらいならば、帝の子を産みたいなどと大それた思いを抱くのではなかったと後悔するくらいに」

「ところが余は物理を組み伏せて、得意の絶頂にある。絶対におまえに余の子を産ませてやる。おまえの子が産まれたら、一切、特別扱いをせぬ。他の子と同様に育てる。物理と人を交配すればどのような子が産まれ、どう育つか。じっくり物理の実験だ」

「私は量子の娘でございます。人間の女がこのような痛みに耐えて殿方を迎えいれるとは信じ難いことでございます。人間の女の性的慾求――生きる力の尋常ならざることに驚愕しております。それでもあえて言わせていただきます」

「なんなりと申せ」

「はい。遺伝子やDNA、御存知ですよね」

「まあね。知識として、ね。単なる知識でしかないけれどね。超越的な物理現象をあらわにする妻を娶っているにもかかわらず、未来の奴らがものにした物理学、量子論とやらから得たあれこれは、このミスボラには一切存在しない。すなわち余は読書で得た知識を大量に詰め込んだ頭でっかちの無様な耳年増にすぎぬ」

「物理は、量子はそれらを一切頓着致しません。お得意の解説をお願い致します」

「――そういう物言いをするから、しかも真顔だから嫌われるんだよ」

「お願いです。嫌わないでください」

「ちょっとだけしか嫌ってないよ。そのちょっと以外は、量子的に大好きの塊だよ」

「嘘でも嬉しい。けれど全部、量子のすべてを好きになって欲しい。でないと私の恋情が報われません」

「量子の恋情とやらは、かなり自己中心であるぞ。ま、いいか。余を好きになるという物好きぶりにしてゲテモノ好きなのだからな」

自分で言ってしまって、舌打ちしそうになった黄壱であった。それでも脳細胞に刻まれた遺伝子DNAについての最低限の知識を開陳する。

「教育やら模倣やら体験やらの生まれて以降のあれこれと無関係に親から子へ自動的必然的に伝わる性質、遺伝形質のもとになるのが遺伝子であり、DNAだよ。二重螺旋ていうやつだよな」

「これらの構造を決定しているのが量子でございます」

「あ、そうなの？　そうなんだ！　生命の根源を決めているのが量子」

「然様でございます」

「核分裂や核融合を司っている凄い力だとばかり思っていたら、意外や意外、遺伝子DNAまで決定していたのか〜」

「私の子を特別扱いなさる必要はございません。量子と人間のあいだにできる最初の子においては、物理的に優性となるのは人のほうですので」

「つまり雑種第一世代においては、ただの人が産まれると」

「いつだって人間は強かです。それには物理的な死が関与しているのです」

　この口ぶりからすると黒は死なぬようだ。

「ま、どうでもいいや。余が考えると、やっぱ死や哲学に堕落するから。それよりも黒、おまえはなぜ余を好きに?」

「それを問うても詮ないこと。好き嫌いは物理的に意味や価値、思惑や思念想念とは無関係でございます。嫌いになるということは、その対象に固有の斥力が働いてしまった結果でございます。おなじように好きになるということは、その対象に固有の引力が働いてしまったその結果でございます。もちろん引力ですから、物理的な力です」

「説得されたような、されていないような。余は、常に、絶大なる斥力の渦中にあったからなあ」

「帝が私にだけ作用する固有の引力を放っていたということで——」

「うん。まあ、それでいいや」

　苦痛に耐えるために眉根に縦皺を刻んでいた黒であったが、意志の力で目をひらいた。

「帝は、寸足らずな感情をもった記憶媒体でございました」

「やっぱ余は、メモリーカードだったのか」

「感情のある記憶媒体と申したはず」

「なんや、それ」

「では視点を変えましょう。物理は人間的な美醜など問いませぬ。人間の女であったら、その性格や外貌も含めて、避けて当然ではないかと愚考致します」

「バカ野郎。まさに愚考だよ」

「ふふ。それで、よいのです。物理は人間的な価値観、美醜や性格および能力には拘らない。物理は帝の脳髄や二重螺旋に埋もれている可能性について冷徹に判断し、選択したということでございます」

「余の二重螺旋には、脳髄には、可能性は、あったのか？」

「ございました。いまの帝のご様子は、モテモテなのは」

「モテモテなのは？」

「はい。帝という記憶媒体が一息に自信とでもいうべきものをもち、熟成し、変貌なされた結果でございます。また、私の波動がすべての存在に影響を与えている結果でもございます。私が好きということ、他の女王に伝播します。あの子たちは抗うことができないのです」

「そうか――。黒の依怙贔屓のおかげだな」

「依怙贔屓というよりも、必然」

「合点がいかぬが、まあいい。それよりも」

「はい」

「まだ、痛いか」

「とても」

「貫頭衣が黒いから、出血は目立たないけれど、たぶん、凄いよ」

「嬉しゅうございます。帝によって血を流すことができて」

「嬉しいか。じつに物理というか、量子の本質は、おかしなもんだな。いくら物の本を読んでも理解できないわけだ」

黒と距離をおきつつ、黄壱は異種との混淆を素直に受け容れていた。量子は切ないという感想さえ抱いた。

「ひとつだけ質問だが、なぜ、余の前半生は孤独に充ちていた？」

「帝の孤独は、さらには愚かで無為な日々は偶発的なものでございます。私自身、帝の日々の痛ましさに心を傷めておりましたが、だからといって物理法則に反して動くことは叶いませんでした。人間ならば衝動にまかせて動いて、崩壊してしまうところではありますが、量子の子はじっとそのときがくるのを待っていることしかできませんでした」

「愚かだ無為だと言いたい放題だ。が、それは余の怠惰ゆえではないのだな」

「はい。ほとんどの人間は細胞自体の本質が変化せずに死んでしまいますが、帝はいつの日にか物理的に細胞そのものが変化することがわかっておりました。ですから、ひたすら待つだけ、待ちわびるだけでございました」

「愚かさや無為はともかく、ひょっとして、すべての孤独は偶発？」

「はい。性格や努力、志向といった事柄は物理的に無意味とまでは言いませぬが、孤独にかぎらず運の好い悪いまで含めてすべては量子的確率、偶発でございます。陳腐な譬えですが、ようやく歩けるようになった愛しき子が、ディアデクテスの引く巨大荷車に轢断されて死する。すべての出来事は量子的な偶発でございます。それではあまりにあまりということで、人間は

――」

「もう、いい。偶発だか必然だかわからないが、物理的に限界だ。余は間髪をおかず、おまえの胎内に量子的な種子を放つ」

黄壱の仮借なき動作に黒は苦痛の涙を一筋流す。その涙が頰の横を伝って漆黒のベンチに落ちる前に、黄壱は雄叫びをあげた。黒は胎内に人間の精があふれんばかりに充たされるのを実感した。黄壱は反り返って長いあいだ痙攣していたが、いきなり黒のうえに頽れてきた。不規則な荒い息をつきながら、黒の耳朶に歯を当てつつ問いかけてきた。

「言祝ぎについて、物理が二流の神のようなことを行うかと吐かしたが、言祝いだのは、おまえだろう」

「はい。老いたるなにものかに仮装して帝と青につかず離れず、黙って見守るつもりでございましたが、なんと申しましょうか、帝と青の仲睦まじきことに――」

「ま、とにかく、余に世界を、宇宙を与えたかったんだよな」

「ただし、帝がお感じになった鉄錆の香りは私のものではございません。まごうことなき物理の香りでございます。まさか私の軀からもそれが漂うとは思ってもおりませんでしたが――」

黒は頰を赤らめて横を向いてしまった。

「すべてを見せてあげる。だから行きたいところにまた、おいで」

呟いて、黄壱は黒にきつく頰ずりする。

「おまえからの愛の言葉、いま、あらためて受けとった」

加減せずに黒の耳朶を咬み千切る。

「物理の、量子の子であるおまえにだって殺せねえんだよな」

「私が殺せないもの」

「詩」

「――そうかもしれません」

「なんかさ、エピローグとしてはそれなりすぎて、しかも操ったくて小悧巧の臭いさえするけど、殺せねえんだよな、詩」

「そうかもしれません」

「だって、詩や文学を否定するおまえがよりによって――すべてを見せてあげる。だから行きたいところにまた、おいで――だよ」

「私としたことが」

「詩も物理で、量子なのかもしれないよ。真の詩は物理で量子だ」

「そうかもしれません」

「おまえの赤い血と、俺の白い血が溶けた。血は緑になったけれど、精は白いままだ」

「まだ帝が内面にございます。とてもひりひり疼きます」

「あまり痛くない子もいるんだけれどね」

「そうなんですか。私は、痛かった。いまだに烈しく痛みます」

「破瓜というくらいで、物理的には無理やりな行為だからね。痛くて当然」

「痛いのに、もう、帝が欲しいのです」

「そんなことを言うと――」

黄壱は黒をきつく抱き締め、態勢を整え、大きく深呼吸した。

00

老いた。ずいぶん干涸らびた。年齢は、忘れた。寝椅子に軀をあずけて読み耽っていた〈THE HIDDEN REALITY〉という書物を脇において目頭を揉んだ。BRIAN GREENEなる物理学者によるユニバースではなくマルチバース、多宇宙=多世界=並行世界に関する書物である。

「読んでいるさなかに、目を見ひらかれましたね」

「うん。隠された真実という題の本なんだけどね、誕生直後の高温高密度の宇宙は、空間が急速に膨張して冷めていき、原始のプラズマが固まった粒子のシチューとでもいうべき状態になったそうだ」

「プラズマ」

「そう。で、プラズマによって突き動かされた光の粒子——光子は紫から青に、そして緑から黄に、そして赤に色を変化させたとのことだ」

「王妃様たち——」

世界はいったん息を継ぎ、あらためて訊いてきた。

「黒様は」

「別格」

「ですね」

「妻（たち）たちは物理の、量子の申し子なんだ」

「はい。まこと帝にふさわしき奥方様たちでございます」

黄壱は微笑に似た苦笑を泛べる。こんなに老いたのに、軀も心も闊達だ。まだ都合のよい展開は続いている。傍らの世界は黄壱に合わせて歳をとり、こうして並んでいると仲睦まじい老境の夫婦にしか見えない。黄壱の柔らかな眼差しから思いを悟った世界が囁く。

「黒様、紫様、青様、緑様、黄様、赤様は一切お歳を召しませぬから、羨ましゅうございます」

「だが、妻（たち）といる時間よりも、おまえと一緒の時間のほうが遥かに長い」

「こんな皺々がお好きですか」

「うん。大好きだ」

「滅相もない」

幽かに頰を赤らめた世界は、妻（たち）とはまたべつの愛おしさに充ちている。眼差しを逸らしてしまった世界の横顔を見つめていると、まだ宮殿に残っている若干の成人した子らを連れて妻（たち）が入ってきた。子といっても一人を除いて皆、壮年を過ぎている。ほとんどの子はパンゲア全土に散って、それぞれの所領を統治している。

ミスボラ帝国の隆盛は弥増して、いまでは大殺戮であったはずのインテリ狩りさえもが神聖化される始末である。それもこれも黄壱による国家社会主義的統治により臣民たちは飢えず、寒さに震えず、苦しまず、最低限の労役にて過去とは完全に隔絶した安定した生活を送っているからである。よいのか悪いのか、経済的安定によりミスボラ帝国における藝術は大輪の花を咲かせつつある。が、黄壱はそれに一切の興味をもたず、ひたすら図書館にこもって書物に没頭し、妻（たち）を連れて旺盛に『すべてを見せてあげる。だから行きたいところにまた、おいで』を実践して類いなき見聞を拡げている。

黄が遠慮せずに黄壱の足許に腰をおろす。書物を手にとる。すっと開いて、光子の色彩変化の段落を指し示して私たちのことが書いてあると大げさに顔を輝かせる。皆がおざなりに覗きこむ。

青が黄壱の肩に手をかけ、丹念に揉みはじめた。未来を知る青は、いつにも増して、とりわけ入念に愛情深く老いた黄壱の凝りをほぐしていく。

紫は慈愛に充ちた瞳で黄壱の全身を見やって、どこか差し障りがないかを慥かめる。呆れてしまうくらいに健康である。帝は以前、黒にむかって詩は死なぬと宣言なされたらしい。結果、死から見放されてしまった。

パンゲア北北西の大規模灌漑工事にプラズマを用いてよいかと片膝をついた緑が訊く。黄壱が頷くと一瞬目を閉じた。ずいぶん精度が上がったわね——と黄が褒める。

黒はすこし離れたところに座って、少女のまま歳をとらぬ娘をともなって静かに黄壱を見つめている。黄壱が視線を絡ませると母娘は穏やかで控えめな、けれど満面の笑みを返してきた。

黄壱と黒の娘は真の物理の子。たった一人で六人の妻を凌駕する力を発揮する。黄壱は娘にそれを封印するように命じた。その直後から成長が止まった。自らつくった歌を口ずさむとき、その嫋やかにして豊かな頭髪が四方八方に散り、赤、青、黄、緑、紫が複雑に複合したプラズマを放ち、黒い瞳にそれらが映じる。絶対的な力というものは、その程度の発散でよいと黄壱は娘に教えている。

黒とは、よく喧嘩をする。他愛のない夫婦喧嘩である。黄壱にいわせれば慇懃無礼をあらためぬ黒が悪い。黒はこれが私の物理的性格ですと開きなおっている。

しばらく黒と見つめあっていた。誰も気付かぬふりをしている。黄壱のほうからそっと視線をはずした。

青にとんとん肩を叩かれ小刻みに揺れながら、黒とすこし離れた場所に腰をおろした赤に意識をむける。

赤は力まず、両手を組んで薄く目を閉じている。黄壱が念をおくると、すっと目を開いた。赤の瞳に焰が揺れた。もういちど念をおくった。

とたんに妻（たち）が軽やかな笑い声をあげた。青が肩に添えた手を外し、そっと密着してきた。赤が目を閉じたまま立ちあがって寝椅子の黄壱の膝に頽れた。あわせて黄も緑も紫も、そして黒と娘も黄壱をつつみこむように身を寄せた。

赤は薄く目を閉じたまま黄壱の体温を静かに吸いあげつつ、微動だにしない。やがて物理の子である娘が赤に感応し、その頭髪から乱舞するさまざまな色彩のプラズマを放ちつつ赤と同様、うっすら目を閉じた。

黄壱は緊張を隠さぬ真顔の世界を見やり、柔らかく笑むと、ちいさく頷いた。

——大絶滅、早くこないかな。

初出　「群像」二〇一八年六月号～二〇一九年一一月号
（ただし二〇一八年一二月号、二〇一九年四月号は休載）、
初出時タイトル「帝国の黄昏」を改題

引用　『ナグ・ハマディ文書　I　救済神話』
荒井献・大貫隆・小林稔　訳　岩波書店